SELEÇÃO E ORGANIZAÇÃO
MARIA AMÉLIA MELLO
COM A COLABORAÇÃO DE CLÁUDIA MESQUITA

UM SÉCULO EM CEM CRÔNICAS

Cronistas que fizeram história no Globo

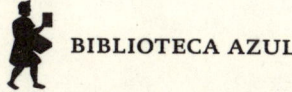

BIBLIOTECA AZUL

SUMÁRIO

BALCONISTA
Flagrante da vida real
Texto de Marisa Raja Gabaglia
Henrique Pongetti
O SHOW DA CIDADE
CONVERSA DE ANJOS
A CRÔNICA de Rubem Braga
A PALAVRA
Mesa de pista
Antonio Maria
O que for soará
OTTO LARA RESENDE
Adoro estória de detetive
O dia em que a Escócia parou!
O dia em que nós pegamos Papai
João Ubaldo Ribeiro
ARNALDO JABOR
Amor vem antes e sexo vem depois, ou não
Continua a eterna dúvida entre românticos e pragmáticos
Guimarães Rosa conta
"De Stella et Adventu Magorum"
FERNANDO SABINO
Gustavo Corção
Cada vez mais depressa
Os Galos da Via Ápia

APRESENTAÇÃO

AO RÉS DO SONHO

MARIA AMÉLIA MELLO
CLÁUDIA MESQUITA

Para esbarrar com uma crônica, quer dizer, com algum assunto possível de virar crônica, basta andar na rua. Qualquer motivo serve para brotar, ao rés do chão, uma crônica: fatos, situações, acasos, peripécias estão soltinhos nas esquinas, à espera de um olhar atento. Da vocação para decifrar os sinais do cotidiano, quase sempre invisíveis ao passante distraído, preocupado em chegar são e salvo ao final do dia, se abastece o cronista. Sim, ele tem – ou desenvolve – este radar espontâneo para salvar do esquecimento coisas banais, ou ainda, está treinado em puxar papo e apurar os ouvidos para casos relevantes, acabando por dar forma única a registros imprescindíveis. Tudo se move muito rápido e é dessa fugacidade que surge a crônica, desde seu nascimento à expectativa de durar mais que o tempo da leitura nas páginas impressas ou digitais, na pressão de 24 horas.

O cronista acomoda os olhos nos olhos do leitor, fala com ele de perto num diálogo silencioso, que comunica. A crônica prefere o voo livre a seguir as regras objetivas do jornalismo, mas dele se nutre o cronista, das notícias – cômicas ou trágicas – para fechar sua coluna. É compromisso pactuado com o divertimento e a emoção.

Nas ruas, na alma encantadora das ruas, o observador faz sua investigação. Ao transpor o meio-fio das calçadas, equilibrando-se na linha definidora entre a crônica e o conto breve, o escritor toma nota no caderninho que leva no bolso ou lança mão de artefatos eletrônicos para não perder a ideia. Eis que se delineia uma crônica, essa conversa fiada, de mesa posta para dois, que faz do gênero quase uma patente brasileira, carregada de sotaque acentuadamente carioca. É esse gênero híbrido – jornalismo e literatura – com fôlego de sete vidas, uma verdadeira rota de fuga da áspera realidade, que estabelece o elo com seu público fiel.

O cronista é um curioso nato, que não satisfeito em ver o que pouca gente vê, intromete-se nas histórias que conta, relata o que presenciou de seu ponto de vista ou – vá lá – escutou de alguém, bisbilhotou, aumentou um tantinho ou tão somente imaginou.

Ao cronista tudo é permitido, menos entediar o leitor.

Em julho de 1925, quando o GLOBO pôs o primeiro exemplar à venda, o Rio de Janeiro era uma cidade com pouco mais de um milhão de habitantes, de espírito moderno, ar cosmopolita, avenidas rasgadas há não muito tempo, cruzadas por bondes elétricos e automóveis de buzina fanhosa e metálica, de vida agitada, de jornais e revistas sendo lançados explicitando o avanço da técnica de impressão, de intensa atividade nos teatros, cinemas, musicais, cafés apinhados, de expressiva cultura popular, enfim, um burburinho que explodia em ritmo acelerado o dia a dia dos cariocas.

O Rio era um anúncio luminoso para o país e para o mundo, com acontecimentos à flor da pele. Mas, também, uma cidade que já se evidenciava complexa, trazendo, na bagagem, os problemas cruciais do recém-encerrado século XIX, empurrados para o século seguinte. Foi ainda na capital federal que boa parte dessas crônicas surgiram. o GLOBO é, assim, testemunha e contemporâneo da crônica moderna, firmada nos anos de 1930, que conhecemos hoje.

***

A nossa seleção – ao todo cem crônicas – reflete esses passos iniciais, abrindo o volume com Henrique Pongetti, em 1935. Na coluna "O GLOBO na sociedade", quando se identificava com o pseudônimo Jack, Pongetti passeia pela urbe eletrizante sob os impactos demolidores do progresso e descreve um amanhecer, após uma festa de réveillon em Copacabana na crônica "O smoking banhado de sol":

> "(...) Cinco horas da manhã, na Avenida Atlântica. Um espetáculo curiosíssimo: centenas de pessoas em roupas de *soirée* permanecem no mosaico da praia como se o baile fosse continuar debaixo do céu andrógino onde a lua e o sol se encontram tingindo as nuvens de vermelhos de guerra e de rosas dos sonhos de meninas do internato (...)"

Nesta trilha, avançamos com Cacá Diegues até 2025, em sua busca incessante pela brasilidade, num entrelaçamento de gerações, recolhendo nos arquivos do GLOBO – e somente neles – os textos que você encontrará nas próximas páginas. São 32 cronistas, todos "encantados", como diria Guimarães Rosa, transferindo para os que estão na ativa o legado da mais alta linhagem intelectual, que, em seu conjunto, nos oferecem a percepção sensível das transformações ocorridas em cem anos aqui e no exterior.

Não que houvesse, de nossa parte, a nítida intenção de tecer a história através das crônicas, mas como bem disse Otto Lara Resende, num dos textos selecionados, "O passado é azul": "Quem quiser saber como era o Rio de ontem, ou de anteontem, procure ler os seus cronistas."

Tudo foi se confirmando sem aviso prévio, um autor pisando nas pegadas do anterior. O que nos orientou foi mesmo a qualidade e o prazer da leitura. Os temas são muitos, assim como são diversos os estilos de narrativa: do prosaico à seriedade da guerra; das alterações urbanas ao crepúsculo que nos surpreende, embora aconteça todos os dias; da aceleração do tempo à celebração das perenes amizades; das questões sociais às conversas corriqueiras numa lotação; das praias cariocas ao frio de Paris; do imbróglio desafiador com o chefe de polícia à invenção de um samba; do desamparo do menino de rua à ilusão de pegar Papai Noel; das reflexões sobre cinema e televisão às escapadelas para traições rocambolescas; da procura da beleza aos tropeços da condição humana; do futebol-arte à solidão do homem de meia-idade; do asfalto duro ao passeio dos botos no rio Solimões; da elegância de gestos e palavras ao mau gosto de um bando de cafonas. Está tudo aí.

Os escritores entram em cena por ordem de chegada no GLOBO e apresentam um panorama de diferentes épocas, sempre preservando as características – e privilegiando as temáticas – de cada um, sua dicção literária, reconhecida e original, com destaque para a presença de mulheres cronistas na redação, a partir dos anos de 1950, com a pioneira Elsie Lessa.

Hoje, se o congestionamento de informação nos atordoa, imagine o que se passa no lado do cronista, que precisa ser ainda mais ágil para não se tornar obsoleto mesmo antes de ser publicado. Vivemos momentos de profunda ansiedade, mas é desse caldo fervente que saem novos textos e, como em 1925, estamos, agora, igualmente cheios de pressa, de uma urgência insensata, talvez.

Todas as décadas desde a fundação do GLOBO estão representadas, foram centenas de textos lidos (muitos com o auxílio luxuoso de uma lupa!) para esta antologia. É bom lembrar a confusa diagramação dos primórdios dos jornais, que nos exigiu redobrada atenção nos cruzamentos impressos em papel e tinta.

Por fim – e não menos importante – demos voz, logo na abertura do volume, a um "soneto de humor", tão perspicaz como seria e viria a assinar o famoso e com falso título de nobreza, o Barão de Itararé, aqui sendo Apporelly, numa junção bem-humorada de Apparício Torelly, saudando a criação do GLOBO e o seu fundador, Irineu Marinho, publicado duas semanas após a circulação do exemplar número 1.

As boas crônicas adormecem no jornal e amanhecem nos livros.

Divirta-se e emocione-se, leitor!

O GLOBO

SAUDAÇÃO HUMORÍSTICA

São de Apporelly os deliciosos catorze versos de saudação ao nosso diretor, publicados no "D. Quixote", e que a seguir transcrevemos, muito agradecidos:

SAUDAÇÃO
A Irineu Marinho, diretor d'O GLOBO

O GLOBO foi anunciado...
E sabem o que se deu?
Quando O GLOBO apareceu,
O povo ficou englobado.

Este diário, que nasceu,
Pelo público amparado,
Não precisa Cyrineu,
Se Irineu está a seu lado...

Que na peleja se amestre
E tenha pelo caminho
Muita flor e pouco espinho.

E viva, pois, o órgão-mestre!
E viva O GLOBO... terrestre!
E viva Irineu... Marinho!

ALCONISTA
flagrante da vida real
Texto de Marisa Raja Gabaglia
Henrique Pongetti
O SHOW DA CIDADE
CONVERSA DE ANJOS
A CRÔNICA de Rubem Braga
A PALAVRA
mesa de pista
Antonio Maria
Adoro estória de detetive
O dia em que a Escócia parou!
O que for soará
OTTO LARA RESENDE
dia em que nós pegamos Papai
João Ubaldo Ribeiro
ARNALDO JABOR
Amor vem antes e sexo vem depois, ou não
Continua a eterna dúvida entre românticos e pragmáticos
FERNANDO SABINO
Gustavo Corção
Cada vez mais depressa
Os Galos da Via Ápia
Guimarães Rosa conta:
"De Stella et Adventu Magorum"

PREFÁCIO

JOAQUIM FERREIRA DOS SANTOS

Depois de tantas páginas com guerras, inflações fora da meta e engarrafamentos por todas as editorias, o jornal precisa abrir uma janela por onde o leitor respire alguma leveza, ouça um sabiá afinado ou pareça ter uma conversa descompromissada, bem-humorada e cotidiana com o vizinho. Essa janela chama-se crônica.

Desde sua fundação, o GLOBO escala grandes nomes das letras nacionais para botar os cotovelos no parapeito e bater papo, do jeito que lhes aprouver, de preferência sem usar essas palavras complicadas. Os assuntos devem ser outros que não os da grave ordem do dia. "Se for aguda, não é crônica", dizia o mestre de todos, Rubem Braga.

Há muitas maneiras de identificar o gênero, uma mistura de jornalismo com literatura, com o texto jamais de fardão, sempre de bermuda – e, por isso, é comum cravar a crônica como algo efêmero. Ela falaria do seu tempo, serviria para dar equilíbrio à edição, abusando da subjetividade enquanto todo o resto se pauta pela objetividade do *lead* – e, pronto, a missão estaria cumprida. Felizmente, não é bem assim. As obras publicadas neste livro – sem engomar o verbo, com a fala à fresca, nada de pompa, muito menos de circunstância – mostram que a boa crônica sobrevive à edição do jornal de hoje.

Um verdadeiro escrete das letras nacionais passou pelas páginas do GLOBO nestes cem anos. Os mestres desse jogo de palavra-puxa-palavra, como o romântico melancólico Antonio Maria, o exclamativo Nélson Rodrigues e a adorável suavidade de Elsie Lessa. Há também inesperados neófitos, cronistas bissextos na busca do borogodó perdido, como o autor do revolucionário *Grande Sertão: veredas*, Guimarães Rosa (aqui, adaptado à ideia da coisa, conversando com uma amendoeira) e o poeta politizado de "Madrugada Camponesa", do verso "Faz escuro, mas eu canto", Thiago de Mello (aqui, gente como a gente, consultando-se com uma quiromante).

São cem textos, cada um ao seu jeito, porque esse é um dos quesitos fundamentais da matéria – a liberdade do autor de escrever na primeira pessoa, talvez lírico, talvez irônico, sobre o que lhe parece mais motivador no seu universo particular. As lembranças de infância de João Ubaldo Ribeiro em "O dia em que pegamos Papai Noel" tem tudo a ver com "O passado é azul", de Otto Lara Resende, o flagrante de uma velhinha que desabafa nostalgias na fila do banco. Os dois partem de minúcias, de aparentes irrelevâncias, para edificarem textos deliciosos, bem-humorados e de grande valor literário.

O professor Antonio Candido definiu o cronista como "um cão vira-lata, livre farejador do cotidiano" e a crônica como "a vida ao rés do chão", pela sua busca ao comum. Exige-se estilo, graça, uma voz própria e todos os demais adereços inerentes à insustentável leveza de ser crônica. Um bom assunto pode facilitar as coisas, mas não se preocupe com isso. "O Rubem Braga é ótimo", disse Manuel Bandeira uma vez, "mas quando não tem assunto ele fica melhor ainda."

A propósito, neste livro, o assaz citado Braga aparece com "Não sou eu", publicada em 1961, a história de um homem que andava dando golpes, bebendo fiado, se passando por ele. "Ora", escreveu Braga, com a autoironia tão ao gosto dos cronistas, uma gente que tem como charme não se levar muito a sério, "eu já posso ser culpado legitimamente de tanta coisa que não me agrada acumular os pecados de outrem."

Tudo dá crônica. É preciso, porém – e bota "porém" nisso –, ter o molho de um Artur Xexéo para transformar o grito que a infância inteira lhe ecoou nos tímpanos, "Cuidado com o Synteko!", o bordão de sua adorável mãe, numa peça de delicioso humor doméstico. O Rio de Janeiro também rende. Sua beleza deslumbrante, inspirou um subgênero, o do *flâneur* que bate perna vendo as modas, apreciando como caminha a humanidade – e aqui está Antonio Callado, em 1940, quando escrevia sob o pseudônimo de Anthony, celebrando a cidade com "A *féerie* matinal em Copacabana". Outro craque da "crônica carioca", Aldir Blanc, também passou por o GLOBO, e "O bar dos sonhos" é bom exemplo do gênero.

Os jornais mudaram muito nesses cem anos. Transformaram-se de acordo com as necessidades dos tempos, modernizaram-se com as novas tecnologias, reinventaram-se para enfrentar a internet. Nos cronistas, entretanto, ninguém mexe. Seus textos leves continuam fundamentais para abrir a janela e renovar o ar, encher de prazer e beleza a vida do leitor num mundo de notícias cada vez mais graves.

Henrique Pongetti

JUIZ DE FORA (MG), 1898
RIO DE JANEIRO (RJ), 1979

O smoking banhado de sol

Os "revellions" do "Copacabana Palace" e do "Lido" terminaram como terminam sempre: a orchestra cala, os musicos mettem seus instrumentos nos saccos de feltro e se escondem com receio de não resistir ás palmas dos dansarinos e ás supplicas verbaes de alguns cavalheiros que, de tanto frequentar os mesmos logares, adquiriram os defeitos perdoaveis do cliente assiduo: tyrannia cordial com os collaboradores da sua festa, uma amavel arrogancia hierarchica deante das caras nunca vistas nas reuniões anteriores...

— Vou falar ao pianista. Elle toca sempre o que eu peço. Não vistam as capas que o baile vae continuar...

Cinco horas da manhã, na Avenida Atlantica. Um espectaculo curiosissimo: centenas de pessoas em roupas de "soirée" permanecem no mosaico da praia como se o baile fosse continuar debaixo do céo androgyno onde a lua e o sol se encontram tingindo as nuvens de vermelhos de guerra e de rosas doces de meninas do internato. A claridade não alarma a ninguem, embora nada nos dê a sensação da nudez escandalosa como um "smoking" exhibido á hora do paletot sacco. Todos fitam o espaço como se a "jazz" fosse descer de um avião imitando as "girls" de Lou Brook ou como se alguem estivesse entre os astros armando uma infinita cortina negra para esticar a noite...

— Mas, afinal, vamos ou não vamos? Quero ver o sol...
— Espera mais um pouco, amorzinho...

Smokings, casacas, dinner jackets, decotes, terninhos de brim branco promovidos a rigor pela gravatinha negra, querem ver o primeiro sol do anno: esse sol que, contrariando o aphorisma popular, só nasce para alguns como a claridade das lampadas electricas... E o sol surge, gordo, manso como todos os sóes creanças, como os sóes de Walt Disney...

— Como começou você o anno?
— Optimamente. Dansei no Copacabana, arranjei um flirt interessantissimo e vi nascer o sol...

Banhando um "smoking", a luz solar do primeiro dia do anno parece o pó do ouro que todos esperam...

JACK.

Jornalista, dramaturgo, escritor, cronista, Henrique Pongetti passou a infância e a adolescência em Petrópolis e adotou o Rio de Janeiro como sua cidade a partir dos anos de 1920, vivenciando suas rodas boêmias e literárias. Autor de inúmeras peças teatrais de sucesso, foi um dos roteiristas da comédia musical *Joujoux e Balangandãs*, de 1939, com canções de Ary Barroso, Lamartine Babo e Dorival Caymmi, e de *Society em baby-doll*, estrelado por Tônia Carrero em 1962, adaptada para o cinema em 1965. Nas décadas de 1940 e 1950, escreveu textos para Procópio Ferreira, Manuel Pêra, Jaime Costa, entre outros artistas. Colaborou com a revista *Radiolândia* e foi o primeiro diretor da *Manchete*, fundada em 1952. Foi também roteirista do filme *Favela dos meus amores*, dirigido por Humberto Mauro, em 1935. Exerceu muitas atividades na imprensa e publicou diversas obras literárias, como os volumes de crônicas *Alta infidelidade* (1961), *Inverno em biquíni* (1977) e suas memórias, *O carregador de lembranças* (1971). Escreveu no GLOBO de 1933 a 1968, onde começou sua longa trajetória como colunista social, com o pseudônimo Jack em "O GLOBO na sociedade", em paralelo ao seu trabalho como crítico de cinema, com as iniciais HP. Nos anos de 1940, assinou como cronista "Cara ou coroa" e, nas décadas seguintes, "O show da cidade". Nesse diálogo diário com o leitor, por mais de trinta anos, Henrique Pongetti descreveu, com humor e lirismo, a cidade e seus costumes, o impacto das transformações urbanas ao longo do tempo e foi observador perspicaz de acontecimentos do Brasil e do mundo.

SMOKING BANHADO DE SOL

Os "réveillons" do Copacabana Palace e do Lido terminaram como terminam sempre: a orquestra cala, os músicos metem seus instrumentos nos sacos de feltro e se escondem, com receio de não resistir às palmas dos dançarinos e às súplicas verbais de alguns cavalheiros que, de tanto frequentar os mesmos lugares, adquiriram os defeitos perdoáveis de cliente assíduo: tirania cordial com os colaboradores da sua festa, uma amável arrogância hierárquica diante das caras nunca vistas nas reuniões anteriores...

— Vou falar ao pianista. Ele toca sempre o que eu peço. Não vistam as capas que o baile vai continuar...

Cinco horas da manhã, na Avenida Atlântica. Um espetáculo curiosíssimo: centenas de pessoas em roupas de "*soirée*" permanecem no mosaico da praia como se o baile fosse continuar debaixo do céu andrógino onde a lua e o sol se encontram tingindo as nuvens de vermelhos de guerra e de rosas dos sonhos de meninas do internato. A claridade não alarma a ninguém, embora nada nos dê a sensação da nudez escandalosa como um "smoking" exibido à hora do paletó-saco. Todos fitam o espaço como se a "jazz" fosse descer de um avião imitando as "*girls*" de Lou Brook ou como se alguém estivesse entre os astros armando uma infinita cortina negra para esticar a noite...

— Mas, afinal, vamos ou não vamos?

— Espera mais um pouco, amorzinho... Quero ver o sol...

Smokings, casacas, dinner jackets, decotes, terninhos de brim branco promovidos a rigor pela gravatinha negra, querem ver o primeiro sol do ano: esse sol que, contrariando o aforisma popular, só nasce para alguns como a claridade das lâmpadas elétricas... E o sol surge, gordo, manso como todos os sóis crianças, como os sóis de Walt Disney...

— Como começou você o ano?

— Otimamente. Dancei no Copacabana, arranjei um flirt interessantíssimo e vi nascer o sol...

Banhando um "smoking", a luz solar do primeiro dia do ano parece o pó do ouro que todos esperam...

JACK

"O GLOBO na sociedade", 2 de janeiro de 1935

A CIDADE INCONSTANTE

Ausente do Rio durante quatro meses, a nova artéria rasgada no fundo do Largo da Carioca me causou a surpresa de um passe de mágica urbanística. Eu sabia que lá atrás do biombo as escavadeiras abocanhavam o morro e jogavam esfarelado ao mar, mas se não pode prever o efeito de uma rua nova se abrindo onde toda nossa vida vimos a barreira marcando o confim de uma praça. Altera-se violentamente a nossa topografia sentimental, indo muito além do que já fizeram, nesse sentido, os edifícios de treze andares nascendo dos chalés e palacetes de dois: ou as bombas de gasolina despojando as esquinas do que elas tinham de poético e de fatal como ponto de encontros marcados, "Meu bem, eu te espero na esquina da rua da Saudade com a rua do Eterno Amor".

Meu primeiro impulso foi percorrer a nova rua e tomar conhecimento das novidades que o seu corte impôs ao meu cenário familiar. Um corte em ruas feias, de casas velhas e eczematosas, mas ruas do tempo em que eu trabalhava na tipografia da Avenida Mem de Sá, e de tanto conviver com o lugar já perdera a noção de sua má aparência como perdemos entre parentes trombudos ou bexiguentos. Contive-me. Tinha pouco tempo naquela tarde e carecia de calma e de despreocupação para empreender aquele roteiro de revelações no consuetudinário. Não sei explicar bem o que se prova vendo a vida de uma rua nova se ligar à vida de outra por uma porta arrombada, uma porta que parecia intransponível. Então a gente se lembra de palavras mágicas que em contos inverossímeis abriam cavernas fazendo girar a pedra gigantesca que disfarçava a entrada. O urbanista sabia as palavras e as pronunciou na minha ausência.

Que cidade volúvel e insatisfeita é esta onde eu vivo. Ontem percorri com curiosidade de retornante as ruas do centro preferidas, até há pouco tempo, pelo comércio atacadista. Mudou tudo. Centenas de lojas de varejo se abriram, as quinquilharias transbordavam pelas portas estreitas, o povo se acotovela como nas ruas de passagem obrigatória, justamente ali, onde de raro em raro um negociante provinciano caminhava procurando o endereço do seu abastecedor. Os restaurantes árabes se multiplicaram, encontro em "blue jean" o Rei Momo, que é de origem árabe e serve quibe aos seus súditos. Como um doce árabe e pergunto ao velho libanês, de chapéu na cabeça atrás do balcão, o preço de uma latinha de pistache torrado. Quinhentos cruzeiros: Mas uma espécie de massa de fruta embrulhada em celofane veio diretamente de Damasco e custa mil cruzeiros. O típico não anda nada barato lá pelas bandas da Rua da Alfândega. Mas "arak" só nacional, feito em Petrópolis. Até a Praça da República, lojas duras de conteúdo como ovas de peixe se sucedem tentando o povo pechincheiro com seus mostruários impudicos e chamativos. Braços invisíveis puxam o transeunte em dúvida para o bojo sombrio dos negócios onde se misturam os aromas levantinos de rosa, gengibre e cedro. De raro em raro, pilhas de caixotes revelam uma loja de atacado, um quisto, uma sobrevivência nas ruas da cidade volúvel, da cidade onde fariam bem em ter nascido Proteu e Pigmalião.

"O show da cidade", 14 de abril de 1959

CONVERSA DE ANJOS

Dois anjos estão passeando num aerólito dirigível. Como nunca se descobriu o sexo dos anjos — nem serei eu a levantar-lhes a camisola —, direi que não eram namorados, e que nem se entregavam ao prazer de contemplar a luminária sideral. Vocês não sabem, mas dirigir um aerólito é uma emoção. Sua tendência é despencar sobre a terra, portanto, contrariá-lo, mantê-lo numa pista invisível, dócil e correto, é como quebrar o queixo de um cavalo chucro no rodeio e aguentar-se no lombo ao sabor dos pinotes.

Conversa dos anjos não é tão xoxa e inocente como vocês imaginam. Vamos ouvir um pouquinho:

— Você sabe da novidade?

— Sei. Nossas camisolas não vão ser mais de seda, vão ser de nylon.

— Não é nada disso.

— Ah, as harpas do nosso coro vão ser elétricas, e vamos adotar as cabeleiras dos Beatles.

— Bobagem!

— Então não sei.

— Mais dois cosmonautas estão rodando por aí.

— É mesmo? Americanos ou russos?

— Americanos. Estamos indo justamente ao seu encontro. Eu adoro ver gente sem asa. É gozadíssimo. Mas o que me diverte mais é aquela cabeçona com vidraça. E a você?

— A mim, para ser franco, é a falta da camisola. Perna de fora é ridículo. Eu já fui anjo da guarda de um escocês, e fiz tudo para ver se ele esticava o saiote até os sapatos.

— Ele esticou?

— Não. Deixou a banda de gaitas de fole e passou a usar calças. Ultrajou-me o pudor durante dois anos que o guardei. Apresentei ao Comandante o meu pedido de demissão, que só foi aceito quando me distraí na vigilância e o escocês caiu dentro de um tonel de uísque, todos dois cheios.

— Pois eu ando muito preocupado.

— As penas das suas asas continuam caindo?

— Nada disso! É que cada vez mais esses cosmonautas diminuem os espaços das suas visitas. A humanidade terrestre acabará invadindo o cosmos e tomando conta do nosso espaço vital. Você soube, não? Mal os anjos da guarda dos dois últimos cosmonautas soviéticos se encontraram nos seus pagos, desertaram.

— Não diga! Eu não soube de nada. E o que alegaram ao Comandante?

— Que está próximo o dia em que os anjos serão guardados pelos homens, por homens da guarda. Que iria inverter-se a situação. E que isso seria o fim da picada.

— O fim, por quê?

— Porque está provado, pela nossa assistência aos homens, que eles não prestam, não merecem o nosso zelo. Fazem o que bem entendem nas nossas barbas — oh, não —, nas nossas asas. Nunca deixam que os salvemos. É o fim Gabriel, é o fim! Homens aqui em cima!

"O show da cidade", 17 de junho de 1965

Anthony/ Antonio Callado

NITERÓI (RJ), 1917
RIO DE JANEIRO (RJ), 1997

Gong
REFORÇO AO SAMBA
O GLOBO
EXPEDIENTE
São unicos cobradores autorizados do GLOBO os Srs. João Firmo de Moura Cotia e Sylvio Possi, portadores de carteiras que os identificam para o exercicio daquella funcção.
Gong
O PRIMEIRO BABY ANTI-AEREO
ECOS
LIVROS USADOS — Attendemos a domicilio.
POUCO DIVULGADA
a philosophia contemporanea italiana
O sentimento humanitario do povo brasileiro através a palavra do prof. Francesco Orestano
Incendio na avenida Rio Branco
PEGOU FOGO UMA ALFAIATARIA
RETIRO PARA
Dr. FRANCISCO LAPORT
ACCORDO POLITICO
aria e a Russia
O Estatuto dos Funccionarios Publicos Civis da União
A' venda nas bancas de
3$000 O EX
O REPORTER-AMADOR
Pagamento dos premios de agosto
União
contra o
O GLOBO
Pessoas de destaque e membros da quadrilha!
ESPERADAS SENSACIONAES REVELAÇÕES COM A PRISÃO DE UM ADVOGADO, CONSIDERADO CHEFE DA ORGANIZAÇÃO INTERNACIONAL QUE AGIA NA ARGENTINA
Os Ri
teem que
os acidos
Seu Organ
O GLOBO
EXPEDIENTE
São unicos cobradores autorizados do GLOBO os Srs. João Firmo de Moura Cotia e Sylvio Possi, portadores de carteiras que os identificam para o exercicio daquella funcção.
Gong
A "féerie" matinal de Copacabana
Os que acertam na Loteria Federal
8.860 contos
A A.B.I. no Conselho Nacional de Imprensa
Iniciou-se, hoje, o pleito para a escolha do representante da entidade maxima da classe naquelle orgão
SHERIDAN
ALD REAGAN
DE CARA LIM
ODEON
ilhoso motivo de

Jornalista, romancista, biógrafo, dramaturgo, Antonio Callado, tomou contato com a literatura ainda muito jovem, lendo, na biblioteca de seu pai, autores como Proust, Joyce, Machado de Assis e José de Alencar. Em 1936, iniciou sua carreira jornalística no *Correio da Manhã* e, em 1939, diplomou-se em Direito. Durante a Segunda Guerra, foi contratado como redator da BBC de Londres, onde permaneceu até 1947. Nesse período, também trabalhou no serviço brasileiro da RadioDiffusion Française, em Paris. Esteve na Europa da guerra e do pós-guerra, e no Vietnã, em 1968. Retratou o Brasil dos latifúndios e das Ligas Camponesas e dos índios do Xingu. As experiências como jornalista alimentaram a obra do escritor, com destaque para *Quarup* (1967), *Bar Don Juan* (1971), *Reflexos do baile* (1976), *Sempreviva* (1981). Opositor incansável das desigualdades e do arbítrio, seu engajamento lhe custou duas prisões na ditadura militar, em 1964, e outra em 1968, após a decretação do AI-5. Foi eleito para a Academia Brasileira de Letras em 1994. Antonio Callado estreou no GLOBO em 1938, onde assinou, sob o pseudônimo de Anthony, a coluna "Gong" até 1941. A metáfora sonora da luta de boxe que dá título à coluna é um chamamento às consciências democráticas em um mundo em conflito. De acordo com o escritor, "pode haver quem não ouça a voz deste gong inexistente, sintetizador da época em que mesmo os pequenos tablados são ferozmente disputados nos combates a que o mundo vem assistindo". Suas crônicas atestam esse olhar solidário sobre os dramas do homem e também a valorização da cultura popular brasileira.

O PRIMEIRO BABY ANTIAÉREO

Madame Dupont estava calmamente em sua casa nos subúrbios de Paris quando as sirenes de alarme uma vez mais tocaram. Colocou a máscara contra gazes com alguma *coquetterie* e, como boa parisiense, pensou:

— Acho que essa gente começou a gostar do ruído das sirenes. Tocam a todo instante e não aparece um só boche.

Saiu de casa, fechou a porteira e dirigiu-se ao abrigo antiaéreo. No refúgio já havia muita gente palestrando, dois namorados haviam pernoitado lá e alegavam morar demasiado longe para chegar ao abrigo antes dos aviões, e várias conhecidas suas fazendo tricô. Madame Dupont sentou-se um pouco cansada da corrida que dera.

Súbito, Madame Dupont começou a sentir-se mal. Agarrou-se ao braço de uma amiga. Ia desmaiar. Várias interjeições se sucediam. As sirenes gritavam sobre Paris inteira e foi com dificuldade que se ouviu o choro do primeiro baby antiaéreo.

— Menina!

O telegrama que narrou o fato deu o nome de menina: Alerte.

Mas antes da escolha houve debates:

— Chamar-se-á Maginot. Maginot Dupont.

— Não. Marianne.

Czestochowa, Westerplatte, Athenia e Chamberlain foram sucessivamente lembrados. Só a *maman*, da sua improvisada cama de sobretudos, novelos de lã, mantas e chapéus, nada dizia. Quando o consenso geral consagrou "Alerte" porque alerta estavam todos (embora houvesse em cada presente um d'Artagnan, afirmando que bomba de boche não mata), só então Madame Dupont beijou a pequena carinha e, no mesmo tom que usaria para Maginot, Athenia ou Marianne disse, *tout doucement*:

— Alerte...

Filha por excelência do século, Alerte talvez venha a fazer questão de ler seus papéis: "nascida num abrigo antiaéreo". Mas o que Madame Dupont há de querer é que sua filha nunca viva o instante angustioso que viveu, quando — ela, que já não tinha mais medo dos aviões— teve a impressão, diante da filhinha, que todos os aeroplanos do mundo sobrevoavam o refúgio e de que o berro incessante das sirenes era a voz desesperada de todas as crianças da Terra pedindo permissão para viver.

"Gong", 13 de setembro de 1939

REFORÇO AO SAMBA

Antes de partir Carmen Miranda, quando o samba no estrangeiro ainda era uma música bárbara de que se conhecia apenas o nome, o brasileiro, pela primeira vez em sua vida, deu valor a uma coisa sobre a qual o alienígena ainda não se havia pronunciado. O eco do violão de Noel Rosa e da palhinha de Luiz Barbosa ficou na alma do povo como se ficasse cantando dentro de um poço. O brasileiro virou as costas para o mar e para os países limítrofes, tirou a caixa de fósforos do bolso e começou a tamborilar. Não brigou com o fox, nem com o tango nem com a rumba nem com a valsa porque é um espírito liberal. Mas passou a considerar o samba uma coisa tão boa que mais vale guardada em casa, só para a gente, do que entregue a todo mundo.

Jeannette & Fernandinho, sobre quem pouco tenho ouvido falar, são duas palhetas de respeito que surgiram há pouco, mas indiscutivelmente bentas pela mão macumbeira da "bossa". Maliciosos ao extremo, mas sempre cuidadosos com a reticência — que não raro chegam a exprimir sonoramente, na copa do chapéu —, chegam a travar verdadeiros diálogos enquanto a orquestra espera pacientemente que "possa ser" ou que ela se conforme com a perda do dinheiro que ganhou, mas que ele, infelizmente, "precisou e gastou".

É a segunda vez que aparecem no show do Casino Tearahy trazendo novos louros ao samba. E a mim me parece que a dupla faz carreira, principalmente quando começou a interpretar músicas dos compositores de maior sucesso.

São valores novos para o samba, para o que já havíamos resignado a guardar em casa, mas que atravessou o mar com sucesso. Bobagem querer diminuir o samba e não concordar em que a sua base melancólico-maliciosa não seja bem o temperamento do povo, os elementos fundamentais do coquetel de raças onde se forja a nossa raça. O samba não falhou como estilo nacional e continua no caminho certo, evoluindo, melhorando, pronto para a embalagem que o levará ao estrangeiro, mas atentando sempre no seu "made in Brazil". Uma dupla nova é acontecimento. Principalmente quando "piadas" arrepiadoras se resolvem com grande desafogo do auditório, em três reticências escritas na copa do chapéu com o anelar, o médio e o indicador...

"Gong", 6 de janeiro de 1940

A "FÉERIE" MATINAL DE COPACABANA

O sol, esse terrível moleque dourado, já amanhece fazendo estripulias.

Começa esquentando o cabelo verde das árvores e a calvície de ardósia dos telhados granfinos de Copacabana. Atira-se depois ao seu campo predileto, a areia, e começa a brincar de revérbero.

A mulher morena saiu da água e lançou-lhe um olhar tão verde que o cavalheiro jurou pela sua honra que eram vazias as cavidades dos seus olhos ao chegar à praia e que, com o mergulho, se haviam enchido de água do mar.

E aquela que está ali, de olhos intensamente azuis? Será que foi dar um mergulhinho no céu?

A criança loura que veio com os pais para a praia perdeu-se deles. Começou a chorar e as lágrimas abriram um risco aquoso no sal depositado em seu rosto queimado.

— Você veio com seu papai e sua mamãe? Meu anjinho.

—Vim.

— Não chore, meu amor, que mamãe já vem.

— Deixa de lero-lero de cantiga pra ninar infante e vê logo se acha eles que eu quero dar uma nadada.

Os para-sóis, sem o menor senso de proporção, dão a impressão de que foram sepultados na praia vários mexicanos e só ficaram de fora os chapéus. Foi isso talvez que trouxe à lembrança da moça de "maillot" verde o amigo Pedro Vargas.

— Volverás, se volverás, porque te quiero — cantarolou.

Mas nenhum dos chapéus se levantou para deixar aparecer, em calção de banho, o tenor, cuja cara não se dá a menor ideia do que é a sua linda voz. Num "technicolor" de Walt Disney o chapéu se levantaria e surgiria Pedro Vargas. Ah! São bem mais interessantes do que a vida os desenhos animados de Walt Disney, deve ter pensado a moça de "maillot" verde, exímia abstratora de fisionomias quando elas são compensadas por vozes.

O "maillot" molhado, de cretone salpicado de florinhas como um campo europeu na primavera, aderiu com ternura de amante ao corpo absolutamente desprovido de retas da mulher digna de um Tarzan e todos os seus bichos. O rapaz magrinho emitiu um suspiro fundo:

— Como eu gostaria de ter braços de cretone!...

O soldado que teve o trabalho de escapar das balas da Grande Guerra e morreu ontem no Rio, de insolação, pensou antes de morrer, arrependido:

— Seu bobo. Ao menos já terias virado herói.

Copacabana... "Féerie" matinal enriquecida ao extremo pela arte do grande "matteur-en-scene" que é o sol, Saara onde todas as miragens são verdadeiras, areia pródiga de onde estoura impetuosa a flora das mulheres de todos os países... "Big parede" de raças em "maillot" de banho, admirável oficina de corpos empenhados na destruição dos cânones da beleza antiga, zona pagã comprimida entre o mar de azulejo e o cais de mosaico, futurista Grécia onde os sátiros espertos vêm de tamanquinho em vez de pé de cabra — ou o sol seca todos os teus frequentadores ou tu nos darás a mais linda das raças, Copacabana. Ou não queres, Copacabana civilizada e pecadora, ser mãe de uma raça, nem de uma raça linda? Não creio que a maternidade possa prejudicar as linhas volúveis do teu corpo de areia e água...

"Gong", 18 de janeiro de 1940

Mario Filho

RECIFE (PE), 1908
RIO DE JANEIRO (RJ), 1966

TODOS OS ESPORTES

TORNA AO SUL

14

MARIO FILHO

Da primeira FILA

A PAIXÃO DO FOOT-BALL

O GLOBO

HOJE MESMO O AMÉR

SERÁ PROCLAMADO CAMPE

Reunir-se-ão esta tarde os clubes que concorreram ao «Relâmp

Será fixada tambem a cota de cada clube e mais a dos "não-concorrentes"

Santamaria para o Juventus e Danilo para o Madureira

Noticias da

GRAVE O TELEFONE 22-20-60 REPORTER-AMADOR

O GLOBO

CONTRARIA A C.

á realização do torneio platino-br

8

MARIO FILHO

DA PRIMEIRA FILA

O negro no football brasileiro (63)

(IV) A ASCENSÃO SOCIAL DO NEGRO

Prejudicial aos interesses do desporto nacional a época escolhida

ZAGUEIRO PARAGUAIO PARA O BOTAFOGO

A cotação de Joe Louis é de

NÃO CONCORDARA

Convocado o Conselho Deliberativo do

TINTA DA SHEAFFER

Jornalista, cronista esportivo, filho de Mario Rodrigues, fundador dos diários cariocas dos anos de 1920 *A Manhã* e *Crítica* e irmão de Nélson Rodrigues, Mario Filho é considerado um dos precursores da crônica de futebol no Brasil. Com estilo direto e livre, começou a escrever em uma seção no jornal *Crítica*, onde revolucionou a forma como a imprensa descrevia as partidas e tratava os jogadores. É o criador da expressão "Fla-Flu", síntese de um dos grandes clássicos do futebol carioca e que extrapolou o meio esportivo. Dá o nome oficial ao Maracanã, em reconhecimento à sua luta pela construção do estádio, inaugurado para a Copa de 1950. O primeiro desfile competitivo das escolas de samba do Rio de Janeiro, em 1932, na Praça Onze, foi organizado pelo seu jornal *Mundo Sportivo*, fundado em 1931, de curta existência. De 1938 a 1952 dirigiu, com Roberto Marinho, o semanário o GLOBO *Sportivo* e, entre 1941 e 1947, publicou no GLOBO a coluna diária "Da primeira fila", cujas crônicas serviram de base para suas incursões literárias: o clássico *O negro no futebol brasileiro* (1947), no qual aborda o racismo nos primórdios do futebol, e *Histórias do Flamengo* (1963). Também lançou o romance *O rosto* (1965). "O jornal jamais prejudicou minha vida literária, sempre tive a preocupação de transportar para o jornal, o que viria a ser crônica, o conto, o romance", afirmou. As crônicas de Mario Filho enfatizam a sua paixão pelo futebol, suas histórias e o entusiasmo pelas novidades em torno desse esporte.

O FUTEBOL DO PASSADO...

1 – O futebol do passado tinha de deixar saudades. Por que não? 2 – Antigamente se aplaudia o passe certo, hoje se vaia o passe errado. 3 – Welfare, uma verdadeira missão do futebol inglês para o Brasil. 4 – Um yankee na corte do rei Arthur. 5 – Quantos gols o "mergulho" tem evitado. 6 – Marcos estrilava quando era vazado contra as regras... 7 – As bolas que não devem entrar e entram. 8 – Provocou um escândalo o aparecimento do massagista. 9 – Então a massagem não era só para amaciar a pele? 10 – O osso quebrado de Pedrosa e um massagista do Botafogo. 11 – O "saudosista" não chora o futebol, chora a mocidade que se foi...

1. Mario Polo é de outro tipo. Ele sente saudade dos tempos idos. E por que não haveria de sentir? O passado tem, para ele, o encanto dos vinte anos. Lembra juventude. Lembra ele, o encanto dos vinte anos. Lembra juventude. Lembra uma porção de coisas. Mario Polo, porém, vê com os olhos da memória, que nele são claros e límpidos. Não vê com os olhos da saudade, sempre turvos, sempre obscurecidos pelas lágrimas. Por isso eu gosto de conversar com Mario Polo. Ele é um testemunho inteligente, vivo, perspicaz. Destacando acontecimentos. Dando-lhes o que eu chamaria de fundo cronológico ou a legenda dos anos. O que é 910 fica sendo 910, sem se meter com 20, nem 30, com todos os anos que ficam atrás. É como se a gente folheasse um álbum – um velho álbum de fotografias. As fotografias tomando o "seu" lugar em espaço e tempo. Arrumando-se. A princípio elas parecem cômicas

pela austeridade, pela "pose". Depois se animam. Vivendo a "sua" vida. Humanizando-se.

2. Mario Polo observa-me que só o passado é pitoresco. Daí o encanto que ele tem. Não só para os que viveram como para os que querem compreender. "Seria absurdo – diz ele – deixar de reconhecer o progresso de um esporte que deu o salto do amadorismo para o profissionalismo. O profissionalismo só se tornou possível no futebol porque o amadorismo era um empecilho. Não de ordem moral. De ordem técnica. Antigamente, quando um jogador dava um passe justo recebia palmas. Hoje se vaia quando um jogador dá um passe errado. A regra, antigamente, era o passe impreciso. Tateante como toda experiência. Daí o entusiasmo provocado pelo acerto – uma surpresa. Hoje a regra é a jogada certa. E por isso o homem da arquibancada reage contra o erro. Ele não o espera. Sente-se chocado. Sem compreender que ainda se possa errar."

3. As grandes jogadas, antigamente, não eram "grandes jogadas" na acepção de hoje. Hoje elas não impressionariam. É preciso ter vivido os primeiros dias do futebol para entender o pasmo provocado pelo primeiro passe longo de Welfare, para a extrema. Nunca se vira nada semelhante. O público tinha os olhos ingênuos da criança. Tudo era novo para ele. Welfare descobriu horizontes para o futebol brasileiro. "Ele foi – acentua Mario Polo – como uma missão do soccer inglês. O termo missão é justo. Aplica-se bem ao caso. A gente sabe o que ele significa. Apenas no futebol é empregado pela primeira vez. Quem não compreende o valor de uma missão

militar? Pois Welfare foi uma missão futebolística. Composta de um homem só. Ela trazia para o Brasil uma visão do futebol inglês. Com muito mais precisão, com muito mais vontade de ensinar, com muito mais espírito de 'missão' do que os times ingleses que vieram até cá, em todas as épocas."

4. Eu digo: "Quando eu penso em Welfare penso também em uma fita que eu vi antes de ler o livro do Mark Twain: *Um ianque na corte do rei Arthur*. Você não viu o filme? Era um americano que, em um sonho, se transportava para o tempo da Távola Redonda. Levando com ele o automóvel, a motocicleta, o rádio, a lâmpada elétrica, o fuzil Mauser, a metralhadora, o canhão, a vitrola... "Mario Polo achou graça. "Pois Welfare foi o 'Yankee na Corte do Rei Arthur' para o futebol brasileiro."

5. Há o exemplo de Marcos e a discussão provocada por uma crônica de Mario Polo sob o tema: "Um keeper deve ou não deve atirar-se mesmo quando achar que o salto não evitará o gol?" Marcos achava que não. Que o salto devia ser provocado apenas pela possibilidade de defesa. Aliás, ele não se atirava. Estendia o pé. Mario Polo era de opinião contrária. Um arqueiro precisava empregar o mergulho. Só se dar por vencido quando todos os recursos falhassem, isto é, quando a bola alcançasse as redes. A única prova de que a defesa era impossível, humanamente impossível, só podia ser dada pelo mergulho, pelo emprego do arrojo, da agilidade. E pela previsão do imprevisto: a bola pegando mal no pé do *forward*. A bola batendo em uma pedrinha. A bola perdendo força numa elevação de grama mal-aparada. "Hoje ninguém ad-

mitiria um *keeper* que mergulhasse. Quando gols foram salvos por mergulhos?"

6. Marcos era contra o espetacular. Ele queria transformar o keeper em um matemático friamente preciso. Calculando todos os ângulos. Diminuindo, fazendo desaparecer os claros pela colocação, mais para a frente, mais para o lado. Quando era vencido, a despeito de tudo isso, ficava firme. E a imobilidade dele não podia ser considerada displicência. Era um cumprimento à habilidade do forward que conseguira sobrepujar a ciência do keeper. Ele só estrilava quando o atacante contrariava as regras. Quando o atacante, devendo chutar com um pé, chutava com o outro. Então Marcos saía do gol e ia falar com o Leônidas da época. Censurando-o porque ele tinha marcado um gol errado. Fora das convenções. Quase fora da ética futebolística.

7. Muita gente pode pensar que não há tal espécie de gol – o gol do erro, da jogada ruim. Ainda há pouco Ondino Vieira me contou que aquele tento maravilhoso de Russo contra o São Cristóvão no Torneio Início fora um gol assim. Russo nem soubera como partira o chute. Quis pegá-lo de um jeito e pegou-o de outro. Em vez de um centro – ele estava quase em cima do meio da linha de corner – para Carreiro, partiu um chute cheio de efeito, enganando Oncinha, indo entrar no outro canto do arco. Todo mundo bateu palmas. E Russo ficou encabulado...

8. "Em 17 – é Mario Polo quem fala –, o Fluminense tinha um time moço. Quase de garotos. Ele só tirou o campeonato

porque contratara os serviços de um massagista. Nenhum clube se 'atrevera' a reconhecer a necessidade da massagem. A massagem era ridícula... E eu me lembro de uma tarde, no campo do América, com a torcida do América escandalizada porque descobrira que os jogadores do Fluminense estavam tomando massagens. O fato de o Fluminense adotar a massagem parecia condená-lo irremediavelmente como 'pó de arroz'. 'Onde estão os jogadores do Fluminense?'. 'Estão tomando massagem'. E as gargalhadas explodiam. Que uma moça tomasse massagens, vá lá. Mas um jogador de futebol? E, quando o Fluminense entrava em campo, gritavam os torcedores: 'Cuidado! Não se machuquem...'".

9. E o que acontecia era o seguinte: Fluminense, no primeiro tempo, pouco fazia. Ia ganhar o match no segundo. Porque tinha mais fôlego. Porque aguentava os oitenta minutos. E a torcida, os outros clubes, acabaram aceitando a massagem. Emprestando-lhe um poder misterioso. Quase de feitiçaria. Então a massagem não servia só para amaciar a pele, hein? Servia também para dar mais elasticidade aos músculos, preparando-os pra um esforço maior? Então a massagem não era coisa só de instituto de beleza?

10. E tudo foi assim. Com o tempo os "outros" trataram de fazer o mesmo. De botar massagista. E os massagistas, até, de quando em quando, esticavam o pescoço, metendo a cara nas fotografias do time. Aparecendo. Como se fizessem parte do quadro. Como se jogassem também. Alguns não eram massagistas nem nada. Eram amassadores de músculos. Sem acreditar em uma ciência da massagem. Qualquer um

poderia, com um pouco de força, dar massagem. Um pouco cansativo, não resta dúvida. O massagista precisava de mais fôlego do que o jogador... Em cada massagem parecia que ele ia arrebentar. Arrebentando também o jogador. Eu nunca me esqueço de um massagista do Botafogo – há uns dez anos, mais ou menos – que entrou em campo, de mala e tudo para atender Pedrosa. Pedrosa que tinha quebrado a clavícula. E o massagista espalmou a mão, dando uma massagem brabíssima na clavícula de Pedrosa. Pedrosa berrava. Contorcia-se de dor. E o massagista dizia que não era nada. Que aquilo ia passar. Ele, de quando em quando, "sentia" o músculo, "Agora, sim". O músculo era osso quebrado...

11. Mario Polo sabe de tudo isso. Ele vem acompanhando o futebol desde o princípio. Observando as mudanças. Vendo que se ia aprendendo, sim, senhor. Aquele tempo era "outra coisa". Mais pitoresco. Sendo que o pitoresco daquele tempo é estabelecido pelo contraste. Em 910 o presente era 910. Como uma culminação. E não se achava graça em 910 como não se acha graça em 42. Hoje tudo que cheira a passado tem um encanto, um perfume de flor esquecida entre as páginas de um livro. O "saudosista" não chora o futebol dos anos idos. Chora a mocidade que não volta mais...

"Da primeira fila", 28 de abril de 1942

A PAIXÃO DO FUTEBOL

1. Foi no meu gabinete do *Jornal dos Sports*. Eu já tinha arrumado, sobre a mesa, o bloco de papel, ia começar a escrever, quando o Angelo abriu a porta encostada, veio me dizer que queriam falar comigo. Mandei entrar. Apareceu um rapaz, deu o nome, Fred Melo, olhou para os lados, ninguém. A porta tinha ficado aberta, Fred Melo fez um movimento para fechá-la. O movimento não se completou. "É um assunto particular" disse ele, explicando tudo, a sua presença, a vontade de fechar a porta. "Pode dizer" eu me debrucei mais sobre a mesa. Fred Melo hesitou, depois se encheu de coragem. "O senhor seria capaz de patrocinar um campeonato de futebol de botões?" Seria, sim. O meu filho, Mario Julio, em outros tempos, quando era menor, jogava futebol de botões. Agora cresceu, os botões estão guardados numa gaveta. Não se desfaz deles. Talvez, se não fosse a vergonha de ser grande e brincar como uma criança, ele ainda desenhasse um campo no chão, com um gol em cada lado, para disputar uma partida de futebol de botões.

2. Eu me lembrei de Mario Julio, do cuidado que ele tinha com os botões. Em véspera de jogo, os botões passavam a noite numa caixa cheia de talco, concentrados. De manhã cedo estavam que era perfume só. Não era para isso que Mario Julio os trancava na caixa cheia de talco. Era para que eles ficassem mais macios, deslizassem melhor pelo chão. Devia haver, por aí, muito garoto como o Mario Julio de outros

tempos. Quem estava diante de mim era um rapaz de bigodinho e tudo, Fred Melo. "Patrocino o campeonato e dou uma taça" – mal eu disse o sim, Fred Melo mudou. Perdeu o acanhamento, ficou até bem desembaraçado. Eu nem tinha reparado num embrulho que ele trazia debaixo do braço. O embrulho foi colocado em cima da mesa, aberto, eram os botões. "Eu tenho dezessete times" Fred Melo parecia que estava com pressa.

3. Apresentou-me alguns craques. Aquele botão ali era extrema esquerda. Não sabia jogar em outra posição? Não. Fora treinado na extrema esquerda. "Já me ofereceram – vangloriou-se Fred Melo – quarenta cruzeiros por ele." Como se ele fosse vender um botão como aquele extrema esquerda por quarenta cruzeiros. "E que é que tem esse botão para valer tanto?" – perguntei. A resposta foi: "O chute." Um chute que derrubava goleiros, o goleiro no futebol de botões era uma caixa de fósforos com chumbo dentro. "O senhor vai ver." Fred Melo procurou a bola de cortiça, redondinha, achou, colocou-a na frente do botão extrema esquerda, com a paleta impulsionou o botão. Saiu um chute que só vendo. "Você fez bem em não vender o extrema esquerda por quarenta cruzeiros – eu dei razão a Fred Melo – Eu não o venderia nem por cem."

4. Organizou-se o campeonato de futebol de botões, quase quatrocentos garotos se inscreveram. Garotos só, não. Homens feitos também, até um imediato de um navio, que me escreve de "algum ponto do Atlântico". Ele estava combatendo pelas Nações Unidas, pela Liberdade do Mundo, e as inscrições se tinham encerrado. Como havia de ser? "Se

não fosse a guerra, eu estaria aí, já inscrito, disputando o título de campeão." E assinava-se: Joseph Calvert. Mandei abrir uma exceção para o Joseph Calvert. E um dia ele apareceu, olhou para a mesa onde se disputava o campeonato. "Nesta mesa eu marcarei vinte e cinco gols em vinte minutos." Mais de um *goal* por minuto. A gente ainda não sabe se ele é mesmo capaz de uma coisa dessas. Na hora do jogo o adversário de Joseph Calvert não apareceu. Tinha ouvido falar na história dos vinte e cinco gols.

5. Inscreveu-se, também, um médico: Nelson Teixeira. Não podia jogar de dia, tinha hospital, consultório, não sei mais o quê. Às seis horas da tarde ficava livre. Colegas dele foram vê-lo estrear. Um pediu: "Não fique nervoso." Era fácil dizer. Nelson Teixeira arrumou o time na mesa, na hora de segurar a paleta começou a tremer. Devia estar com as mãos frias. Sem sangue elas estavam. O amigo explicou: "A medicina não lhe deixa tempo para treinar." Devia ser isso, a falta de treino. Nelson Teixeira deu a saída, o jogo começou, os garotos em volta protestaram. Aquilo não valia. Era que Nelson Teixeira empregava, no futebol de botões, a marcação cerrada, de botão para botão. Parou o jogo. Valia ou não valia defesa cerrada? Valia. Se valia em futebol de verdade, tinha de valer em futebol de botão.

6. "Não seja trouxa – gritaram para o adversário de Nelson Teixeira – Empregue a defesa cerrada também." Foi o que ele fez. Antes de uma jogada, o médico e o garoto tinham de pensar. Os botões quase que não podiam se mexer sem tocar noutros botões. E um botão de um time batendo no

botão de outro time faz falta. Falta é quase gol, seja de onde for. Todo time de futebol de botão tem um Lelé. Na hora da cobrança de uma falta, a pequena multidão que se reúne, todas as tardes, no salão do *Jornal dos Sports*, grita por Lelé. E o Lelé aparece. Quando a bola entra, vai bater nas redes, os garotos pulam, parece que estão num Fla-Flu. "Mais um! Mais um!" – as palmas marcando o compasso dos gritos. Tal como em São Januário, em Álvaro Chaves, em General Severiano ou na Gávea.

7. Alguns pais fazem questão de acompanhar os filhos. Um deles, guarda-civil, disse-me que, de manhã, o filho pedira para faltar à aula. "É que eu estou escalado para jogar hoje, papai." O pai consentiu, ajudou o filho, Vitor Luiz, a escolher os botões. Conhecia todos os botões do filho. "Eu acho bom você levar uns reservas, meu filho." Vitor Luiz encheu uma lata de biscoitos com os botões, foi com o pai para o *Jornal dos Sports*. De quando em quando tomava coragem, ia espiar, perguntava qual era o placar. Vitor Luiz estava vencendo, venceu. Como ele estava ali, não era melhor aproveitar, jogar outra partida logo de uma vez? Assim não precisaria faltar mais a nenhuma aula. O pai dele deu licença, depois se arrependeu: e se o Vitor Luiz perdesse? Nem era bom pensar.

8. Outro que foi com o pai: Sergio Augusto Ribeiro. O pai muito bem-vestido, via-se que tinha uma posição na vida, o Cascadura achou que devia fazer sala para um senhor tão distinto, ficou ao lado dele. O Sergio jogava bem, estava ganhando, depois o jogo empatou, acabou empatado, houve

a prorrogação, o Sergio perdeu. Perdeu e abriu no choro. O Cascadura foi consolar o Sergio. "Esporte é isso mesmo, perde-se hoje, ganha-se amanhã." O pai do Sergio concordava com Cascadura. "Uma derrota não é nada, meu filho. Você jogou bem." "Mas perdi." "Seja homem, meu filho. Homem não chora." O Sergio tirou um lenço do bolso, enxugou as lágrimas. Os olhos secaram, estavam, porém, vermelhos e brilhantes. "E agora – disse o pai – você vai se preparar para o ano que vem." O Sergio estufou o peito: "No ano que vem eu quero ver ele me ganhar."

9. Não foi o único que chorou. O Paulo Tibau chorou também e chorou enquanto jogava. Apertava a paleta de encontro ao botão, o botão não saía do lugar. Então ele chorava, passava a mão pelos olhos, apertava a paleta de novo de encontro ao botão. Outros vão chorar em casa, saem dizendo alto: "Perder não é desonra." E há outros triunfantes. O Lais Cardoso Nascimento tem um botão que joga na meia esquerda, recordista de gols. Já marcou vinte e um gols. "Quanto custa o passe do meia esquerda, Laís Cardoso?" "Não vendo por dinheiro nenhum." Há uns que pedem os botões dos outros emprestados. Mario Novais não precisa comprar botões nem pedir botões emprestados. É torneiro do Arsenal de Marinha. "Quem faz os meus botões sou eu."

10. A mãe do José Milhazes contou que, às vezes, acordava de noite, a luz do quarto do filho acesa, ela ia ver, ele estava treinando. Não me surpreendi, achei isso a coisa mais natural do mundo. Sabia o quanto apaixonava o futebol, de verdade, de botões, de qualquer coisa, até de milho. O Luiz

Jardim, desenhista, escritor, crítico de arte, inventor, uma porção de coisas, só joga futebol de milho. Ele trabalha durante a semana, reserva as manhãs de domingo para disputar o seu futebol de milho. A bola é uma coisinha de nada, os milhos grandes, escolhidos, bem amarelos. Onze milhos de um lado, onze milhos do outro. Gols, redes e tudo. Deitado no chão, Luiz Jardim, com a ponta da unha, movimenta os milhos. E leva horas esquecidas assim, jogando por ele e pelo adversário, que é ele mesmo.

"Da primeira fila", 19 de abril de 1945

O NEGRO NO FUTEBOL BRASILEIRO

A ascenção social do negro

1. Para muita gente, culpa dos jornais. Os jornais publicando clichês de duas, três colunas, às vezes de página inteira de um jogador de futebol, dará naquilo. Mais uma prova do pouco que conhecia Domingos. Domingos não fugia só do torcedor, fugia também do jornalista, principalmente do jornalista. Não se importando que os jornais passassem dias sem falar nele, preferindo até. Um traz uma coisa boa, outro uma coisa ruim, a coisa boa se esquece logo, a ruim é que fica. Queria sair em jornal, mas em ocasiões especiais, depois de um jogo, e jogo importante, ele a maior figura de campo. Assim valia a pena. Agora, publicar o nome, o retrato dele por publicar, para encher espaço, não. Não para o Da Guia, sim para o Leônidas. Para o Leônidas estava bem, apesar de tudo. Do colar, do relógio. O que não impedia que ele andasse pelas redações. Os jornalistas contavam com Leônidas para fechar uma página, O Diamante Negro em visita à nossa redação. Em visita a todas as casas. Onde entrava o jornal, Leônidas entrara. O torcedor abria a página de esporte, lá estava Leônidas sorrindo para ele, feito um amigo velho. O torcedor podia cruzar a perna, recostar-se na cadeira, nem tirava o palito da boca para bater um papo com o inventor da bicicleta. Sem a menor cerimônia. A popularidade não admite cerimônia, alimenta-se de intimidade. A fama é que é cerimoniosa. Fica lá em cima, como Domingos. Não permitindo nem a confiança de um apelido. Diamante Negro para Leônidas,

para Domingos, Doutor, Professor, Mestre. O torcedor admirava Domingos de longe, guardando o devido respeito. O que não havia entre torcedor e Leônidas: respeito. O torcedor gostava dele. Por isso vivia desculpando coisas que ele fazia. Até um gol perdido, a bola pedindo para entrar, bastava empurrar. Fosse Domingos chutar uma bola fora, era um espanto, um 0. A torcida do outro clube, então, não perdia a ocasião, que talvez não voltasse mais, de um uh! Uh! Para Domingos. Não adiantava Domingos se zangar, perder a cabeça, feito Leônidas. Ninguém perdoava o Da Guia humano, de carne e osso. Para livrar-se dos uh! Uh! Domingos tinha de ser mais Domingos do que nunca. Parando a bola a dois metros do gol, o gol aberto, chamando todo mundo para tomar a bola dele. O que ele fez num Botafogo e Flamengo, em Álvaro Chaves. A multidão ficou quieta, parecia que o estádio se esvaziava de repente, que o jogo acabara havia muito tempo. Os covardes do Botafogo partiram para cima de Domingos, Domingos até se mexeu, começou a andar, devagar, balançando o corpo, dando dribles de meio milímetro. Driblou um, dois, três, quatro, cinco, esperou um pouco para ver se vinha mais alguém, não veio mais ninguém, ele esticou um passe de cinquenta metros, certinho, depois deu meia-volta, a bancada social do Fluminense assim de moças, florida, a mesma "corbeille" de vinte, de trinta anos atrás, curvou-se num cumprimento. Também até as moças se puseram de pé para bater palma. A vantagem de uma falhazinha. Era bom falhar de vez em quando. Senão, não demorava muito, a perfeição daguiana acabaria não impressionando mais ninguém.

2. Impressionava menos. Em outros tempos, o torcedor chegava a meter a mão no bolso, tirando de lá de dentro uma nota de 5 mil réis. Para comprar outra entrada, não queria furtar a Liga, já vira 4 mil e quatrocentos de jogo, uma jogada de Domingos valia o preço de uma arquibancada. O torcedor não ia mais comprar outra entrada, ficava, achando natural tudo o que Domingos fazia. Qualquer coisinha Leônidas, porém, o estádio quase que vinha abaixo, Leônidas! Leônidas! Leônidas! Pouco importava que ninguém tivesse visto direito a jogada do Diamante Negro. Uma espécie de mágica, zás-traz, a bola estava dentro das redes, o resto não interessava. Ia-se discutir como fora, como não fora, depois do jogo. A jogada de Leônidas, não a jogada de Domingos. Quem é que não sabia como fora a jogada de Domingos? Os fotógrafos até ajeitavam a lente, armavam a máquina, parecia que iam bater uma pose. Nada daquela afobação para um instantâneo de Leônidas, agora ou nunca. A chapa de Domingos saía nítida, via-se tudo, a gravura nem precisava caprichar. A de Leônidas saía tremida, precisava de retoque. O retoque da fantasia. O torcedor gostava de dar o seu retoquezinho, de botar alguma coisa de seu na descrição de um lance. Com Leônidas podia soltar as asas da imaginação. Domingos é que não deixava nada para a imaginação do torcedor. Fora assim, não podia ter sido de outro jeito. Também não se perdia um detalhe de uma jogada de Domingos. Enquanto a bola não chegava aos pés dele era um corre-corre, a bola não estava mais aqui, não estava mais ali. De repente, bastava Domingos tocá-la, o jogo virava câmera lenta. A multidão tratava de se sentar. Não porque o jogo perdesse o interesse, a emoção, pelo contrário. Tanto que havia gen-

te que nem tinha coragem de olhar. Como se estivesse num circo e chegasse a hora do domador meter a cabeça na boca do leão. Enquanto durasse o fundo musical dos tambores, era melhor não olhar, o leão podia fechar a boca. Na jogada de Domingos, enquanto durasse o silêncio. O torcedor de coração pequeno, parado. O coração do torcedor só voltava a bater depois. Mas, afastado o perigo, passado o susto, o torcedor não tinha ânimo nem para bater palma. Soltava era um suspiro, tirava o lenço do bolso. Quando não dava uma gargalhada. Uma gargalhada que estremecia o estádio, que fazia o jogador ficar sem jeito, morto de vergonha. O caso de Dorado, campeão do mundo. Dorado balançando as redes, gritando gol, os uruguaios correndo para abraçá-lo, beijá-lo, para levar a bola para o meio do campo, a bola não estava com Dorado, estava com Domingos lá no bico da área. O jogador que se lembrava de Dorado chegava perto de Domingos, entregava logo a bola, para não fazer papel de ridículo na frente do Doutor, do Professor, do Mestre. O Mestre dando sua lição de futebol. Mostrava como era, como não era, imitando o mágico que arregaçava as mangas, prometendo não iludir ninguém, para iludir melhor todo mundo. O torcedor, na cadeira numerada, na arquibancada, na geral, se deixava enganar mais uma vez.

3. Ia para casa convencido de que aprendera o truque, não havia nem truque, mais simples não podia ser, dois e dois são quatro. Quando acaba Domingos não ensinava nada, Leônidas é que ensinava tudo. Foi só ele dar uma bicicleta, a bicicleta passou adiante, nos campos, nas peladas, pelo Brasil afora não houve quem não desse a sua bicicletazinha.

Talvez porque o Leônidas sozinho fosse mais brasileiro, estivesse na massa do sangue dos nossos brancos, mulatos e pretos. Como o samba. Toca-se um samba, seja onde for, só se vê quente gingando o corpo. Domingos gingava o corpo, mas não com aquele desembaraço de Leônidas, que se desmanchara todo. Dançando o samba, jogando futebol. A sobriedade de Domingos chocava como uma coisa vinda de fora. Da Inglaterra. Tanto que quando se queria dar uma ideia de Domingos, tinha-se logo com futebol inglês. Domingos era inglês. Um inglês preto, de fala macia, arrastada como seu passo de malandro, mais inglês, porém, do que os burgueses brancos que o torcedor conhecia. Ingleses brancos que, vestindo-se de jogador de futebol, tratavam mais do que depressa, de se abrasileirar. Chegando mesmo a inventar jogadas, feito Leônidas, para agradar o publico. O caso de Charles Miller, o Charles sendo o primeiro brasileirismo em futebol. O avô da bicicleta. O torcedor gostava era daquilo. Os jogadores mais brasileiros sentindo isso, Waldemar de Britto não deixando em nenhum jogo de dar a seu Charles a sua letra. Senão iam pensar que ele estava decadente. Um Charles, uma letra, convenciam todo mundo de que ele era o mesmo. Que estava até melhor. O que sucedeu com Romeu depois do vai, mas não vai. Romeu já quase no fim o vai mas não vai reme, o público se esquecendo da careca dele. Um Charles, uma letra, uma bicicleta, jogadas jovens, alegres, fantasias de "ballet". A impressão de Olivio Montenegro quando viu um match pela primeira vez. Sem saber o que era um gol, um pênalti, um corner, um off-side nem se fala. Não sabia o que era futebol, sabia, porém, o que era um "ballet". Para não dizer um samba. A torcida levando para a geral, para as arquibancadas, cuícas, pandeiros e tamborins enchendo o estádio de sons de samba. Os jogadores não errando o passo, o ritmo do futebol sendo o vai mas não vai de Romeu. Do vai mas não vai do samba, a nossa dança dionisíaca. Coisa que não escapou à observação de Gilberto Freyre: o futebol brasileiro era dionisíaco. Dionisíaco como Leônidas, não apolíneo como Domingos. A multidão não se enganava quando pulava dentro do campo para carregar Leônidas em triunfo. Os braços se estendendo para pegar Leônidas, para tocar em Leônidas. Por isso, durante o campeonato do mundo depois de uma vitória brasileira, o povo inundava as ruas e só se ouvia Brasil e Leônidas. Nenhum grito de Domingos, de Romeu, de Perácio, de qualquer outro jogador que, como Leônidas, tinham corrido em campo, molhado a camisa. Lá em Estrasburgo, lá em Bordéus, pela vitória do Brasil. Aquele Brasil, aquele Leônidas, juntos, um puxando o outro, exprimiam tudo.

"Da primeira fila", 13 de setembro de 1946

José Lins do Rego

PILAR (PB), 1901
RIO DE JANEIRO (RJ), 1957

«Trieste sempre foi, é e será italiana»

Os italianos não fizeram a guerra de coração — Quando puderam, transformaram-se em co-beligerantes — Promessas de Roosevelt que estariam sendo esquecidas — Os italianos livres são visceralmente republicanos — A Itália não pode nem deve pagar reparações de guerra — A luta dos italianos livres por uma paz mais justa, na palavra de dois dirigentes ítalo-americanos

ENTREGA DAS RELAÇÕES DE EMPREGADOS

Prorrogado até o dia 5 o respectivo prazo

OS POSITIVOS NAS ANÇAS DE MINAS

terça 2 quarta 3 quinta 4 sexta 5

LOJAS DE DEPARTAMENTO A Exposição AVENIDA

A primeira diretriz da A Exposição

AGORA, TAMBÉM PARA OS n'A Exposição O ARTIGO

Conversa de auto-lotação

Perpetuemos no bronze o heroísmo dos nossos soldados

NEM TODOS PODEM

Conversa de Lotação

Lins do Rego

O GLOBO

SERVIDORES ACOMODAM O PLANO DENTRO DO TETO DE 7 BILHÕES

A UNSP Entregará ao Senado e ao Presidente da República, Hoje, os Subsídios ao Substitutivo — Fala a O GLOBO o Secretário Geral Daquela Entidade, Sr. Edgar Leite Ferreira — A Diferença Entre o Substitutivo e o Projeto do Plano de Reclassificação

A Despesa e as Emendas

A Diferença do Substitutivo

Pode Ser Aceito o Substitutivo

Importância Dos Anexos

Evitem

O Presidente Não Precipitará a Reforma Cambial

O BRASIL A REBOQUE DO PLANO DE LIGAÇÃO RODOVIÁRIA CONTINENTAL

Situação de Desprestígio

Razões do Mandado de Segurança em Favor do Almirante Amorim do Vale

Alegações do Mandado

Não Foi Interpelado

NÃO MAIS VIRIA O TRIGO ARGENTINO

Louvor do Clube Mineiro de Pesca-dores a um Tópico de O GLOBO

Proposta Brasileira

BRONQUITE — ASMA — TUBERCULOSE

DR. AVELINO ALVES

Ofertas desta Semana

ARTIGOS selecionados QUALIDADE extra PREÇOS vantajosos BOM GOSTO requintado

PARA ELA PARA ÊLE

Romancista, cronista, contista, seus primeiros contatos, ainda na adolescência, com a literatura de Machado de Assis e de Raul Pompeia foram definidores de sua trajetória. Formou-se pela Faculdade de Direito de Recife, em 1923. As novas ideias do amigo Gilberto Freyre sobre a formação social brasileira exerceram forte influência sobre o escritor. Colaborador de diversos jornais e revistas, em 1932 publicou seu livro de estreia, *Menino de engenho*, de forte contorno autobiográfico e que abriu caminho para a criação do chamado "ciclo da cana-de-açúcar". Onze anos depois, lançou sua obra-prima, *Fogo morto*, romance que retrata a decadência dos engenhos de açúcar e o fim de uma época. Em 1935, transferiu-se com a família para o Rio de Janeiro, onde estabeleceu uma ampla rede de sociabilidade literária e pessoal, tornando-se um torcedor fanático do Flamengo. As histórias de Zé Lins, como era carinhosamente chamado pelos amigos, abordam o mundo rural nordestino e estão entrelaçadas com sua própria vida, em particular a infância passada no engenho do avô. O conjunto de sua vasta obra, de cunho memorialista e com apurado poder de descrição, é marco importante na literatura brasileira. Seus livros foram adaptados para a televisão e o cinema, como *Riacho Doce* e *Menino de engenho*. Foi eleito, em 1956, para Academia Brasileira de Letras. Estreou no GLOBO em 1944 na coluna "O GLOBO nos cinemas" e, entre 1946 e 1956, assinou "Conversa de lotação", com crônicas sobre política, custo de vida, casos pitorescos do cotidiano carioca e as mazelas da capital federal em linguagem coloquial e narrativa rápida.

A POPULAÇÃO DO RIO...

A população do Rio, na madrugada de domingo, despertou, toda em reboliço, pelas irradiações de locutores de notícias que davam a queda de Berlim como um fato consumado. Vimos toda a opinião pública acordar para ficar à espreita de novidades, as bancas de jornais com um movimento nunca visto, as ruas cheias, uma alegria de todas as caras

Seria o fim da guerra?

À tarde, no estádio do Vasco, a multidão que lá estava aclamaria os heroicos mutilados da nossa Força Expedicionária. O mundo que se acabava com a queda de Berlim, o mundo para cuja grandeza futura aqueles rapazes deram pedaços de sua carne e bocados de seu sangue, ainda teria que precisar de muito mais carne e de muito mais sangue para vencer os seus inimigos naturais.

Todas estas reflexões provocaram-me a conversa que ouvira num autolotação. Falavam dois homens de classe diferentes. Um tinha aspecto de classe média, bem amargo, e o outro era homem do povo, que ia de carro, como em dia de grande festa, para um desafio de futebol.

Dizia o classe média para o homem do povo: "É o diabo, não pude dormir com esta história de queda de Berlim. O rádio do vizinho berrou desde as quatro horas. E tudo era mentira. O alemão ainda briga muito. Esta guerra é para muito tempo."

O homem do povo, que ia ao lado do *chauffeur*, voltou-se para trás e, com voz dura de torcida braba, não se conteve: "Briga nada. O russo está com apetite, aquilo vai ser um passeio. Não fica alemão para contar a história."

O classe média calou-se. O rompante do outro não permitia outra solução.

O homem do povo, aí de voz mais dura, foi dizendo: "Eu se pego um 'quinta' de jeito, é para fazer 'picadinho'."

A conversa não se esquentou mais porque o admirador da Alemanha não tinha vindo brigar. Viera para a sua partida de futebol. E, depois, aquele tipo não valia nada. E, quando tudo parecia acabado, o homem do povo voltou-se para trás e nos disse, com raiva: "E se o rádio deu a queda de Berlim, é porque caiu mesmo. Quem não acredita é da laia do alemão."

"Conversa de lotação", 23 de abril de 1945

O CARRO JÁ ESTAVA...

O carro já estava bastante lotado quando apareceu um passageiro que se espremeu na lata de sardinhas. Mas todos estavam felizes porque, àquela hora, fora uma providência aparecer um lotação para o Jockey.

E quando saímos da avenida, a conversa já estava pegada e a intimidade estabelecida.

– A bomba atômica fracassou – dizia o homem da frente, quase sem poder mexer o pescoço.

– Fracassou nada – respondeu o outro lá do fundo do carro, com uma voz que vinha de longe.

– É truque americano – informava o companheiro ao meu lado. – O americano não quer negócio de dividir segredo. E por isto fez toda aquela viagem.

– É, mas russo não vai no jogo. Russo é bicho manhoso.

– Que nada. Manha é do inglês.

– Americano diz o que sente. Eu não acredito que a história da bomba seja manobra.

– Eu não sei, mas acreditar em gringo, eu não acredito. O mundo de hoje está cheio de chaves.

– Você não acredita em conversa de jornal. Garanto que nem houve essa história de bomba atômica.

– Qual nada. As experiências foram controladas. Eu li em *Seleções* a história da bomba atômica, e acredito nela.

– Pois eu não acredito. O americano botou o russo para correr com a guerra de nervos.

– É aí que está o seu engano. O russo já sabe de tudo.

– E o senhor, o que pensa de tudo isso? – me perguntou o companheiro da esquerda.

Fiz um tremendo esforço para virar o rosto e entrar na conversa. E disse que não acreditava em truque, que não acreditava nas mentiras da imprensa. E mais ainda, que achava que todas as bombas atômicas seriam, afinal de contas, dominadas pelo espírito de uma humanidade entregue às suas faculdades criadoras.

O autolotação silenciou com a minha descarga de otimismo.

O homem da frente, já sem se voltar para trás, não se conteve e disse mais alto:

– O senhor também acredita que o Pão de Açúcar pode trocar de lugar com o Corcovado?

Foi uma gargalhada só.

É que não há mais ninguém, neste mundo de Deus, que acredite em sentimentos humanos, em grandeza da alma, em boas intenções.

"Conversa de lotação", 3 de julho de 1946

O LOTAÇÃO ERA DESTES...

O lotação era destes que fazem o trajeto Mauá-Monroe. E era um carro velho, marca europeia, de mais de 30 anos atrás. Guiava-se um velho *chauffeur* de bigode louro e ralo como de inglês. Era um nórdico na certa. E como me interessasse o homem, procurei explorá-lo para uma conversa de lotação. E fui logo perguntando:

– O senhor é inglês?

– Não, sou cearense. E cearense do Crato. Vim para cá para servir o Batalhão Naval, e não gostei da farda. Depois meti-me com um maluco, nas obras do Dr. Passos, um meu patrício de Fortaleza, e quase fui parar na cadeia. É que tivemos que abrir luta com um português, ali da Rua da Alfândega, e houve fogo, facada, o diabo. Negócios das demolições do Dr. Passos. E sou *chauffeur* há 35 anos. Conheci Pinheiro Machado. Estive até para trabalhar no carro dele. Mas gostava do Ruy. O Ruy tinha o dom da palavra... Eu sou muito de discurso. Quando me chamaram para trabalhar para o Pinheiro, eu disse, de mim para mim:

– Não, eu fui civilista. Para quê? Pinheiro era homem de muito mandar. Tinha força, mandava no Hermes, mas o velho Ruy era atencioso. Posso lhe dizer que nunca perdi um discurso no Senado. O Joaquim de Paula, servente de lá, me deu cartão e, quando o velhinho abria o bico, lá estava eu para bater palmas e dar gritos. Depois conheci Barbosa Lima, na Câmara, não naquele Palácio Tiradentes. Falava bem. Era uma carretilha, não engasgava como estes de hoje. E Irineu! O senhor não pode imaginar o que era Irineu ainda quando não tinha raspado as barbas. Falava de tudo, era contra o governo, e sabia tirar gente da cadeia como ninguém. Eu mesmo fui uma vez procurar o barbado por causa de meu colega que tinha pegado um tipo na Beira-Mar. Irineu tomou meu carro, foi ao Distrito e saiu com o homem abraçado como se fosse um amigo. Mas de todos eu gostava mais do velhinho. O Seabra comeu fogo com ele. Às vezes eu ia fazer ponto ali pela São Clemente só para ver se me chamavam para algum serviço na casa dele. Nunca fui chamado. Ele andava de carro de cavalo. Aquilo que era falar.

Quando cheguei ao fim da viagem, saltei, com saudade do carro velho. E enquanto esperava o troco, o velhinho foi me dizendo:

– Olhe, fique certo, perdi o gosto por discurso. Nem gosto de passar por perto do Senado e da Câmara. Para quê? Para ouvir essa rapaziada dizer besteira!

Fiquei a pensar na conclusão derrotista do *chauffeur*. E para me consolar, fui obrigado a admitir que ao tempo daqueles oradores, outros velhos assim como ele teriam saudades dos outros oradores de antigamente.

"Conversa de lotação", 25 de outubro de 1948

SENTOU-SE AO MEU LADO...

Sentou-se ao meu lado um homem rico, meu velho conhecido, e para mostrar-me que continua rico foi logo dizendo:

– Estou com o meu carro em conserto. E esta história de oficina, hoje em dia, é uma miséria. Ninguém quer trabalhar. E tudo custa três vezes mais.

O outro companheiro concordou carregando ainda mais na mão.

– É isto mesmo, o brasileiro que se diz operário não passa de um malandro. Ganha o que quer e faz o que quer.

O homem rico e o desconhecido estavam de inteiro acordo. Era malandro pra cá e malandro pra lá.

– E que me diz sobre o aumento do funcionalismo? – perguntou-me o homem rico.

Quis fingir que não era comigo a pergunta, mas não consegui.

– Sou funcionário, e acho mesmo que nossa vida aumentou de custo de maneira assombrosa.

– Isto todos nós achamos. Mas então você acha que a medida sumária de aumento dos ordenados resolve o problema? Aí é que está a desgraça do brasileiro. Somos um povo de soluções apressadas. O preço da vida não baixará com a tal reestruturação do Governo. Pelo contrário, vai subir. Subirão os impostos. Os nossos estadistas sempre desapertam para a bolsa do contribuinte.

O desconhecido concordava. Eu queria concordar, porque queria viajar no meu canto, chegar a casa, comer o meu jantar de pequeno burguês, levar a família ao cinema. Eu não queria conversa. O homem rico, porém, não queria outra coisa.

– Ora, Seu Lins, você que vive a escrever todos os dias, porque não mete o pau nesse aumento?

E quando eu ia dar uma resposta, do banco da frente apareceu um aparte um tanto irritado.

– O senhor fala assim porque está de barriga cheia. Eu conheço muito bem o senhor. O senhor não é o tal dos Imóveis?

– Eu não estou falando com o senhor: eu não o conheço.

O aparteante revidou forte:

– Mas eu o conheço. E não admito que venha a abusar da nossa miséria.

O rico chocou-se e não conteve a cólera.

– Posso falar porque sustento com o suor do meu rosto os orçamentos do Governo. Pago os meus impostos.

– Ora, é muito boa. O imposto que o senhor paga não mata a fome daqueles aos quais o senhor esfola.

Vi a coisa preta... A temperatura do carro era de explosão.

– Pare aí – gritou o rico ao *chauffeur*. – Vou descer.

Fez-se silêncio, o homem abriu a carteira, tirou a sua nota, pagou ao *chauffeur* e, voltando-se para mim:

– Não se esqueça do artigo.

Dei graças a Deus pelo sossego que se estabeleceria no lotação pacificado. O homem do banco da frente, que já tinha eliminado o primeiro adversário, voltou-se para o outro, para o desconhecido que vinha ao meu lado, e lhe disse:

– O senhor também estava dizendo que operário é malandro, que brasileiro é isto e aquilo.

– O que eu disse o senhor não ouviu direito, o que eu disse não foi propriamente isto.

– É verdade – adiantei para evitar novo atrito.

– Não, eu ouvi muito bem; o senhor disse mesmo.

Nisto o *chauffeur* falou:

– Se os senhores quiserem, eu paro no distrito.

"Conversa de lotação", 20 de fevereiro de 1956

Orígenes Lessa

LENÇÓIS PAULISTA (SP), 1903
RIO DE JANEIRO (RJ), 1986

restone
OU ELASTOMERO FIRESTONE LHE DÁ MAIS QUILOMETRAGEM
Acusados de "possuirem antecedentes comunistas"
O REGRESSO DOS BRAVOS
Origenes Lessa
8%
BANCO DELAMARE
Pulseira de esmeraldas
Observações econômicas
FRAUDE EM EXPORTAÇÕES
ORGANIZAÇÃO Ruf LTDA.
Precisa
Que deseja ser? FRACO e NERVOSO ou FORTE e VIGOROSO?
Vinol
Untisal
o santo remedio para torceduras e
DORES MUSCULARES
BANCO BRASILEIRO DO COMERCIO
Fundado em 1890
PRAZO FIXO JUROS 1 ANO 7%
Rua do Carmo, 57/59
HISTORIA DE AMOR
Origenes Lessa
PEQUENAS NOTAS
Você Sofre De Afecções Da Pele?
O GLOBO
Em 93% dos municípios brasileiros há segurados da Sul America.
Em 50 anos de trabalho honesto e construtivo, erguendo um patrimônio baseado na confiança de milhões de pessoas, a Sul America estendeu a todo o país o seu serviço de Proteção à Família Brasileira. Hoje, em 1548 dentre os 1668 municípios brasileiros, há segurados da Sul America. Milhares de famílias já foram beneficiadas por apólices de seguro instituídas pela Sul America. Em muitos casos, elas representaram uma justa aposentadoria, após anos de labor fecundo. Noutros, tive-
ram um sentido mais profundo: vieram resolver providencialmente o futuro do lar, graças a um momento de previdência inteligente e construtiva do seu chefe. Confie também na Sul America. Há mais de 180.000 famílias que fazem o mesmo, em 93% dos municípios brasileiros. Um agente da Sul America está à sua disposição para, sem compromisso de sua parte, mostrar-lhe qual o tipo de
VISO!
ACABAR!
marcações!

Jornalista, contista, novelista, romancista, autor de livros infanto-juvenis, ensaísta, tradutor, publicitário, filho de pastor, chegou a ingressar em seminário protestante aos dezenove anos, mas desligou-se pouco depois. Orígenes Lessa iniciou sua atividade jornalística em 1929, no *Diário da Noite* de São Paulo, e lançou a primeira coleção de contos, *O escritor proibido*, calorosamente recebida pela crítica. À essa coletânea, seguiram-se *Garçon, garçonnette, garçonnière* (1930) e *A cidade que o diabo esqueceu* (1931). Foi combatente da Revolução de 1932, sobre a qual escreveu *Ilha Grande: Jornal de um prisioneiro de guerra* (1933). Em 1942, viajou para Nova York e trabalhou no Coordinator of Inter-American Affairs, na função de redator da NBC em programas irradiados para o Brasil. Sua obra foi adaptada para rádio, televisão e cinema, das quais as mais conhecidas foram *O feijão e o sonho* (1938) e *Memórias de um cabo de vassoura* (1971), com milhões de exemplares vendidos. Destacou-se como publicitário por mais de quarenta anos e foi também pesquisador de literatura de cordel, além de ensaísta sobre brasileiros esquecidos, como caboclos, índios e negros. Admirado pelas crianças e jovens, recebeu inúmeros prêmios literários e, em 1981, foi eleito para a Academia Brasileira de Letras. Orígenes Lessa estreou no GLOBO em 1944 na coluna "O GLOBO nos cinemas", e publicou suas crônicas no jornal entre 1945 e 1946. Seus textos deixam claro a preocupação do escritor: a solidariedade e a esperança como valores importantes e o desejo de ser lido e compreendido por seus leitores.

O REGRESSO DOS BRAVOS

Foi uma tarde de heroísmo. Porque meio milhão, ou mais, de pessoas que se movimentaram para aplaudir os bravos soldados da F.E.B. venceu verdadeiros impossíveis para chegar à cidade. Só pelas borboletas da encarecida e encantada Cantareira passaram 100 mil pessoas. Dos subúrbios distantes e estranhos veio gente ninguém sabe como. Nunca uma partida internacional de futebol exigiu tantos malabarismos na frente, em torno e em cima dos velhos bondes da Light. E a multidão se comprimiu e ondulou, ao sol e com sede, muitos sem almoço, por horas sem fim. De vez em quando, um acidentado. De emoção, de nervosismo de multidão em cima. Todos festivos, porém. Uma alegria grande, como nunca vira antes esta leal cidade de São Sebastião do Rio de Janeiro.

Poucos, porém, dos que vinham de longe, de coração aos saltos, para ver um daqueles garbosos desfiles da Vitória que o cinema promete, conseguiram vê-lo. Porque praticamente não houve. A alegria era tal, a emoção tão transbordante, que o povo não respeitou cordões de isolamento nem policiais de bonezinho vermelho. E os rapazes da F.E.B. venceram também heroicamente aquilo tudo, desfilando em fila indiana, pequeninos no meio do povo, moídos de abraços, marcados de beijos. "Na Itália, o avanço era mais fácil", disse um deles. Ontem era preciso um carro de guerra para abrir caminho, para alcançar mais espaço. Mas assim que passava, a onda voltava e o desfile dos bravos se adelgaçava outra vez em fila indiana, esmagado pela efusão e pelo carinho da massa.

Foi, na sua desorganização, na espontaneidade de seus repentes, na beleza dos gestos anônimos, o maior espetáculo cívico já vivido no Rio. Uma menina de quatro anos, que um pai ergueu nos ombros, para que visse por ele e aplaudisse por ele, os soldados brasileiros da democracia, assim que avistou os primeiros, no começo da avenida, voltou-se para o pai, lá em baixo, pisado e socado: "Ih! Papai, eles estão como você. Estão chorando também..."

Foi assim que o Rio recebeu os seus soldados. Comovidamente. Com orgulho. Comoção e orgulho justos. Esses rapazes enquadraram o Brasil no mundo novo.

19 de julho de 1945

HISTÓRIA DE AMOR

José Pereira da Silva, que também poderia chamar-se Aluisio Lisboa ou João Silveira, via na praia de Copacabana – o luar dava nas águas e se prolongava em praia oscilante sobre as ondas – a jovem Luizinha Arruda, que também se poderia chamar Yvete, Daniela ou Maria disto ou daquilo. O nome de fato, não importa. Não foi pelo nome nem pelo sobrenome, que eles reciprocamente ignoravam, que o amor chegou. Foi pelo jeitão alto dele, pelo jeito redondinho dela. E pelos olhos, que nela eram negros e nele azuis. O primeiro olhar bastou. Parou o coração dela. Ele parou também. Não o coração, a marcha. Parou, voltou-se, acompanhou. Quando se viu seguida, Luizinha teve uma festa na alma. Quis fugir de contente. Quis morrer de alegria. Não sabia ao certo. E quando José Pereira da Silva falou – o nome ela saberia depois – Luizinha Arruda – o nome ela conhecia mais tarde – ficou plantada no lugar, muda e feliz, tal a grande emoção que sentia. "Permite-me acompanhá-la, senhorita?" Nunca ninguém tinha recitado um poema tão lindo aos ouvidos de Luizinha. "Se faz gosto nisso..." Foi a mais linda canção que já ouvira, em toda a vida, José Pereira da Silva. E por duas horas, indo e vindo, ela ouviu poemas e ele ouviu canções. "Calor horrível, não?" "É verdade..." "Será que chove amanhã?" "Deus permita..." Afinal. Trocados vários poemas e canções, eles marcaram encontro para o dia seguinte. Ao qual nenhum faltou, depois de uma noite recíproca de insônia e de deslumbramento. Vieram chás, passeios de ônibus, banhos de praia, sessões de cinema, pedido de casamento. José Pereira da Silva só esperava um aumento de ordenado para a consumação do matrimônio. Veio seis meses depois, de cem cruzeiros. Não era o que eles esperavam. Mas o amor paira acima de tudo. E como no cinema e às vezes na vida, os dois pombinhos se casaram e desceu sobre eles a benção da igreja, amiguinhas desejando felicidades, velhas tias chorando...

Post-Scriptum. – Uma nota explicativa faz-se necessária. É possível que um exemplar perdido deste vespertino caia num dia futuro nas mãos de algum descendente do casal Pereira da Silva ou mesmo de algum leitor qualquer de 1945 ou de 1946. E que esta linda história de amor seja relida. Em seus termos gerais, mesmo o homem sintético e superurânico de 2945 a entenderá perfeitamente. O amor é eterno. Mas poderá haver palavras inelegíveis para o homem superurânico de 2945 ou para o homem atormentado de 1946. Cruzeiro, por exemplo, aquela coisa que, aos cem por mês, resolveu o destino dos Pereira da Silva. Ouve, pois, leitor do futuro, a explicação dessa palavra. Cruzeiro era a unidade monetária do Brasil em 1945, vindo ocupar o lugar do mil-réis, moeda tradicional do país. Teoricamente, era a mesma coisa. Na prática, não. Com um cruzeiro ou mil-réis comprava-se, em 1935, um quilo de feijão e ainda davam 30 por cento de troco. Em 1945, eram precisos 4 ou 5. Com um comprava-se meia dúzia de ovos em 1935. Em 1945, um ou um e dois quintos de um ovo. Com dez comprava-se em 35 uma lata de azeite português. Eram precisos cem em 1944 ou 45. Com sete comprava-se antes um frango e um quilo de manteiga. Eram precisos vinte, dez anos depois. Com um, comprava-se dois pés de alface em 35. Para comprar um, em 45, eram precisos quatro cruzeiros e meio. Uma família de sete pessoas vivia no Rio com 1.828 cruzeiros ou mil-réis em 1935, embora pouquíssimas os tivessem. Em 1944, embora teoricamente, seriam precisos 4.080. Mas o que não acreditarás, leitor de 2945, nem tu mesmo, leitor infeliz de 1946, é que com a então chamada moeda de um cruzeiro, antes de junho de 1945, ainda se comprava limão, ainda se compravam quatro bananas amassadas, ainda se comprava um ovo às vezes bom, ainda se adquiria a ducentésima parte de um par de sapatos ou a milésima parte de um terno de casimira nacional. Ou melhor: tu, leitor distante de 2945, talvez o acredites. Só tu, leitor de 1946, só tu não acreditarás, apesar de teres vivido neste ano da graça de 1945. Pensarás, na tua atribulação, que foi cem anos antes. Ou mil.

4 de setembro de 1945

MENTIRA NA SELVA

Os homens abrem uma clareira, erguem um jirau e deixam presentes. Machados, picaretas e outros instrumentos simbólicos. Tudo aquilo é de graça. E para os Xavantes. E aí começa a mentira. Aí começa a trágica mentira desses pretensos civilizadores. Vão com mostras de uma falsa amizade e de um desinteresse ainda mais falso, porque vão em nome de uma civilização que explora tudo e vende tudo, a começar por esses mesmos machados e picaretas. Procuram homens que sempre se recusaram altivamente a se misturar com uma civilização inimiga e fracassada e oferecem-lhes apenas necessidades e problemas novos. Civilizar, nesse caso, é apenas criar necessidades. Eles nunca haviam precisado dos nossos machados. Nem das nossas picaretas. Contou um repórter que depois da primeira distribuição, já os pobres silvícolas começaram a querer mais, eles que nunca tinham precisado e viviam felizes no seu soberano isolamento. Tinham vivido séculos com seus instrumentos e hábitos primitivos. Já começam a pedir os novos, já há concorrência entre eles, haverá luta entre o xavante que tem o machado e o xavante que não tem. Por enquanto, a mentirosa expedição está disposta a dar. Vai dar mais. Deve estar dando. Um dia, começará a vender. E um dia os xavantes saberão que não temos a impingir-lhes somente as nossas picaretas, mas também os "nossos picaretas", suprema flor da nossa cultura. Verão o tempo que, não só não vamos dar, nem apenas vender, mas tomar... suas terras e riquezas que encerram. Na verdade é apenas isso. Nós fomos incapazes de resolver os nossos problemas. Somos uma civilização miserável, má, grosseira, estúpida, ridícula. Que podemos oferecer a esses pobres entes humanos em troca da sua liberdade? Casas? Não as temos nem para os nossos. Roupas? Por que criar para eles essa nova necessidade, se nem sequer temos roupas para os nossos filhos? Escolas? Já não chegam para os nossos. Estradas? Mas para quê? E por quê? E com quê? Nem sequer temos estradas para transportar a nossa comida! Comida? Nunca precisaram da nossa. E ai deles, se viessem a precisar! Perfumes... bugigangas... sapatos... gravatas... cigarros... óculos... gomalina... suspensórios... Nós vamos apenas ensiná-los a necessitar de tudo isso. Moral? Mas tempo algum para oferecer-lhes? Religião… mas qual carne de vaca, em vez de humana? Que carne, de que vaca e por que preço?

Não, meus amigos, ninguém tem o direito de impingir, a quem nunca precisou de nós, todas as nossas precisões, todas as nossas necessidades. E é por isso que eu venho torcendo humildemente em favor dos xavantes. Não desejo que matem nem comam os sertanistas bem-intencionados, mas errados que sem o saber, os pretendem perder. Desejo apenas, desejo intensamente, que eles não acreditem. Nem nos machados, nem nas picaretas, nem nas outras mentiras. Daqui a dois ou três séculos talvez possamos conversar. Por enquanto não. Não é sério…

30 de outubro de 1946

Eloy Pontes

ITAPERUNA (RJ), 1890
RIO DE JANEIRO (RJ), 1967

A LUTA SECRETA PELO PETRÓLEO DO IRÃ
2 -- O XÁ -- ÚNICO DEMOCRATA DO REINO
Manifestação comunista em Teerã — O Tapete "antigo" e os políticos prevaricadores — Do deserto de sal, onde nem as serpentes vivem, à floresta das montanhas — O sistema feudal: "Posso 30 mil camponeses" — Arados de antes de Cristo — O jovem soberano distribui parte de suas terras entre os camponeses
(Sensacional reportagem de A. de Segonzac — Copyright da "Scoop", exclusividade d'O GLOBO)
A MANIFESTAÇÃO COMUNISTA
O XÁ DISTRIBUI SUAS TERRAS
TAPETE "ANTIGO"
DO DESERTO À FLORESTA
ARADOS DE ANTES DE CRISTO
DR. A. ACKERMANN
Pintura de Geladeiras
De Paris PARA O GLOBO
ATMOSFERA DE RECEIOS
(De ELOY PONTES)
Soldados dos Alpes com os seus pesados uniformes
PAIRA A SOMBRA DA MORTE sobre o assassino do padre
A ameaça do irmão do ex-vigario de Maria da Fé, caso seja confirmada da absolvição do tenente Pannaim
APLAUDIDA, PELA MAIORIA, A DECISÃO DO JURI — OS ACUSADORES AINDA TÊM ESPERANÇAS DE UMA CONDENAÇÃO — MAS A DEFESA ESTÁ CONVICTA DE NOVA VITORIA — ÚLTIMOS DETALHES DO SENSACIONAL JULGAMENTO

Jornalista, escritor, cronista, ensaísta, biógrafo e tradutor, Eloy Pontes revelou desde muito cedo seu talento literário. Iniciou sua vida profissional escrevendo na *Ilustração Brasileira* e *Gazeta de Notícias*, entre outros periódicos da capital e do interior do país. Foi também diretor da Biblioteca da Câmara dos Deputados, por onde se aposentou, em 1951. Colaborador de primeira hora de O GLOBO, trabalhou com Irineu Marinho no vespertino A Noite. Depois, foi convidado para integrar a equipe do novo periódico, desde sua fundação, em 29 de julho de 1925, onde participou do concurso que viria a escolher o nome do jornal. Eloy Pontes colaborou no GLOBO por mais de três décadas, como jornalista e tradutor, em "Folhetim do GLOBO", "O GLOBO nas letras", "No mundo das letras". Em 1951, já aposentado do serviço público, transferiu-se para Paris, enviando crônicas e artigos para as colunas "De Paris para o GLOBO" e "Paris de perto", até o final dos anos 1950. Dizendo-se "exclusivamente homem das letras", publicou, entre outros, *A Vida Dramática de Euclydes da Cunha* (1938), *A vida contraditória de Machado de Assis* (1939), *Romancistas* (1942), *Favela* (1946), *Arranha céu* (1957), *Mangalarga* (1960), além de estudos sobre personalidades da literatura universal, como Anatole France e Balzac. Seus textos falam da cidade de Paris e das impressões do autor sobre o pós-guerra na Europa.

PRIMAVERA E FRIO

O inverno entrou pela primavera adentro? Paris ainda treme de frio. As manhãs são feias e escuras. Os jardins florescem como nunca. Tulipas, miosótis, rosas pompom enfeitam os gramados de tal sorte que vale a pena contemplá-los longamente. Os "marroniers" parecem árvores de Natal, com seus "buquês" de flores brancas e roxas. Ainda agora estivemos no Parque Monceau, espécie de retiro espiritual, no coração de Paris. Um deslumbramento! Os bustos dos grandes artistas se encontram entre árvores e flores. Crianças traquinam nas áleas. É meio-dia. O céu está de cara amarrada. Não há nuvens de ameaça, como acontece na nossa terra. Há apenas, e melancolicamente, uma espessa camada de garoa, que interrompe a vista e congela tudo. Desde cedo a chuva peneirou. A chuvinha tenaz e fria de Paris, que constrange e provoca certo tijuco tênue e viscoso nas calçadas. A pequena chuva de Paris, caindo em finas gotas, com uma tenacidade admirável, o desagradável, não se parece nada com as cargas d'água do Rio. Os cariocas, em regra, escondem-se nos vãos das portas, à sombra das marquises, e aguardam a inundação das ruas e avenidas. A chuva cai em grossas bátegas e passa. O sol reaparece. Em Paris, não. A chuvinha parisiense não perdoa... Ainda agora ela está peneirando frio durante dois dias, com firme e estranha dedicação. Toda gente treme nas ruas.

A primavera? A primavera consta... As folhinhas e calendários dão notícias de sua presença. Só? De modo algum. Ela anda por aí, semeando a policromia das flores por toda parte. Quem sabe? Além das flores e das folhas, que enchem de alegria os parques e jardins, há os pássaros que se banham nas águas gélidas dos chafarizes e piscinas. As tulipas (vermelhas, amarelas, brancas, cor de fogo) pipocam ao longo dos canteiros, postas em destaque pelos tufos infindáveis de amores-perfeitos roxos. É uma das glórias de Paris, essa abundância de flores. Os pombos, enormes, em bandos, catam pedrinhas na areia, onde crianças lançam miolo de pão à sua fome. Mas o frio envolve tudo. Nunca se viu o mês de maio assim? Os parisienses afirmam que não. O frio não pretende despedir-se? Parece que sim. O inverno perdura? De modo algum. A primavera aí está, com suas galas. Não é só em Paris que as árvores se enfeitam de folhas novas e de flores. Os subúrbios apresentam-se também em gala. Percorremos as linhas que vão de Saint Lazare a Saint German em Leye e o Mante. Por toda parte dos mesmos panoramas alegres. Maisons, Lafitte, Anchères, Poissy, Mante, que ficam ao longo da linha suburbana, da mesma forma, reconhecem a presença da Primavera. Reconhecem e sentem. De onde em onde descemos numa dessas pequenas cidades, que os tentáculos de Paris dominaram. Vasinal. Chantou. Peca. Nanteue. Oh! Recantos propícios à indolência e à meditação! Ainda diremos a respeito, um dia... Agora (entrando o frio, a garoa e o barro fino e viscoso que se forma nas calçadas) admiramos as flores, as árvores, dando alguns minutos de admiração às mulheres (que passam, envoltas em peles, como animaizinhos astutos) e sentimos os efeitos da Primavera. Ela aí está... No entanto, o inverno deixou reminiscências indeléveis. A chuvinha, chuvinha fria e gelada de Paris cai. O frio constrange. Nem sempre. Paraíso indiscutível, Paris seduz, mesmo com a chuvazinha gelada.

"De Paris para o GLOBO", 6 de junho de 1951

ATMOSFERA DE RECEIOS

O que existe, aqui, como em todos os centros europeus de alto relevo, é a atmosfera do "medo". Uma espécie de medo vago e impreciso, que reclama meditações pessimistas a cada passo. A propaganda de guerra é feita de maneira sutil. Paris fala pouco em guerra. Os franceses (ou melhor, os europeus) parecem fatigados. A vida reorganizou-se. Há fartura. Há desajustamento econômico, sem dúvida. A França, por exemplo, precisa reconstituir suas exportações, sem o que os desníveis da vida nacional serão cada vez maiores. Para tanto, impõe-se a existência de uma marinha mercante capaz. Só agora as grandes empresas se empenham no aumento das frotas. Amanhã? Inquirindo aqui e ali, sentimos que os franceses confiam nos esforços.

A guerra? Ouvimos operários, ferroviários, gente do povo nas ruas, no "Metro", nas lojas. Todos acham impossível uma guerra. Mas a Rússia? Todos confiam na paz armada... A paz armada custa caro. Por fim virá sempre a tentação de experimentar as armas acumuladas... Esse é o perigo. Ninguém fala em guerra. Poucos acreditam na possibilidade de conflito, pelo menos imediato. A Coreia? Aquilo é longe. A Indochina? Os franceses confiam...

No entanto, é certo que a atmosfera de medo perdura. Sentimo-la, melhor do que nunca, na Suíça. Aí fala-se muito em manter a neutralidade tradicional. Mas um suíço, que nos acompanhou ao longo do lago Lemann (em Lausanne) a caminho do restaurante "Vieux Moulin", apontando as montanhas brancas à distância explicou-nos: "A Suíça prepara a sua defesa artilhando os pontos altos. Nos vales, existem minas, ligadas por um sistema de comunicações elétricas, moderno e perfeito. A Suíça mobilizará 800 mil homens." Por quê? Para quê? Segundo concluímos, das conversas com outros suíços: "A fim de corrigir os efeitos do medo." Há ameaças? Consta que existem... De onde partem? Do mistério. Daí a atmosfera de medo.

Não confundir o medo, o receio, os maus pressentimentos, com as covardias. De modo algum. Há coragem. Há "elan". Há patriotismo por toda parte. Paris parece indiferente? Mas os corações palpitam. O noticiário da imprensa estimula as palpitações. Ninguém acredita na guerra próxima. Todos pensam na guerra remota. Na guerra? Não! "Nas guerras"... O plural cabe perfeitamente aqui... Quando foi que os homens viveram em paz? O estado normal das coletividades é o alarma. Aí está um sinônimo oportuno do medo que entrevemos e sentimos através da atualidade europeia. O conflito parece iminente para todos quantos não conseguem escapar às influências penosas do alarma.

No entanto, quem vive aqui, em Paris, escolhe maneiras mais cômodas de interpretar as coisas. Paris trabalha. Toda gente se enquadra na vida normal. O estado de alarma não atinge as fábricas, o comércio, as atividades, em suma. Não contamina os desejos de viver com alegria, nos teatros, nos restaurantes, nos dias de folga. Os parisienses fogem para os subúrbios. O costume de "camper" é velho. Os bandos, com tendas e farnéis, procuram as florestas das cercanias.

Sente-se que ninguém pensa na guerra. Ninguém a deseja. Os europeus estão fatigados... Que é que se torna indispensável então? Parece-nos que urge desarmar certos espíritos. A atmosfera do medo, que tanto estimula a coragem, reclama raciocínios claros e realistas. O resto virá depois... A vida é para ser vivida. Não é para ser sofrida.

"De Paris para o GLOBO", 7 de junho de 1951

Thiago de Mello

BARREIRINHA (AM), 1926
MANAUS (AM), 2022

XVII - O Rio, um
(Ilustração de ARCINDO MADEIRA)
As Mata-Hari da Idade Atômica
2 — UMA AGENTE RUSSA NO ALTO COMISSARIADO BRITANICO
O agente de ligação
Por amor à ideologia
Freda Linton
Amanhã: A HISTORIA DRAMATICA DE ELFRIDA EISLER
contraponto
THIAGO DE MELLO
O BOTO
contraponto
THIAGO DE MELLO
OS AMANTES DE MAIO
contraponto
THIAGO DE MELLO
A ESTRANHA QUIROMANTE
Amanhã:
EM BORNEU COM OS CAÇADORES DE CABEÇAS
Como um padre colombiano
eficientes soluções para o p
TODOS OS DIAS 12 MIL
PELO RADIO AS PALAVRAS
PADRE SALCEDO
ENSINO POR
LANDA EM TRÊS DIA
A LINGUA PORTUGUESA
O laboratorio
As aulas pelo radio
Para uma vida melhor
A carreira do Padre Salcedo

Poeta, escritor, jornalista, tradutor, ensaísta, cronista, ativista ambiental, Thiago de Mello é considerado um dos maiores poetas de sua geração e, desde menino, já sentia o mundo pelos olhos da lírica. Ainda adolescente, mudou-se para o Rio de Janeiro e, no final dos anos de 1940, ingressou na Faculdade de Medicina, mas abandonou os estudos para se dedicar exclusivamente às letras. Entre 1959 e 1964, dirigiu o Departamento de Cultura da Prefeitura e foi adido cultural no Chile e na Bolívia. Nos anos de 1950, colaborou nos periódicos *Comício* e *Folha da Manhã* e, com Geir Campos, fundou a Edições Hipocampo, voltada para poesia e artes gráficas. Teve a sua carreira interrompida em 1964 e exilou-se no Chile, lá permanecendo até o golpe militar de 1973, seguindo para a Europa, onde ficou até 1977. O poema "Os estatutos do homem", publicado em 1965 no livro *Faz escuro, mas eu canto*, tornou-se um manifesto literário em favor da liberdade, traduzido para o espanhol pelo escritor e amigo Pablo Neruda. De volta do exílio, retornou à Barreirinha, pequena cidade a cerca de 300 km de Manaus. Na região estava a matéria para a sua obra poética: "É da própria vida que nascem os meus poemas. A inspiração vem da vida do homem, neste lugar chamado Terra. O que me comove ou me espanta, me dá esperança ou indignação." Foi pioneiro na defesa do meio ambiente e dos povos indígenas, tema do poema "A terra traída", incluído em *Acerto de contas*, de 2015. Thiago de Mello escreveu no GLOBO na coluna "Contraponto" entre 1953 e 1955. As crônicas traçam o perfil social e lírico-amoroso do autor, engajado na luta pelos direitos do homem, defesa da liberdade, justiça e preservação da floresta.

OS AMANTES DE MAIO

Maio acabou. E com ele se foi aquele encantamento que tombava do céu e subia do chão, tornando as mulheres extraordinariamente belas no instante do pôr do sol e fazendo com que o nosso amor florescesse mais radioso e mais puro. Nesta cidade como olhares, todas as criaturas, durante trinta e um dias, foram roçadas ou feridas por maio, mesmo aquelas que jamais se comoveram ou se perturbaram ante a beleza de suas tardes e de suas madrugadas.

Maio saiu do céu. Sei que às vezes ele ressuscita, louco, em pleno outubro e há certos fins-de-tarde em dezembro que acordam em nós saudades do mês que ontem findou. Mas é sempre muito incerto e não se sabe nunca se de fato é maio que renasce ou se é um resto de encanto que ficou guardado no coração dos amantes, para ser gasto em meses futuros, quando os dias forem cinzentos e os caminhos da noite estiverem cerrados.

Agora que não tem maio, pergunto, o que será de nosso amor, única coisa que vale a pena neste mundo triste e adverso? Precisamos tomar providências, pois – quem ama sabe disso – amor sem maio está ameaçado de murchar subitamente, a qualquer instante. De todas as medidas, a mais indicada e a melhor é inventar maio, inaugurar, cada manhã, um maio fictício e sob o seu sortilégio atravessar o dia. Não é fácil eu sei, e nem todo mundo possui esse dom maravilhoso.

Há outra providência, menos difícil e que me está seduzindo, confesso, desde a madrugada de ontem, a primeira de junho. É sair desta cidade grande, onde os encantos são enganosos e fabricados pela mão do homem, onde a vida se torna cada vez mais difícil e quase todos apenas sobrevivem, e onde maio acaba por imposição do calendário.

É fugir para os lugares onde se existe sob permanente maio, onde maio não morre nunca. Estes lugares são poucos, reconheço, mas existem.

Entre outros, lembro e indico aos amantes: uma casa pequena esquecida numa colina da Patagônia; o belo, verde e solitário Morro da Beleza, estação de Pedro Carlos, no fim do estado do Rio; o castelo de Ludovico II, na Baviera, cercado pelo bosque espesso e junto das águas azuis da Lagoa Alpsee; nas cercanias do farol de Olinda, no Recife. Antes de ir ao último, previno que já é inútil fugir para as ilhas do Pacífico: hoje nem o maio do calendário existe mais ali, depois das explosões da bomba atômica. E afinal, porventura o melhor de todos os lugares, onde sempre existiu maio, antes mesmo que os homens inventassem os meses – é "Bom Socorro", pequeno sítio de meu finado avô, perdido no meio da mata amazonense, onde nasci.

É para lá que vou, se consigo desprender-me das garras desta cidade. Comigo irá Maria, que é mulher nascida em maio. Levaremos pouca coisa: alguns discos e a vitrola de mão, nosso cachorro, a velha cadeira de balanço e os livros dos poetas queridos. Lá nos esqueceremos do tempo, andaremos de pé no chão, beberemos água de moringa, passearemos de canoa e poderemos fazer até a plantação ao lado da casa grande. (Sempre que for maio aqui, voltaremos para rever os amigos.) Lá seremos novamente criaturas simples, nossos vícios e vaidades se irão desfazendo, desaprenderemos o valor do dinheiro, e nos esqueceremos da arte de negociar. Nossas mãos ficarão vazias de cobiça e, ainda que cheias de calos, inventarão uma ternura maior. E quando chegar a tardinha ficaremos de rede, cansados e felizes, olhando o sol do sempre-maio afogar-se lá em baixo, nas águas escuras do rio.

Maria, vamos embora.

"Contraponto", 1 de junho de 1953

A ESTRANHA QUIROMANTE

Sou um homem incrédulo às profecias que não sejam as anunciadas pela boca das nuvens. Apesar disso, na tarde de domingo, entreguei afinal minha mão à quiromante, de quem a amiga querida tanto me falava aconselhando-me a visitá-la, pois se tratava de "uma pessoa diferente".

Ela pegou minha mão, ficou olhando, e de repente disse que eu era um caso perdido: haveria de viver sempre seguindo as falas de meu coração, que isso nos tempos modernos dava em sofrimento, mas eu nascera assim, assim morreria – não adiantava querer desentortar a vida. Fez uma pausa, fitou-me nos olhos com um jeito que me calou fundo, de tanta e doce ternura, e logo prosseguiu a falar de mim e de meus fados, com o rosto de novo inclinado sobre a minha mão direita.

Confirmou a história dos sofrimentos: ainda me estavam reservados alguns, além dos muitos já curtidos, mas que não tardaria muito, não senhor, soprariam ventos melhores, melhorando sempre até a velhice, que seria tranquila e feliz: Que eu viveria muito, ora essa, então eu guardava temores a esse respeito? Fez a pergunta, sorriu, e deixou cair a advertência: minha vida dependeria sempre de minhas mãos. Disse, e ficou-me olhando. Foi então que eu vi como aquela mulher era linda, envelhecida de cinquenta anos, mas linda, que vi quanta delicadeza de traços havia em seu rosto, iluminado por uma estranha e envolvente bondade, o semblante que irradiava uma serena confiança nas coisas que dizia, numa voz meiga e amiga.

Não me lembro do que ela me falou em seguida, recordo vagamente ter ouvido a palavra "ideal". É que, inteiramente descurioso de minha sorte, eu contemplava os seus bonitos cabelos que rebrilhavam, nas entressombras da sala, próximo ao crepúsculo, com o grave e belo brilho de prata muito antiga. Voltei a escutá-la, mais atento. Ela me disse que a saúde andava trôpega, nada de grave, ficasse eu descansado: pulmão firme, pulmão era o de um boi, o estômago, para o qual jamais liguei, é que não ia muito bem, que eu abolisse terminantemente a pimenta, fosse a malagueta, fosse a do reino ou qualquer outra; e que eu tratasse de dormir mais.

Depois começou a rir, de contente, e foi quase em segredo que ela me revelou que eu não tinha mais jeito não, que eu era um poeta mesmo, coitado de mim, que pela poesia daria o meu reino terrestre. Depois falou de parentes distantes, que todos iam bem; em seguida foram as viagens; disse que eu faria uma dentro em breve, que a deixasse ver se curta ou longa: longa sim senhor, e demorada, mas, vamos devagar, que dependia da moça morena, por quem eu andava de muita querença, sim, senhor, que estava gostando de ver meu afeto pela moça morena, e disse que os passos da moça, para mim, eram como se fossem um ímã, nada disso, eram como se fossem uma bússola, e que eu fazia muito bem, que eu amasse, porque o amor era a grande verdade do mundo, e que eu, vivesse sem deixar que a esperança fenecesse em meu coração, acreditando sempre na vida porque a vida era bela, acreditando sempre nos homens porque os homens, no fundo, são todos de boa índole, e mesmo os mais vazios de ternura e de respeito pelos seus semelhantes estavam todos à espera de uma oportunidade, de uma palavra fraterna e amiga.

Subitamente percebi que havia muito tempo que ela já não estava olhando mais para a minha mão, que vinha falando com os seus olhos carinhosamente pousados nos meus. Foi quando descobri que essa mulher extraordinária avançara além do comum na sua aprendizagem da vida: ela não precisava das linhas de mão nem de ajuda de cartas; simplesmente pela face e pelos olhos dos homens ela podia conhecer-lhes o destino; no jeito de olhar, nos vincos do rosto, nas comissuras dos lábios, no imponderável, afinal, que existe em toda criatura, ela aprendera a distinguir as origens das marcas deixadas pela vida.

Saí de sua casa sentindo-me como se bruscamente eu voltasse a ser criança, de coração limpo e bom. Antigamente, eu acreditava somente nas nuvens. Hoje acredito também nessa bondosa mulher, que não diz como se chama porque os anjos não têm nome.

"Contraponto", 5 de agosto de 1953

O BOTO

Pelo que estou lembrado de meu tempo de menino, os botos lá do rio Solimões nada tinham de extraordinários. Ainda assim, trepado no barranco ou debruçando à amurada do navio, eu ficava tempos e tempos apreciando o passeio deles, aguardando o instante e procurando adivinhar o lugar em que surgiria a corcunda de um e, segundos depois, a de outro, pois quase sempre andavam aos pares, tudo indica que namorando. Minha simpatia era toda para os botos pretos, donos de especial consideração para com os homens: em rio que tem boto preto não se morre afogado, porque vem logo um bando deles em socorro de quem caiu n'água, empurrando-o para a praia, conforme aconteceu com Raymundo, caboclo meu conhecido. Já os botos vermelhos tinham fama de agressivos e perversos: quando não atacavam, deixavam o coitado do homem morrer, sem prestar a mínima ajuda.

Esta diferença de caráter entre o boto preto e vermelho se evidencia – segundo constatei ao longo de minuciosas observações – na maneira de corcovear de cada um. O boto vermelho é brusco, emerge com certa arrogância e é sem nenhuma graça que dá o rodízio com a corcova: parece estar sempre zangado. O boto preto tem outra personalidade: é mais digno, mais elegante, também mais humilde. Quando surge à flor d'água, e corcoveia – o dorso negro rebrilhando no sol – dá como que uma breve paradazinha ao chegar à metade da cambalhota, depois continua e submerge, tudo com muita delicadeza.

Um dia, em "Esperança Velha", município de Urucará, os caboclos jogaram na praia um boto que haviam arpoado. Desci a ribanceira na corrida, lembro-me ainda que com muita emoção, e fui ver o boto de perto. Era um dos grandes, e dos pretos. Ao vê-lo ali estendido, morto, me veio a ideia de que o boto era um animal que vivia errado, que seu lugar não era bem a água, que lhe faltava alguma parte do corpo, não sei bem. Senti uma pena danada do pobre boto ali estirado, não porque ele estivesse morto, mas pelo seu jeito humilde e triste demais. Eu tinha uns 12 anos quando isso aconteceu.

Hoje de madrugada, ao dar com os olhos num homem magro e de roupa escura, dormindo ao relento numa calçada de Copacabana, súbita e inexplicavelmente retornou à minha memória o episódio da infância. Talvez porque o homem estivesse morto, não sei dizer, pois o carro passou veloz. A verdade é que os dois corpos tombados no chão – o do homem e o do boto – apesar de tão separados no tempo, confundem-se em minha lembrança, e me confundem também.

"Contraponto", 13 de agosto de 1953

CALENDÁRIO

Padeci muita caçoada, em menino, pela mania de ficar olhando o céu. Companheiros de escola chamavam-me de leso, as caboclas de casa me diziam palerma. Até uma tia velha deu de implicar comigo. As caçoadas malograram: não perdi a mania. Pela rua, a caminho de casa, no fundo do quintal, entregava-me, fascinado, à contemplação das grandalhonas e branquíssimas nuvens que passeavam pelo céu de minha infância. Se valeu a pena? Como valeu. Os tempos se passaram, fui crescendo, a mania crescendo comigo, e o resultado foi magnífico.

De fato, magnífico: vivo, hoje, inteiramente alheio a calendários. Talvez pareça presunçosa a afirmativa. Mas apenas parece; não vejo como ficar vaidoso de uma dádiva divina: aprender, desde criança, a entender as falas das nuvens. Dos dons que Deus me deu, o que me deixa mais agradecido é o de poder sentir a poesia, errante e maravilhosa, que existe sobre o mundo. Mas aquele é o que me deixa mais feliz. Das estações do ano, dos meses, das fases da lua, e, sobretudo, de tantas coisas mais, logo fico sabendo: basta-me interrogar as coisas do céu. Tudo graças a meu convívio, cada vez mais fraterno, com as nuvens, os ventos, as estrelas, a lua. E também com as águas, as árvores, e os pássaros. Que pelo aspecto das árvores e pelo jeito de voo ou presença no céu de certos pássaros, é fácil saber em que mês anda a vida, coisa, aliás, que raramente me preocupa.

"Contraponto", 20 de maio de 1954

Ninguém me ama,
ninguém me quer

Antonio Maria

RECIFE (PE), 1921

RIO DE JANEIRO (RJ), 1964

Mesa de pista
Antonio Maria
9-11-56
NAVIOS ANTIGOS
A "CROONER"
ANIVERSÁRIO
A NOITE POR AÍ
A FRASE NO AR
O MELHOR PRÊMIO
a EXCURSÃO à EUROPA
CIELMAR
RIO DE JANEIRO
BANCO PROLAR
Juros de 3 a 7%
RUA SETE, 99
ONDE COMER
Cantina SORRENTO
CAFÉ CAPITAL
ROYAL
A MINHOTA
Muito obrigado
Regulagem
Eletricidade
Mecânica Geral
Caixas hidramáticas
improvisam!
O GLOBO
3-8-57
Mesa de pista
Antonio Maria
A QUE NÃO ESTÁ MAIS
TV-RIO, HOJE
BILHETE DE GINA
AS COISAS POR AÍ
ORDEM TERCEIRA DE SÃO DOMINGOS
"O GLOBO" NA RELIGIÃO
AS FESTAS TRADICIONAIS DA CIDADE
JORNAL FORENSE
AV. ATLÂNTICA
GRANDE CIRCO
Águias Humanas
218.357 pessoas
4ª Semana!
AV. PRES. VARGAS - LADO ÍMPAR - PÇA. 11
GINKANA ESTRÊLA
ALUGAM-SE CARROS
LOCADORA DE AUTOMÓVEIS COPACABANA
Planos Para Excursões
O BANCO PORTUGUÊS DO BRASIL
Sociedade Anônima
participa nos seus clientes e amigos a inauguração de suas novas agências
MADUREIRA
à Rua Carolina Machado n.º 422-A e

Jornalista, locutor, produtor de rádio e televisão, cronista, poeta, compositor, Antonio Maria, ainda adolescente, já era apresentador de programas musicais na Rádio Clube de Pernambuco. Transferiu-se para o Rio de Janeiro, em 1940, a bordo do *Ita Almirante Jaceguai*. Na então capital federal, começou como locutor esportivo da Rádio Ipanema, inserindo-se no circuito boêmio e musical de uma cidade fervilhante, que o levaria a conviver com os grandes nomes de sua época e a construir uma carreira de múltiplas atividades. É autor de clássicos da música popular como "Ninguém me ama", em parceria com Fernando Lobo, "Valsa de uma Cidade", com Ismael Neto, e "Manhã de Carnaval", com Luiz Bonfá. Antonio Maria estreou no GLOBO com "Mesa de pista", em 1954, e permaneceu no jornal até 1959. Maria, apelidado de "Menino grande", lançou um novo estilo jornalístico, o de cronista da noite, definido pela escritora Eneida de Moraes "como um homem que vive nas madrugadas e vem por um jornal contar, diariamente, a vida das boates, bares, dos restaurantes de Copacabana". Também inovou na crônica esportiva, ao incorporar a linguagem popular, com tiradas inesquecíveis. Na abertura de "Mesa de pista", de curtas e variadas notas sobre a boemia, o escritor publicava uma crônica com memórias e reminiscências, reflexões sobre o sentido da vida e da natureza humana, descrição de perfis urbanos, a paixão pela mulher amada, a solidão e melancolia e impressões de um *flaneur*. Sem ter publicado um livro em vida, Antonio Maria é considerado um dos mais importantes cronistas brasileiros.

O HOMEM SÓ

Deixo-me ficar no canto mais refrigerado da boate, sozinho, ansioso por continuar sozinho. À minha direita, um cidadão exageradamente magro, com os ombros em desenho de âncora e uma dessas bocas que, em certos rostos, envelhecem antes dos olhos e dos cabelos. Conheço-o de ouvir dizer e sei que o seu maior empenho é passar por ex-perigosíssimo gangster. Examino-o. Não tem nada de Bogert ou de Raft. Nem sequer teve parecença com Hercule Poirot, dos "policiais" de Agatha Christie. Tira a cabeça do prato e elogia o cantor, puxando conversa. Concordo, com um gesto de cabeça. Anima-se e diz uma frase, em espanhol, definindo a vida. Gostaria de ter-lhe avisado que sua definição ainda não era irrevogável definição de tudo isso que estamos fazendo ou fingindo fazer. Mas não lhe disse nada e o desesperanço de qualquer entendimento entre nós, pelo menos naquela noite. Essa coisa de a gente ficar sozinho é, de vez em quando, muito importante. O convívio distrai muito, abstrai muito. E é preciso que a gente se fixe, ao menos uma vez por dia, no exame de certas pessoas. Nós somos muito atacados. Ninguém se livra da campanha constante de um inimigo medíocre e desonesto. E é preciso pensar nele um pouquinho, porque a perseverança dos medíocres é, no fim das coisas, uma adição de certa força. Então, penso nos meus possíveis inimigos, não com vontade de destruí-los, mas desejoso de que eles sejam menos inquietos e mais amáveis, mais tranquilos e decentes. Penso em construí-los, então. Não por ambicionar que eles resolvam amar-me, de um momento para outro. Mas para que ao menos eles durmam sem sobressaltos, suas noites de medo, em companhia de sua vigente insegurança.

Noutra mesa mais distante, há uma senhora de óculos. Fala e ri livremente, numa espécie de simpatia além de qualquer modelo de bons modos, comum e invariável nas mulheres do "Society" diário. Bate nas costas do companheiro ou lhe acende o cigarro na brasa do seu. Mas em tudo isso muito bonita, de óculos, prendendo-me a atenção pela beleza dos seus maus modos. Depois, um pouco mais à esquerda, formou-se uma mesa de políticos. O político brasileiro, numa boate conversa de um jeito especial como quem já sabe de todas as coisas apuradas ou ocasionalmente futuras. Não sei se posso descrever-lhe o ar. Mas fala com a cabeça baixa e os olhos levantados, existindo certo mistério e grande convicção. Há coisas que são ditas entre dentes. Outras não são ditas, mas entendidas, num simples manejo lateral de cabeça. No fundo, eles não sabem de nada, nem vão resolver coisa alguma, porque, na maioria, são políticos de conquistas, apoios e oposições pessoais. Mesmo assim, convencem-me de sua autoridade sobre mim, por exemplo, que sou povo, da maneira mais lírica possível – povo! Continuo sozinho, preservado por uma série de acasos. Bastaria que entrasse um conterrâneo, um colega de jornal, um credor, e teria eu que sair da intimidade que estava tratando a mim mesmo, para dividir-me ou compartilhar, para fazer concessões e, certamente, constranger-me. Lembro-me de um amigo que morreu e da minha falha em não ter improvisado certa coragem de abraçar sua família. Penso numa conhecida, de quem imaginei vir a ser um convívio útil, leal, bom. Mas ela, sem se aperceber disso, não me quis para nada. A seguir, vou-me tornando ambicioso. Agita-me a ideia de viajar outra vez e de poder descansar de tudo quanto venho fazendo sem tréguas, escrevendo, escrevendo... As certezas que tenho de mim mesmo sobrevivem às suposições que de mim fazem. Mas é preciso que o homem se realize dentro de suas certezas e não à base do que dele se pensa ou se diz. Eu só tenho dado o que de mim esperaram. E recebido, sempre gratamente, sem medir ou pesar. O homem está sempre além e aquém do juízo e da confiança do seu próximo. Nunca foi pensado ou dito exatamente de mim. Na maioria das vezes, pensaram demais. Em tristes e resignadas ocasiões, pensaram de menos. Mas é bom que nunca acertem a fim de que o homem se mantenha irrevelado para, naquela rara intimidade de si mesmo, sentir-se consolado ou perdido, morto ou vivo, mas irrevelado e intenso.

O pianista toca uma canção desconhecida. O homem à minha esquerda (o que não se parece em nada com Bogart) mastiga com algum barulho. A moça de óculos tira os óculos. Os políticos começam a comer. E no rosto do cigarreiro que, à esquerda de mim, recebe uma gorjeta, descubro uma ingênua melancolia. Mais nada.

"Mesa de pista", 28 de janeiro de 1956

NAVIOS ANTIGOS

Estendo-me na praia, com uma secura imensa de verão. O mar está safira e, cruzando as Cagarras, sai um navio para o mundo. A última vez que andei de navio faz uns 14 anos. Naquela época tinha-se tempo a perder em viagens mais longas. Hoje, anda-se de avião e ainda se lamentam as poucas horas cochiladas de um país a outro. No tempo dos navios, não havia nada mais bonito que amanhecer no tombadilho para ver os primeiros sinais de uma cidade. Chegar à Bahia, por exemplo, vindo-se do Recife, era uma beleza. Primeiro, as praias, depois o casario e, finalmente, cruzava-se o Forte de São Marcelo, vendo-se o Elevador Lacerda sem entendê-lo direito. As amizades de bordo tinham um modelo só. Sempre um capitão de exército, um japonês e um padre. O capitão contava a revolução de São Paulo, com alguns dos seus feitos heroicos e muita coisa sobre a Coluna Prestes, à base do ouvi dizer. O japonês era um homem limpíssimo, com sua roupa de linho branca e seus óculos de aros finos, ameaçando cair à falta de nariz. Não falava, não dançava, não jogava no bar. Quando o navio atracava, era o primeiro a descer. Ninguém sabia para onde. Japonês a bordo parece personagem de livro policial. Mas o padre era de uma alegria que não acabava mais. Depois de passar horas sobre o breviário, contava-se com ele para tudo. Qualquer joguinho de cartas, desde que não fosse a dinheiro. Qualquer conversa sobre política, desde que se concordasse ser o comunismo obra do demônio, para destruir a família e a religião. Além disso, havia moças. Moças ansiosas do Norte, os sonhos com cheiro de Rio de Janeiro. Gostavam de ficar até tarde, cantando músicas de velhos carnavais. Jogavam garrafas no mar, com falsos pedidos de socorro e recados de amor para namorados impossíveis. Namoravam na base do meigo olhar, embora, dc vez em quando, uma fosse vista em carinhos mais fortes, com estudantes do Recife ou do Ceará. Uma noite antes da chegada, indicavam seus possíveis endereços, no Hotel Argentina, no Avenida ou em casa de uma prima, no Flamengo, esses namoros não davam em nada, porque era só botar o pé em terra e o Rio de Janeiro mudar a vida de cada um. Bons tempos, os do navio. As viagens mais longas valorizam as cidades.

Levanto-me um pouco, procuro o navio e ele já não está mais. E à minha direita uma senhora francesa, crivada de perguntas, explica ao filho de 5 anos que os casais se separam depois de certo tempo e, por isso, muitas crianças têm mãe e padrasto, pai e madrasta. A matemática é difícil de entender, inclusive para mim. Caio na água. Fria, com cheiro forte de iodo. Tento um longo mergulho e saio uns 15 metros depois, com os olhos ardendo. Tento nadar e doem-me os ombros. Não sou mais disso. Volto à praia, acendo um cigarro, enfio-me alpargatas e vou beber chope no bar, em companhia de alguns pequenos desgostos e batatas fritas.

"Mesa de pista", 9 de novembro de 1956

DOMINGO

O domingo que, há muitos anos, vinha sendo o meu dia sem graça, fez-me redescobrir o seu bom ar e convenceu-me de sua alegria, como na meninice. Vou a pé por uma rua de Ipanema, vou andando sozinho, sentindo a tarde fresca e me interessando pelas pessoas que encontro. O prazer físico de andar e estar só. O conforto de estar vestindo uma camisa muito maior que eu, só a camisa, sobre uma calça grande também e desvincada. A maravilha de não precisar falar. Passa uma mulher bonita, alta, com um "pelo de arame" pela corrente. Mais adiante, uma outra espera alguém que a levará para uma mesa de biriba, ou que seja para uma cartada mais séria. Depois, um jovem casal de mãos dadas, rindo alto, segurando-se um no outro, para não cair da gargalhada. Um senhor com uma máquina fotográfica, à bandoleira. Aquele antigo ar dos domingos voltando da infância facilitava-me a intimidade que cada homem deve manter consigo mesmo. As crianças são íntimas de si mesmas. Depois, quando vão engrossando a voz e criando buço, começam a fazer-se cerimônia. Às vezes, entre os 30 e os 40 anos, perderam tanto os pontos de referência que a noção dos pés e das mãos é vaga e sem posse. A própria voz é um acontecimento estranho e transfigurado. Passa-se a não dizer, e sim a ouvir as próprias palavras. Pobre de quem se ouve!

Entro num barzinho de fregueses muito moços. São pares de namorados, e a pessoa mais velha deve ter 18 anos. Esforço-me por ignorá-los, mergulhando no livro que trouxe e bebendo a cerveja que pedi. Eles, porém, me ignoram com a maior facilidade. A vitrola toca uma canção minha, em solo do piano. Seria péssimo se eles reconhecessem o autor e ficassem diferentes por minha causa. Mas não achavam nada demais a vizinhança de um homem que fez uma canção. Entanto, eu acho ainda que é uma grande coisa um homem ter feito uma canção. E ouvi-la, em público, entre os que não a fizeram! Senti-la de todos e sabê-la sua.

Que bom não ter agora com quem falar. Foi sempre a palavra que enganou todas as coisas. Enquanto estou calado, podem fazer de mim todas as suposições erradas e absurdas. Mas, não fui eu que menti ou enganei. Há pessoas que nos obrigam a mentir. São as que nos pedem aqui e ali um julgamento que lhes seja agradável. Alguém seguro de si não nos pede jamais uma opinião sobre o seu feito. Espera, ou pouco se importa com a ideia que estamos formando a seu respeito. Os homens que não se confiam perguntam-nos constantemente: "Você não acha que agi muito bem? Você, em meu lugar, não faria exatamente a mesma coisa?" E nunca duas pessoas reagem exatamente da mesma maneira em face do mesmo acontecimento. Porque não existem duas pessoas rigorosamente iguais. Na melhor das hipóteses, um teria a gravata de outra cor. Que bom ser domingo outra vez, depois de 30 anos!

Entra uma moça clara, da idade das outras, e senta à mesa em frente à minha. Jovem. Linda. E eu, não.

"Mesa de pista", 21 de maio de 1957

A QUE NÃO ESTÁ MAIS

Era a primeira vez que estava sem ela, após os muitos dias, não sei se dolorosos ou felizes, de sua companhia. No mesmo bar, onde por certo estariam os mesmos amigos, que viriam, um a um, pergunta por ela: "Onde está Fulana?" Nunca se pergunta por uma pessoa que não está. Porque ninguém sabe exatamente de uma pessoa que não está. E, de fato, os amigos vieram e fizeram a pergunta esperada. Respondeu a cada um, com igual sacrifício, que ela não viera, evitando a vaidade de justificar, dizendo, por exemplo, que ela estava mais cansada e preferira dormir. Os homens, de um modo geral, não se conformam em apenas confessar que estão sós. Precisam dizer porque estão sós. Parece que apostam entre eles quem sai mais vezes em companhia das mulheres e, quando um aparece sozinho, perde pontos na tabela da vida. Que engraçado é o Homem. O deste caso, porém, se sofria, sofria a verdade de não estar ela ali. A mão de dedos longos, que ele guardava nas suas. O cheiro humano de sua pele jovem. Suas pernas fortes e quentes, onde sua mão descansava num gesto elevado e possessivo. Ali, agora, um lugar vazio. Um silêncio sem ninguém, quando na véspera o silêncio dela o confortava tanto. Ah, por que voltara ao mesmo lugar? Havia mais onde ir, sem que fosse preciso ouvir essas perguntas, que eram muito mais uma vaia que um interesse amistoso. Muito mais que uma simples curiosidade. Valessem-no, se isto lhes fizesse bem. Mas sem disfarce, de uma maneira clara e estrepitosa. Levassem os dedos à boca, assoviassem. É assim que se vaia um artista que erra o seu número. Mas aí que estava o engano. Ele não estava fazendo um papel. Ele estava simplesmente vivendo, ciente de toda a sua insegurança. Ou estaria tentando contra o imponderável, para saber de que tamanho seria sua dor, quando chegasse à perda definitiva. Ele não podia supor que havia uma plateia. O Homem, quando vive uma verdade intensa e sua, está infinitamente só. Só se tem plateia quando se está mentindo ou representando. Todos aqueles que choraram de verdade saíram da sala ou cobriram o rosto com as mãos. Todos aqueles que se viram obrigados a confessar um crime ou uma imperfeição pediram que não contassem a ninguém. Os que foram traídos em suas alegrias legítimas ou no amor soberano de sua vida, todos guardaram o segredo, sofrendo-o como a uma ferida, no silêncio desconfortável de sua mágoa.

Ela é, simplesmente, a mulher que não está. E o pianista toca suas canções prediletas, mas tem direito, porque o papel do pianista é comover. O homem se levanta e vai-se embora. Está sofrendo muito, mas desde lá lamenta o dia próximo que irá esquecê-la. Porque nesse dia, então, ou só nesse dia, verdadeiramente, ele a perderá para sempre. Aquela mulher, por mais que lhe negasse, o incluía no mundo verídico das causas e dos motivos.

"Mesa de pista", 3 de agosto de 1957

Elsie Lessa

SÃO PAULO (SP), 1914
CASCAIS (PORTUGAL), 2000

2 • SEGUNDO CADERNO

ELSIE LESSA

Ou eu ou ela...

• Dizer que fui eu mesma quem a recolhi, quem a trouxe para casa. Aquela vira-lata de olhos tristes que acabou sendo minha inimiga. Vi-a machucada, ganindo, em pleno Rossio, em Lisboa, naquela esquina movimentada, arrisquei a vida, ouvi xingos, levei multa, mas parei o carro, trouxe-a comigo. Os olhos de doçura com que me olhava, no banco ao meu lado, o focinho meigo. Se a gratidão tivesse cara, tinha a cara da Macunaíma.

— O quê?

— Macunaíma é o nome dela. Um livro do Mário de Andrade que me fascinou na juventude. Nunca ouviu falar? Macunaíma é o herói sem nenhum caráter.

— O autor?

— O personagem. E esta cadela que também é dona de muita personalidade. Feia como você está vendo. Raça passou longe dela. Mas ficou sendo a dona e rainha desta casa. Come na mesa, se duvidar no meu prato, sobe na minha cama à hora que bem entende, arrasou com minhas plantas, roeu meus tapetes persas. Fiquei sendo a melhor freguesa do seu Lauro, ali da Parede. Não há uma semana em que não lhe leve um tapete, chame para acolchoar um braço de poltrona. Perdi uma empregada de anos, um jardineiro que tinha sido de minha mãe. Deixei de fazer uma excursão pela Europa.

— Manda embora esse bicho. Dá pra alguém, há tanta gente que gosta de cachorro. A vida é uma só...

— E eu não sei disso? Essa vira-lata não estava há um mês em minha casa quando vi tudo o que ia ser o meu futuro. Soube a que ponto chegariam as minhas agruras com essa cadela de focinho triste. Vai longe com esse focinho.

— E o Luiz não implicou?

— Ameaçou sair de casa no dia em que a viu aqui dentro. Quis mudar para o clube. Cachorro em casa? Era o que faltava! O pior é que era mesmo e eu, burra, não percebi. O homem acabou criando carinho pelo bicho. Achei graça, logo o Luiz que não é dessas coisas. As caras que ela fazia quando ele chegava. Deu de esperar no portão, latindo quando o carro ainda estava longe. De manhã o acompanhava, fazendo festa até desaparecer na esquina, fazendo focinho triste quando o via descer a escada.

— Cheia de truques?

— O truque, minha filha. O próprio. Uma bastarda dessas, Se o Luiz me escutasse! O homem deu de chegar em casa mais cedo. Quietarrão como você sabe, ficava lendo o jornal na poltrona, o raio desse bicho, muito quieta, encostada na barriga da perna, seguindo-lhe cada gesto com esses olhos mansos. Às vezes que ficou chorando baixinho na porta do nosso quarto.

— Até que ele abriu.

— Como é que você sabe? Nunca mais dormiu noutro lugar. Só come da mão dele. Jejua se ele fica resfriado. Emburra comigo se tenho a veleidade de discutir com seu amo e senhor. Ficou dois dias sem comer, chorando perto da porta, quando ele foi para o Algarve sem ela. A empregada contou tudo quando ele chegou. E isso a instalou nas profundas do seu coração.

— Aí você começou a implicar?

— Não agüento mais a cara desse bicho. Olha o focinho, o jeito de nem-te-ligo com que me olha, a descarada. Queria que você visse o Luiz entrando pela porta. A gritaria...

— Os latidos?

— Os latidos, seja. Os abraços e beijos. A festa. A lua-de-mel daqueles dois. Nasceram um para o outro. São almas irmãs, inseparáveis. Passei a acreditar na transmigração das almas, na metempsicose, nessas esquisitices todas. Meu marido está irreconhecível, é outro homem. Vi-lhe as lágrimas correndo pela barba no dia em que foi atropelada. Uns arranhões à toa. E o homem queria tirar revólver, chamar a polícia.

— É... O negócio está grave... Eu, no seu caso, tomava uma resolução.

— Tomei. Ele que decidisse. Eu não agüentava mais esta senhora dentro da minha casa, seus estragos, prejuízos, caprichos. Aquela lamechice toda. Ele que escolhesse, ela ou eu.

— Você tinha todíssima razão. Quando é que ela vai embora?

— Acho que só a morte nos vai separar. Ele escolheu ela. E, de desaforo, fiquei.

Jornalista, repórter, revisora, tradutora, cronista, Elsie Lessa descobriu ainda menina, na sua vocação de escritora, a possibilidade de conhecer o mundo. Em 1949, estreou no GLOBO como repórter e, chamada por Roberto Marinho para datilografar um texto de José Lins do Rego, pediu espaço para a publicação de suas próprias crônicas. Elsie veio a se tornar a primeira mulher a ter coluna assinada no GLOBO como cronista, ao lado de nomes consagrados da literatura nacional, e escreveu ininterruptamente de 1952 a 2000. O título da coluna "GlobeTrotter" confirma o seu espírito aventureiro e viajante, que percorreu muitos países e lugares inusitados. Morou em Londres por vários anos e fixou residência em Cascais, Portugal, desde 1985 até a sua morte. Em suas colunas, Elsie convida o leitor a compartilhar de suas andanças e a conhecer o que havia de mais humano e universal em cada experiência, para além das fronteiras geográficas. Elsie Lessa reuniu suas crônicas em livros, entre eles, *Pelos caminhos do mundo* (1950), *Ponte Rio-Londres* (1984) e *Canta que a vida é um dia* (1998). Considerada uma das mais talentosas cronistas brasileiras, a paixão pelo Rio de Janeiro e o mar, mesmo que a distância, esteve sempre presente, muitas vezes nas lembranças da cidade glamourosa de sua juventude. Com humor e elegância, seus textos traduzem a sensibilidade da escritora em ver graça e poesia em coisas aparentemente banais do cotidiano.

CREPÚSCULO

Pois aproveitem deste fenômeno que acontece todos os dias. Nem todos são chamejantes, vestidos de ouro velho, mergulhando em púrpura sobre um mar incendiado. Há-os cinzentos, afogados em névoas, vestidos de nuvens opacas, umedecidos de garoa. Todos são crepúsculos, uma hora transitória e assustada entre o dia que já foi embora e a noite que célere vem chegando. Podem nem se notar, mas há um minuto em que tudo instintivamente se aquieta na repentina gravidade desse acontecimento. É uma hora boa de estar sozinho, ou quase, caminhando à toa por este mundo, ou parado atrás de vidros de uma janela, olhando o céu e o mar. É a hora, no campo, da volta para casa, a enxada ao ombro, o corpo cansado, o coração em paz. A hora do homem solitário, numa longa conversa consigo mesmo, ao velho trote do seu cavalo, acostumando os olhos com as sombras da noite que fazem fantasmas das moitas, vultos, pressagos das árvores quietas. Hora na cidade de quê? Hora de fila, de bar, de tédio, fadiga ou amor.

Amo sair assim, cumprida a tarefa do dia, a mão na rédea deste corcel de quatro rodas, a usufruir, calada e sozinha, da quieta e bela melancolia da hora. Lembro o arauto das velhas cidades medievais, espantando a escuridão o seu grito: "São 9 horas da noite e tudo está em paz." São 6 horas da tarde e o Rio de janeiro e tudo estão em paz. Os arranha-céus não caíram, estão empilhados, pedra sobre pedra, eriçados de antenas, olhando para o mundo com os olhos incendiados de acaso dos vidros das suas janelas. Crianças brincam, um ou outro banhista ou jogador de "pelada" recorta o seu vulto na areia. Lá longe é o mar, branca espuma de ondas se desmanchando na praia, uma vaga névoa com cheiro de maresia que um vento caminheiro traz para junto de nós. Nos bancos, namorados que beijam ou brigam, que são duas formas diferentes do mesmo amor. Passam barcos, velas, navios, chaminés, carregando os olhares e as fugas que toda embarcação que passa leva consigo. Nunca vejo um navio sem ficar cantando na minha mente um verso de que nunca soube o fim "Ships that pass in the night...". Vão passando, estes barcos que nunca mais, na sua lenta majestade de aves que negam fatigadas de quem sabe que longas travessias. Porque é crepúsculo. Cansado crepúsculo citadino, os carros a se desviarem dos buracos da avenida, como se não bastassem o mar, o céu e o horizonte, o dia que morre, a noite que chega, para nos perturbarem assim.

As luzes da tarde já diminuíram, as luzes da terra ainda não se acenderam, há uma névoa azul e misteriosa em que o mundo de repente mergulha por um instante. É mais profunda dentro de cada um a sensação dos mistérios vários da vida, do amor, da morte e da solidão. A humanidade passa ao lado, cada um aprisionado dentro dos seus sapatos, dentro do seu carro, neste longo rio do esquecimento que vai correndo, para quê? Passamos uns pelos outros, como aqueles longos barcos solitários que já não se reconhecem nem se saúdam, cruzam-se um breve instante, partem rápidos em que opostas direções, perdidos sobre o grande mar.

Agora, as luzes se acenderam, todas juntas, num só milagre, na espantosa, angustiada beleza do dia, da vida que vai indo embora. Porque mais uma noite chegou.

"Globetrotter", 27 de setembro de 1956

LONDRES: A VELHA CIDADE DOS MOÇOS

Ontem, Angola, hoje Lisboa, daqui a algumas horas Londres, Nossa Senhora dos Viajantes seja louvada. O mundo está cada dia menor. Passo para o fundo da mala minha "capulanas" de Luanda (para quem não sabe, aqueles panos maravilhosamente estampados e coloridos das africanas), o leve vestido de algodão de Alcobaça, as tamancas engraçadas que fui descobrir numa loja de Faro, entre uma visita ao Museu Regional e outra a uma adega de vinhos, e procuro as lãs, o casaco midi com jeito de cossaco, que outono na Inglaterra já é um friozinho, desses em que a minha alma e meu corpo se comprazem.

Desço em Londres sem reserva de hotel, apesar de uma batalha telefônica, que vem desde Lisboa e do Algarve, na vã tentativa de encontrá-lo. Os turistas do mundo resolveram eleger Londres como a sua Meca e, segundo uma revista que vim lendo no avião, 6 milhões deles já a visitaram neste ano, um milhão mais do que no ano passado. Noventa por cento deles ficam na Inglaterra. E a maioria é de jovens que, em grande número, não se preocuparam em encontrar lugar para dormir, o que já constitui um problema para as autoridades encarregadas de acomodá-los. A "Swinging London" começou a aparecer nas reportagens do "*Time*", Carnaby Street virou sinônimo de moda jovem e revolucionária, King's Road acabou lhe tomando o lugar. Tudo pode acontecer por ali. Uma senhora vestida de uns centímetros de lamê dourado e clássico, levando um filhote de leão pela coleira. Negras lindas, o aveludado dos cabelos orgulhosamente exibido, em corte pompom, entre argolões dourados.

A moda jovem de Londres, eu a acho maravilhosa, liberta, não convencional, combinando com os tons de outono, nas folhas que começam a cair nos grandes parques. Tapeçarias, capas medievais, hábitos de monge, chapelões desabados, botas amarradas, ciganas coloridas, camponesas, vale tudo. Quem tem imaginação e bom gosto, usa e usa bem. Bolsas folclóricas, de crochê, de tecido, penduradas aos ombros, calças apertadas, camisas de cossaco, cabelo nos ombros, invadiram até "grill" do Sevoy, quanto mais as aleias coloridas de Portobello Road, nas manhãs de sábado, onde as lojas se chamam, pitorescamente, "Fuse", "Conkers" ou "I was Mr. Gladstone's Kitchenmaid".

Acabo aportando no "Piccadilly", feliz de encontrar lugar, menos feliz com o quartão enorme de 4 camas, das quais peço que retirem ao menos uma, embora pague pelas quatro. Percorro alegre os quarteirões que me separam do "Strand", feliz de estar em Londres, feliz de rever quem eu quero daqui a pouco, pensando no teatro logo mais à noite, nos italianos do "Soho" e nos franceses de Brompton Road, no domingo planejado para "Ye Old Bell", em Hurley on Thames, na infalível noitada no 21. E as vitrinas brincam de fada má na floresta, querendo me prender nas suas seduções. Pantalonas roxas de cashmere, casacos midi cor de ameixa, botas da vovó com o seu jeito de "boudoir" de prima-dona, de gravura galante de antigamente. Claro que de antigamente. O que manda agora é a pornô, abriu anteontem um supermarket de sexo, já me buscaram para "Oh, Calcutta", com a novidade dos rapazes nus em cena. Que as mulheres, essas pioneiras, mais corajosas, há quantos anos já estão nuas, meu Deus!

"Globetrotter", 2 de dezembro de 1970

CASCAIS

Afinal, o que é que eu vim comprar, de vida nesses 15 dias de Portugal? Como essas livras traduzidas em escudos (o que, no momento, é uma boa tradução) vim com certeza à procura de sol, que, aliás, deixei em Londres, não vamos falar mal. Uma quebra, uma mudança de rotina, este pão nosso de cada dia. Não fui visitar antigas civilizações, ruínas romanas (aqui as há), pirâmides egípcias, tumbas de faraós. Vim trazer uma criança para gozar as suas férias, o que já fará muito pelas minhas. Respirar este ar marinho, lavado de ventos de longas distâncias, procurar um Rio e um S. Paulo perdidos há uns 40 anos, de que ainda está sobrando bastante por aqui.

É só entrar por uma destas ruazinhas de Cascais, os velhos sobrados descascando, os azulejos rebrilhando ao sol, os jardins fartos, as moitas de folhagens sombrias, as enormes latadas rubras de *bouganville,* que na minha infância e na minha S. Paulo se chamavam, mais simplesmente, de primavera.

Tudo volta a ter nomes antigos em Portugal, para mim. E como são férias, vou brincar de fazer o que sempre fiz, já há tantos verões, por aqui. Descobrir que posso comprar o GLOBO da véspera ou à noite, ver uma novela brasileira ou o Baden Powell no Teatro Maria da Graça, o que me faz sentir o Brasil aqui na esquina e passando a limpo, menos assustado de ameaças de assaltos, barulho ou poluição.

Vou descendo esta ladeira que me levará junto à feira barulhenta, à fumaça perfumada das sardinhas na brasa, aos balcões de pêssegos sumarentos e açucarados, dourados de muitos sóis. E quase paro e quase choro porque ouço, de repente, atrás daquela curva, na quietude da manhã, o assobio de um amolador. Vontade de parar, sentar na beira da calçada, ficar a vê-lo, sob o gasto chapéu de feltro negro e a camisa desabotoada a virar e revirar as suas lâminas, fazendo paz e labor.

Nestes altos de Cascais em que me instalei por duas semanas, e em que um sol rubro como uma bola de fogo me surpreende estonteada na cama, de madrugada, e uma lua alta se ergue à noite, sobre ondas, alaranjando um pouco as águas escuras enquanto se alteia no céu, vejo que me faltavam horizontes. Estes longes, perdidos, de águas infinitas em que os barcos se desenham, leves, indo e vindo, miúdas traineiras de pescadores, lentos navios que se afastam.

É, faltava-me o céu, como diriam meus amigos portugueses, usando sua língua, que falam tão bem. É bom este ar marinho que me enche os pulmões na fresca das manhãs, antes da força do sol. Vou ouvir vozes amigas ao telefone: "Está? Estou." O que é mais pessoal e carinhoso do que um simples alô. Vou tomar a minha bica (por que é mais fácil encontrar um bom cafezinho em Portugal do que no meu Brasil, que é a pátria dele?). Vou comer peixe ainda com gosto de onda e de mar, recém-saído das águas lustrais. O "João Padeiro" não abre em dia de ventania, que não permite a pesca e peixe fresco. É o garçom que me conta, não consta na ementa nem é dito na fachada, como deveria. Não conheço melhor propaganda. Minhas braçadas serão nas águas frias do mar ou nas frescas da piscina. Sob o alto céu e o sol, como convém. Depois, na leseira dos músculos cansados e do bem comer, vou procurar no "sebo" velhos livros portugueses, com os nomes antigos possuidores. Sabe-se lá por quê, apetecem-me melhor assim. Têm um jeito vivido, íntimo e amigo, que me faz bem. *Retalhos da vida de um médico*, de Fernando Namora, com uma data de 1968; *Ainda há estrelas no céu*, do meu amigo Luiz Forjaz Trigueiros, que me dá e comove com ele, uma Lisboa dos anos 1940; *As mulheres e as cidades*, de Augusto de Castro. Abandono tudo que trouxe de material de leitura, porque quero estar em Portugal. Assim fico.

"Globetrotter", 11 de setembro de 1984

OU EU OU ELA...

Dizer que fui eu mesma quem a recolhi, quem a trouxe para casa. Aquela vira-lata de olhos tristes que acabou sendo minha inimiga. Vi-a machucada, ganindo, em pleno Rossio, em Lisboa, naquela esquina movimentada, arrisquei a vida, ouvi xingos, levei multa, mas parei o carro, trouxe-a comigo. Os olhos de doçura com que me olhava, no banco ao meu lado, o focinho meigo. Se a gratidão tivesse cara, teria a cara da Macunaíma.

– O quê?

– Macunaíma é o nome dela. Um livro de Mário de Andrade que me fascinou na juventude: Nunca ouviu falar? Macunaíma é o herói sem nenhum caráter.

– O autor?

– O personagem. E esta cadela que também é dona de muita personalidade. Feia como você está vendo. Raça passou longe dela. Mas ficou sendo a dona e rainha desta casa. Come na mesa, se duvidar no meu prato, sobe na minha cama à hora que bem entende, arrasou com minhas plantas, roeu meus tapetes persas. Fiquei sendo a melhor freguesa de seu Lauro, ali da Parede. Não há uma semana que não lhe leve um tapete, chame para acolchoar um braço de poltrona. Perdi uma empregada de anos, um jardineiro que tinha sido de minha mãe. Deixei de fazer uma excursão pela Europa.

– Manda embora esse bicho. Dá pra alguém, há tanta gente que gosta de cachorro. A vida é uma só...

– E eu não sei disso? Essa vira-lata não estava há um mês em minha casa quando vi tudo o que ia ser o meu futuro. Soube a que ponto chegariam as minhas agruras com essa cadela de focinho triste. Vai longe com esse focinho.

– E o Luiz não implicou?

– Ameaçou sair de casa no dia em que a viu aqui dentro. Quis mudar para o clube. Cachorro em casa? Era o que faltava! O pior é que era mesmo e eu, burra, não percebi. O homem acabou criando carinho pelo bicho. Achei graça, logo o Luiz que não é dessas coisas. As caras que ela fazia quando ele chegava. Deu de esperar no portão, latindo quando o carro anda estava longe. De manhã o acompanhava, fazendo festa até desaparecer na esquina, fazendo focinho triste quando o via descer a escada.

– Cheia de truques?

– O truque, minha filha. O próprio. Uma bastarda dessas, quem diria. Se o Luiz me escutasse! O homem deu de chegar em casa mais cedo. Quietarrão como você sabe, ficava lendo o jornal na poltrona, o raio desse bicho, muito quieta, encostada na barriga da perna, seguindo-lhe cada gesto com esses olhos mansos. Às vezes que ficou chorando baixinho na porta do nosso quarto.

– Até que ele abriu.

– Como é que você sabe? Nunca mais dormiu noutro lugar. Só come da mão dele. Jejua se ele fica resfriado. Emburra comigo se tenho a veleidade de discutir com seu amo e senhor. Ficou dois dias sem comer, chorando perto da porta, quando ele foi para o Algarve sem ela. A empregada contou tudo quando ele chegou. E isso a instalou nas profundas do seu coração.

– Aí você começou a implicar?

– Não aguento mais a cara desse bicho. Olha o focinho, o jeito de nem-te-ligo com que me olha, a descarada. Queria que você visse o Luiz entrando pela porta. A gritaria...

– Os latidos?

– Os latidos, seja. Os abraços e beijos. A festa. A lua de mel daqueles dois. Nasceram um para o outro. São almas irmãs, inseparáveis. Passei a acreditar na transmigração das almas, na metempsicose, nessas esquisitices todas. Meu marido está irreconhecível, é outro homem. Vi-lhes as lágrimas correndo pela barba no dia em que foi atropelada. Uns arranhões à toa. E o homem queria tirar revólver, chamar a polícia.

– É... O negócio está grave... Eu, no seu caso, tomava uma resolução.

– Tomei. Ele que decidisse. Eu não aguentava mais esta senhora dentro da minha casa, seus estragos, prejuízos, caprichos. Aquela lamechice toda. Ele que escolhesse, ela ou eu.

– Você tinha todíssima razão. Quando é que ela vai embora?

– Acho que só a morte nos vai separar. Ele escolheu ela. E de desaforo, fiquei.

23 de setembro de 1996

Rubem Braga

CACHOEIRO DE ITAPEMIRIM (ES), 1913
RIO DE JANEIRO (RJ), 1990

DERROTADO, O SR.
AS FAZ AUTOCRÍTICA
A CRÔNICA de Rubem Braga
A ÁRVORE
Resultados Finais
Tapêtes
Passadeiras?
Cem Peronistas Provocam Arruaça
RSINDICAL
IRÁ A GREVE
A CRÔNICA de Rubem Braga
A PALAVRA
Os Males do Congelamento de Preços de Derivados de Petróleo
ção da UDN
Kennedy Pede Maior Ajuda à América Latina
O Tempo
Govêrno é Alertado contra Irregularidades na Indústria Aeronáutica
A CRÔNICA de Rubem Braga
NÃO SOU EU
Foram Dos Médicos
Notícias Erradas
Sôbre Roberto Silveira
CAVALEIRO NEGRO
ABP — SPC
Aceitar Imposições
De SÃO PAULO
UM ASSENTO ESPECIAL
PARA FUNÇÕES ESPECIAIS
Giroflex
PANSEXOL M
PANSEXOL F
VARIZES
HÉRNIA
DEIXAR DE FUMAR? JÁ NÃO É MAIS PROBLEMA
NICOTILÉSS
REPÓRTER-AMADOR 22-2000 e 32-2301
EM APENAS 11:40

Jornalista, escritor, editor, considerado um dos maiores cronistas brasileiros de todos os tempos, era chamado pelo amigo Sérgio Porto de "Sabiá da crônica". Caso singular de autor consagrado exclusivamente como cronista, responsável por fixar a crônica em livro, quando era considerada ainda um gênero menor. Estreou em 1936 com *O conde e o passarinho*. Bacharel em Direito e militante antifascista, Rubem Braga foi repórter de guerra e acompanhou a ação da Força Expedicionária Brasileira (FEB) na Itália entre 1944 e 1945. Admirador confesso da beleza das mulheres e da natureza, sua cobertura de Ipanema, repleta de árvores frutíferas, passarinhos e borboletas, marcava o bairro como ponto de encontro da intelectualidade carioca de sua época. Foi redator e diretor de diversos semanários e revistas, e criou a Editora do Autor em 1960 com Fernando Sabino e Walter Acosta, que deu origem, em 1966, à Editora Sabiá. Rubem Braga foi colaborador do GLOBO em 1947, enviando crônicas da Europa do pós-guerra, publicadas na coluna "Notas de Paris". Em 1959, passou a assinar "A crônica de Rubem Braga", presente no jornal até 1961. Seus textos evidenciam o lirismo característico do autor e o olhar para as coisas simples, bem como a crítica pungente dos problemas do país, como a destruição da natureza em benefício de uma falsa ideia de progresso.

A PALAVRA

Tanto que tenho falado, tanto que tenho escrito – como não imaginar que, sem querer, feri alguém? Às vezes sinto, numa pessoa que acabo de conhecer, uma hostilidade surda, ou uma reticência de mágoas. Imprudente ofício é este, de viver em voz alta.

Às vezes, também a gente tem o consolo de saber que alguma coisa que se disse por acaso ajudou alguém a se reconciliar consigo mesma ou com a sua vida de cada dia; a sonhar um pouco, a sentir uma vontade de fazer alguma coisa boa.

Agora sei que outro dia eu disse uma palavra que fez bem a alguém. Nunca saberei que palavra foi: deve ter sido alguma frase espontânea e distraída que eu disse com naturalidade porque senti no momento – e depois esqueci.

Tenho uma amiga que certa vez ganhou um canário, e o canário não cantava. Deram-lhe receitas para fazer o canário cantar; que falasse com ele, cantarolasse, batesse alguma coisa ao piano; que pusesse a gaiola perto quando trabalhasse em sua máquina de costura; que arranjasse para lhe fazer companhia, algum tempo, outro canário cantador; até mesmo que ligasse o rádio um pouco alto durante uma transmissão de jogo de futebol... Mas o canário não cantava.

Um dia a minha amiga estava sozinha em casa, distraída, e assobiou uma pequena frase melódica de Beethoven – e o canário começou a cantar alegremente. Haveria alguma secreta ligação entre a alma do velho artista morto e o pequeno pássaro cor de ouro?

Alguma coisa que eu disse distraído – talvez palavras de algum poeta antigo – foi despertar melodias esquecidas dentro da alma de alguém. Foi como se a gente soubesse que de repente, num reino muito distante, uma princesa muito triste tivesse sorrido. E isso fizesse bem ao coração do povo; iluminasse um pouco as suas pobres choupanas e as suas remotas esperanças.

"A crônica de Rubem Braga", 13 de novembro de 1959

NÃO SOU EU

Confesso que achei graça na primeira história que me contara: um bêbado usava o meu nome em um bar, tomando grande uiscada à custa de um meu admirador – a quem agradeço a intenção. Depois passei a achar menos graça: o falso Rubem Braga aparecia chorando na estação das barcas, ou gritando dentro de um lotação, ou fazendo comício na Rua Farani. Volta e meia ouço outras proezas desse cavalheiro que perambula pela cidade, dando vexames em meu nome – e agora parece que está agindo pelo Bar Vinte e Leblon.

Ora, eu já posso ser culpado legitimamente de tanta coisa que não me agrada acumular os pecados de outrem. Peço às pessoas que me não conhecem pessoalmente que, quando aparecer um Rubem Braga falando alto, citando crônicas e dando alteração, tenham a fineza de chamar a polícia. Não quero que maltratem o rapaz, mas uma noite de xadrez deve lhe fazer bem, e talvez ele perca essa mania insensata de assumir a personalidade deste apagado cronista.

Com este pedido estou correndo o risco de ir eu mesmo em cana, como se fora um falso eu. Em todo caso, o vexame ficará entre mim e eu, ou entre eu e mim – tudo em família...

"A crônica de Rubem Braga", 17 de abril de 1961

"SIESTA"

Saudei alegremente minha amiga Marlene Dietrich e pedi notícias do filme *O Anjo Azul*, que ela ia fazer em Berlim; na verdade não a esperava na Côte d'Azur neste verão. Lamentei que ainda não se tivesse inventado a caça submarina, mas convidei-a para passear nó meu iate pelas ilhas gregas, e assim chegamos ao Brasil, onde notei que ela estava um pouco chocada porque os operários estavam em greve. Discretamente assinei um cheque suficiente para cobrir o aumento de todos eles durante um ano, e mandei distribuir de graça ao povo excelentes gêneros alimentícios, tecidos para roupas, sapatos, tênis e balões de borracha coloridos, assim como flores naturais, de maneira a que ela tivesse melhor impressão de nosso povo. Marlene não soubera de meu encontro com Greta Garbo em minha "vila" secreta do Himalaia, e estava linda na sua rede azul tomando cajuada, de tardinha, e ria muito dizendo que meu alemão tinha um leve sotaque eslavo: eu reconhecia que era possível, pois no último campeonato mundial de xadrez, que me deu o título, eu passara dias falando quase exclusivamente russo. O telefone tocou, era o Tex, empresário de Dempsey, me pedindo segredo do que acontecera na véspera, quando eu fora obrigado a derrubar o rapaz com um murro devido a uma sua referência infeliz à minha amizade com Joan Crawford; mandei dizer ao Jack que não havia nada, continuaríamos bons amigos, e eu como simples amador não tinha interesse em prejudicá-lo em sua carreira. Marlene começou a cantar "Lili Marlene", que só seria divulgada na próxima Grande Guerra, e confesso que me esqueci de minha conferência de cúpula com Gide, Einstein e Chaplin. Quando anoiteceu, caminhamos ao luar, e minha felicidade era tão doce e tão antiga que me lembrei de uma profecia latina: "Et nox illuminatio mea in deliciis meis", e murmurei: "O vere beata nox, in qua terrenia celestia, humanis divina junguntur" – mas agora meu latim estava com um leve sotaque alemão.

Então ela disse – Rubem... – e sua pele começou a escurecer, percebi que se tratava de minha empregada que me chamava de "seu Rubes" pedindo dinheiro para a conta do padeiro e dizendo que me telefonaram do banco para ir com urgência lá. "Vou coisa nenhuma!" – digo, e ela me olha espantada...

"A crônica de Rubem Braga", 25 de maio de 1961

A ÁRVORE

Assisti de minha varanda a um crime de morte: a vítima devia ter vinte ou vinte e cinco anos. Era uma bela árvore de copa redonda, no terreno junto à praia, onde havia antes uma casinha verde. A casa já fora derrubada, mas a árvore durou ainda algumas semanas, como se os criminosos, antes de matá-la, resolvessem passar ainda algum tempo gozando a sua sombra imensa.

Assisti à queda; os homens gritaram, ela estremeceu toda e houve primeiro como um gemido do folhame, depois baque imenso, um fragor surdo; no mar uma grande onda arrebentou; e o mar e a árvore pareceram estrondar e depois chorar juntos. Houve como um pânico no ar, pássaros voaram, janelas se abriram; e a grande ramaria ficou tremendo, tremendo.

Anteontem e ontem os homens passaram o tempo a cortar os galhos, esquartejando a morta para poder retirá-la; o tronco mutilado ainda está lá, com uma dignidade dolorosa de estátua de membros partidos.

De minha varanda eu vi tudo, em silêncio. Entrei para a sala, senti vontade de tomar um trago forte, roído por uma secreta humilhação, por não haver protestado. Ah, seria preciso ser um grande bêbado, ou um grande louco, ou um grande rei, para protestar.

Seria preciso ser um grande rei para castigar o crime e salvar uma árvore junto ao mar!

"A crônica de Rubem Braga", 13 de outubro de 1961

Augusto Frederico Schmidt

RIO DE JANEIRO (RJ), 1906
RIO DE JANEIRO (RJ), 1965

O GLOBO ☆ 17-12-59 ☆ Página 2
OS PASSOS NA AREIA...
Augusto Frederico Schmidt
O GLOBO ☆ 19-9-63 ☆ Página 2
Os Galos da Via Ápia
Augusto Frederico Schmidt
Um Empreendimento Que Interessa a Todos!
Vida Social e Recreativa, Por Excelência: Uma Sede Social e Uma Fazenda no Interior, Bem ao Gôsto de Cada um
O GLOBO ☆ 5-1-63 ☆ Página 2
O LADO DE LÁ
Augusto Frederico Schmidt
A CAMPANHA CONTRA O
MAIS UM PASSO PARA A
Campanha de Ódio
Ocultou a Verdade
Hermes Lima Parlamentarista
Sabotagem Organizada
Quem Prega o Golpe
Expediente Político
O Tempo
O TEMPO
Cavalo Branco
NENHUMA BEBIDA SE MAIS QUE SCOTCH CAVALO SCOTCH ALCANÇ
CURSO ESPECIAL
ANÁLISE DA COMUNICAÇÃO
SUA APLICAÇÃO ÀS RELAÇÕES HUMANAS
Introdução
1 — A comunicação
2 — Aspectos Psicológicos da Comunicação
3 — Aspectos sociais da Comunicação
CONCLUSÕES
Instituto Brasileiro de Cidadania e Adm
Direção: Ignez Barros Barreto Correia
Rua México, 21, 5.º andar.
General Amer na Escola
DECORAÇÕES INT
Vendas em 10
Casa Fer
PARA O PRESIDENTE DA COFAP, MELHORA O FORNECIMENTO DE CARNE AO CARIOCA
Não Houve Coação
Podêres e Dit
53 Mil Ele Condições de
COPACABANA
BARATA RIBEIRO
TROP
LETI
DE

Jornalista, poeta, escritor, ensaísta, político e empresário, Augusto Frederico Schmidt conviveu com grandes personagens da literatura e da política, ele mesmo protagonista de fatos marcantes da história brasileira do século XX. Poeta da segunda geração do modernismo, foi amigo e colaborador do presidente Juscelino Kubitschek e entusiasta de seu projeto desenvolvimentista. Schmidt foi o autor do slogan "50 anos em 5". Homem de imprensa, conhecido pela generosidade com os amigos e pela língua cáustica contra os adversários, criou e foi editor da Livraria Schmidt Editora, no Rio de Janeiro, em 1930. Em 1948, lançou o livro *O galo branco*, coletânea de contos e reflexões, cujo título faz referência ao seu inusitado mascote, uma de suas paixões, tido, para o autor, como o ideal de pureza e autenticidade. Místico e melancólico, buscava resposta para as grandes questões da humanidade. Augusto Frederico Schmidt escreveu no GLOBO de 1959 a 1965. Seus textos falam de morte, do amor, da religiosidade e das lembranças de Copacabana de sua infância e juventude, uma espécie de eldorado de pitangueiras e raros banhistas.

OS PASSOS NA AREIA...

Lembro-me de Copacabana como um paraíso. Sim, era o meu paraíso na infância e depois cenário, na adolescência e primeira juventude, de agitações, de sofrimentos, de mágoas, de amores contrariados.

O tempo corrompeu tudo. Como um verme, o tempo penetrou neste meu bairro e mudou-lhe o aspecto, retirou-lhe a poesia, Copacabana era a praia, o mar, era o mês de Maria com os cânticos, eram os amigos, as meninas de cachos e fitas nos cabelos. Sou de uma época em que havia pitangueiras na praia. Sinto-me sobrando agora nesta floresta de casas feias, de edifícios de muitos andares. O próprio mar parece-me outro. O vento do largo que soprava outrora, que levantava nuvens de areia, e desmanchava as pitangueiras, e penetrava pela roupa boca de sino das banhistas – não mais parece o mesmo de hoje, às vezes ríspido, mas sem a larga e viril liberdade do vento de outros tempos.

Sei – e ainda tenho olhos para ver – que nestes dias há uma raça de gente queimada, de moças e rapazes vigorosos, sobre os quais não pode haver opiniões divergentes, mas nada disto me impede de considerar as banhistas antigas igualmente belas. Eram mais pálidas e tímidas e meus olhos de jovem abriam-se então sobre o eterno feminino com um deslumbramento que há muito não possui mais; apesar disso, recuso-me a aceitar que as raparigas de outrora fossem menos belas que as de hoje. Eram mais dissimuladas, riam-se somente umas com as outras e limitavam-se a sorrir para os amigos dos irmãos e para os conhecidos, mas – insisto em afirmar – respiravam graça e poesia, embora os trajes de banho pareçam, aos nossos olhos de agora, inverossímeis.

Enquanto escrevo – em memória e intenção da Copacabana escondida no passado –, lembro-me de Esmeralda, a quem devo, sem dúvida, a proeza de nadar até o barco. O sistema de salva-vidas consistia em colocar embarcações com guarnição de banhistas profissionais a trezentos metros da praia. Os que sabiam nadar iam até a esse limite e lá descansavam agarrados à embarcação. Nadando mal – o que não me impediu de ser, depois de maduro, presidente de um clube de natação e regatas dos mais importantes da cidade – e tendo a certeza de não resistir a qualquer exercício mais prolongado, não saía eu da arrebentação. Mas Esmeralda, morena, graciosa, de olhos azuis e aspecto felino, vinda de uma família de Goa, falando com um sotaque lusíada, arrastava-me para a aventura. Ela passava por mim, avançado pelas águas, com um ar tranquilo de desafio. Durante alguns dias hesitei; o desejo de encontrá-la era, porém, mais forte do que o medo e certa manhã pus-me a nadar devagar, mas com resolução. Cruzei com ela no caminho de volta. Habituei-me, e raro era o dia em que não conversávamos agarrados ao barco. Conversar é dizer muito: trocávamos palavras ligeiras, quase sempre girando em torno das ondas, da água fria ou quente, das correntes que podiam arrastar-nos. "Se você viesse comigo, pouco me importava que as correntes me levassem" – disse-lhe eu. Era uma declaração romântica de amor, mas me saíra involuntária e de repente, sem qualquer premeditação, Esmeralda não acreditou no meu desprendimento: "Se as correntes nos levassem, você começaria a gritar."

***

Sim, o mar era outro. Este mar que sempre renasce e recomeça não é o de minha infância, de minha juventude. Sinto que o mar dos velhos é algo hostil. O meu mar antigo era violento, mas tão familiar... "Seu" Manuel Pescador era o banhista de todos nós. Saíamos, quando meninos, com ele, para o mergulho e os primeiros exercícios. Na boca da noite, "Seu" Manuel Pescador trazia grandes latas de água salgada para os banhos quentes, que minha inesquecível tia Teteia achava infalíveis para todas as enfermidades. Ela esquentava, domava, maltratava, reduzia a água do amargo e enchia grandes bacias de folha de fiandres, onde nos mergulhava antes de dormir. Revejo sua mão branca tomando a temperatura da água.

O mar era íntimo outrora. Um grande amigo, às vezes zangado. Rezávamos, quando havia tempestade, pelas embarcações, pelos náufragos e até mesmo pelos pequenos peixes desamparados...

17 de dezembro de 1959

O LADO DE LÁ

E havia em torno de mim legiões de seres invisíveis. A filha do marechal Barros sentia que sobre a minha cabeça cruzavam-se ameaças e asas misteriosas. Ela era cega, mas via as coisas que ninguém vê. Sentava-se numa cadeira de balanço, no canto da sala, e ia anunciando o desfile; "Agora vejo uma mulher de preto, baixa, com um xale sobre os ombros". "– É mamãe!" – exclamava tia Isolina. – "É mamãe, e eu queria perguntar se devo manter o automóvel na praça ou vendê-lo logo."

A filha do marechal Barros, Dona Bituca, era digna e sincera. Nunca transmitiria para o Além pergunta tão insignificante quanto essa. Parecia-lhe ofensa que se reencontrasse minha bisavó, Cipriana dos Anjos, no seio da eternidade, para saber o que ela pensava de um problema tão banal.

Jamais eu próprio vi coisa alguma que me revelasse o *outro lado*. Mas minha avó diversas vezes se encontrou com uma desconhecida, de cabelos grisalhos, que a fitava atentamente e, depois, desaparecia. Certa tarde, em que dormira de dia, ao despertar, já na boca da noite, deparou minha avó com a estranha mulher debruçada sobre ela, aos pés da cama, a contemplá-la. Não sabia quem era: estava, mesmo, certa de que não a encontrara neste mundo. "Mas posso reconhecê-la imediatamente" afirmava minha avó. "Às vezes tenho a tentação de segui-la, de pedir-lhe que me leve para o outro mundo." Advertíamos então a minha avó que tivesse cuidado, que podia ser essa criatura uma cilada, que não se deixasse vencer pela curiosidade. A "presença" inexplicável foi bastante, discreta, não insistiu demais.

Meu avô Azevedo, a certa altura da vida, passou a praticar o espiritismo. Às sextas-feiras, quando morávamos em Araújo Leitão, ele não vinha jantar e só chegava em casa depois da meia-noite. Sabíamos vagamente que se tratava de negócios com o Além. Minha tia Teteia, que era católica bem governada, dizia: "O Azevedo anda maluco. Era o que faltava para destruir a vida dele". Os dois cunhados foram sempre desafetos. Quase não se falavam. A inimizade chegava de longe e não vem ao caso explicar suas causas. Mas era uma inimizade sólida com muitas décadas de exercício. O "espiritismo" de meu avô constituía para nós um respeitável mistério. Nunca ousamos perguntar-lhe o que lhe acontecia uma vez por semana, mas indagávamos dos outros: "– É verdade que vovô fala com os mortos? É verdade que ele tem ótimas amizades no outro mundo?"

Apesar dessas escapadas pelo espiritismo, da crença que revelavam alguns dos meus no poder da magia negra; apesar de certas incoerências, éramos todos católicos. Meu avô – mesmo depois do se ter refugiado no kardecismo e de se guiar pelo Ignácio Bittencourt – ia sempre à missa e regia a sua vida pelas cerimônias litúrgicas. Minha tia Isolina, então, frequentava os confessionários. Acontecia-lhe, porém, segundo ela própria revelava, esquecer os próprios pecados e contar ao padre os dos outros. Queixava-se do marido, acusando-o injustamente de pecar. Tio Serrano defendia-se sorrindo melancólicamente e afirmava que o azeite não dava sequer para a lamparina doméstica... Mas a luta contra a Arminda, a empregada, é que proporcionava assunto inesgotável para o confessionário: "Esta negrinha me mata, Cônego Valença, tem o demônio no corpo. Desespera um cristão." Uma vez o cônego repreendeu minha tia: "A senhora só vem aqui contar os pecados dos outros, apareça quando se lembrar de alguns dos seus."

Tia Isolina possuía a fórmula de um remédio eficaz contra as dores reumáticas. Riurol, se chamava a droga. E o nome lograra registro na Saúde Pública. "Quando o Riurol for industrializado, terá chegado, enfim, a fortuna. Não haverá mãos a medir." Sempre tia Isolina andou às voltas com negócios que a libertariam da pobreza, que a integrariam na prosperidade. Já conhecera a abastança, houve tempo em que Aureliano Augusto de Sousa Serrano dispunha de recursos abundantes. Foi o tempo da Rua Maria Romano e do automóvel vermelho que fazia a praça. Um dos primeiros automóveis de praça do Rio de Janeiro. Chamavam-no "o vermelhinho" e, ao que parece, dava lucro. Na Rua Maria Romano comia-se bem e era lá que D. Bituca – na cadeira de balanço – via os mortos. O pai de Dona Bituca, o marechal Feliciano Toledo de Barros, médico reformadíssimo do Exército, vinha do Império. Era um homem calado, gordo, de mais de oitenta anos, de grandes bigodes caídos. Viajava para as estações de águas com um amplo guarda-pó escuro.

Tudo isso, todos esses seres e a própria casa de Maria Romano estão se refletindo na minha memória, apenas na minha memória, pois nada mais existe ou se conserva de pé. Os seres se foram todos, os videntes, os ouvintes, os que acreditavam em Deus e nos anjos. Raia sanguínea a madrugada.

5 de janeiro de 1963

OS GALOS DA VIA ÁPIA

Roma, agosto – Ouça o primeiro galo cantar, desferindo na noite uma flecha. Depois, começam as respostas. Das casas de campo, dos jardins escondidos pelos muros de Pedro, sobem aos céus as vozes que se vão multiplicando e crescendo.

Estou na campanha romana. Mas não ouço passos de legionários, nem ruídos de liteiros. Viajantes retardatários passam nos seus automóveis e desaparecem pela Via Ápia, buscando Roma. Receio que os galos estejam cantando por terem adivinhado a minha presença nas redondezas. Não sou mais ambicioso, nem deliro mais. Mas não duvido que os galos me vejam agora e, de longe, sintam a minha proximidade. Não é à toa que amo esses bichos e que desde a infância eu me venha debruçando sobre o seu mistério. Antes de saber que esses cidadãos e servos romanos – invisíveis caminhantes dessa estrada imperial onde me encontro – procuravam os auspícios nas entranhas dos galos; antes de ter sentido o episódio de Pedro, negando três vezes e o galo confirmando a predição do grande Abandonado; antes de saber que o canto do galo dissolve e afasta os fantasmas, assim como o vento desfaz as nuvens – antes de o galo ser para mim mesmo um símbolo –, já experimentava eu a atração do seu canto. Ouvindo-o, nos primeiros momentos em que entrei na posse de mim mesmo. Já a voz de sal, de sol, a voz de desespero e comando do galo acordava no meu ser lembranças que não me pertenciam, e ressonâncias inexplicáveis. Na adolescência alguém me surgia, toda vez em que as vozes dos galos cortavam o tecido noturno. Era a fisionomia de uma rapariga a me sorrir, cujos olhos pareciam querer confiar-me um segredo, o segredo de um passado desconhecido para o homem que eu era e que serei até o fim de meus dias...

Nesta noite – em sítio tão evocativo, cercado de um passado que me pertence tanto quanto a qualquer romano de hoje –, as vozes dos galos me lembraram, apenas, o pequeno quintal na Rua Hilário de Gouveia, onde não faltava jamais, num exíguo cercado de arame, avisava os raptos das moças e aprofundava as saudades. Havia sempre um galo cujo canto em hora inesperada provocava as saudades de Filomena Miranda, minha tia Teteia. Reveja-a debruçada na janela de sua minúscula cozinha ou assentada nos degraus da escada que dava para o quintal, falando, contando, memorando os seus mortos. O canto do galo exercia sobre ela um efeito mágico. A cidade do Rio Grande, onde nascera, abria – como se fosse uma rosa ressuscitada – as suas pálpebras. São Salvador da Bahia, onde se casara, surgia acompanhada de muitas cenas e acontecimentos, inclusive os episódios e as pousadas de uma longa viagem e Caldas do Cipó. Creio que algumas ilusões antigas – e mais do que desfeitas – sorriam de novo um breve instante. Às vezes, as vozes dos galos que se iam alastrando de quintal a quintal, de jardim a jardim, atraíam minha tia para meditações mais profundas. Então, ela falava da morte, da necessidade de morrer bem. Envergonhava-se de temer a morte. Era tão católica, mas sua fé não lhe poupava o medo. Pedia a Deus uma boa morte, uma morte sem medo. Temia que a vissem gritando, os olhos habitados pelo terror, e isso, exatamente na hora de encontrar-se na eternidade com a Corte Celeste e os seus seres bem-amados. E o galo cantava; depois, o silêncio se fazia mais mudo, mais receptivo para todas as coisas tristes.

Na noite em que morreu Filomena Miranda, desci os quatro degraus e, no quintal, procurei o galo. Apesar dos ruídos, das luzes acesas, das pessoas que iam e vinham, o bicho evocativo se mantinha recolhido ao seu poleiro. Era um dos meus dois galos brancos. Estaria dormindo? Certo não o estava porque, do quando em quando, abria um olho como para certificar-se de que era eu mesmo que ali estava.

Galos romanos, galos da Via Ápia, galos ricos de substância histórica, galos de cantos noturnos, galos do Império, galos do apogeu e da decadência, galos de Augusto, do meu bem-amado Virgílio, de Ovídio, de Cícero, dos homens da lei e dos homens de guerra, galos do Ocidente – vosso canto me conduziu às humildes lembranças do que fui e do que serei até que Deus me recolha para julgar-me e dar-me o destino ou o castigo que mereço.

19 de setembro de 1963

Guimarães Rosa

CORDISBURGO (MG), 1908
RIO DE JANEIRO (RJ), 1967

Festa Folklórica na Fortaleza de Forchtenstein
Folclore Austríaco
Povo de cultura e tradição milenar, os austríacos têm um folclore riquíssimo em tôdas as suas manifestações, estimuladas e cultivadas com notável carinho e interêsse. A apreciada artista patrícia Georgina de Albuquerque teve oportunidade de assistir a uma excelente festa pitoresca realizada em setembro do ano passado na fortaleza de Forchsteinslein, da qual fixou com o seu lápis o momento que se vê acima
Guimarães Rosa conta:
HOMEM, INTENTADA VIAGEM
Guimarães Rosa conta:
"De Stella et Adventu Magorum"
"Boa noite, oh de casa, a quem nesta casa mora..."
"Eis chegados a esta casa os Três Reis do Oriente..."
Guimarães Rosa conta:
Além da Amendoeira
PORTA DE LIVRA
Tolstoi, nos últimos anos da sua vida
A Evolução Leon Tolstoi Au Uma Exposição Parisiense
Das Reminiscências de Iasnaia Poliana aos Manuscritos de "Guerra e Paz" e "Ana Karenina"
(De Renato Bittencourt — Exclusivo Para O GLOBO)
O quarto em que Tolstoi morreu, a 20 de novembro de 1910, em Iasnaia Poliana
Juventude (1842-1862)

Contista, romancista, cronista, diplomata, Guimarães Rosa formou-se em Medicina em 1930. Como médico, conheceu os cantões do Brasil, principalmente o sertão do Vale do Jequitinhonha, em Minas Gerais, cujas paisagens e personagens foram inspiração para seus livros e para o vigor da linguagem oral de sua literatura. Diplomata, nomeado em 1938 como cônsul-adjunto na Segunda Guerra Mundial, serviu em Hamburgo, Alemanha, onde teve decisiva participação humanitária. No pós-guerra, esteve à frente de delegações brasileiras em conferências interamericanas e europeias pela paz. *Sagarana* (1946), seu primeiro livro de contos, exemplifica bem o estilo do escritor, com sua linguagem inovadora e original. Para o autor, "as palavras têm canto e plumagem". *Grande Sertão: Veredas* (1956) é um clássico, traduzido em várias línguas, e seu único romance. A obra de Guimarães Rosa dá novo significado à literatura regionalista, na qual o sertão extrapola os limites geográficos – "o sertão é o mundo", declarou. Eleito para a Academia Brasileira de Letras, em seu discurso de posse, em 1967, pronunciou uma de suas mais famosas frases: "As pessoas não morrem, ficam encantadas." Escreveu no GLOBO no ano de 1961, assinando a coluna "Guimarães Rosa conta" na página "Porta de Livraria", de Antonio Olinto. Suas crônicas trazem a relação de amizade do autor com a natureza e com os homens, como no diálogo imaginário com o poeta Carlos Drummond de Andrade, em "Para além da amendoeira".

"DE STELLA ET ADVENTU MAGORUM"

No presépio, onde tudo se perfazia estático – simultâneo repetir-se de matérias belas, retidas em arte de eternidade os Três Reis introduziam o tempo. O mais parava ali, desde a véspera da Noite, sob o tino brilho suspenso das bolas de cores e ao vivo cheiro de ananás, musgo, cera nobre e serragens: O Menino na manjedoura, José e a Virgem, o burrinho e o boi, os pastores com seus surrões, dentro da gruta; e avessa gente e objetos, confusas faunas, floras, provendo a muitíssima paisagem, geografia miudamente construída, que deslumbrava, à alma, os olhos do menino míope.

Em coisa alguma podia tocar-se, que Vovó Chiquinha, de coração exato e austero, e Chiquitinha, mamãe, proibiam. Eles, porém, regulavam-se à parte, com a duração de personagens: o idoso e em barbas Melchior, Gaspar menos avelhado e ruivo, Baltasar o preto – diversos mesmo naquele extraordinário orbe, com túnicas e turbantes e sobraçando as dádivas – um atrás do outro. Dia em dia, deviam avançar um tanto, em sua estrada, branca na montanha. Cada um de nós, pequenos, queria o direito de pegar neles e mudá-los dos cotidianos centímetros; a tarefa tinha de ser repartida. Então à uma, preferíamos todos o Negro, ou o ancião Brechó, ou el-rei Galgalaad: preferíamos era a briga. Mas Vovó Chiquinha ralhava que não nós, por nossas mãos, os mexíamos, senão a luz da estrela, o cometa ignoto ou milagroso meteoro, rastro sideral dos movimentos de Deus. E Chiquitinha, para restituir-nos à paz dos homens concordiosos, mostrava a fita com a frase em douradas letras – *Gloria in excelsis...* – clara de campainhas no latim assurdado e umbroso.

No prazo de seu dia, à Lapinha iam chegar, o que nos alvoroçava, como todas as chegadas – escalas para o último enfim, o que se aspira. Mas, de repente, muito antes, apareciam e eram outros, com acompanhamento de vozes em falsete:

"Boa noite, oh de casa,
A quem nesta casa mora..."

A Folia-de-Reis – bando exático de homens, que sempre se apresentavam engraçadamente sérios e excessivamente magros, tinham o imprevisto decoro dos pedintes das estradas, a impressiva hombridade esmoler. Alguns traziam instrumentos: rabecas, sanfona, caixa-de-bater, violas. Entrava, mantinham-se de pé, em roda, unidos, mais altos, não atentavam para as pessoas, mas apenas à sua função, de venerar em festa o Menino-Deus. Pareciam-me todos cegos. Será, só eles veriam ainda a Estrela? Porém, no centro, para nossa raptada admiração, dançavam os dois Máscaras, vestidos de alegria e pompa, ao enquanto das vozes dos companheiros vindos só para cantar:

"Eis chegados a esta casa
Os Três Reis do Oriente..."

De onde – oásis de Arábia, Pérsia de Zaratustra, Caldeia astrológico – da parte do Oriente ficava sua pátria incerta, além Jordão, descambado o morro do Bento Velho, por cujo caminho, banda de cá, costumavam descer os viajantes do Araçá e da Lagoa, e, sobre, na vista-alegre a gente se divertia com inteiros arco-íris, no espaço das chuvas, seduzidamente, conforme vinham, balançando-se em seus camelos, para adorar o Rei dos Judas, fantasiados assim, e Herodes a Belém os enviava: o Guarda-Mor e o Bastião.

Dois, só? Respondiam: que por estilos de virtude, porque, os Magos, mesmo, não remedavam de ser. E por que os chamavam, com respeito embora, de "os palhaços"? Bastião, o acólito, de feriada roupa vermelha, gorro, espelho na testa, e que bazofiava, curvando-se para os lados, fazendo sempre símias e facécias, representasse de sandeu. Mas o "mascarado velho", o Guarda-Mor, esse trajava de truz, seu capacete na cabeça era de papelão preto, imponente, e sérios o enorme nariz e o bigode de pelos de cauda de boi. Dele, a gente, a gente teria até medo. Pulavam, batendo no chão os bastões enfeitados de fitas e com rodelas de lata, de grave chocalhar. Um dos outros homens alteava o pau com a bandeira, estampa em pano. Entoavam: ... *A lapinha era pequena, não cabiam todos três... Cada um por sua vez, adoraram todos três...* Prestigiava-se ao irreal o presépio, à grossa e humana homenagem, velas acesas, a dança e música e canto rezando mesmo por nós, forçoso demais, em fé acima da nossa vontade; pasmavam-nos.

Depois, recebiam uma espórtula, agradeciam: "Deus lhe pague a bela esmola..." – e saíam, saudando sem prosa, só o sagrado visitavam. Mas a gente queria acompanhá-los era para poder ver o que se contava tanto – que, onde não lhes dessem entrada, então, de fora, bradavam cantoria torta, a de amaldiçoar: "Esta casa fede a breu..." – e, que dentro dela morava incréu, a zangação continuava. Em vão, porém, esperava-se turra de violências. Avisados por um anjo, voltavam por outro caminho, seguiam se alontanando.

Se às vezes chegavam outras, folias de maiores distâncias, sucedia-se o em tudo por tudo. Só que, os homens, mais desconhecidos, sempre, diferentes mesmo dos iguais. Nem paravam – no vindo, ido e referido. Duas folias se encontrassem, deviam disputar o uso desafio: a vencedora, de mais arte em luzimento, ganhando em paz, da outra, a sacola com dinheiro. Os estúrdios, que agora no sertão navegam! A gente repetia de os esquecer.

Celebrava-se o dia 6, Vovó Chiquinha desmanchava o presépio, estiava o tempo em veranico antes do São Sebastião frechado. Por quanto, tornavam a falar nos foliões, deles não sendo boas, nem de casta lembrança, as notícias aportadas. Sabia-se que, por adiante, facilitavam aos poucos de receber no grupo aparasitados e vadios, pegavam desrumo, o Canto sacro dava mais praça a poracé e lundu, perdiam o conselho. Já mal podiam trocar as fardas, vez em quando, desfeitos do suor e das poeiras e chuvaradas. Passavam fome, quando não entravam em pantagruomérico comer, dormiam irrepousadamente, bebiam do tonel das danadas; pintavam o caneco. Nem honravam mais as praxes de preceito. Uma folia topava outra, e, sem nem um mal-entendido, em vez de avença desapoderavam-se logo, à acossa, enfrentemente: batiam à força aberta, a bastão, a pau de bandeira, a cacete, espatifavam-se nas cabeças os tampos de rabecas e violas.

Só que não podiam tão cedo parar, no ímpeto de zelo, e iam, iam, à conta inteira, de lugar em lugar, fazenda em fazenda, ultrapassava seu prazo de cessação, a Epifania, queriam os tantos quantos são nos presépios e os meninos-de-jesus do mundo. Mas, era como se, ao passo com que se distanciavam do Natal, no tempo, fossem perdendo sua mágica realidade e a eficácia devota, o furor de fervor não dava para tanta lonjura, e de tão esticados se estragava. Assim naufragavam por aí, espandogados, adoentados, exaustos, caindo abaixo de sono, em pé mesmo se dormiam. Derrotados, recuavam então, retornando, debandando – se coitados, se danados – não raro sob ameaça e apupos, num remate de santa desordem, na matéria merencória.

A gente se entristecia, de saber, receávamos não voltassem, mais nunca, não houvesse a valente Festa de Reis, beleza de piedade, com o *Bastião* truão e o Guarda-Mor destronado.

– "Mas, sim, eles voltam. Para o ano, se Deus quiser, todos voltam. Sempre, mesmo. Hão de recomeçar..." Os meninos se sorriam. – "...Eles são homens de boa-vontade..." – repetia Chiquitinha.

"Guimarães Rosa conta", 7 de janeiro de 1961

ALÉM DA AMENDOEIRA

Vai, vez, um fim de tarde, saía eu com o Sung, para nosso passeio, que era o de não querer ir longe nem perto, mas buscar o certo no incerto, a tão bom esmo. Só me esquece a data. Cumprindo-nos, também, conferir as amendoeiras.

Seria em março – as frutinhas do verde já boladas? Pode que em abril: as folhas birutas, com lustro sem murcho, dando ponto às sanguíneas e às amarelinhas de esmalte. Se em maio, aí que, por entre, frequentam e se beliscam um isto de borboletas, quase límpidas, e amadurecem as frutas, cheirando a pêssego e de que os morcegos são ávidos? Talvez em junho, que as drupas caídas machucam-se de ilegíveis roxos. Também julho, quando se colorem ainda mais as folhas, caducas, no enrolar-se, vistosas que nem as dos plátanos de Neuilly ou de San Miníato al Monte, e as amêndoas no chão são tantas? Seja em agosto – despojadas. Ou em setembro, a desfolha espalhando nas calçadas amena saropueira, em que feerem ainda árduos rubros. Sei não, sempre é tempo de amendoeira.

Mas, pois, descíamos a rua nossa vizinha e simpática, eu a considerar na mudável imutabilidade das coisas, o Sung a puxar-me pela trela, quando, eis senão, passávamos rente a uma casa, inusual, tão colocada, suposta para recordar as da outra idade da gente, no Belorizonte. Dita que era uma aparição, conforme se ocultava, às escuras, o que dela se abrindo sendo só uma varanda do arco, perfeita para o escuro, e que se trazia de estórias – a casa na floresta, da feiticeira. Sob cujo efeito, sorte de adivinhamento, refiz-me fiel ao que, por onde ando, muito me aconselho: com um olho na via, o outro na poesia.

De de-dentro, porém, e reta para a varanda, pressentia-se tensa presença. Súbito, com elástico pé-ante-pé, alguém avançara de lá, a furto. Já de noite, às pardas, à primeira não se distinguia: sombra ou resumo de vulto. Se bem que entre luz e fusco o vulto avultasse, permanecendo, para espreita; apenas lobrigável, não visório. Até que por viva alma decifrei-o – ao bruxo de outras artes. Drummond. E só então deve de ter-me reconhecido. Ele morava ali, à beira da amendoeira.

Sabia-o adicto e professo nessa espécie de árvores, seu mestre de fala. Mas, a que se via que havia, entre calçada e varanda e o fementido asfalto, e que era o objeto que ele cocava, não passasse de uma varinha recém-fincada, simples e débil caule, e por isso amparada, necessitando uma estaca de tutela. Drummond de tudo me instruiu, e de como não fora de mero recreio, agora, aquela sua tocaia. E, como eu não pudesse aceitar de entrar, que o Sung discordava, confabulamos mesmo assim, ele no âmbito de seu rincão, semilunar, eu à sombra futura da menos que amendoeira.

Era, que, no lugar, falhara uma, sucumbida ao azar ou aos anos, e ele arranjara que plantassem outro pé, no descalcado. Mais de uma vez. Porque vinham os vadios e malinos, a criançada ingrata, e destruíam demais, sendo indispensável acautelá-la contra essa gente de ralo juízo ou de iníqua índole. Para o mister, Drummond já requerera a prestança de um guarda. Por enquanto, porém, velava-a ele mesmo, às horas, dali de seu promontório de Sagres.

Sendo que falávamos, um pouco sempiternamente, unidos pelo apropósito de tão estimável circunstância, isto é, da amendoeira-da-índia ou molucana, transplantada da Malásia ou de Sequimeca, quer dizer, árvore aventurada, e, pois, de praia e areia, de marinha e restinga, do Posto 6.

Elas pintam bem, têm outono. Dão-se com frente e perfil. Abrem-se a estórias e hamadríadas. Convêm, sem sombra de dúvida, com as beira-atlânticas cigarras. Despeito das folhas graúdas, compõem-se copas amabilíssimas, de donaire. Prezam-se de folhagem sempre a eldorar-se, em alegria e aquarela. E também ensinam acenos. São de sólita serventia.

Ultra que a amendoeira é a que melhor resiste aos ventos, mesmo os de mais rojo, sob o tiro de qualquer tufão ela sustenta o pairo. Nem se dizendo que seja uma árvore castigada. Sua forma se afez a isso, desde a fibra, e no engalhamento, forçoso flexível, e nos ramos que se entregam com eficaz contravontade. Se ao vendaval, as grandes amendoeiras se entornam, desgrenham, deploradoras, ele roda-as, rodopia-as, contra o céu, baço, baço. Mas há uma técnica nesse renhimento, decerto de aquisição milenar: no que temperam o quanto de sustentação de choque com a cessão esquiva ou o dobrar-se submisso, o volver os eixos para furtar-se ao abalo. E fingem a mímica convulsiva, como quando cada uma se estira, vai, volta, voa; isto, sim: a amendoeira procelária.

Bem, a nossa conversa não se copiando talvez precisamente esta, pode mesmo ser que falássemos de outras coisas; mas o substrato de silêncio, que insiste por detrás de todo palavreado. Só a fim de recordar. Eu com o Sung à tira, conforme ele já se estendera chato no chão, desistente. E Drummond de constantes olhos em seu fiozinho de amendoeira-infante. O amor é passo de contemplação; e é sempre causa.

Afinal, a vigilância da amendoeira se exerce indefinida, e volve-se sem intervalos sua desconfiança. Veja-se como responde, pendulativa, à aragem mais fina, só zéfiro. Toque o primeiro leve e ligeiro sopro, e já as folhas estremecem, apalpando o que haja, o tronco ensaia um balanço preventivo, os ramos a sacudir-se, diversamente, para o equilíbrio: e fazendo face. Nada apanha-as de surpresa. Fio, e me argumentei, que devem de trocar sinais entre si, e manter uma sempre de sentinela, contra o ar e o mar, Drummond concordaria comigo. Ou vice-versa, pois. Era uma célebre noite. E, se esmorecíamos, era pelos inadiáveis deveres do introvertimento.

Mas, de longe, ainda as amendoeiras, que mútuas são, e pertinentes. Isto é, Drummond não ficara sabendo que moro também entre elas, íntimas, de janela; no verão suas sombras comovem-se nas venezianas do quarto, conforme jogam, de manhã. Vejo uma, principalmente, a um tempo muda e loquaz. Ela fez oito anos. Digo: que ele morreu, uma noite fria, de um julho, ali debaixo dela o enterramos, muito, muito. Um gato. Apenas. Chamava-se Tout-Petit, e era só um gato, só um gato, um gato... Além. Ah, as amendoeiras. A de Drummond, amendoeirinha de mama, ainda sem nem sussurros. A minha, a quem, então, às vezes, peço: – Cala, amendoeira...

"Porta de livraria", 21 de janeiro de 1961

HOMEM, INTENTADA VIAGEM

Por exemplo: José Osvaldo.

O qual foi um brasileiro, a-histórico e desvalido, nas épocas de 1939 ou 38, a perambular pela Europa para-a-guerra, híspida de espaventos. Veio a Hamburgo. Trazia-o uma comunicação do Consul em Viena: "Não tem passaporte nem título de identidade e diz ter sido já repatriado duas vezes por esse Consulado Geral. Deve haver aí algum papel ou anotação, que o refira."

E como de feito: achado que, pela terceira vez, no pouco de três anos, revia-se aqui, na estrangeiria e na máxima lástima, contando com que de novo o mandássemos para casa. Veterano, de disparatada veterância, coisa tão dessemelhada. Ele era corado, baixo, iria nos trinta anos. O bem-encarado, bem-avindo, sem semblante de bobático, sem sentir-se de sua situação, antes todo feito para imperturbar-se. Cumpria-se em serenidade fresca, expedindo uma paz, muito coada, propríssima. A uns, pareceu-nos algo nortista, a outros um tanto mineiro; bem uma espécie de josé. Nisso, e mais, por enquanto, não falava. Fora-se-lhe o último "pfennig", do que Moreira da Silva em Viena lhe ministrara, no bolso nem tostão. Levava, porém, roupa asseada e não amarrotada, inexplicadamente, e até com no peito uma flor, dessas de si semissecas, sempre-viva. Assim bem-trapilho. Um rico diabo. Mas, lil, lilil, pelo Evangelho, quase lilial que nem os lírios do campo, jovializava.

Tinha-se, em autoridade consular, de chefiar-lhe a ida, na sexta-feira, pelo navio da linha regular da Hamburg-Süd que partia para o Brasil, gozando da "regalia de paquete" e, então, com a regra de conduzir repatriados. Era só requisitar-se a passagem. Estávamos, porém, em começo de semana, tendo o José Osvaldo de esperar os quatro dias. Com a quantia mínima que recebeu, para comida e casa em albergue, deu-se por socorrido magnificamente. Ele em enleio de problemas não se retardava.

Nesse tempo, não deixou de vir passá-lo, o inteiro possível, no Consulado – de abertura a fechamento, – bem se dava a ver um viajante desprovido de curiosidade. Comparecia, sentado no banco, no compartimento do público, junto ao balcão que separava a sala grande, onde os Auxiliares trabalhavam. Olhava-os, quieto, brejeiro às vezes, com sorrisos seriosos. Falava língua nenhuma, jejuava em tudo. Seu fluido, neutro, não incomodava. Frequentava ali como se, em lugar do interior, em porta de farmácia: o aspecto e atitude desmentindo as linhas tortas de seu procedimento. Não seria louco, a não ser da básica e normal doideira humana, a metafisicamente dita. Valeria, sim, saber-se o grau virtual de sua aloprabilidade. A gente nem tem ideia de como, por debaixo dos enredos da vida, talvez se esteja é somente e sempre buscando conseguir-se no sulco pessoal do próprio destino, que é naturalmente encoberto; e, se acaso, por breve trecho e a-de-leve, se entremostra, então aturde, por parecer gratuito absurdo e sem-razão. Convém ver. Só raros casos puros, aliás, abrem-nos aqui um pouco os olhos.

Notavelmente, o de Zé Osvaldo. Não é dizer fosse um raso vezeiro vagamundo, por ânimo de vadiação e hábito de irrealidade atreito às formas da aventura. Outra a sua famigeração e círculo de motivos sujeito a um rumo incondicional, à aproximação de outro tempo, projeto de vastidão, e mais que se pense; propósito de natureza – a crer-se em sua palavra. E o saberia? Sem efeito, que é que a gente conhece, de si mesmo, em verdade? Nem pretendia explicar-se, certo a certo, em quando respondia a umas perguntas, ali, observado entre lente e lâmina, sentado no banco, no faz-nada. Comum como uma terça-feira. Otimista como um pau de cerca. Risonho como um boi no Egito. Indefeso como um pingo d'água sózinho. Desmemoriado como um espelho. Dava trabalho, retrilhar-lhe as pegadas.

Sua cidade, o Rio. Não tinha ninguém. Tinha aquilo, que lhe vinha repetidamente sempre, tântalas vezes: a necessidade de partir e longinquir, se exportar, exairar-se, sem escopo, à lontania, às penúltimas plagas. Apenas não a simples veleidade de fugir ao normal, à lengalenga lógica, para espraiar cuidados, uma maneira prática de quimerizar. Mas, o que se mostrava a princípio exigência pacífica, ia-se tornando energia enorme de direção, futurativa, distanciânsia – a fome espacial dos sufocados. Então, se metia num navio, fizera já assim em quantas ocasiões. Voltara toda-a-vida à Europa: fora repatriado em Hamburgo, Gênova, Trieste, Helsinki, Bordéus e Antuérpia. Ia-se, ao grande léu, como os tantos outros de sua abstrata raça, em íntimo intimados a seguir derrota, ignorantes de seu clandestino.

Por começo, engajara-se sem formalidades em vapores gregos ou panamenhos, como trabalhador de bordo, viajava de forasta. Mas era um ser pegado com a terra, no enxuto, não-marinheiro, nem tinha tatuagem. Pojavam em longe porto, ele se escapava. Agora, por último, nem mais se alistava: subintrava-se a bordo, sorrelfo às ocultas, com justeza matemática, sem isso nem isso, quer-se o que se quer, penetrava. O mar era-lhe apenas o meio de trajeção, seu instrumento incerto, distância que palpita. O mar, que faz lonjura. Ele era sempre da outra margem.

De suas artes em terra, não se tirariam marábulas, matéria de contos arábicos. Só – a licença aberta, a abstância e percorrência, o girogirar, o vagar a ver. Sempre a outras ultrâncias, perléguas: itivo e latitudinário, ao ideado alto, paraginoso, na mal entendida viagem, hóspede do quase-nada, todo através de. Até o desvaler-se de vez e miserar-se, e pôr ponto. Aí, o diabo do coitado caía num Consulado, socorria-se de responsabilidade e seguridade, davam-lhe a repatriação.

Vago, vivo Zé Osvaldo, entre que confusas, em-sombras forças, mediava, severas causas? Contou-nos os sucessivos episódios do que lhe sucedera, de ingentes turlupinadas e as trapaças, desta vinda e feita.

Descido em Gênova, fora-se adentro, como sempre, trotamundo e alheio. Apanhou-o a polícia italiana. Mas não sabiam com ele o que resolver, a falta de documentos empalhando qualquer processo de expulsão. Deram-no à guarda da fronteira, que o levou, de noite, à beirada da Iugoslávia, e traspassaram-no para lá, de sorrate – subterfugido. Parece que o costume era obrarem às vezes desse jeito, naquelas partes. Porque, depois, os da polícia iugoslava fizeram-no para o lado de lá húngaro, também de noite e escondidamente, sob carabinas. Pego logo pelos húngaros, contrabandearam-no de novo para a Iugoslávia. Idem, os iugoslavos abalançando-o outra vez para a Hungria. E os húngaros, afinal, para a Áustria. Mas, por aí, já ele se aborrecera de tanto ser revirado transfronteiras. Antes que outros saíssem-lhe por diante para apajeá-lo, tratou de enviar-se a Viena, como pôde.

Simples gracejo, perguntaram-lhe: por que não tentava pôr por obra, aqui, sua arte de astuto, introduzindo-se à socapa num dos navios surtos no porto, a zarpar para o Rio? Seja por brio de esportividade, ou fosse por complacência ingênua, isso o botou influído. Por todo o dia, desapareceu. Mas, quando voltou, no seguinte, foi para confessar seu malogro, com igual sossego. Estivera no porto, no ver a ver. Achara navio a valer, mais de um. Mas o esforço não proveu bem, a vigilância ali era um a-fio.

Segue-se que enfim partiu, na sexta. Sumária foi sua expedição. Não tinha bagagem, nem mesmo pacotilha. Sumiu-se, liso e recontente, o sorriso sem defeito, na lapela a sempre-viva. Ninguém se lembrou de dar-lhe algum dinheiro, só se pensou nisso tarde, já despachado o navio; com o atropelo de divertimentos e trabalhos, a gente não só negligencia, mas mesmo negligeia e neglige. Agora, já se estaria longe, navegantibundo, a descer o Elba, a entrar no Mar do Norte.

Mas, na outra manhã, cobrava-nos o Hamburg-Süd a importância de dez marcos, a ele favorecidos contra recibo tosco a lápis, e em termos de "esta requisição". O desenvolvido Zeosvaldo, capaz e calmo, sabendo fazer de si, servidamente! E não ia voltar – como a seiva, o vento, a ave?

Sim que, anos depois, realmente retornou à Europa, não lhe puderam tolher a empresa. De novo, também, foi repatriado, para a epilogação. O nada acontece muitas vezes. Assim – na entrada da Guanabara – sabe-se que ele se atirou de bordo; perturbado? Acabou por começar. Isto é, rematou em nem-que-quando, zeosvaldo, mar abaixo, na caudalosa morte. Só morreu, com as coisas todas que não sabia.

Inconseguiu-se?

"Porta de livraria", 18 de fevereiro de 1961

À SOMBRA
DAS CHUTEIRAS
IMORTAIS

Nélson Rodrigues

RECIFE (PE), 1912
RIO DE JANEIRO (RJ), 1980

À Sombra Das Chuteiras Imortais

Nélson Rodrigues

1 — Amigos, eis que o meu leitor Sobrenatural de Almeida começa a ser promovido em todos os idiomas. Ainda ontem, o correspondente do "Life" batia o telefone para mim. Com um sotaque de americano de anedota, êle pede notícias do Fluminense. Do tricolor para o Sobrenatural de Almeida foi um pulo. O "Life" queria saber quem é, e como é, e onde mora, e que títulos tem, e que feitos cometeu a monumental figura.

2 — Enquanto eu falava no telefone, entra na redação um outro repórter internacional. Era o "Paris-Match" que me atropelava pelo mesmo motivo. Em suma: não se conhece outro caso de uma celebridade tão feroz. Amigos, entendo essa curiosidade ululante. Todos nós somos idiotas da objetividade. E nem as crianças aceitam mais o Milagre.

3 — Súbito, irrompe o Sobrenatural de Almeida no futebol carioca. E começam a acontecer coisas que desafiam tôda a nossa experiência e todo o nosso raciocínio. ... Sim, os milagres jorram ... de tudo, a figura sinistra do Sobrenatural de Almeida.

4 — Conversando com os correspondentes do "Life" e do "Paris-Match", eu o localizei no tempo e no espaço. Em nossos dias, reside Sobrenatural de Almeida em Irajá, num quarto infecto, com banheiro coletivo. ... Idade Média. Sobrenatural de Almeida tinha a vida ... e lustroso para abaná-lo com a "Revista do Rádio".

5 — Explica-se: na Idade Média, tudo era Sobrenatural. Se uma galinha pulava a cêrca do vizinho, os passantes ... Sobrenatural foi caindo, caindo, como o ébrio de Vicente Celestino.

6 — Hoje está enfiado num quarto de ...

NÊLSON RODRIGUES

1 — Amigos, num dia inspirado, escrevi uma frase que ia sofrer todas as variações possíveis. Eis a frase: — "Só os profetas enxergam o óbvio." A princípio, era uma frase engenhosa. Mas não imaginei, jamais, que corresse todo o território nacional.

2 — Vocês entendem? No dia seguinte, eu sai de casa, bem cedo, tão cedo que esbarrei, quase tropecei no leiteiro. Vejam o sucesso fulminante de uma frase bem nascida. Assim que me viu, o homem ergueu o braço e declamou: — "Só os profetas enxergam o óbvio." Recuei dois passos e avancei outro tanto. Perguntei: — "Onde é que você leu isso?" Êle puxou o recorte do bolso. — "Li na sua crônica, na sua coluna, ora, pois pois!" Estendi-lhe a mão, o leiteiro a dele, e assim nos despedimos. Isso foi há uns cinco anos (ou dez?). O fato é que, durante todo o dia da primeira audição (e era uma primeira audição) eu vivi às custas da frase. A alma encantadora das esquinas e dos botecos amou a frase.

3 — E, por um momento, pensei que eu podia viver de uma frase se eu a tratasse com o necessário carinho. De um dia para outro tornei-me o poeta do óbvio. Impressionado, criei, em seguida, o **óbvio ululante**. Repercussão instantânea.

4 — Não quero me gabar, mas tenho comigo a idéia de que tudo o que é original, de interessante, são as variações do óbvio. Mas diz a minha vizinha, gorducha: — "A gente vive aprendendo." ... a mim, aprendi mais esta: ... minha frenética promoção, o óbvio ou ululante, continua invisível.

5 — As pessoas enxergam tudo, menos o óbvio. Vocês querem, ... exemplo concreto. Vamos lá. A nossa crônica esportiva. ... alguns colegas que são os ... Claro que nem todos os cron... gueira. Mas a maioria ... os cretinos fundamentais. ... mais espetacular que esta ... ropeu não chega aos pés ... zer o retrospecto de an... resultado vale alguma ... tra e demonstra o nos... do mundo. Por ex... na Terra um futebol ... mos tricampeões ... Devia bastar. ... "Não somos mai... mais os reis." ... — um soluço ... tor Hugo não ... infalível, o ób... tas existem ... descobrir ... está certo.

ATLÉTICO DE MADRI

TAÇA DAVIS

O Brasil

Os brasileiros Édison Mandarino e Thomaz Koch firmaram a vitória sôbre a Dinamarca, na Taça Davis, jogando as duas últimas partidas de simples, próprias como amistosas. A dupla brasileira aparece no fundo, Mandarino rebatendo, à esquerda (Radiofoto O GLOBO)

AUTOMOBILISMO

PIERO GANCIA E MARIVALDO VENCERAM BEM OS MIL K...

BRASÍLIA (De José Lago, especial para O GLOBO) — Pilotando uma Alfa Romeo Giulia TI Super, Piero Gancia e Marivaldo Fernandes venceram o Mil Quilômetros de Brasília, cobrindo o percurso ...

Meu PERSONAGEM da SEMANA

Nélson Rodrigues

1 — Amigos, qualquer multidão é triste. Juntem 150 mil pessoas no Maracanã e vejam como imediatamente o estádio começa a exalar tristeza e depressão. Assim foi ontem. Primeiro de maio, Dia do Trabalho, e portões abertos para todo mundo. Aquilo foi tomado de assalto. E quando soou o apito inicial, tinha gente até no lustre.

2 — Mas o que eu queria dizer é que, como qualquer multidão, aquela massa estava triste, fúnebre, inconsolável. E só mesmo o meu personagem da semana, Mané Garrincha, conseguiu arrancar do Maracanã entupido uma gargalhada generosa total. ... Pois bem. Mané deu-nos um alto momento chapliniano. E o efeito foi uma bomba.

3 — Na primeira bola que recebeu, já o povo começou a rir. ...

4 — Foi uma das jogadas mais histriônicas de tôda a vida de Mané. ...

5 — O importante, porém, é que a multidão, neurótica como tôda multidão, riu, finalmente riu. ...

6 — Pois bem. Mas há, na crônica, quem o trate como um defunto de futebol. ...

7 — E vamos e venhamos: para um defunto, o Mané parecia ontem saluberrimo. ...

8 — Mas o que importa, para nós, para o "scratch", é ...

A Liberação

O GLOBO ☆ 1-6-71 – 3.ª-feira ☆ Página 3

As Confissões de Nelson Rodrigues

"A peste branca."

Estamos em Aldeia Campista, 1921. Rua Alegre. Minha família morava ao lado de uma farmácia. Era o tempo em que os jornais chamavam a tuberculose pelo nome diáfano, nupcial, de peste branca (hoje, com os remédios modernos, a tuberculose é de uma banalidade de resfriado). Foi em Aldeia Campista que aconteceu um caso muito falado e cujo desfecho ninguém entendeu. Mas vamos aos fatos e às ...

Certa manhã, quando Clélia foi apanhar o leite, encontrou aquilo no chão, junto da porta. Era um envelope branco, fechado. Por fora, estava escrito: — "Para D. Clélia." Balbuciou: — "Para mim?" E, então, no seu quimono rosa por cima da camisola, os pés calçando as chinelinhas, abriu o envelope. Teve uma surprêsa ainda maior ao desdobrar o papel: versos! E, pior, era um soneto anônimo. Leu, releu, tresleu, como se o soneto, que lhe pareceu fabuloso, estivesse escrito em latim, grego ou chinês. E não havia dúvida: — a destinatária era ela. Estava lá o seu nome, rimando com camélia. Imersa na releitura, não sentiu a aproximação do marido. Geraldo espichava o pescoço e lia também por cima do seu ombro.

3

Clélia tomou um susto. Vira-se instantâneamente e seu primeiro impulso, instintivo e irresistível, foi esconder o papel. Mas Geraldo estendia a mão, exigindo: — "Dá isso aqui, anda!" A pequena obedeceu, vermelhíssima. E êle, num espanto mudo, revirava e relia o papel. Interpelou Clélia: — "Quem mandou?" Ela, ainda perturbada, respondeu: — "Sei lá!" Preparado para sair, num terno branco engomadíssimo, êle rosna: — "Ah, se eu descubro o engraçadinho que fêz isso, parto-lhe a cara!"

4

Para Clélia, o poeta anônimo, que irrompia na sua vida, era alguma coisa de insólito, de sem precedentes. Casada há três anos, sua existência matrimonial não oferecia uma variante, uma novidade, uma emoção especial. Sua única distração era decorar as letras do "Jornal de Modinhas". Tinha, mesmo, uma paixão secreta por Vicente Celestino. ...

5

Talvez existisse, na rua e no bairro, um outro poeta, mas rigorosamente incubado, rigorosamente inédito. Conhecido mesmo, só o Xavier, rapaz esquálido e sebento, ...

impressiona Geraldo. Clélia continua: — "Tôda a rua está esperando a tua reação. E eu vou te pedir um favor." — "Qual?" Diz: — "Tu vais me dar um tiro nesse desgraçado!" O marido recua, de olhos esbugalhados: — "Tiro?" Clélia teima: — "Perfeitamente. Tiro!" Geraldo reage: — "Não sou homem de tiros. Você está pensando que isso é negócio de tiro é assim?" ...

8

E a verdade é que ela temia mais o comentário dos vizinhos do que o Juízo Final. ...

9

A esperança de Geraldo era o segundo soneto. ...

Geraldo dormiu. Clélia, caia. ...

Repórter, jornalista, cronista, escritor e dramaturgo, Nélson Rodrigues começou aos treze anos no jornal *A Manhã*, de propriedade do seu pai, Mario Rodrigues. Autor polêmico, crítico de costumes e moralista, é dono de uma dramaturgia consagrada e popular, em grande parte inspirada em sua atuação de repórter de polícia. Estreou no GLOBO nos anos de 1930, como jornalista esportivo. Nas décadas seguintes, migrou para os *Diários Associados* e para o jornal *Última Hora*, onde assinou a coluna "A vida como ela é". De volta ao o GLOBO, em 1962, permaneceu até os anos de 1980, onde publicou do folhetim à crônica esportiva, quase que diariamente, em diferentes colunas: "As Confissões de Nélson Rodrigues", "À sombra das chuteiras imortais", "Meu personagem da semana", ou "Nélson Rodrigues". Autor de clássicos que revolucionaram a dramaturgia brasileira, criou inúmeras peças ao longo de décadas, entre as quais *Vestido de noiva*, encenada, pela primeira, vez em 1943. Sua obra foi a mais adaptada para o cinema brasileiro: *Boca de ouro*; *O beijo no asfalto*; *Bonitinha, mas ordinária*; *Toda nudez será castigada*; *Os sete gatinhos*; *A dama da lotação*. As crônicas do GLOBO refletem a singularidade do autor, cujos personagens e frases antológicas, como o soturno "Sobrenatural de Almeida" – responsável pelas derrotas do seu amado Fluminense – e "o óbvio ululante", marcaram o imaginário de várias gerações.

AMIGOS, NUM DIA...

1. Amigos, num dia inspirado, escrevi uma frase que ia sofrer todas as variações possíveis. Eis a frase: – "Só os profetas enxergam o óbvio." A princípio, era uma frase engenhosa. Mas não imaginei, jamais, que corresse todo o território nacional.

2. Vocês entendem? No dia seguinte, eu saí de casa, bem cedo, tão cedo que esbarrei, quase tropecei no leiteiro. Vejam o sucesso fulminante de uma frase bem nascida. Assim que me viu, o homem ergueu o braço e declamou: – "Só os profetas enxergam o óbvio." Recuei dois passos e avancei outro tanto. Perguntei: "Onde é que você leu isso?". Ele puxou o recorte do bolso. "Li na sua crônica, na sua coluna, ora, pois!" Estendi-lhe a mão, o leiteiro a dele, e assim nos despedimos. Isso foi há uns cinco anos (ou dez?). O fato é que, durante todo o dia da primeira audição (e era uma primeira audição) eu vivi às custas da frase. A alma encantadora das esquinas e dos botecos amou a frase.

3. E, por um momento, pensei que eu podia viver de uma frase se eu a tratasse com o necessário carinho. De um dia para outro tornei-me o poeta do óbvio. Impressionado, criei, em seguida o óbvio ululante. Repercussão instantânea.

4. Não quero me gabar, mas tenho comigo a ideia de que tudo o que fiz de original, de interessante, são as variações do óbvio. Mas diz a minha vizinha, gorda e patusca: "A gente

vive aprendendo". Quanto a mim, aprendi mais esta: – apesar de minha frenética promoção, o óbvio, simples ou ululante continua invisível.

5. As pessoas enxergam tudo, menos o óbvio. Vocês querem, sem dúvida um exemplo concreto. Vamos lá. Exemplo nº 1: A nossa crônica esportiva. Vamos ressalvar alguns colegas que são os cegos do óbvio. Claro que nem todos os cronistas têm essa cegueira. Mas a maioria se comporta como os cretinos fundamentais. Ora, não há óbvio mais espetacular que este: "O futebol europeu não chega aos pés do nosso." É só fazer o retrospecto de ambos os esportes. Se resultado vale alguma coisa, a estatística mostra e demonstra o nosso futebol como o maior do mundo. Por exemplo: nunca houve na Terra um futebol como o brasileiro. Somos tricampeões do mundo e não basta? Devia bastar. Mas há os que soluçam: "Não somos mais os melhores, não somos mais os reis." Eis aí, como diria Vitor Hugo: um soluço imortal. Dirão vocês que Vitor Hugo não é infalível. Mas se ele não é infalível, o óbvio o é. E, além disso, os poetas existem para isso mesmo, ou seja: para descobrir um soluço eterno. Se o óbvio está certo, há soluços piores.

17 de agosto de 1977

AMIGOS, EIS QUE...

1. Amigos, eis que o meu leitor Sobrenatural de Almeida começa a ser promovido em todos os idiomas. Ainda ontem, o correspondente do *Life* batia o telefone para mim. Com um sotaque de americano de anedota, ele pede notícias do Fluminense. Do tricolor para o Sobrenatural de Almeida foi um pulo. O *Life* queria saber quem é, e como é, e onde mora, e que títulos tem, e que feitos cometeu a monumental figura.

2. Enquanto eu falava no telefone, entra na redação outro repórter internacional. Era o *Paris-Match* que me atropelava pelo mesmo motivo. Em suma: não se conhece outro caso de uma celebridade tão feroz. Amigos, entendo essa curiosidade ululante. Todos nós somos idiotas da objetividade. E nem as crianças aceitam mais o Mistério, nem as crianças aceitam mais o Milagre.

3. Súbito, irrompe o Sobrenatural de Almeida no futebol carioca. E começam a acontecer coisas que desafiam toda a nossa experiência e todo o nosso raciocínio. Vejam o que sucede com o Fluminense. É o absurdo, é o fantástico, é o inexplicável. Sim, os milagres jorram, aos borbotões, nas barbas estarrecidas da multidão. O torcedor esbarra, tropeça no Mistério. E é fácil perceber, por trás de tudo, a figura sinistra do Sobrenatural de Almeida.

4. Conversando com os correspondentes do *Life* e do *Paris-Match*, eu o localizei no tempo e no espaço. Em nossos dias, reside Sobrenatural de Almeida em Irajá, num quarto infecto, com banheiro coletivo. Por aí se vê a sua decadência. Durante vários séculos, em especial na Idade Média, Sobrenatural de Almeida tinha a vida que pedia a Deus. Morava em palácios de mármore; tomava banhos em piscinas de leite e mel; dormia em alcovas de cetim. Nas noites quentes, sempre havia um escravo negro e lustroso para abaná-lo com a *Revista do Rádio*.

5. Explica-se: na Idade Média, tudo era Sobrenatural. Se uma galinha pulava a cerca do vizinho, as pessoas tremiam em cima dos sapatos. Havia o murmúrio místico: "É o Sobrenatural de Almeida!" E ele baixava a vista, rubro de modéstia. Com o tempo, porém, o mundo começou a ser invadido pelos idiotas da objetividade. O Sobrenatural foi caindo, caindo, como o ébrio de Vicente Celestino.

6. Hoje está enfiado num quarto de Irajá. Muitas vezes não tem uma fatia e um pouco de manteiga para lhe barrar por cima. Passa os dias rosnando de impotência e de frustração. Certo dia, porém, na fila do banheiro coletivo, ele tem uma súbita inspiração: o Fluminense! No mundo moderno, só o futebol preserva um pouco de Graça e de Mistério. Diante dos clássicos e das peladas, o torcedor é um místico.

7. Confinado no futebol ou, mais precisamente, em Álvaro Chaves, o Sobrenatural de Almeida encontra uma função, um destino. Volta a ser promovido. E mesmo os idiotas da

objetividade reconhecem que o Fluminense anda azarado. Ora, o azar é um dos inumeráveis pseudônimos do nosso caro Sobrenatural. Falam de um rato morto e enterrado em Álvaro Chaves. Eis o que eu queria dizer: muitas vezes, o Sobrenatural toma a forma de um rato falecido. E a cigana que nos amaldiçoou é outro disfarce que ele assumiu.

8. Os dez primeiros minutos de Fluminense x Botafogo, anteontem, não tinham nada a ver com a vida real. O absurdo instalou-se na área botafoguense. Três gols feitos e perdidos, Camilo que se contundiu sozinho e, depois, duas bolas na trave. Dir-se-ia que o Sobrenatural de Almeida, farto de Irajá e do banheiro coletivo e, além do mais, farto de ser mais obscuro que um cachorro atropelado – resolveu dar uma demonstração de força. O Estádio Mario Filho virou, por dez minutos, um picadeiro. O Sobrenatural de Almeida só faltou virar cambalhotas, equilibrar laranjas no focinho, engolir espadas e ventar fogo.

"À sombra das chuteiras imortais", 9 de setembro de 1967

A PESTE BRANCA

1. Estamos em Aldeia Campista. 1921. Rua Alegre. Minha família morava ao lado de uma farmácia. Era o tempo em que os jornais chamavam a tuberculose pelo nome diáfano, nupcial, de peste branca (hoje, com os remédios modernos, a tuberculose é de uma banalidade de resfriado). Foi em Aldeia Campista que aconteceu um caso muito falado e cujo desfecho ninguém entendeu. Mas vamos aos fatos.

2. Certa manhã, quando Clélia foi apanhar o leite, encontrou aquilo no chão, junto da porta. Era um envelope branco fechado. Por fora, estava escrito: "Para D. Clélia." Balbuciou: "Para mim?" E, então no seu quimono rosa por cima da camisola, os pés calçando as chinelinhas, abriu o envelope. Teve uma surpresa ainda maior ao desdobrar o papel: versos! E, pior, era um soneto anônimo. Leu, releu, tresleu, como se o soneto, que lhe pareceu fabuloso, estivesse escrito em latim, grego ou chinês. E não havia dúvida: a destinatária era ela. Estava lá seu nome, rimando com camélia. Imersa na releitura, não sentiu a aproximação do marido. Geraldo espichava o pescoço e lia também por cima do seu ombro.

3. Clélia tomou um susto. Vira-se instantaneamente e seu primeiro impulso, instintivo e irresistível, foi esconder o papel. Mas Geraldo estendia a mão, exigindo: "Dá isso aqui, anda!". A pequena obedeceu, vermelhíssima. E ele, num es-

panto mudo, virava, revirava e cheirava o papel. Interpelou Clélia: "Quem mandou?". Ela, ainda perturbada, respondeu: "Sei lá!". Preparado para sair, num terno branco engomadíssimo, ele rosna: "Ah, se eu descubro o engraçadinho que fez isso, parto-lhe a cara!".

4. Para Clélia, o poeta anônimo, que irrompia na sua vida, era alguma coisa de insólito, de sem precedentes. Casada há três anos, sua existência matrimonial não oferecia uma variante, uma novidade, uma emoção especial. Sua única distração era decorar as letras do *Jornal de Modinhas*. Tinha, mesmo, uma paixão secreta por Vicente Celestino. Aos sábados, ia ao cinema, ver a fita em série. Só. Fora disso, era o tédio, a rotina, a vida que se repetia. O soneto, que o autor passara por debaixo da porta, significava uma dessas novidades totais. Mal o marido saiu, indignado, falando em "quebrar caras", Clélia foi, de porta em porta, anunciar o acontecido. Imediatamente formou-se, na calçada, um grupo feminino. Aquelas mulheres, falando sem parar e todas ao mesmo tempo, faziam pensar num alarido de galinhas mexeriqueiras. Uma delas, de seio imenso, as pernas ilustradas de varizes, foi enfática: "O que vale é que meu marido não faz versos!". Outra atalhou: "Nem o meu!". As mãos nos quadris, excitadíssima, Clélia pergunta: "Quem terá sido?". Súbito, D. Silene, que a rua considerava uma víbora, diz triunfante: "Já sei!". Baixa a voz: "Quem é que faz versos aqui, na rua? Quem?". Feito o suspense, ela própria responde: "O Xavier! É ou não é?". Clélia e as demais caíram das nuvens: "É mesmo!".

5. Talvez existisse, na rua e no bairro, um outro poeta, mas rigorosamente incubado, rigorosamente inédito. Conhecido mesmo, só o Xaxier, rapaz esquálido e sebento, de calças cerzidas nos fundilhos. Na sua figura anti-higiênica, lamentável, só havia mesmo um único traço de distinção e bom-gosto: – o pobre diabo fumava de piteira! O cigarro podia ser, e era, um mata-rato bravíssimo. Mas a piteira, muito longa, muito aristocrática, parecia infundir um quê de fatal e, mesmo, de satânico à sua pessoa. Acresce que, recentemente, ele andara num sanatório gratuito da Prefeitura. Após seis meses, retornara à rua. E coisa curiosa: – obtivera alta, mas voltava mais escaveirado do que nunca, tossindo que Deus te livre e com um tom esverdeado de cadáver. E mais: – não fosse a mãe viúva, que o sustentava, o miserando Xavier teria morrido, há muito tempo, de fome. Identificado o poeta, Clélia pensa na doença que o ralava e, de mais a mais, tão contagiosa. Sem querer, deixa escapar uma exclamação apiedada: "Coitado!". Foi o bastante. Há, em torno, um burburinho: "Mas oh, D. Clélia!". D. Silene: "A senhora se esquece de que é casada?". Ela cai em si: "Claro! Evidente! Um nojento!".

6. Geraldo chegou, à noitinha, com um humor cordialíssimo. Esquecera, por completo, os versos enfiados por debaixo da porta. Encontrou, porém, a esposa exaltadíssima. Com o espírito trabalhado pelas vizinhas, ela recebe triunfalmente o marido: "Sabe quem foi o cachorro?". Ele, tirando o paletó, faz espanto: "Que cachorro?". "Você já se esqueceu, é?" E explode: "Logo vi! Você não pensa em mim, não me liga! O cachorro que me mandou os versos".

7. O marido bate na testa: "É mesmo! Os versos!". Pigarreia e indaga: "Quem foi?". E ela, num berro: "Xavier! Geraldo quer saber: "Têm certeza?". E, então, na base do óbvio, ela demonstra A + B que só pode ter sido o único poeta existente num raio de vários quilômetros. O raciocínio impressiona Geraldo. Clélia continua: "Toda a rua está esperando a tua reação. E eu vou te pedir um favor.". "Qual?" Diz: "Tu vais me dar um tiro nesse desgraçado!" O marido recua, de olhos esbugalhados "Tiro?" Clélia teima: "Perfeitamente. Tiro!". Geraldo reage: "Não sou homem de tiros. Você está pensando que esse negócio de tiro é assim?". Essa resistência, que não entrara nos seus planos, enfurece Clélia. Investe sobre o marido: "Você não me ama! Se me amasse, matava esse miserável! E das duas uma: ou você dá um tiro ou toda a vizinhança vai saber que você é covarde! Você tem que mostrar que é homem!".

8. E a verdade é que ela temia mais o comentário dos vizinhos do que o Juízo Final. O desconcertado Geraldo apela, até, para as razões de saúde: "O homem é tuberculoso, ora pinoia!". Clélia exulta: "Você acha o quê? Que o tuberculoso pode desrespeitar a esposa dos outros?". O marido está de cabeça baixa. Ela termina, histericamente: "Você usa calça pra quê? Seja homem!". Em seguida, houve uma romaria de vizinhos. Todos, solidários e ferozes, eram de opinião que o Xavier merecia uma lição. Disseram horrores do poeta, inclusive uma coisa que ocasionou várias náuseas, ou seja, que ele escarrava no lenço. Então, cercado por todos os lados, submetido a uma pressão de uma rua

inteira, Geraldo não teve outro remédio. No fundo, era um pacífico, um bom. Mas acabou numa espécie de indignação artificial, de ódio induzido, que a mulher e as vizinhas impunham. Prometeu, não o tiro, mas uma sova. Já feroz, já heroico, rilhava os dentes.

9. A esperança de Geraldo era que não houvesse um segundo soneto. Mudando a roupa no quarto, mais tarde, ele vira-se para a mulher: "Agredir tuberculoso é espeto! Imagina se o homem tem uma hemoptise?". Clélia enfia a camisola, e simplifica: "Azar o dele!".

10. Geraldo dormiu. Clélia, não. Ficou em claro, de tocaia. Alguma coisa lhe dizia que o poeta tísico viria, na calada da noite, introduzir, por debaixo da porta, uma nova e desvairada poesia. Pensa em Vicente de casaca, cantando no Cine-América. Apanha o soneto da véspera e imerge na sua leitura. Era um grito ou, por outra, um uivo de paixão. Xavier falava em "braços de marfim", "colo de alabastro" e "seio de neve". Pois bem. Clélia continua a vigília, junto à janela entreaberta. Na altura das três horas, vê, à distância, um vulto que, no outro lado da calçada, caminha rente à parede. Era o canalha, e tossindo! Numa euforia medonha, ela acorda o marido: "Evém! Evém!". Instiga-o: "Quero ver se você é homem!". Geraldo desce. E, então, aconteceu o seguinte: no exato momento em que, de cócoras, o Xavier enfiava um novo envelope, com um novo soneto, talvez pior que o primeiro, Geraldo abre a porta. Ao mesmo tempo, Clélia punha-se a gritar chamando os vizinhos: "Socorro! Socorro!".

11. Desconfio de que todo mundo estava acordado. Imediatamente, as sacadas apinharam-se. Homens, de pijama, irrompiam, das casas próximas. Criou-se uma plateia. Assistido e estimulado por uma espécie de torcida, Geraldo bateu além da medida. Sem se lembrar do estado pulmonar da vítima, dava-lhe socos, murros no peito cavo. Xavier apanhava sem reagir. Agachado, com as mãos cobrindo a cabeça, a chorar. Soluçava alto, soluçava forte. Então, Clélia, que assistia a tudo, grita, num desvario: "Basta! Chega!". Investe sobre o marido; agride-o pelas costas: "Covarde! Covarde!". Geraldo recua atônito, e realmente acovardado. Clélia cai de joelhos na calçada. Abraçada ao tísico, chora também; beija-o, soluça: "Meu marido é mau! Covarde! Ninguém presta nessa rua. Só você!".

1 de junho de 1971

AMIGOS, QUALQUER MULTIDÃO...

1. Amigos, qualquer multidão é triste. Juntem 150 mil pessoas no Maracanã e vejam como imediatamente o estádio começa a exalar tristeza e depressão. Assim foi ontem. Primeiro de maio. Dia do Trabalho, 6 portões abertos para todo mundo. Aquilo foi tomado de assalto. E quando soou o apito inicial, tinha gente até no lustre.

2. Mas o que eu queria dizer é que, como qualquer multidão, aquela massa estava triste, fúnebre, inconsolável. E só mesmo o meu personagem da semana, Mané Garrincha, conseguiu arrancar do Maracanã entupido uma gargalhada generosa total. Vocês se lembram de Charlie Chaplin, em *Luzes da Ribalta*, fazendo o número das pulgas amestradas? Pois bem. Mané deu-nos um alto momento chapliniano. E o efeito foi uma bomba.

3. Na primeira bola que recebeu, já o povo começou a rir. Aí é que está o milagre: o povo ria antes da jogada, da graça, da pirueta. Ria adivinhando que Garrincha ia fazer sua grande ária, como na ópera. Como se sabe, só o jogador medíocre faz futebol de primeira. O craque, o virtuose, o estilista, prende a bola. Sim, ele cultiva a bola como uma orquídea de luxo.

4. Foi uma das jogadas mais histriônicas de toda a vida de Mané. Primeiro, pulou por cima da bola. Fez que ia, mas não foi. Pula pra lá, pra cá, com a delirante agilidade de 50.

Lá estava a bola, imóvel, impassível, submissa ao gênio. E Garrincha só faltou plantar bananeiras. Três ou quatro gaúchos batiam uns nos outros, tropeçavam nas próprias pernas.

5. O importante, porém, é que a multidão, neurótica como toda multidão, ria, finalmente ria. E o som de 150 mil gargalhadas saiu do Maracanã e rolou por toda a cidade. Era mais uma ressurreição do Mané. Digo "ressurreição" porque o meu personagem da semana já teve vários atestados de óbito. Sabemos que ele está jogando no Corinthians e fazendo "gols" fantásticos. Não contente de fazer os próprios, tem sido, com seus passes magistralíssimos, o coautor de não sei quantos "gols" alheios.

6. Pois bem. Mas há, na crônica, quem o trate como um defunto do futebol. Chega a ser patusca a insistência com que vários colegas anunciam a morte do Garrincha de 58 e de 62. E Mané tem quer ser exumado. Só o povo é que, na sua imaculada boa-fé, não acredita no fim do ídolo. Sempre que ele recebia a bola, a multidão caía em estado de graça plena.

7. E vamos e venhamos: para um defunto, o Mané parecia ontem salubérrimo. Cabe então a pergunta: por que certos confrades teimam em não enxergar o óbvio ululante? Há várias explicações. Em primeiro lugar, os colegas alvinegros ressentidos contra o abominável ex-botafoguense. E há também a falta de bondade. Amigos, eu sempre digo que, sem um mínimo de ternura, não se chupa nem chicabon. Os que negam Garrincha têm uma aridez de três desertos.

8. Mas o que importa, para nós, para o "scratch", para o Brasil, é que Mané voltou a ser ele mesmo. Ainda ontem nós verificamos, mais uma vez, como é importante, como é decisiva a sua presença. Antes de mais nada, o adversário dá-lhe uma cobertura histérica de três e até quatro marcadores. Imaginem lá fora. Imaginem na Inglaterra. Sempre que ele receber a bola, Lord Nelson há de tremer na tumba e a "Divina Dama" há de chorar lágrimas de esguicho.

2 de maio de 1966

João Saldanha

ALEGRETE (RS), 1917
ROMA (ITÁLIA), 1990

CEBER NADA, COMEÇOU SEU TRABALHO NO CLUBE

João Saldanha

"Êles"

das chuteiras imorta

Nélson Rodrigu

João Saldanha

Boleros x canciones

CEL. FLORIANO PEIXOTO,

Floriano visita Co e será sup

Na Portuguêsa é ma negócio ser solteiro

Muitos ausentes

Pelé, único jogador co

João Saldanha diàriamente às 13h25m na RÁDIO GLOBO

diàriamente às 13h15m na RÁDIO GLOBO

IA AS RÊDES

ORTIVO REAGIU E POLÍCIA TEVE QUE SEPARAR

esta das faixas nter é domingo

A NOVELA VAI COMEÇAR! SE NA HORA "H" O TUBO DO SEU TV PIFAR...

Chame Brascop ! Brascop troca, em sua casa, o tubo de imagem do seu TV. Em apenas 15 minutos. E Brascop dá até 15 meses para você pagar, sem entrada e sem fiador.

Brascop

atende em qualquer bairro e nas cidades vizinhas.

236-2908 · 237-4622 · 257-2086

QUE MEREC

FICAR NO GRÊMIO

Pirilo no futebol

FORMAM

João Saldanha

VITÓRIA DA ARTE

CIDADE DO MÉXICO — Antes de mais nada, ero dizer que a vitória extraordinária do Bra- foi a vitória do futebol. Do futebol que o Bra- joga, sem copiar de ninguém, fazendo da arte de seus jogadores a sua fôrça maior e impondo ao mundo futebolístico o seu padrão, que não precisa seguir esquemas dos outros, pois tem sua personalidade, a sua filosofia e jamais deverá sair dela. Foi uma vitória do futebol.

O futebol que nós gostamos de ver e aplaudir e que o mundo ontem teve que se curvar. Em segundo lugar vou fazer uma série de cobrantinas. Cobrantina de quem disse que o Brito não sabia nem amortecer uma bola. Cobrantina de quem disse que o Brasil não tinha ponta direita, ou que o Jair não era ponta direita nem no Botafogo. Hoje está aí o Jairzinho, consagrado como o melhor ponta direita da Taça do Mundo. Cobrantina de quem disse que Tostão e Pelé não podiam jogar juntos. E poderia ir por aí afora, fazendo uma série de cobrantinas, mas o dia é de alegria. É de vibração e confesso que estou emocionado. Esta equipe do Brasil, que marca 41 "goals" e sofre apenas 9 tentos na sua campanha no Mundial, contando com os jogos das eliminatórias, é uma seleção. É um timaço de futebol, que adquiriu consistência em suas linhas, sem que lhe roubasse o seu estilo, a sua característica e aí uma das principais razões do sucesso. É justa a nossa vibração e a minha, em particular, é pela vitória da arte, que continua sendo, dentre as mais variadas concepções do futebol moderno, a verdadeira razão de se encherem os estádios e a identificação mais sólida e decisiva do futebol do Brasil.

JOÃO SALDANHA TAMBÉM DIÀRIAMENTE ÀS 13 HORAS NA RÁDIO GLOBO

Num do nôvo

Cronista esportivo, jogador e técnico de futebol, político, jornalista, advogado, João Saldanha mudou-se aos dez anos com a família para o Rio de Janeiro, acompanhando seu pai, Gaspar Saldanha, um revolucionário de 1930. Garoto de praia e desportista, fez parte do time "Lá vai bola" com os amigos Sérgio Porto, Sandro Moreyra e Heleno de Freitas nas areias de Copacabana. Aos onze anos começou a frequentar o Botafogo, onde foi jogador profissional por um período e técnico do lendário time campeão carioca de 1957, do qual faziam parte Nilton Santos, Valentim, Garrincha, Quarentinha e Didi. Como cronista esportivo e comentarista, trabalhou em diversos jornais, rádios e programas de televisão, com participação na transmissão de copas do mundo, até a sua última cobertura, no mundial de 1990. Apelidado por Nélson Rodrigues de "João sem medo", sua história foi marcada pela coragem no esporte e na vida pública. Foi figura de destaque no Partido Comunista, ao qual se filiou na juventude e exerceu intensa atividade. Em 1969, em pleno regime militar, foi convidado para ser técnico da seleção brasileira. Por não admitir a intromissão da política no futebol, foi substituído por Zagallo, às vésperas da estreia da vitoriosa seleção canarinho de 1970. Grande contador de casos, suas frases entraram para o folclore do futebol: "Se macumba ganhasse jogo, o campeonato baiano acabaria empatado." Foi autor, entre outros, de *Os subterrâneos do futebol* (1963) e *Futebol e outras histórias* (1988). As crônicas de João Saldanha retratam o perfil humanista e aguerrido desse inovador do jornalismo esportivo brasileiro.

VITÓRIA DA ARTE

CIDADE DO MÉXICO – Antes de mais nada, quero dizer que a vitória extraordinária do Brasil foi a vitória do futebol. Do futebol que o Brasil joga, sem copiar ninguém, fazendo da arte de seus jogadores a sua força maior e impondo ao mundo futebolístico o seu padrão, que não precisa seguir esquemas dos outros, pois tem a sua personalidade, a sua filosofia e jamais deverá sair dela. Foi uma vitória do futebol. O futebol que nós gostamos de ver e aplaudir e que o mundo ontem teve que se curvar. Em segundo lugar, vou fazer uma série de cobrantinas. Cobrantina de quem disse que o Brito não sabia nem amortecer uma bola. Cobrantina de quem disse que o Brasil não tinha ponta direita, ou que Jair não era ponta direita nem no Botafogo. Hoje está aí o Jairzinho, consagrado como o melhor ponta direita da Taça do Mundo. Cobrantina de quem disse que o Tostão e o Pelé não podiam jogar juntos. E poderia ir por aí afora, fazendo uma série de cobrantinas, mas o dia é de alegria. É de vibração e confesso que estou emocionado. Esta equipe do Brasil, que marca 41 gols e sofre apenas 9 tentos na sua campanha no Mundial, contando com os jogos das eliminatórias, é uma seleção. É um timaço de futebol, que adquiriu consistência em suas linhas, sem que lhe roubasse o seu estilo, a sua característica e aí uma das principais razões do sucesso. É justa a nossa vibração e minha, em particular, é pela vitória da arte, que continua sendo dentre as mais variadas concepções do futebol moderno, a verdadeira razão de se encherem os estádios e a identificação mais sólida e decisiva do futebol do Brasil.

22 de julho de 1970

BOLEROS X CANCIONES

O futebol está meio parado e as festas de fim de ano fazem aparecer em maior plenitude as escolas de samba como divertimento popular de primeira grandeza. Em nosso país o futebol é perfeitamente integrado ao samba. Quer dizer, em uma parte de nosso país. Sérgio Porto dizia muito bem: "O samba começa na Bahia e acaba em São Paulo." Certo, é de chorar o ritmo do samba de São Paulo para "baixo". É meio sobre o "cateretê", meio "xaxado" e, quando tem na bateria, um crioulo do Norte, nota-se, de leve, um ritmo que "mexe". Mas o caso é o seguinte: a união que existe entre samba e futebol está provada no fato que todas as grandes escolas de samba do Rio de Janeiro tiveram sua origem em clubes de futebol. Quer dizer, nas horas de folga, ou futebol ou samba. Não é por outra razão que o Brito tira a camisa número dois de campeão do mundo, pega o tamborim, sobe no palanque da Mangueira no dia do ensaio e entra no grande desfile. O Jair também, se puder não perde o "forró". Nunca fui a ensaio importante de "escola", sem encontrar muito os jogadores de futebol, sambando na maior simplicidade. É que eles são "dali". E ainda por cima aparecem os tais críticos severos, que talvez não tenham tido na infância e nunca roubaram uma fruta, com baboseiras de "desgaste", "irresponsabilidade" e outras hipocrisias do gênero. Sem lembrar que os jogadores passaram o ano inteiro jogando de três em três dias e concentrados em quase todos os outros. Por outro lado, não conheço ninguém de escola de samba que não goste de futebol. Do Rio de Janeiro para cima, Sérgio Porto tem razão: futebol e samba estão perfeitamente integrados. Nas duas coisas, precisa muito ritmo e "malemolência". Por isto andaram muito animados os ensaios das grandes. Portela, Mangueira e Salgueiro. Não vi Império nem a Vila mas garanto que também andaram por cima. Agora, depois do dia seis, e até a primeira semana de fevereiro, cai um pouco o ritmo. Depois, até o carnaval, "arrebenta para a frente". E é de se ver a tristeza e frustração dos jogadores, que na hora do "Grande Forró" estão lá pela América Central escutando "boleros y canciones".

15 de janeiro de 1971

"ELES"

Quando eu era garoto e jogava bola no fundo do quintal, aquele tipo de jogo com duas balizas, e apenas dois adversários chutando um para o gol de outro. Meu irmão mais velho, mais forte do que eu, disse: "Eu sou Internacional, você é o Grêmio." E estava feita a escolha. O sabidão escolheu o time que estava na onda, ganhando mais campeonatos. Nós tínhamos manos de dez anos. Fiquei com o Grêmio e não me arrependi. Se o Inter tinha Grat, Ribeiro, Risanda, Féliz Manglio, o Grêmio tinha o Lara, Telêmaco, Coró, Luis de Carvalho. E a parada é dura desde muito antes e até hoje. Sempre dentro de uma cordialidade e rivalidade muito característica. O pessoal do Grêmio, quando se refere aos "colorados", não diz o nome do clube. Os gremistas dizem "Eles..." e a recíproca é verdadeira. Assim como o vereador da Pepsi Cola, que quando é obrigado a falar na "Coca-Cola" prefere dizer "Daisy". A cordialidade entre gremistas e colorados me faz lembrar de um jogo no antigo campo do Grêmio, na baixada de Moinhos de Vento, atrás do prado da Protetora do Turf. O jogador Candiota se machucou e saiu do campo para se tratar. Sentou-se embaixo de uma parte da arquibancada que estava em obras e já estava para voltar ao campo. Ali em cima estavam várias senhoras da mais fina sociedade de Porto Alegre com aqueles chapéus grandes amarrados com um lenço por baixo do queixo e com aquelas sombrinhas de Dama de Camélias. Claro que os lencinhos de renda também faziam parte do conjunto. Muito "chic". Uma delas, de cima, observava o jogador se preparando para voltar ao campo quando distraidamente esbarrou numa pilha de tijolos. Alguns caíram em cima do Candiota, que não pôde voltar ao campo. As más línguas de Porto Alegre afirmavam que tinha sido de propósito e se tratava de uma senhora da família Warlich, de gremistas fundadores e fanáticos. Mas isto nunca foi provado. O caso é que até hoje o negócio é dividido. Um entra na sua fase e ganha uma série de campeonatos. O Grêmio enfiou sete no Inter "disse" que estava construindo o estádio. O Beira-Rio ficou pronto, o Inter enfiou três e afirma que a meta é oito para bater o recorde do Grêmio. O fato é que os dois "Grandes" do Rio Grande do Sul nada devem aos maiores do Brasil. Estão na primeira linha. A admirável organização que o Inter conseguiu está tendo seus frutos também dentro do campo. Parabéns, e não tenho outro remédio senão dizer que "eles" merecem a vitória.

24 de setembro de 1971

Jota Efegê

RIO DE JANEIRO (RJ), 1902
RIO DE JANEIRO (RJ), 1987

A Princesa de Bourbon era apenas um escroque
Texto de Jota Efegê
O caricaturista Storni viu assim a falsa princesa em charge no Malho
A Princesa de Bourbon
Uma Bourbon de "araque"
Não faltou a gozação
Os tupamaros
LONDRES — De Salvador de Madariaga — Especial para O GLOBO
Um passeio tranqüilo e a salvo das águas é o que êste pequeno cisne está fazendo, aninhado entre as penugens de sua mãe. Com penas brancas e cinzentas, êste cisne nasceu recentemente no Centennial Park, em Sydney, na Austrália, filho de um casal de cisnes negros. (Foto AP — O GLOBO)
Uma reportagem satírica que acabou sucesso de carnaval
Texto de Jota Efegê
A NOITE
O jogo é franco!
Na primeira página, com títulos de destaque e fotos, "A Noite" registrou a reportagem da qual resultaria o "Pelo Telefone"
Aurelino, o alvejado
A consagração
Walt Disney no terreiro do samba da Portela
Texto de Jota Efegê
Disney no samba
Rumo aos "St
"Os Inconfidentes"

Jornalista, escritor, pesquisador e estudioso da música popular e dos costumes cariocas, João Ferreira Gomes, Jota Efegê, foi criado pela avó materna, a baiana tia Leandra, e desde menino frequentou o candomblé e as rodas de samba do Centro do Rio. Apaixonado e grande conhecedor da história do carnaval, conviveu e manteve amizade com os bambas da velha guarda do samba, como Donga, João da Baiana, Pixinguinha e Sinhô, que conheceu na casa de tia Leandra, e também com outros intelectuais e sambistas, como Carlos Drummond de Andrade, Cartola, Dona Zica e Carlos Cachaça. Autor de clássicos, publicou, entre outros, *Maxixe – a dança excomungada* (1974), *Figuras e coisas da música popular brasileira* (vol.1,1978 e vol.2,1980) e *Meninos, eu vi* (1985). Assíduo frequentador de bibliotecas e arquivos, em suas crônicas, livros e ensaios, Jota Efegê nos traz o passado do Rio, seus fatos pitorescos dos tempos da coroa, da belle époque, da capital, suas festas, costumes, batuques, moda, estilos musicais, arquitetura, perfazendo em seu conjunto uma história da cultura popular urbana carioca. Estreou no GLOBO em 1971, onde permaneceu até 1985. Suas crônicas demonstram essa íntima relação do cronista com a memória da cidade e o seu minucioso trabalho de pesquisador.

A PRINCESA DE BOURBON ERA APENAS UM ESCROQUE

Os espertalhões, os escroques, os chantagistas, os vigaristas, toda a fauna, enfim, dos que por vários meios e artimanhas enganam ou lesam o próximo, são muitos. Os seus truques, os processos que usam, são os mais variados. Alguns inusitados e até pitorescos; dos quais não são vítimas apenas os inocentes, os bobocas, os ingênuos. Muita gente tida e havida como esperta e precavida contra tais espécimes tem sido ludibriada, tem caído nas malhas de bem urdidas malandragens.

Quantos já não se deixaram levar por promissoras vantagens de sediços contos do vigário, recebendo maciços pacos de supostas cédulas de 10 ou 100 cruzeiros? Quantos já não adiantaram algum ao feliz possuidor de um bilhete premiado na esperança de tirar vantagem na prometida recompensa? Estes são os macetes mais rudimentares, os mais triviais. Há, porém, os mais elaborados, os de alta classe. O do Armando de Arriarte foi um deles.

"Formoso, inteligente, gracioso o patife que se acoberta com o título principesco de Princesa de Bourbon, quase real, tem em toda a América do Sul uma crônica elegante, cheia de peripécias interessantíssimas..."

Foi com estas palavras que *O Imparcial*, de 1 de abril de 1914, apresentou o escroque internacional. Era habilíssimo travesti que, depois de inúmeras chantagens praticadas aqui no Rio, caíra nas malhas da Polícia e ia ser expulso do País.

Dias depois, na edição do dia 17 do mesmo mês, o jornal, nas vésperas de se verificar a extradição do ousado espertalhão, voltou a focalizar o assunto e desta vez com o clichê da princesa. Ao lembrar as falcatruas do engenhoso escroque, *O Imparcial* descreveu-o assim aos seus leitores: "Dotado de plástica feminina, como se vê na gravura, o doce canalha insexuado, usando um nome principesco e trajando os mais caros vestidos, chegou a Buenos Aires e, com a responsabilidade de sua nobreza, montou luxuosamente uma casa. Os seus salões foram, então, o centro predileto do que Buenos Aires possuía de fino na sua alta boemia aristocrática".

Afeminado, cioso de seus ademanes requintados que lhe permitiam um desempenho convincente no travesti de grande dama, o escroque Armando de Arriarte chegou ao Rio. Vinha com sua falsa nobreza de Princesa de Bourbon e, lógico, na peculiar hospitalidade de nossa gente, teve as honrarias a que seu título fazia jus. Hospedou-se na famosa Pension d'Artistes da conhecida coupletista Tina Tatti, e entre as homenagens que recebia dos *habitués da casa* ia praticando suas escroqueries. Fazia tranquilamente suas chantagens, que iam desde o pedido de alguns contos de réis, alegando atraso de determinado pagamento que, não lhe fora feito, até a empenhar joias falsas.

Maneirosa, a princesa de mentira, de araque, impunha sua nobreza com a ascendência da linhagem dos Bourbon, o que procurava solidificar com a finesse. De suas maneiras e o francesismo de seu linguajar. "*Enchantée*", "*excusez-moi*", e também os clássicos "*Mon Dieu!*" e "*O-la-la!*", eram de seu uso comum e faziam parte da falsa personagem que encarnava, e facilitavam os golpes que arquitetava. Um dia – esse dia que sempre chega –, a elegante princesa (diga-se princês, ainda que numa designação dúbia) teve a Polícia no seu encalço e, depois da indispensável cana foi expulsa(o) daqui.

A época (estava-se em 1914), de vida bem mais tranquila que a de nossos dias, e também de certa boa-fé do povo que permitia a ação de espertalhões como a desse Arriarte, que não vacilou em ir buscar na dinastia dos Bourbon o suporte para sua fidalguia. Mas o fato, a repercussão do desmascaramento do travesti-escroque, não escapou à gozação dos humoristas. Um deles, o caricaturista Storni, criador do antológico Zé Macaco, que em *O Malho*, reunia semanalmente numa das páginas suas interessantes charges sobre os fatos recentes, encontrou na pseudo e espertalhona princesa excelente assunto e figurou-o com bastante ironia.

Hoje, quando a arte dos travestis tem até foros artísticos e profissionais, pode-se afirmar que o ousado Armando de Arriarte, na sua personagem de Princesa de Bourbon, não teria campo para suas escroqueries. Bem antes de ser identificado pelos cherloques de nossa Polícia, como acabou sendo em 1914, seria logo manjado por qualquer carioca e teria despido logo de saída, não só o titulo, como também o "caro vestido" a que aludiu o jornal citado. As nossas rainhas, as princesas de agora, que principalmente no carnaval ostentam sua vã nobreza, essas não têm a Polícia no seu encalço. Apenas divertem-se, ganham láureas e não ousam trapaças.

26 de outubro de 1971

WALT DISNEY NO TERREIRO DE SAMBA DA PORTELA

Embora fosse uma das principais escolas de samba que, com os tradicionais ranchos em franco declínio, passaram a ser o principal atrativo do carnaval carioca, a Portela ainda não tinha uma sede condiga. Nem mesmo uma quadra, como agora ela e suas coirmãs (Mangueira e Salgueiro) possuem.

Os ensaios, os aprontos para os desfiles competitivos do domingo "gordo" eram realizados no terreno da casa onde morava Paulo Benjamin de Oliveira. Compositor que se tornou conhecido, não só nas rodas de samba, mas em toda a cidade, como Paulo da Portela. Ligavam, assim, seu nome à Estrada do Portela, pois era ali que estava situado o seu chatô.

Foi justamente nesse pequeno terreiro, engalanado com bandeirolas e gambiarras para receber a honrosa visita do famoso criador do Pato Donald, do Mickey e do Pluto, que Walt Disney, no domingo 24 de agosto de 1941, ouviu e sentiu o nosso samba. Paulo da Portela, para que o ilustre estrangeiro conhecesse, na sua melhor autenticidade possível, a melodia, o ritmo e, principalmente, a coreografia bamboleante da música representativa de nossa gente, esmerou-se na organização dessa mostra. Valendo-se de seu prestígio de maioral da Escola, convocou todo o corpo docente e discente, recomendando uma exibição de muito apuro. "Temos que assombrar os gringos", teria dito ele, no falar espontâneo dos sambistas, a seus comandados.

Já que se tratava de proporcionar a Walt Disney e à equipe que o acompanhava a força do samba verdadeiro, *made in Brazil,* Paulo convidou também para participar desse espetáculo alguns compositores de outras escolas. Um deles foi o Agenor de Oliveira, o Cartola, da Estação Primeira, a conhecida escola de samba do morro da Mangueira. E logo que os automóveis nos quais foi conduzida a caravana visitante chegaram ao largo de Madureira e entraram na Estrada do Portela ouviu-se o ziriguidum do ritmo convidativo que chegava aos ouvidos de todos na percussão dos tamborins, dos pandeiros e dos agogôs. Tinham, então, os integrantes da embaixada composta de desenhistas, de cinegrafistas e de jornalistas, que fora levada do Copacabana Palace para aquele local, uma antevisão do que iam ver e observar in natura, certamente pela primeira vez.

Sentados em bancos toscos, dentro da roda que se formou para a exibição do samba tocado, cantado e dançado – não só uma entonação perfeita, "numa boca só", bem em cima da cadência da bateria, mas, com igual esmero, "bem decidido nas cadeiras" – os visitantes assistiam deslumbrados ao espetáculo. Principal figura da mostra, vedete da exibição, Paulo da Portela tirou o primeiro samba. "Vamos deixar de agonia/ E cantar com muita fé,/ Que o samba tem harmonia/ E a cadência está no pé."

Era apenas a primeira quadra, apenas uma pala de outras que dariam continuidade e, mesmo não entendendo a letra que um tradutor lhes transmitia do melhor modo possível, a simples força rítmica da percussão e do coral empolgara a todos levando-os às palmas frenéticas.

Sentindo o entusiasmo dos ouvintes, Paulo prosseguiu: "Não é lá muito difícil/ Acertar a marcação,/ O samba nasce com a gente,/Está dentro do coração." Nova explosão de aplausos cobriu a palavra final do último verso, fazendo crescer o delírio reinante.

Entraram, a seguir, na roda, as baianas com fartos colares, saias rodadas e sandálias nas pontas dos pés. Graciosas, no bamboleio sutil que o ritmo conduzia, mostravam todo o seu virtuosismo. *Wonderful!*, exclamavam alguns. Outros, arriscando um misto de espanhol e português, ajuntavam: "*Muy* formidável!"

Walt Disney, que viera ao Brasil e aqui, dias antes, em sessão solene, realizada no antigo cinema Pathé-Palace, prestigiara com sua presença o lançamento de seu bonito e alegórico desenho animado *Fantasia,* não continha o entusiasmo ante a exibição que lhe era proporcionada. Vibrava embevecido vendo o samba dançado magistralmente até por crianças que confirmavam o verso cantado por Paulo da Portela: "O samba nasce com a gente." Proporcionara-lhe o sambista espetáculo inusitado que seus assessores Jack Miller, Herbert Ryman e Webb-Smith, lápis em punho, iam fixando em traços rápidos na cartolina estendida nos joelhos. Isto ao mesmo tempo em que Grace Moore, secretária de Disney e jornalista, anotava apontamentos.

Que essa visita de Walt Disney ao terreiro da escola de samba da Portela o impressionou bastante é dedução a que se chega fácil e intuitivamente. Tudo quanto ele assistiu nessa mostra simples, sem artifícios de montagem, sem atavios decorativos, deve ter-lhe proporcionado um excelente cabedal de informações preciosas sobre nossa música. Coisa que depois se constatou no seu interessante desenho *Alô Amigos!*, em que surgiu o Zé Carioca, personificado no papagaio verde-amarelo, e no qual Ary Barroso teve executada com grande pompa a sua *Aquarela do Brasil.*

29 de outubro de 1971

UMA REPORTAGEM SATÍRICA QUE ACABOU SUCESSO DE CARNAVAL

Atualmente todos sabem que os sucessos carnavalescos são, quase sempre, provenientes da divulgação constante (subvencionada ou não) de diversas músicas, e poucos se deixam empolgar por eles. Desconhecendo as outras produções, aquelas que não entram na caitituagem (comercial ou favorecida), o folião, mesmo a cidade, acaba cantando a mais ouvida, a que o rádio e a tevê lhe jogaram no ouvido insistentemente. Mas não são as melhores. Não são os verdadeiros sucessos. Claro que, às vezes, composições boas, bem-feitas, conseguem furar o bloqueio da divulgação dirigida e ganham a preferência do público nos bailes e nas suas manifestações de rua. Anulam, assim, o trabalho, o martelar dirigido para impor determinados sambas e marchinhas.

O famoso (pode-se classificar antológico) "Pelo telefone", surgido em princípios de 1917 e que acabou sendo o sucesso avassalador (o qualificativo vai sem exagero) do carnaval daquele ano, dispensou recursos promocionais industriosos.

Logo que o prestigioso cronista Vagalume noticiou em sua muito lida página, no dia 8 de janeiro, o próximo lançamento do "tango-samba" "Pelo telefone", indicando os seus autores Donga e Mauro de Almeida, bem pouco depois já todos o cantavam.

As bandas militares, regidas pelos maestros Sobrinho, Jesus, Resende e Albertinho Pimentel, que na época tocavam nos coretos das praças públicas em retretas, realizadas nos feriados e nos domingos, incluíram-no em seu repertório.

Festejando no dia 19 de janeiro o 50º aniversário de fundação com um grandioso baile no castelo (denominação jactanciosa que tem a sua sede), o Democráticos proporcionou nessa noite a primeira consagração do samba de Donga e Mauro de Almeida. A banda militar, que teve a seu cargo animar o sarau natalício do veterano clube alvinegro carnavalesco, incluiu-o entre as músicas a serem executadas certa de que buliçoso, convidativo, ele empolgaria os foliões. A previsão excedeu ao esperado.

Dois dias depois, Vagalume, que dominava sobre os colegas furando-os habitualmente, noticiava: "... o "Pelo telefone" foi o sucesso da noite, pois que figurou cinco vezes na estante, sendo sempre bisado."

Daí em diante, como já vinha acontecendo anteriormente nos bailes, nas batalhas de confete, além das bandas que os animavam, os blocos e grupos em desfile tocavam e cantavam: "O Chefe de Polícia, pelo telefone, mandou me avisar que na Carioca tinha uma roleta para se jogar..." E, em prosseguimento, atingiam o delírio ao entoar o refrão facílimo: "Olha a rolinha, sinhô!, sinhô! / É que a avezinha, sinhô!, sinhô! / Nunca sambô, sinhô!, sinhô!"

Havia outra letra em que em vez de a autoridade policial convidar para o jogo, em maldosa sátira, o telefonema era do "chefe da folia" participando, liberdade nos folguedos. O povo, no entanto, ferino, irreverente, optou pela de nítido sentido crítico à de sabor satírico.

Jornal fundado por Irineu Marinho, e que surgiu com o fito de agitar a imprensa carioca, na sua maioria serena, sem grandes cometimentos, *A noite* dispôs-se a levar a efeito reportagens animadas, audaciosas, de grande repercussão. Mesmo algumas que corressem possíveis riscos.

Notando a impotência dos órgãos policiais na repressão aos jogos proibidos, após pedir seguidamente maior e decidida ação para coibi-los, decidiu fazer a prova provada de como era fácil a prática de tais jogos, mesmo fora dos clubes e dos muitos cassinos clandestinos. Instalaria em pleno Largo da Carioca, defronte à sua redação, uma roleta. Isto numa provocação destemerosa que teve como executores os repórteres Eustáquio Alves, Castelar de Carvalho e outros colegas.

No dia 2 de maio de 1913, surpreendendo todos que passavam pelo movimentado Largo da Carioca, lá estava armada em mesa de pano verde uma autêntica roleta. Ao lado, um cartaz com letras bem visíveis anunciava: "Jogo Franco – Roleta com 32 números – Só ganha o freguês." Via-se ainda, de mangas arregaçadas como se fossem croupiers de bom tirocínio os aludidos repórteres que provocavam a fezinha do povo agrupado e participando da audaciosa chacota.

Como seria de esperar, antes mesmo que o Sr. Belisário Távora, então o chefe da Polícia, tomasse as providências cabíveis, o guarda-civil n.º 579, brandindo o cassetete, desmantelou a roleta. Ação repressiva imediatamente completada com o aparecimento do comissário Ribeiro de Sá, do 3.º Distrito Policial, que, seguido de alguns cavalarianos, pôs o povo em fuga. Terminava a roleta naquele momento, mas a reportagem despertaria, quatro anos mais tarde, a versão de um samba que, afora o sucesso imediato, passaria a ser um clássico da música popular.

Reportagem que foi montada com todo o aparato para resultar em sátira contundente contra Belisário Távora que, em 1913, exercia as funções de chefe da Polícia no então Distrito Federal, ela, no momento, mesmo de duração rápida, logrou seu objetivo, A repressão popular, o destaque com grandes fotos em primeira página, passou à posteridade. Não estava, no entanto, encerrada em definitivo.

Decorridos quatro anos, em 1917, tinha-se na chefia do aparelho policial do ainda Distrito Federal, a figura ilustre de Aurelino Leal a quem eram, agora, endereçadas as críticas referentes ao jogo, que prosseguia, apesar da repressão jamais descuidada.

Assim, quando Donga e Mauro de Almeida (o famoso Peru dos Pés Frios) lançaram o vitorioso "Pelo telefone" tendo como uma de suas letras (houve duas ou três) a que satirizava o chefe de Polícia, foi essa a que o povo preferiu. E Aurelino Leal acabou sendo o alvejado pela sátira do gostoso samba.

5 de fevereiro de 1972

Marisa Raja Gabaglia

RIO DE JANEIRO (RJ), 1942
SÃO PAULO (SP), 2003

...de saudades de nossas pecinhas infantis!
TEXTO DE MARISA RAJA GABAGLIA
A índia que morreu 5 vezes
Fernando Torres, o soldadinho de chumbo
Adoro estória
Título: Meu nome é Magalhães
As Confissões de Nelson Rodriguez
"As duas esposas"
A BALCONISTA
um flagrante da vida
Texto de Marisa Raja Gabaglia
O menino sonhou com a bicicleta; vai ganhar. A balconista sonha com o carro e com a casa própria; vai ser difícil.
Célia
Maria
A Acrópole que eu vi
MARISA RAJA GABAGLIA
— Monsieur Fourrú?
— Mademoiselle? Onde está su maman?
"Seu" Davi

Jornalista, cronista, repórter, atriz, Marisa Raja Gabaglia atuou em telenovelas, foi jurada de programas de auditório e repórter da Rede Globo por dezoito anos. Formada em Jornalismo pela PUC-RJ, estreou na literatura em 1972, com *Milho pra galinha, Mariquinha*, alcançando a venda de mais de 60 mil exemplares, impressionante para a época. Autora de nove livros, suas reportagens eram assinaladas por uma narrativa própria, espontânea, com gírias e o vocabulário do momento e do cotidiano da cidade. Cronista da zona sul carioca, Marisa revelou um Rio de Janeiro da curtição dos anos de 1970, e as ambiguidades de um período de censura política e liberdades de costumes, principalmente em relação às questões femininas, em tempos de contracultura. De personalidade marcante e estilo muito próprio, suas experiências pessoais eram temas de suas crônicas: "Tudo que eu vivo guardo dentro de mim, como uma fotografia, quando vou escrever, abro o meu álbum, e escolho." Em suas crônicas do GLOBO, publicadas nos anos 1970, Marisa Raja Gabaglia reúne essas vivências com humor, ousadia e irreverência, traços característicos da escritora.

A BALCONISTA

As balconistas sempre me comoveram. Muitas vezes, olhando--as assim, de saia e blusa, o riso comercial costurado no rosto, as olheiras e as mágoas disfarçadas por detrás dos olhos pintados, as pernas doídas de ficar em pé, senti sempre por elas muita ternura.

Por isso tive curiosidade de passar um dia numa grande loja de Copacabana, sondando o coração, as angústias, as alegrias, do pequeno-grande-mundo de vendedora de loja.

Encontrei fossas, esperanças, realizações e frustrações. E em todas um denominador comum: coragem, garra de viver e uma grande, desesperada, avassaladora solidão.

Na seção de vestidos, reparei em Célia: olhos pintados de sombra verde, meia peruca castanha amarrada com um lenço preto, 37 anos, solteira. Ela veio meio assustada conversar comigo.

– Você tem namorado, Célia?

Ela riu, meio constrangida:

– Não. A gente começa a sair com um rapaz e, em vez de falar de amor, ele pergunta logo quanto é que a gente ganha.

– Se um namorado seu propusesse casar com você, rachando as despesas de casa, você aceitaria?

A resposta veio compulsiva, quase indignada:

– Não. Eu trabalho pra mim.

Depois seus olhos se ameigaram. Veio um riso manso, quase dolorido:

– Acho que, com um superamor, eu rachava, sim...

Célia ganha uma média de 800 cruzeiros por mês, mora com uma amiga em Copacabana. Não se lembra nunca de ter tido uma grande alegria.

Maria vende maiôs. É morena, miúda e seus 40 anos estão em torno dos olhos, nas rugas mansas que se abrem como um leque em torno deles.

Maria tem uma filha de 15 anos. O marido abandonou-a, grávida, no Maranhão. Os 700 cruzeiros do salário de Maria são gastos em viagens todos os anos para ver a filha. Carente de amor, um dia Maria conheceu alguém: falador, boa pinta, carteiras falsas, gestos macios que caíram na terra árida do coração de Maria como uma chuva de verão. O amor durou o que duram as rosas. Junto com ele acabaram as economias de Maria. E os sonhos também. Três anos de doença, duas operações e a filha, que ela não pôde ver porque, na mágoa e na enfermidade, também fora o dinheiro das passagens.

Quando falei com ela, debruçada sobre os maiôs coloridos espalhados no balcão, seus olhos estavam de novo acesos como balões de São João:

– Minha filha chega hoje, Marisa.

Procurei um cigarro na bolsa para que ela não percebesse o quanto eu me comovi.

Margarida é loura, bonita, realizada e tranquila. Com 40 anos, casou duas vezes e, com apenas 6 meses de casa, dirige 4 seções na loja. O marido trabalha na Varig. Eles têm automóvel, um bom apartamento, dois filhos rapazes e seu riso claro e doce salvou um pouco da minha fossa. Ela e Dona Serafina, gerente do 3º andar, com seus 45 anos, e também casada duas vezes. Ajeitando o vestido de Jersey discreto, ela diz:

– Nunca tive problemas com homem.

Dona Serafina tem apartamentos, dinheiro aplicado na Bolsa, ganha 2.500 cruzeiros por mês, "só para ela", e possui um Aero Willys.

– Qual a sua maior alegria, Dona Serafina?

– As duas vezes que casei.

Vera Lúcia trabalha na butique de gente jovem. Morena, uma graça, rosto lavado, cabelo Pigmaleão, usa um cordão de ouro pendurado no pescoço, com uma figa. Mora com a mãe e quatro irmãos, num quarto-e-sala. Tem um namorado, ganha 500 cruzeiros por mês, tem o curso primário e nunca soube o que é uma fossa. Se casar, aceita rachar a despesa.

– Qual seu maior sonho, Vera Lúcia?

– Um carro.

Eu jurava que ela ia dizer que era um marido.

"Seu" Davi trabalha há 25 anos na seção de tecidos. Português, bem-humorado, tem um tremendo senso de humor.

– "Seu" Davi, é fácil lidar com as mulheres que compram?

– É preciso muita paciência. Sobretudo porque elas nunca sabem o que querem.

– "Seu" Davi, no fim do dia ainda sobra paciência para sua mulher?

Ele ri e coça a cabeça:

– Olha, estou casado há 30 anos e pra mim a melhor hora é a de vir para o trabalho.

– O senhor tem automóvel?

– Tenho: CTC e outros bichos.

– Qual a maior alegria da sua vida, "seu" Davi?

– Dizem que o homem tem apenas duas grandes alegrias na vida: uma quando casa, outra quando a mulher morre. Eu infelizmente até agora só tive uma...

Quando saí da loja, na esquina da Santa Clara, anoitecia. De saia e blusa, as balconistas, os olhos mais pisados, a pintura mais desfeita, as pernas mais doídas, saíam, uma a uma, pela porta iluminada. Fiquei ali parada olhando, muito tempo. Depois andei pelas calçadas de Copacabana com todo o peso bêbado de ser humano dentro de mim.

"Um flagrante da vida real", 3 de dezembro de 1971

AH! QUE SAUDADES DE NOSSAS PECINHAS INFANTIS!

Dessa muito pouca gente escapou: ser ator ou atriz em pecinhas infantis nos tempos de colégio ou nas reuniões familiares, sob os aplausos dos papais constrangidos e mamães deslumbradas.

Com a minha vocação irresistível para a tragicomédia, não fugi à regra. Dos oito aos treze participei de várias dessas atuações. A primeira foi numa peça: *Y Juca Pirama*. Eu era um dos índios, vestida com uma roupa feita com penas de galinha cinza e na cabeça um cocar tipo espanador. Minha função era correr na hora da batalha e morrer me contorcendo com gritos estridentes na frente do cônego Schubert (capelão). Uma vez morta (de tanto berrar eu era uma morta que ainda bufava visivelmente de cansaço) eu tinha que aproveitar a confusão, me levantar sem ser notada, correr por trás do palco e retornar à cena para morrer de novo, histericamente, pois havia carência de índios.

Eu já havia morrido espetacularmente bem umas cinco vezes quando uma garotinha imbecil gritou da plateia:

– Aquele índio ali já ressuscitou cinco vezes. Ele é imortal, mãe?

Era preferível para a garotinha que ela não tivesse mãe.

Bem, apesar desse contratempo, eu continuava empolgada com a minha atuação no teatro. Na Semana Santa me chamaram para ser uma das videntes de Nossa Senhora de Fátima. Eu era a figura de Francisco, de boné, tamancos e calças remendadas. Junto com Lúcia e Francisca, tínhamos que fazer um ar beatífico quando Nossa Senhora surgisse na gruta de papel imitando rocha amassada. Acontece que eu era míope e, ao que consta, Francisco não usava óculos. Cegueta, eu tinha que pressupor a presença da Santa figura. As freiras empolgadas prepararam cuidadosamente um riacho de pano azul, próximo à gruta, que as santas criancinhas deveriam pular, saltitantes. Como estava sem óculos, e sem eles eu sou capaz de esbarrar numa vaca, tropecei numa pedra, e no tombo levei preso no pé o riacho de pano azul, aos trambolhões. Com o susto, a menina que fazia Nossa Senhora saiu correndo da gruta e a peça santificada acabou sob vaias. Por dois anos fui suspensa das festinhas do colégio.

Já minha irmã tinha uma vocação nata para o palco. Com cinco anos, fantasiou-se de repolho no balé de Clara Cort *A Horta*. Minha mãe levou dois meses preparando cuidadosamente as numerosas saias verdes superpostas e outras tantas rodelas para a cabeça. Na hora H, Lucília, os bracinhos magros levantados em arco sobre a cabeça, verde como uma alface, apenas atravessou o palco tentando equilibrar-se na ponta dos pés. Para isso estudou um ano inteiro de balé.

Aos treze anos, ela deu para o recitativo. Nos saraus familiares berrava na varanda da nossa casa em Petrópolis (para constrangimento de meu pai que sempre teve pavor da opinião dos vizinhos) os versos de um soneto: "Cega", de Júlia Cortiz. Nas frases: "trôpega, os braços nus, a fronte pensa, ela vai com seu andar de sonâmbula tonta..." Lucília, de olhos fechados, disparava pela varanda, tropeçando nos convidados. Numa tarde, a porta de vidro da varanda estava aberta, e ela caiu no jardim. Ralou-se toda. Mas voltou a recitar "Cega", dessa vez de olhos abertos.

Apesar desses aparentes fracassos, Lucília insistia no teatro. Já mocinha, dançou de grega sob os olhares reprovadores do cônego que considerou a dança obscena, apenas porque as meninas levantavam os braços. Já mãe, Lucília foi convidada para ser a

"Rainha da Primavera" no Dia das Mães do Colégio Jacobina, onde estuda sua filha Yeda Lúcia. Vestida de papel crepom, com uma corda dourada na cabeça, um bastão de strass na mão direita, Lucília saltitava pelo palco cantando musiquinhas sentimentais, gênero pais-e-filhos, quando começaram a cair grossos pingos de chuva sobre o palco, ao ar livre. Com o papel colado no corpo, Lucília não se deu por achada. Com uma pirueta caiu semimorta no chão e agonizou sob os aplausos delirantes das crianças.

Hoje ela está com propósito firme de ingressar no elenco de telenovelas da Globo.

Já Fernando Torres, marido de Fernanda Montenegro, nasceu com a vocação do palco. Aos oito anos, na festinha de fim de ano do colégio, foi um aleijado capenga, espinafrado por um garoto parrudo porque não queria ir para a guerra. Inutilmente brandiu a perninha fina e torta pedindo clemência, foi preso e pichado de poltrão (sinônimo de covarde naquela época). Mais animado, no ano seguinte Fernando foi chamado para ser um soldadinho de chumbo. Essa lembrança é definitiva porque foi a primeira vez que Fernando usou cuecas na vida, já que a roupa tinha que ser trocada no palco. Uma vez composto, Fernando tocava Rataplã num tambor colorido, enquanto trauteava uma intelectual musiquinha:

"Papaizinho no Natal
me deu um presente original
deu-me um lindo tamborzinho
verde-amarelo por sinal."

Em seguida vinham mais uns vinte Rataplã.

***

Outro que se recorda de suas experiências infantis é Jece Valadão. Com dez aninhos foi anjo na procissão de Corpus Christi com asinhas e coroa de rosas na cabeça. Só perdeu para Clécio Ribeiro, que, além de ter desfilado várias vezes de anjo, nas procissões, ainda por cima usava óculos e cachos abundantes caídos nos ombrinhos.

Mas o papel de maior destaque em pecinhas infantis foi o de Jorge Miranda Jordão, marido de Germana Delamare. Participou da peça religiosa *A pesca milagrosa de Cristo*. O cenário era um grande barco dentro do qual Cristo comandava o mar encapelado. O mar consistia num grande pano azul claro. Debaixo dele, Jorge Miranda Jordão encolhido rolava para a direita e para a esquerda. Na peça, seu papel era: ONDA DO MAR.

13 de março de 1972

A ACRÓPOLE QUE EU VI

Pois é. Cheguei saltitante em Atenas, feliz da vida. É sempre bom a gente viajar. Mas não podia passar pela minha cabeça que eu ia encontrar problemas de apito e de telefone. Enfim, a Acrópole está lá mesmo e a gente precisa ir vê-la. Com todos os americanos festivos que Deus (ou os deuses?) lhes deu.

Hotel Grand Bretagne. Atenas. Mil novecentos e setenta e dois. No telefone, pendurada, eu.

Há uma hora tento me fazer entender em todos os idiomas pela velhota da mesa telefônica, a fim de que ela faça uma ligação para Paris, mais especificamente, para a "*LATIN, Agence de Notices*". Como não sabia o número, estava tentando através do endereço. Nada. Era o caos total e ela não conseguia entender nem o "A".

Comecei a soletrar a frase por inteiro. Ficamos nisso mais uma meia hora, depois da qual eu consegui que ela compreendesse apenas o seguinte: "*LATIN-AGENCE DE NOTICES*". Nervosa, me mandou desligar e aguardar a chamada.

Abro uma revista. Toca o telefone.

– *Monsieur* Fourrú?

Delicadamente digo, no meu melhor francês, que sou mulher e não conheço nenhum *Monsieur* Fourrú.

Mal desligo, o negro telefone chama de novo.

– *Mademoiselle*? Onde está *su maman*?

Já meio impaciente, explico que minha mãe descansa no Brasil, mais precisamente no São João Batista, há dez anos.

A inteligente telefonista pareceu não entender, porque continuou insistindo para que eu chamasse minha falecida mãe no quarto ao lado para atender a uma ligação de Buenos Aires. Não satisfeita, ligou minutos depois para dizer que *AGENCE DE NOTICES* não constava na lista telefônica francesa.

Meio irritada, resolvi cancelar a ligação e ir conhecer a Acrópole. Preparei, então, o espírito para as ruínas históricas e, em chegando ao local, deparei com um verdadeiro festival de chicletes, coca-colas e turistas festivos, com placas sonoras nos ouvidos, assimilando o saber de guias histéricas. Carrocinhas de sorvete, souvenires e postais entupiam a entrada onde um americano tentava enquadrar no foco da sua Rolley a esposa, as frutas do chapéu dela, as oliveiras do local e mais a Acrópole. Pelas escadarias milenárias, outros turistas vermelhos de sol descansam devorando hot dogs.

Já meio decepcionada com esse clima tão sem charme histórico, me preparo para escalar os degraus célebres quando estremeço de susto com um apito estridente que atravessou a Acrópole. Era um guarda que descobrira, junto ao monumento das Três Virgens, um casal de namorados num colóquio nada familiar. Sempre a apitar, ele restabeleceu a ordem como qualquer guarda de trânsito. Desencantada, me preparei para regressar quando, na minha frente, se encontraram duas velhotas; uma do Texas, outra do Alabama. Foi uma festa. Espocaram flashs e a saída ficou impedida por mais meia hora.

Definitivamente deslumbrada com o *feeling* histórico que reveste a Acrópole grega, dei por encerrada a visita. Estou entrando no meu quarto quando toca o maldito telefone.

– *Monsieur* Fourrú? Onde está sua *maman*?

16 de julho de 1972

Sérgio Cabral

RIO DE JANEIRO (RJ), 1937
RIO DE JANEIRO (RJ), 2024

stars, Milton Nascimento e Jorge Ben, como se verá na nota seguinte.

MÚSICA POPULAR

SÉRGIO CABRAL

Recife, aqui mesmo

Se um dia, por um absurdo qualquer, fosse impedido de passar o carnaval no Rio de Janeiro e se tivesse que escolher, outro lugar, a minha opção seria Recife. É claro que não seria para participar dos bailes elegantes que a Prefeitura promove e, para falar a verdade, nem para ver a apresentação das escolas de samba de lá, que andam esmagando as mais antigas e mais lindas tradições do carnaval da cidade (e de Olinda, naturalmente).

Seria para ver ao vivo aquelas figuras desenhadas por Bajado — "um artista de Olinda" — defendendo a Pombeira ou o Elefante e sentir de perto a emoção que domina geralmente os maiores de 40 anos, quando toca o hino dos Batutas de São José". Embora não tenha participado, sei que um carnaval de alegria e emoção, no qual os velhos ídolos, fazedores de frevos, dirigentes de orquestras, de maracatus e caboclinhos, são sempre lembrados nas letras das músicas, como uma advertência para a moçada nova, no sentido de não deixar a peteca cair. A não ser o "meia-meia" (espécie de repetição do velho enredo) e as "novidades" levadas pelos meios de comunicação do Centro-Sul, nada mais dá uma idéia de que o carnaval de Recife é, de fato, um dos mais ... do Brasil.

Mas como é impossível passar o carnaval em Recife (além de folião, sou uma espécie de profissional do carnaval carioca), me contento com o som do carnaval pernambucano que alguns discos reproduzem. Como o do Lp "Antologia do frevo", que a Philips acaba de lançar com a Orquestra de José Menezes e que apresenta mais de 30 temas do carnaval de Recife, divididos em frevo de rua, frevo-canção e frevo de bloco. Gravado no Rio, mas com todo o sabor pernambucano, acentuado pelo tempero dos arranjos, da produção e dos músicos participantes (entre os quais, Jaime e Manoel Araújo, irmãos de Severino Araújo, o maestro da Orquestra Tabajara que, este ano, estará de volta ao carnaval de Recife).

O disco é feito de músicas tradicionais, dos grandes compositores de lá (Capiba, Nelson Ferreira, Irmãos Valença e outros) e por gente nova que mantém a tradição e não deixa a peteca cair. "Antologia do frevo" é um Lp para quem deseja conhecer o gênero e para os que, embora conhecendo, perderam o contato com ele. Estes, depois de ouvi-lo, certamente sairão cantando o belo frevo que Luiz Bandeira compôs para o carnaval carioca em fins da década de 60:

"Meu Recife voltei novamente..."

Cotação: * * * * *

Um sambista carioca

... é apenas a competência de ...Alves, como produtor de discos, ...me impressiona. O que até me ... carinho com que ele trata os ...das camadas populares, ...-os, dando-lhes condições ... e funcionando como uma ...porta do consumo para esse ..., sem ele, jamais teria ... discos e às emissoras de ...são.

... artistas desse gênero que ... o compositor Zé Catimba ...atriz Leopoldinense, com ...e gravar um disco para a ...sse feita uma seleção dos ...mpositores das nossas ...mba, não haveria vaga ...a. E muito menos se a ...dos melhores intérpretes ...s poucos são tão re... social e culturalmente ... artista popular quanto

Por tudo isso, Adelzon fez um disco com muito capricho, como se fosse para uma grande estrela da música popular brasileira. Contou com a direção musical de Luiz Roberto que, desde o arranjo vocal que fez para "Os sertões" (na gravação do Conjunto Nosso Samba) esta se especializando em acentuar o lirismo melódico do samba carioca, antes da parte rítmica, já bastante conhecida. Mas Adelzon também quis mostrar o ritmo e levou para o estúdio cinco membros da ala de tamborins da bateria da Imperatriz, todos tocando na escola criada por Gargalhada, há muitos anos, na velha Aprendizes de Lucas. Melhor que isso não é possível.

Zé Catimba interpreta sambas-enredo e sambas de quadra, de sua autoria e de autoria alheia, mostrando com muita pureza a música dos artistas do povo.

Cotação * * * *

LIVROS

"A pr...

A Edições Nosso Temp... inaugurou suas ativ... recentemente com a publi... de "Deus não paga em dólar" Heloneida Studart, e "Acusad... homicídio", de José Louzeiro, ... tá preparando o lançamento de primeira vez — à brasileira", um coletânea de depoimentos e estudos retratando o comportamento sexual do brasileiro.

Os depoimentos foram colhidos por Wilson Cunha e Heloneida Studart, especialista em assuntos do comportamento humano, e que há dias, no "Globo Repórter — Anatomia de uma notícia", sobre o assassínio de Ângela Diniz, nos deu uma forte e pungente análise da condição da mulher no Brasil, através do drama da morta de Búzios, seguramente a entrevista mais inteligente daquele programa.

Compõe o volume o relato da primeira experiência sexual de mais de 30 pessoas, entre elas Di Cavalcanti, Ney Latorraca, Carlos Heitor Cony, Gilberto Braga, João

• Em la... tá chega... estréia ... Zaidan B... olhar", col...

QUAL É O TOM?

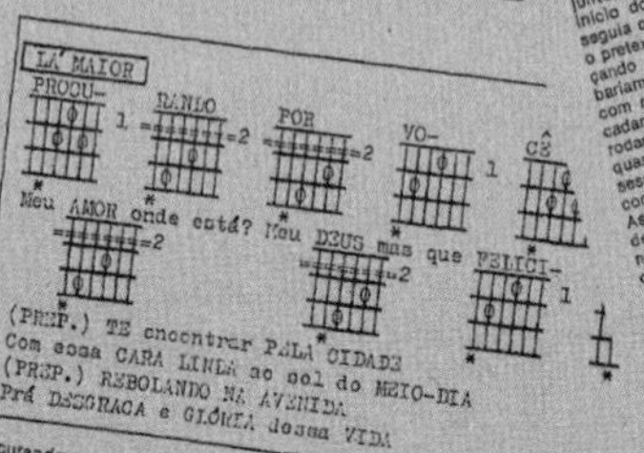

LÁ MAIOR
PROCU-
RANDO
POR
VO-
CÊ
Meu AMOR onde está? Meu DEUS mas que FELICI-
(PREP.) TE encontrar PELA CIDADE
Com essa CARA LINDA ao sol do MEIO-DIA
(PREP.) REBOLANDO NA AVENIDA
Prá DESGRAÇA e GLÓRIA desta VIDA

Procurando por você
Meu amor, onde está?
Meu Deus mas que felicidade
Te encontrar pela cidade

Com essa cara linda
Ao sol do meio-dia
Rebolando na avenida
Pra desgraça e glória

DISCO POPULAR

SÉRGIO CABRAL

A música bem popular

APARECIDA

Aparecida — Marela Oxum (Jair Paulo), **Vovó Catarina** (João Ricardo Xavier e Evaldevino P. Xavier), **Terreiro de Mãe Nazinha** (Marlozinho de Acari e Jair Paulo), **Talundê** (Aparecida e Jair Paulo), **Teresa Aragão** (Aparecida), **A Maria começa a beber** (folclore), **Meu São Benedito** (Aparecida), **Segredos do mar** (Aparecida e Jair Paulo), **Inferno Verde** (Aparecida), **Se segura Zé** (Zeca Melodia e Kacik) e **Naná Boroquê** (Aparecida e Jair Paulo). CID Cr$ 48,00.

Os tecnocratas da música não gostarão muito deste disco. Dirão que sua harmonia é muito fraca, primária, e que as letras das músicas não são muito elaboradas. E assinalarão, ainda, que a melodia é extremamente repetitiva, fraca.

Mas não é assim que se julga música popular. Ela não é feita apenas de melodia, harmonia, ritmo e letra. Atrás dela, há todo um complexo social e cultural que tem que ser levado em conta. Qualquer exagero que se aplique a um desses componentes, porém, também leva ao erro, como acontece com certas pessoas que julgam os discos sem ouvi-lo, pois sua preocupação maior é saber de que classe social são as pessoas que participam dele.

O samba e a macumba andaram juntos durante muito tempo. Até o início dos anos 30, a polícia perseguia qualquer tipo de samba, sob o pretexto de que cantando ou dançando samba, os sambistas acabariam caindo na batucada pesada, com roda de pernada, brigas, pancadarias e até mortes. Por isso, as rodas de sambas eram promovidas quase sempre em casas que davam sessões de macumba, todas elas com licença especial para funcionar. As músicas eram muito parecidas, de maneira que a polícia ouvia mas não percebia se se tratava de samba ou de macumba.

João da Baiana, grande mestre do samba e da macumba, falava muito desse tempo e lembrava inclusive que, a partir de certa época, a polícia começou a desconfiar e acabou descobrindo o golpe. Ele mesmo foi surpreendido algumas vezes com a chegada da polícia:

— Recebemos uma denúncia de que se canta samba nessa macumba.

Juvenal Lopes, que desde a primeira escola de samba está metido nessas coisas, contou em depoimento gravado por seu filho, Pedro Paulo, que havia um delegado chamado Abelardo da Luz, especialista em descobrir rodas de samba em casas de macumba. Por falta de sorte, ele, Juvenal, foi surpreendido pelo policial uma vez em que estava cantando um assim: "Cruz credo/Credo cruz/Aí vem o delegado/Abelardo da Luz".

A punição imposta pelo delegado foi fazer Juvenal e todo o seu grupo caminharem até a delegacia — distante vários quilômetros da casa de macumba onde estavam — cantando o tal samba, sem sair do ritmo e sem desafinar. Quem errasse ganhava bengalada na cabeça.

O disco da Aparecida é um fruto da união do samba e da macumba — já por razões culturais e não pela perseguição policial. Os variados ritmos e as palavras de vez em quando usadas identificam claramente os antepassados africanos da arte da cantora e compositora. Mestre Lúcio Rangel, no texto que acompanha, afirma que ela é uma continuadora de João da Baiana, J. B. de Carvalho e de Sussu (aos quais acrescento Eloy Antero Dias, Heitor dos Prazeres e o próprio Juvenal Lopes), grandes nomes do samba e da macumba que levaram este tipo de música para o disco. Aparecida é tudo isso e mais o pano na cabeça, uma forma de exteriorizar ainda mais o mundo cultural que representa.

Ela canta músicas suas, folclóricas e de outros compositores, alguns dos quais foram seus vizinhos na Favela de Catua (Coelho Neto), já extinta, e onde ela morou muito tempo. E chega a ser comovente a homenagem que Aparecida presta a Teresa Aragão, por ter sido a primeira pessoa a lhe dar oportunidade de aparecer, na velha Fina-Flor do Samba que Teresa organizava às segundas-feiras no Teatro Opinião:

"Teresa Aragão, Teresa Aragão/ A fina-flor do samba/ Não murchou, nem morrerá/ E quando você voltar/ Teresa Aragão, Teresa Aragão/ Ela vai desabrochar".

Um pequeno senão: o samba Se segura Zé abre com uma melodia já feita pelo compositor Joãozinho da Pecadora, da Portela. De resto, tanto as músicas, como os arranjos e a voz de Aparecida (linda, por sinal) estão irrepreensíveis.

Cotação * * * *

A propósito de Arth... Moreira L... Ernesto N...

... umas... ...r se manter... deslizante corda-bam... texto. Inicialmente. A três solteironas e lançada ... aprofundamento. Elas são (deixam-se submeter) às ...iais, morais, autômatas... de conceitos em defesa da virgindade, para isso evocando ... — "único homem decente ...". E vivem essa realidade num bairro tão em decomposição quanto elas próprias, onde as ...etrô e sua poeira se misturam ... do prédio antigamente agora sublocado a prostitutas, ...ais e toxicômanos. No entanto é mostrado em rápidas pinceladas que apenas afloram à tela ...também), sem em qualquer momento ... o amarelo-denúncia ...

...enação corre a mesma trilha. ... buscou três homens para o ...culo, afirmando procurar, com ...ostrar que "uma solteirona vir-

Condé, ... nesse espetáculo ... convive com a chanchada ... ser, e para dizer muito pouco: ...

●●●

Sérgio Fonta (1º lugar no Concurso Opinião de Dramaturgia, com "Temporada popular", e 2º lugar no I Concurso Brasileiro de Peças Radiofônicas, promovido pela Rádio de Colônia, Alemanha, com "A retórica da morte") manda notícias: seu texto já foi traduzido para o alemão, por Willy Keller, e está com irradiação marcada para o dia 21 de novembro. "Temporada popular" será montada no início de 1978, no Teatro Opinião.

● Enquanto isso, a peça premiada em 1º lugar no Concurso da Westdeutscher Rundfunk — "Babaneiralle ... Meirelles — também traduzida por ... Keller, está programada para um especial que a Rádio Colônia transmitirá ainda este ano. Ricardo acaba, aliás, de ganhar mais um prêmio: sua peça "Os sobreviventes" foi selecionada para publicação e leitura no VIII Concurso de peças do SNT (o da "número 143").

● Dentro do curso "O teatro brasileiro em questão", Jorge Ayer fala, quinta-feira, sobre Administração Teatral. As 18h, no Museu da Imagem e do Som.

...tinha) ...

● Certos períodos ... princípio ao fim, uma ... vide a Idade Média. No meu humilde modo de ver a Idade Média só termina quando termina a Inquisição, e em alguns lugares a Inquisição já terminou, em outros não terminou. Nisto ao menos, os censores-inquisidores antigos anteciparam-se à sua época. Vejam estas maravilhas tecnológicas: no Portugal da Inquisição, de onde vimos em linha reta, já conheciam até a censura prévia (e a consequente autocensura), a censura repressiva e os índices expurgatórios. Havia policiamento alfandegário (portos secos e marítimos), inspeção nas livrarias (bibliotecas) públicas e particulares. Sentiram a sedosa mão da Censura inquisitorial homens de letras e ciência como Diogo de Teive, Damião de Góis, Garcia de Orta, Padre Antônio Vieira, Ribeiro Sanches, Antônio José da Silva, Cavaleiro de Oliveira. Em Portugal, de onde provimos, a Censura inquisitorial

SÉRGIO CABRAL

MÚSICA POPULAR

O fim de Jujuba, o sambista que queria comprar uma casa

Soube que morreu há cerca de um mês o sambista e compositor Jujuba (Walter Inácio Terra). A notícia não saiu nos jornais, no rádio e na televisão. Ele andava afastado do mercado musical e ficou esquecido. Talvez estivesse com cinquenta anos, se tanto, quando morreu.

Jujuba foi um dos fundadores do Bloco Carnavalesco Bafo da Onça. Foi também autor de um samba muito cantando pelo bloco e um dos maiores sucessos da carreira da cantora Elizeth Cardoso: "Deixa andar", que apresentava esses versos com maravilhosos:

"A almofada da nega balançou
Todo mundo apoiou ô ô ô"

Ele era um dos componentes daquela mesa que discutia, nas vésperas do carnaval de 1959, as possibilidades de ser criado um bloco carnavalesco no Catumbi. Jujuba, Tião, Célio, Mistura e alguns outros estavam no botequim do Monteiro, cuja freguesia andava muito grande por causa da adesão dos operários de uma obra da vizinhança. Aos sábados, dia de pagamento na construção, é que o bar se enchia ainda mais. Quando todos estavam de acordo que o bloco deveria ser criado, um dos trabalhadores levantou-se de sua mesa e foi até a porta respirar um pouco de ar puro:

— Puxa, este botequim está que é só bafo da onça! — berrou operário.

O pessoal do boteco riu muito e o grupo que discutia a formação do bloco encontrou um excelente nome.

Mais ou menos um ano depois, uma turma do Bafo da Onça compareceu ao Programa Paulo Gracindo, apresentado aos domingos pela manhã, na Rádio Nacional, e cantou vários sambas, inclusive "Deixa andar". Elizeth Cardoso ouviu de casa e telefonou logo para a Rádio Nacional, querendo falar com o autor do samba, mas Jujuba não tinha acompanhado o grupo naquele dia. Sabendo que o Bafo era de Catumbi, Elizeth estava na segunda-feira seguinte no Salão Antonieta, instalado no bairro e onde a cantora trabalhou durante muito tempo, antes de ser famosa. No salão, ninguém conhecia o Jujuba, mas combinaram — ela e a proprietária, Dona Nair — comparecer ao ensaio do Bafo da Onça. Justamente num dia em que o compositor não apareceu. Elizeth deixou recado com os dirigentes do bloco para Jujuba procurá-la na Copacabana Discos, o que realmente ocorreu e o samba foi gravado.

Foi a primeira gravação do compositor que, aliás, era sobrinho de Ismael Silva. Mas já tinha bastante experiência no samba, pois participara como compositor e ritmista de várias escolas de samba, como a Em Cima da Hora (a antiga, do Catumbi), Unidos dos Arcos (Lapa), Além do Horizonte (Catete), Paraíso da Floresta (Santa Teresa) e Acadêmicos do Salgueiro.

Durante dois ou três anos, Jujuba conseguiu gravar muitas músicas (ele sonhava ganhar dinheiro para comprar uma casa), mas nenhum grande sucesso como "Deixa andar". Aos poucos, foi abandonando as gravações, o samba e o bloco. Nunca mais ouvi falar nele — até que recebesse, agora, a notícia da sua morte.

●●●

Já saiu o primeiro LP para o Natal de 1977: "Natal Brasileiro", com lapinhas e pastoris adaptados do folclore nordestino por Marcus Vinícius. A gravadora é a Marcus Pereira e a contracapa foi escrita pelo próprio Cardeal de São Paulo, D. Paulo Evaristo. & A RGE continua lançando elepês comemorativos do seu 20º aniversário. Depois de Maysa, Miltinho, Agostinho dos Santos, Simonetti, Erasmo Carlos e Vinícius & Toquinho, estão saindo agora os de Chico Buarque de Holanda (álbum duplo), Sílvio Caldas, Helena de Lima, Paulinho Nogueira, Roberto Luna e Poncho. & Encerra-se amanhã o prazo para entrega dos originais do concurso de monografias sobre Pixinguinha, instituído pela Funarte. & Marcado para o princípio de dezembro, na cidade de Londrina, o I Encontro Nacional do Choro, com a participação de instrumentistas de vários Estados do Brasil. Será uma semana de música, a ser encerrada com a participação de Paulinho da Viola, Época de Ouro e Canhoto da Paraíba. & Cartola e Nelson Cavaquinho serão as primeiras atrações de uma casa de música que será inaugurada em São Paulo na próxima semana. & Por falar nisso, está surgindo uma casa em Botafogo especializada em choro. Seus dirigentes já arranjaram um apelido para ela: "Axila do réptil", uma espécie de resposta da Zona Sul ao Sovaco de Cobra, da Penha. & Martinho da Vila concluiu a gravação do seu LP, que se chamará "Presente". A capa, como sempre, é de Elifas Andreato. & O próximo "Brasil Especial" da Rede Globo abordará a vida e a obra de Adoniran Barbosa e Paulo Vanzolini. Depois virão os especiais de Martinho da Vila, Haroldo Lobo e Geraldo Pereira. & O Seis e Meia da semana que começa amanhã é indispensável para quem gosta de música: Quinteto Armorial de Recife e Joel Nascimento. & Previsto para a próxima semana o lançamento do primeiro LP de Emílio Santiago com lançamento de músicas novas. Até então, ele só havia gravado músicas já consagradas por outros intérpretes.

SANTOS ALVES

CRUZADAS

O que vem aí

Hermínio Belo de Carvalho, que acaba de preparar uma nova edição em disco (duplo) com o show Rosa de Ouro, está preparando outro com a montagem de gravações de vários shows. Por isso, o disco terá o título de "O show dos shows."

Monarco, o excelente compositor da Portela e um dos autores com maior número de gravações dos últimos tempos, foi convidado — e aceitou — para fazer um LP na Continental. Finalmente, uma oportunidade para Monarco, que há muito tempo já a merecia.

Três dicas de compositores do gênero para as gravadoras: Walter Rosa, Padeirinho e Nelson Sargento. Há outros, é só procurar.

Novos estúdios

Além da RCA e da Level, outras empresas deverão possuir estúdios de gravações dotados de 16 canais a partir de 1978: a Philips e a Odeon.

A Philips talvez instale mais de um estúdio em sua nova sede na Barra da Tijuca, enquanto a Odeon se instalará em Laranjeiras. Fala-se também na possibilidade de a Continental construir um estúdio no Rio.

Booker Pittman

Ofélia Pittman está de posse de uma fita com Booker Pittman tocando o seu maravilhoso saxofone. São execuções de músicas que ele não colocou em discos, e de boa qualidade técnica.

A gravadora que se interessar pela fita poderá, inclusive, fazer uma espécie de biografia da fascinante vida de Booker Pittman, utilizando trechos do seu depoimento, prestado ao Museu da Imagem e do Som.

Dica de negócio

As vendas de discos e de fi... crescerão este ano — segu... informações fornecidas por lo... importantes da gravação de disc... mais de 15 por cento, apesar ... tração do primeiro semestre. Ve...-se também um crescimento su...cial nas vendas de toca-di... gravadores.

Considerando que, em ... Brasil, o número de lojas de ... pouco mais de mil (me... Buenos Aires), parece que ... negócio para comercia... momento, é abrir justamen... discos.

MÚSICA

A SBM... dos conc...

Os Concursos de Composição que o Instituto Cultural Brasil-Alemanha do Rio de Janeiro vinha promovendo anualmente, desde 1971, foram cancelados. As explicações da filial do Instituto Goethe foram publicadas nesta coluna, na edição de 18 de outubro, em carta aberta dos diretores Waldraff e Koellreutter. Segundo eles, a causa da suspensão dos certames foi a atitude do sr. Paulo Affonso de Moura Ferreira, presidente da Sociedade Brasileira de Música Contemporânea (SBMC) que, desacatando a decisão do júri, enviou uma partitura a Munique, através da Embaixada do Brasil em Bonn, tentando assim fazer incluir a obra no repertório do Moneto de Munique, conjunto ao qual estavam destinadas as obras premiadas no concurso.

Segundo o presidente da SBMC, em carta a esta coluna, o concurso não era promovido pelo ICBA do Rio e sim pelos Institutos Goethe do Brasil e a SBMC. Koellreutter sabia desde o mês de maio das gestões da SBMC junto ao Instituto Goethe de Munique. E a SBMC pretende continuar a colaborar com as filiais do Instituto Goethe em seis capitais brasileiras. Eis, integralmente, a carta do sr. Moura Ferreira, datada em Brasília, a 17 de outubro.

"Com referência à "carta aberta aos compositores e à imprensa", assinada pelos Senhores Tilmann Waldraff e H. J. Koellreutter, Vice-Diretor e Diretor do Instituto Cultural Brasil-Alemanha do Rio de Janeiro, e ...

Goethe ... com a S... Contemp... consiou ...

2. Ess... item 4, premiada ... (es prêmi... marcos) p... valor do c... 1977, dura... Munique", colhido sen... decidiu n... atribuindo ... prosa, à pe... Vilani Corte... júri, lavrada ... consta, entr... pressão: "... fica a critério ... a partitura, ... blicamente..."

3. Em visit... Goethe de Mu... constatei, em ... do Departame... instituição, a p... de Edmundo V... incluída no rep... Munique, em fa... Diante disso, c... do Departame... tituto Goethe ... outra obra de ... para a mesm... tal, o que não ... no Concurso. ... caminhada p... Noneto de M... decidisse, e... incluir no re...

DISCOS CLÁSSICOS

Jornalista, escritor, pesquisador, produtor, compositor, político, autor de musicais, Sérgio Cabral foi criado em Cavalcanti, bairro da zona norte carioca, onde formou a sua personalidade boêmia, bem-humorada, de vascaíno apaixonado por futebol, samba, carnaval e defensor da cultura popular. Em 1957, começou como repórter de polícia no *Diário da Noite*, vespertino dos Diários Associados. A criatividade e o humor iriam marcar a sua trajetória como crítico de música, comentarista de futebol e de carnaval, amigo de figuras do mundo do samba. Foi biógrafo de personalidades da cultura musical do país, como Almirante, Ary Barroso, Nara Leão, Tom Jobim, Pixinguinha, Grande Otelo, Ataulfo Alves, Elizeth Cardoso. Dentre suas atividades jornalísticas, destaca-se a criação do semanário *O Pasquim*, marco da imprensa alternativa fundado em 1969 em parceria com Tarso de Castro e Jaguar. Driblando a censura da ditadura militar, *O Pasquim* alcançou enorme popularidade: um ano após o seu lançamento atingiu a incrível marca de 100 mil exemplares vendidos. A irreverência de *O Pasquim*, acabou levando parte da sua equipe à prisão em 1970. Entre 1983 e 1993, elegeu-se, por três legislaturas, vereador do Rio de Janeiro. Escreveu no GLOBO entre 1975 e 1981, assinando "Meio de campo", "Papo de esquina", "Música popular" e "Disco popular". As colunas de Sérgio Cabral comentam a produção musical de uma época, mas não se restringem a isso. Ao fazer crítica, sempre imprimia a sua marca de cronista, pessoal e coloquial, em conversa com o leitor sobre casos e personagens de nossa cultura popular.

RECIFE, AQUI MESMO

Se um dia, por um absurdo qualquer, fosse impedido de passar o carnaval no Rio de Janeiro e se tivesse que escolher, outro lugar, a minha opção seria Recife. É claro que não seria para participar dos bailes elegantes que a Prefeitura promove e, para falar a verdade, nem para ver a apresentação das escolas de samba de lá, que andam esmagando as mais antigas e mais lindas tradições do carnaval da cidade (e de Olinda, naturalmente).

Seria para ver ao vivo aquelas figuras desenhadas por Bajado – "um artista de Olinda" – defendendo a Pitombeira ou o Elefante e sentir de perto a emoção que domina geralmente os maiores de 40 anos, quando toca o "Hino dos Batutas de São José". Embora não tenha participado, sei que é um carnaval de alegria e emoção, no qual os velhos ídolos, fazedores de frevos, dirigentes de orquestras, de maracatus e caboclinhos, são sempre lembrados nas letras das músicas, como uma advertência para a moçada mais nova, no sentido de não deixar a peteca cair. A não ser o "mela-mela" (uma espécie de repetição do velho entrudo) e as "novidades" levadas pelos meios de comunicação do Centro-Sul, tudo o mais dá uma ideia de que o carnaval de Recife é, de fato, um dos mais belos do Brasil.

Mas como é impossível passar o carnaval em Recife (além de folião, sou uma espécie de profissional do carnaval carioca), me contento com o som do carnaval pernambucano que alguns discos reproduzem. Como o do LP *Antologia do frevo*, que a Philips acaba de lançar com a Orquestra de José Menezes e que apresenta mais de 30 temas do carnaval de Recife, divididos em frevo de rua, frevo-canção e frevo de bloco. Gravado no Rio, mas com todo o sabor pernambucano, acentuado pelo tempero dos arranjos, da produção e dos músicos participantes (entre os quais, Jaime e Manoel Araújo, irmãos de Severino Araújo, o maestro da Orquestra Tabajara que, este ano, estará de volta ao carnaval de Recife).

O disco é feito de músicas tradicionais, dos grandes compositores de lá (Capiba, Nelson Ferreira, Irmãos Valença e outros) e por gente nova que mantém a tradição e não deixa a peteca cair. *Antologia do frevo* é um LP para quem deseja conhecer o gênero e para os que, embora conhecendo, perderam o contato com ele. Estes, depois de ouvi-lo, certamente sairão cantando o belo frevo que Luiz Bandeira compôs para o carnaval carioca em fins da década de 60.

"Meu Recife voltei novamente..."

"Música Popular", 17 de fevereiro de 1972

A MÚSICA BEM POPULAR

Os tecnocratas da música não gostarão muito deste disco. Dirão que sua harmonia é muito fraca, primária, e que as letras das músicas não são muito elaboradas. E assinalarão, ainda, que a melodia é extremamente repetitiva, fraca.

Mas não é assim que se julga música popular. Ela não é feita apenas de melodia, harmonia, ritmo e letra. Atrás dela, há todo um complexo social e cultural que tem que ser levado em conta. Qualquer exagero que se aplique a um desses componentes, porém, também leva ao erro, como acontece com certas pessoas que julgam os discos sem ouvi-lo, pois, sua preocupação maior é saber de que classe social são as pessoas que participam dele.

O samba e a macumba andaram juntos durante muito tempo. Até o início dos anos 1930, a polícia perseguia qualquer tipo de samba, sob o pretexto de que, cantando ou dançando samba, os sambistas acabariam caindo na batucada pesada, com roda de pernada, brigas, pancadarias e até mortes. Por isso, as rodas de sambas eram promovidas quase sempre em casas que davam sessões de macumba, todas elas com licença especial para funcionar. As músicas eram muito parecidas, de maneira que a polícia ouvia, mas não percebia se se tratava de samba ou de macumba.

João da Baiana, grande mestre do samba e da macumba, falava muito desse tempo e lembrava inclusive que, a partir de certa época, a polícia começou a desconfiar e acabou descobrindo o golpe. Ele mesmo foi surpreendido algumas vezes com a chegada da polícia:

– Recebemos uma denúncia de que se canta samba nessa macumba.

Juvenal Lopes, que desde a primeira escola de samba está metido nessas coisas, contou em depoimento gravado por seu filho, Pedro Paulo, que havia um delegado chamado Abelardo da Luz, especialista em descobrir rodas de samba em casas de macumba. Por falta de sorte, ele, Juvenal, foi surpreendido pelo policial uma vez em que estava cantando um assim: "Cruz credo/ Credo cruz/ Aí vem o delegado/ Abelardo da Luz."

A punição imposta pelo delegado foi fazer Juvenal e todo o seu grupo caminharem até a delegacia – distante vários quilômetros da casa de macumba onde estavam – cantando o tal samba, sem sair do ritmo e sem desafinar. Quem errasse ganhava bengalada na cabeça.

O disco da Aparecida é um fruto da união do samba e da macumba – já por razões culturais e não pela perseguição policial. Os variados ritmos e as palavras de vez em quando usadas identificam claramente os antepassados africanos da arte da cantora e compositora. Mestre Lúcio Rangel, no texto que acompanha, afirma que ela é uma continuadora de João da Baiana, J. B. de Carvalho e de Sussu (aos quais acrescento Eloy Antero Dias, Heitor dos Prazeres e o próprio Juvenal Lopes), grandes nomes do samba e da macumba que levaram este tipo de música para o disco. Aparecida é tudo isso e mais o pano na cabeça, uma forma de exteriorizar ainda mais o mundo cultural que representa.

Ela canta músicas suas, folclóricas e de outros compositores, alguns dos quais foram seus vizinhos na Favela da Cafua (Coelho Neto), já extinta, e onde ela morou muito tempo. E chega a ser comovente a homenagem que Aparecida presta a Teresa Aragão, por ter sido a primeira pessoa a lhe dar oportunidade de aparecer, na velha *Fina-Flor do Samba* que Teresa organizava às segundas-feiras no Teatro Opinião:

"Teresa Aragão, Teresa Aragão/ A fina-flor do samba/ Não murchou, nem morrerá/ E quando você voltar/ Teresa Aragão, Teresa Aragão/ Ela vai desabrochar."

Um pequeno senão: o samba "Se segura Zé" abre com uma melodia já feita pelo compositor Joãozinho da Pecadora, da Portela. De resto, tanto as músicas, como os arranjos e a voz de Aparecida (linda, por sinal) estão irrepreensíveis.

"Disco popular", 9 de novembro de 1975

O FIM DE JUJUBA, O SAMBISTA QUE QUERIA COMPRAR UMA CASA

Soube que morreu há cerca de um mês o sambista e compositor Jujuba (Walter Ignácio Terra). A notícia não saiu nos jornais, no rádio e na televisão. Ele andava afastado do mercado musical e ficou esquecido. Talvez estivesse com cinquenta anos, se tanto, quando morreu. Jujuba foi um dos fundadores do bloco carnavalesco Bafo da Onça. Foi também autor de um samba muito cantado pelo bloco e um dos maiores sucessos da carreira da cantora Elizeth Cardoso, "Deixa andar", que apresentava esses versos com maravilhosos:

"A almofada da nega balançou
Todo mundo apoiou ô ô ô"

Ele era um dos componentes daquela mesa que discutia, nas vésperas do carnaval de 1959, as possibilidades de ser criado um bloco carnavalesco no Catumbi. Jujuba, Tião, Célio, Mistura e alguns outros estavam no botequim do Monteiro, cuja freguesia andava muito grande por causa da adesão dos operários de uma obra da vizinhança. Aos sábados, dia de pagamento na construção, é que o bar se enchia ainda mais. Quando todos estavam de acordo que o bloco deveria ser criado, um dos trabalhadores levantou-se de sua mesa e foi até a porta respirar um pouco de ar puro:

– Puxa, este botequim está que é só bafo da onça! – berrou o operário.

O pessoal do boteco riu muito e o grupo que discutia a formação do bloco encontrou um excelente nome.

Mais ou menos um ano depois, uma turma do Bafo da Onça compareceu ao Programa Paulo Gracindo, apresentado aos domingos pela manhã na Rádio Nacional, e cantou vários sambas, inclusive "Deixa andar". Elizeth Cardoso ouviu de casa e telefonou logo para a Rádio Nacional, querendo falar com o autor do samba, mas Jujuba não tinha acompanhado o grupo naquele dia. Sabendo que o Bafo era de Catumbi, Elizeth estava na segunda-feira seguinte no Salão Antonieta, instalado no bairro e onde a cantora trabalhou durante muito tempo, antes de ser famosa. No salão, ninguém conhecia o Jujuba, mas combinaram – ela e a proprietária, Dona Nair – comparecer ao ensaio do Bafo da Onça. Justamente num dia em que o compositor não apareceu. Elizeth deixou recado com os dirigentes do bloco para Jujuba procurá-la na Copacabana Discos, o que realmente ocorreu e o samba foi gravado.

Foi a primeira gravação do compositor que, aliás, era sobrinho de Ismael Silva. Mas já tinha bastante experiência no samba, pois participara como compositor e ritmista de várias escolas de samba, como a Em Cima da Hora (a antiga, do Catumbi), Unidos dos Arcos (Lapa), Além do Horizonte (Catete), Paraíso da Floresta (Santa Teresa) e Acadêmicos do Salgueiro.

Durante dois ou três anos, Jujuba conseguiu gravar muitas músicas (ele sonhava ganhar dinheiro para comprar uma casa), mas nenhum grande sucesso como "Deixa andar". Aos poucos, foi abandonando as gravações, o samba e o bloco. Nunca mais ouvi falar nele – até que recebesse, agora, a notícia da sua morte.

"Música popular", 30 de outubro de 1977

Chico Anísio

MARANGUAPE (CE), 1931
RIO DE JANEIRO (RJ), 2012

Como atravessar

O problema de travessia das ruas nos ... movimentados das grandes cidade... galhardamente para ... compensando, ... índices ...

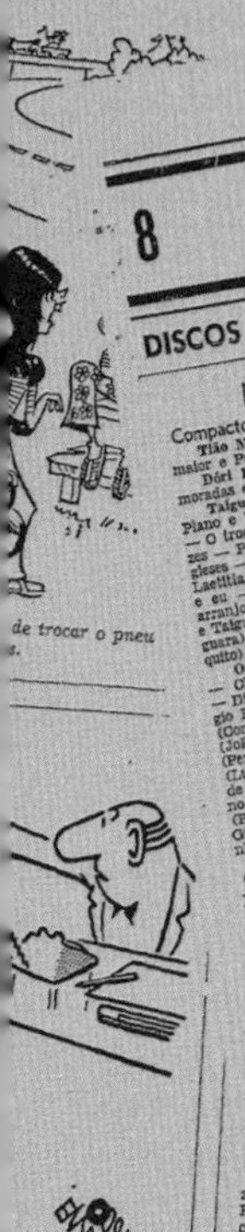

RIO-SHOW

8

DISCOS

Nacionais

Compactos simples

Tião Motorista (Philips) — Jóia do maior e Pano da costa.

Dóri Edson (RGE) — Antigas namoradas e Se eu encontrar com ela.

Taiguara (Odeon) — "Taiguara, Piano e Viola": Teu sonho não acabou — O troco — Manhã de Londres — Luzes — Pros filho do Zé — Rua dos ingleses — Piano e viola — Mudou — Pra Laetitia — A flor na areia — Eronita e eu — Homem. Músicas de Taigura, arranjos de Eduardo Souto Neto, Gaya e Taiguara. Piano e piano elétrico (Taiguara), viola (Menezes), guitarra (Chiquito), baixo (Lula).

Os Papas da Bossa Nova (Odeon) — Chega de saudade (João Gilberto) — Dindi (Silvinha Teles) — Zelão (Sérgio Ricardo) — Samba de uma nota só (Coral de Ouro Preto) — Desafinado (João Gilberto) — Garota de Ipanema (Pery Ribeiro) — Manhã de carnaval (Luiz Bonfá) — Fim de noite (Coral de Ouro Preto) — Canção que morre no ar (Rosana Toledo) — O barquinho (Pery Ribeiro) — A felicidade (João Gilberto) — Só em teus braços (Silvinha Teles).

Quinteto Vila-Lobos e Luizinho Eça (Odeon) — "Vanguarda": Construção — Travessia — Valsinha — Cais — Reflexos — Viola enluarada — Olha Maria — Chovendo na roseira — Sempre será — Rítmica 1. Arranjos de Luizinho Eça, com Carlos Rato (flauta), Braz Limongo (oboé) Gonzaga Carneiro (clarineta), Carlos Gomes (trompa) e Airton Barbosa (fagote).

Marcos Valle (Odeon) — "Ventos Sul": Revolução orgânica — Malena — Pista 02 — Vôo cego — Bodas de sangue — Democústico — Vento sul — Rosto barbado — Mi hermosa — Paisagem de Mariana — Deixa o mundo e o sol entrar. Arranjos de Ian Guest e Hugo Bellard. Músicas de Marcos Valle e Paulo Sérgio Valle.

Gilberto Gil (Philips) — "2222": Pipoca moderna — Back in Bahia — O canto da ema — Chiclete com banana — Ele e eu — Sal do sereno — Expresso 2222 — O sonho acabou — Oriente. Arranjos de Gilberto Gil. Participação especial da Banda de Pífaros de Caruaru e Gal Costa. Músicos: Lany Gordin (guitarra), Bruce Henry (baixo), Antônio Perna (piano) e Tuti Moreno (bateria).

Sucessos de Ouro 2 (Polydor) — Você (Tim Maia) — Meu caminho (Marcus Pitter) — Volte, volte, amor (Os Populares) — Mandei buscar (De Savoya) — O carona (Tony e Som Colorido) — Todo dia é sempre igual (Franc Landu) — Tempo de acordar (Ronnie Von) — Cavaleiro de Aruanda (Ronnie Von) — Preciso esquecer (Marcus Pitter) — Um dia eu chego lá (Tim Maia) — Carambа... Galileu da Galiléia (De Savoya) — Eu não sei (Os Populares) — Balada do louco (Os Mutantes) — Nunca dais nunca mais (Evaldo Braga).

Jorge Mautner (Pirata) — "Para Iluminar a Cidade": Supermulher — Olhar bestial — Estrela da noite — Chuprincesa — Anjo infernal — Quero ...omotiva — Sheridan Square — ...way — Sapo dururu. Músicas ... Participação de Car... (violões), Alexan... (percussão). ...inião.

tion/London traffic/Underdog/Spanish disaster/Lord release me/Pauline/Watch your step/That's how I see her/Tears. Músicas de G. Moroder e P. Bellotte.

Chaquito (Philips) — "Tv Thrillers": Hawaii 5-0/The name of the game/It takes a thief/A man called Ironside/Mission impossible/Softly, softly/The troubleshooters/I spy/Mannix/The untouchables/Callan/FBI

The Billbox Series (the first!) (Som Livre) — Taos New Mexico (R. Dean Taylor)/Out in the nigth (Blue Scepter)/Superstar (The Temptations)/T. L. C. tender loving care (P. J.)/I'm looking for love (The Comodores)/Take somebody like you (Posse)/No ones gonna be a fool forever (Thelma Houston)/Benjamin (Martha Reeves e The Vandellas)/Wings of my love (Michael Jackson)/Don't let him take your love from me (The Indisputed Truth)/Where there was darkness (Diana Ross)

Clássicos

Eugene Rousseau e Orquestra de Câmara Paul Kuentz (Grammophon) — "Concertos para Saxofone" — Pierre Max Dubois (Concerto para saxofone alto e orquestra de cordas)/Heitor Villa Lobos (Fantasia para saxofone soprano, 3 trompas e orquestra de cordas)/Jacques Ibert (Concertino de câmara para saxofone alto e 11 instrumentos)/Alexander Glazounov (Concerto em mi bemol para saxofone alto e orquestra de cordas, op. 109)/Eugene Rousseau (saxofone) e Orquestra de Câmara Paul Kuentz, sob regência de Paul Kuentz.

Parada semanal (Rio)

Compactos simples — 1) Rock and roll lullaby (B. J. Thomas — Top Tape); 2) Everything I own (Bread — Elektra); 3) Without you (Nilsson — RCA); 4) Vou tirar você desse lugar (Odair José — CBS); 5) Sylvia (Elvis Presley — RCA); 6) Summer holliday (Teery Winter — New Records) 7) My world (Bee Gees — Philips); 8) Long ago tomorrow (B. J. Thomas — Top Tape); 9) Casa e comida (Núbia Lafayette — CBS); 10) Um gatto mel blu (Roberto Carlos — CBS).

Compactos duplos — 1) Detalhes (Roberto Carlos — CBS); 2) Eu nunca mais vou te esquecer (Moacir Franco — Copacabana); 3) Evie (Johnny Mathis — CBS); 4) Dia de Santo Rei (Tim Maia — Polydor); 5) Got to be there (Michel Jackson — Tape Car); 6) Summer holliday (Terry Winter — New Records); 7) The end (Earl Grant — MCA); 8) O que me importa (Adriana — Odeon); 9) Love story (Francis Lay — RGE); 10) Nicholas e Alexandra (RCA).

Long-playings — 1) O Primeiro Amor Internacional (Vários — Som Livre); 2) Explosão Mundial (Vários — CID); 3) The Fevers (Odeon); 4) Bread (Elektra); 5) Roberto Carlos (CBS); 6) Bandeira 2 Internacional (Vários — Som Livre); 7) Selva de Pedra (Vários — Som Livre); 8) Mardi Grass (Credence Cleawater Revival — RCA); 9) Clara Nunes (Odeon); 10) Juca Chaves ao Vivo (Philips).

Hit parade internacional

Estados Unidos — 1) Lean on me ...; 2) Troglodyte (Jimmy ...); 3) Too late to turn ... Brother and Sis... (Billy Pres... ...k so fast ... is

Um cavalheiro e duas damas

CHICO ANISIO

ERAM três e pouco da manhã.

Nos salões do Botafogo a orquestra tocava "Estrela d'Alva", no fim da terça-feira gorda.

Na portaria, além do lógico porteiro, um folião que preferia ficar batendo papo com o homem que tomava conta da entrada, a participar da festa.

Até que o porteiro confessou que estava com diarréia.

— Será que o senhor podia ficar aqui um pouco enquanto eu vou ao banheiro? Dois minutinhos?

— Claro, claro. Pode ir — consentiu o rapaz, ao mesmo tempo em que o porteiro, pegando um folheto no chão, dirigia-se, amassando o panfleto, à entrada do banheiro.

Foi quando um casal — ela de longo, ele de **smoking** — parou à porta do clube.

— A festa ainda não acabou, Teté — comentou o marido.

— E parece que está boa — juntou a esposa, com um sorriso tão convidativo, que o marido concordou que seria bom dar uma entradinha para ver como ia o baile.

E teriam entrado se o rapaz, com a mão e o braço estendidos, não os impedisse.

— A carteirinha, por favor — pediu ao casal.

— Como carteirinha?

— O senhor não é sócio? Todo sócio não recebe uma carteirinha? É dessa carteirinha que eu falo.

— Olha, meu amigo — exasperou-se o homem de **smoking** — sou sócio deste clube desde muitos anos antes do senhor ter nascido. — Entro e saio do clube há mais de 45 anos sem mostrar carteirinha a ninguém.

— Acredito. Mas o regulamento é claro: o sócio, para ter entrada nas dependências do clube, tem que exibir, quando solicitado, a carteirinha — explicou calmamente o rapaz substituto do porteiro que, àquela hora, no banheiro, tinha a mão no queixo, pensando na vida.

— Vamos embora, Moreira — sugeriu a esposa.

— Não — gritou ele — agora eu vou entrar na marra. — Sabe que eu já fui presidente do clube em duas ocasiões? Já fui diretor de finanças, de esportes amadores, do patrimônio? Eu trouxe o Geninho para o clube, o senhor sabia?

— Então, mais do que eu, o senhor sabe que é proibido entrar sem mostrar a carteirinha — disse o rapaz que, cada vez que falava a palavra carteirinha, fazia um pequeno gesto com os dedos como a mostrar que a carteira merecia o diminutivo.

— Moreira, deixa essa festa pra lá — pediu novamente a esposa.

— Agora é ponto de honra. Vá lá dentro e chame o presidente — ordenou o homem ao rapaz. — Diga que o Moreira está aqui.

— Infelizmente, eu não posso sair da portaria — desculpou-se o rapaz — Se eu me ausentar um minuto que seja começa a entrar gente sem carteira.

— Eu fico tomando conta.

— E o senhor acha que é certo eu deixar na portaria um homem que não é sócio?

— Quem não é sócio? — vociferou o homem, já tirando a gravata do rigor.

— Eu sou troço à beça nesse clube, rapazinho!

— Prove — pediu, manso, o rapaz.

— Provar... provar... provar... Provar, como?

— O senhor me mostra a carteirinha, e pronto.

— A carteirinha está em casa, menino.

— Mas tem que estar no bolso. Se eu estou contrariando o regulamento me diga. O regulamento diz que...

— Diz — concordou o homem — mas o regulamento...

— Moreira, vamos embora — solicitou mais uma vez a esposa.

— Eu vou entrar. E não me chateia mais, Sofia. Um homem que é quase fundador do clube ter que exibir a carteira. Está certo isso?

— Se estiver errado, a culpa não é ... nha, é dos estatutos, que são claros.

— Eu quero que os estatutos ... — ladrou o homem, que não ... tinha.

Escutou-se um ruído ...

Segundos após ... flando o cinto ...

TELEVISÃO

Programação par...

TV GLOBO — CAN...

8,30 — Santa Miss...
10,00 — Concert...
...30 — Desenhos
Programa

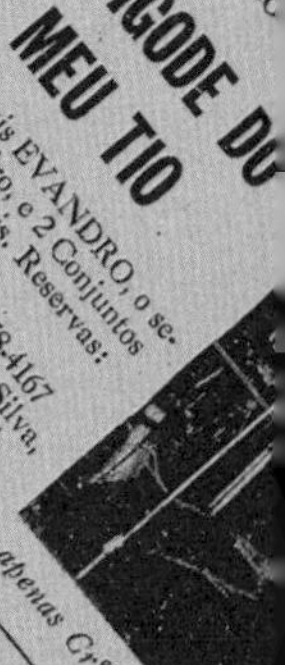

"Estou muito mal Dr. Novaes; estou nas últimas. Dói-me a cabeça, tenho feridas pelo corpo todo. Doutor, não pode ser câncer?"

A surpresa da doente ante o doutor perplexo

CHICO ANISIO

...do entrou, a mulher parecia ...

...tou nas últimas.

...ma — solicitou Dr. Novaes. ...her não obedeceu ao pedido. ...ísmo preocupante começou mostrando feridas inexis... ...elas prováveis. Falava mui... depressa. Dr. Novaes não ...mpanhar os sintomas que ...

...outor, não pode ser cân...

...mo está arroxeado. Eu ...e isso. Esta mancha es... ...er um melanoma? Eu ...âncer, doutor. E o meu ...

...e o soutien para que ...sse o ouvido nas suas ...da o obstasse. — começou o dou...

...tiver pulmão. E as ...ão constantes. Dis... o coração parece ...sinto um torpor ...mente. Braço es... ...frisava de olho ... coração? Quais ...rte?

— Se eu já não estiver com hepatite, ando por perto.

— A senhora está nervosa.

— E deveria estar calma? E os rins, que não funcionam direito? E nem falo na cistite, que não me dá um dia de sossego.

Tirou a saia para mostrar melhor as varizes que nasciam nos tornozelos e iam em frente.

O doutor, muito paciente, fazia o que ela mandava.

— Aperte aqui.

Ele apertava.

— Veja aqui.

Ele via.

— Empurre aqui.

Ele empurrava.

— Ausculte, pressione, experimente, observe.

Ele auscultava, pressionava, experimentava, observava. Obedecia com muita tranqüilidade, uma calma que não era muito do agrado da mulher que, nesse momento, não usava no corpo nada além dos sapatos que, aliás, acabava de tirar.

— Já viu meu pé?

— Estou vendo.

— Pé ...

um palmo cúbico de ar para que eu respire. Veja como suo nas mãos.

Ele viu que ela suava realmente.

E tinha dores no estômago pela manhã, o intestino não funcionava a contento, a vesícula devia estar preguiçosa, o pâncreas ficava como se tivesse comido brasa, a urina era escura um dia, avermelhada no outro.

Dr. Novaes não se abalou em nenhum instante.

A mulher, inteiramente desnuda, deliberadamente deitou-se na mesa para um exame mais detalhado. Dr. Novaes fez.

— Pode se vestir.

— Como? Sem que o senhor examine o baço?

Ele, com um dedo sobre o baço, bateu várias vezes nele com o rígido médio.

— Vista-se agora.

Ela se disse impossibilitada. Sentia o tal sintoma de prostração de que tanto falara. Viu? Ainda bem ... sultório lhe tinha ... Novaes ...

— Nada — disse o Dr. Novaes.

— Eu preciso saber o nome deste remédio. Em dois minutos me deixou outra. Estou reanimada, recuperada.

— Vista-se.

Ela começou a se vestir. Vestiu-se sem parar de falar. Contou de dores de cabeça ao entardecer, uma ponta de febre no começo da noite, insônia progressiva — Mandrix já lhe sabia a Cibalena — perda do apetite.

— Como isso, parece que comi um bol.

E a memória, não raro, lhe faltava. Seria amnésia? Essa doença existe mesmo, ou é coisa de filme? E os olhos sempre vermelhos. Há uma mancha num deles, vê? O olho direito. Não seria um carcinoma? Os seios doídos, ... zes, não suportava o sou...

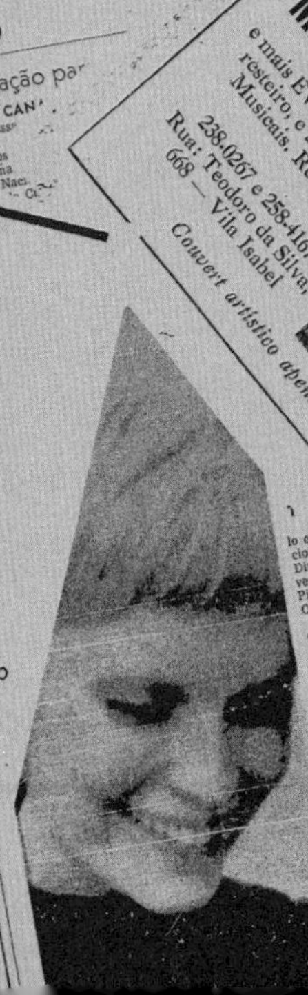

...lo or... ...cional Direção... ...veus, Ma... Piero Lui... Originalme...

• Épico hi... herói Gol... curdos, usurpad...

14h50m: CHA... lo original: Charlie ... cionalidade: america... Direção: Bruce Humb... Oland, Helen Wood, Ke...

• Aventura policial d... oriental criado por ...ta-se do 13.º filme em ... pretou Chan. Ele fez ... de 1931 até 1937, ... Sidney Toler.

18h30m: QUO V... Vadis? Nacionalidade ... dução: 1951. Direç... Robert Taylor, Debo... Ustinov, Patricia La... Sofaer, Marina Berl... Nora Swinburne, ... land, Peter Miles, ... em cores.

Humorista, ator, radialista, dublador, pintor, diretor de televisão e teatro, compositor, cronista e escritor, mudou-se aos sete anos com a família para o Rio de Janeiro. Começou sua carreira como locutor de rádio, escreveu programas de humor, foi comentarista de futebol e redator. Atuou em várias emissoras, entre as décadas de 1940 e 1950, como a Rádio Clube de Pernambuco, em Recife, Rádio Clube do Brasil e Mayrink Veiga, onde criou um dos seus grandes sucessos, a *Escolinha do professor Raimundo*. Com esse êxito no rádio, migrou para a recém-inaugurada televisão brasileira e, no cinema, colaborou com as chanchadas da Atlântida. Trabalhou nas TVs Tupi, Rio, Excelsior e Record, antes de chegar à TV Globo, na qual permaneceu por mais de quarenta anos. É considerado um dos grandes mestres do humor, criador de centenas de personagens, como o professor Raimundo, Alberto Roberto, Salomé, e programas memoráveis como *Chico City*, *Chico Anísio show*, *Chico total* e *Chico & amigos*. Em parceria com Nonato Buzar, compôs "Rio Antigo", e com João Roberto Kelly, a marcha "Rancho da Praça Onze". Em 1972, lançou o seu primeiro livro, *O batizado da vaca*, que, em pouco tempo, vendeu o surpreendente número de 400 mil exemplares. Estreou nas páginas do GLOBO em 1972, no mesmo dia de Jô Soares, como cronista de humor e esportivo. Seus textos refletem a qualidade do humorista, original contador de histórias e piadas, que já conquistara o público brasileiro.

A SURPRESA DA DOENTE ANTE O DOUTOR PERPLEXO

"Estou muito mal, Dr. Novaes; estou nas últimas. Dói-me a cabeça, tenho feridas pelo corpo todo. Doutor, não pode ser câncer?"

Quando entrou, a mulher parecia uma louca.

– Estou nas últimas.

– Calma – solicitou Dr. Novaes.

A mulher não obedeceu ao pedido. Num histerismo preocupante, começou a despir-se, mostrando feridas inexistentes e mazelas prováveis. Falava muito e muito depressa. Dr. Novaes não conseguia acompanhar os sintomas que ela expunha.

– Isto, doutor, não pode ser câncer?

– Bem...

– Veja como está arroxeado. Eu já li muito sobre isso. Esta mancha escura não pode ser um melanoma? Eu tenho pavor de câncer, doutor. E o meu pulmão? Examine.

Tirou a blusa e o sutiã para que Dr. Novaes encostasse o ouvido nas suas costas, sem que nada o obstasse.

– Seu pulmão – começou o doutor...

– Se eu ainda tiver pulmão! E as palpitações, doutor, são constantes. Disritmia. Tem hora que o coração parece ter parado. Fico fria, sinto um torpor no corpo, o braço dormente. Braço esquerdo. **Esquerdo**! – frisava de olho rútilo. – Não é coisa de coração? Quais são os sintomas do enfarte?

– O enfarte.

– E o fígado? Bata no meu fígado.

O doutor obedeceu por obedecer. Ressoou um "tum-tum" surdo.

– Se eu já não estiver com hepatite, ando por perto.

– A senhora está nervosa.

– E deveria estar calma? E os rins, que não funcionam direito? E nem falo na cistite, que não me dá um dia de sossego.

Tirou a saia para mostrar melhor as varizes que nasciam nos tornozelos e iam em frente.

O doutor, muito paciente, fazia o que ela mandava.

– Aperte aqui.

Ele apertava.

– Veja aqui.

Ele via.

– Empurre aqui.

Ele empurrava.

– Ausculte, pressione, experimente, observe.

Ele auscultava, pressionava, experimentava, observava. Obedecia com muita tranquilidade, uma calma que não era muito do agrado da mulher que, nesse momento, não usava no corpo nada além dos sapatos que, aliás, acabava de tirar.

– Já viu meu pé?

– Estou vendo,

– Pé chato. Isto pode ser a causa do cansaço. Mas eu uso sapato ortopédico, o pé chato nada tem a ver com o cansaço, tem?

– Não, não tem.

– No entanto, parece que não há um palmo cúbico de ar para que eu respire. Veja como suo nas mãos.

Ele viu que ela suava realmente.

E tinha dores no estômago pela manhã, o intestino não funcionava a contento, a vesícula devia estar preguiçosa, o pâncreas ficava como se tivesse comido brasa, a urina era escura um dia, avermelhada no outro.

Dr. Novaes não se abalou em nenhum instante.

A mulher, inteiramente desnuda, deliberadamente deitou-se na mesa para um exame mais detalhado. Dr. Novaes fez.

– Pode se vestir.

– Como? Sem que o senhor examine o baço?

Ele, com um dedo sobre o baço, bateu várias vezes nele com o rígido médio.

– Vista-se agora.

Ela se disse impossibilitada. Sentia o tal sintoma de prostração de que tanto falara. Viu? Ainda bem que no consultório lhe tinha dado, para que o Dr. Novaes não pensasse que se tratava de hipocondria ou coisa semelhante.

Foi-lhe dado um pouco de água mexida com uma colher. Nada havia além da água no copo, mas o mexer da colher fez com que, ao beber a água pura, ela chegasse a sentir um gosto muito ruim.

– O que foi que o senhor me deu para beber?

– Nada – disse o Dr. Novaes.

– Eu preciso saber o nome deste remédio. Em dois minutos me deixou outra. Estou reanimada, recuperada.

– Vista-se.

Ela começou a se vestir. Vestiu-se sem parar de falar. Contou de dores de cabeça ao entardecer, uma ponta de febre no começo da noite, insônia progressiva – Mandrix já lhe sabia à Cibalena –, perda do apetite.

– Como isso, parece que comi um boi.

E a memória, não raro, lhe faltava. Seria amnésia? Essa doença existe mesmo ou é coisa de filme? E os olhos sempre vermelhos. Há uma mancha num deles, vê? O olho direito. Não seria um carcinoma? Os seios doídos. Às vezes, não suportava o sutiã.

– A senhora está nervosa demais.

– Se fosse somente o sistema nervoso, era ótimo. Eu tomava uns sedativos, uns tranquilizantes, pronto. O estado geral é que é o drama. Devo-me hospitalizar? Diga, doutor. Preciso ser operada? É caso de cirurgia, ou ...? O que o senhor disser eu faço.

– Então faça o seguinte – disse Dr. Novaes. – Procure um médico.

– Hem?

– Eu sou economista. O Dr. Dráulio, que tinha consultório aqui, mudou-se para a Rua Sorocaba.

2 de julho de 1972

UM CAVALHEIRO E DUAS DAMAS

Eram três e pouco da manhã.

Nos salões do Botafogo a orquestra tocava "Estrela d'Alva", no fim da terça-feira gorda.

Na portaria, além do lógico porteiro, um folião que preferia ficar batendo papo com o homem que tomava conta da entrada a participar da festa.

Até que o porteiro confessou que estava com diarreia.

– Será quo o senhor podia ficar aqui um pouco enquanto eu vou ao banheiro? Dois minutinhos?

– Claro, claro. Pode ir – consentiu o rapaz, ao mesmo tempo em que o porteiro, pegando um folheto no chão, dirigia-se, amassando o panfleto, à entrada do banheiro.

Foi quando um casal – ela de longo, ele de smoking – parou à porta do clube.

– A festa ainda não acabou, Teté – comentou o marido.

– E parece que está boa – juntou a esposa, com um sorriso tão convidativo, que o marido concordou que seria bom dar uma entradinha para ver como ia o baile.

E teriam entrado se o rapaz, com a mão e o braço estendidos, não os impedisse.

– A carteirinha, por favor – pediu ao casal

– Como carteirinha?

– O senhor não é sócio? Todo sócio não recebe uma carteirinha? É dessa carteirinha que eu falo.

– Olha, meu amigo – exasperou-se o homem de smoking –, sou sócio deste clube desde muitos anos antes do senhor ter nascido.

Entro e saio do clube há mais de 45 anos sem mostrar carteirinha a ninguém.

– Acredito. Mas o regulamento é claro: o sócio, para ter entrada nas dependências do clube, tem que exibir, quando solicitado, a carteirinha – explicou calmamente o rapaz substituto do porteiro que, àquela hora, no banheiro, tinha a mão no queixo, pensando na vida.

– Vamos embora, Moreira – sugeriu a esposa.

– Não – gritou ele –, agora eu vou entrar na marra. Sabe que eu já fui presidente do clube em duas ocasiões? Já fui diretor de finanças, de esportes amadores, do patrimônio? Eu trouxe o Geninho para o clube, o senhor sabia?

– Então, mais do que eu, o senhor sabe que é proibido entrar sem mostrar a carteirinha – disse o rapaz que, cada vez que falava a palavra "carteirinha", fazia um pequeno gesto com os dedos como a mostrar que a carteira merecia o diminutivo.

– Moreira, deixa essa festa para lá – pediu novamente a esposa.

– Agora é ponto de honra. Vá lá dentro e chame o presidente – ordenou o homem ao rapaz. – Diga que o Moreira está aqui.

– Infelizmente, eu não posso sair da portaria – desculpou-se o rapaz. – Se eu me ausentar um minuto que seja começa a entrar gente sem carteira.

– Eu fico tomando conta.

– E o senhor acha que é certo eu deixar na portaria um homem que não é sócio?

– Quem não é sócio? – vociferou o homem, já tirando a gravata do rigor. – Eu sou troço à beça nesse clube, rapazinho!

– Prove – pediu, manso, o rapaz.

– Provar... provar... provar... Provar, como?

– O senhor me mostra a carteirinha, e pronto.

– A carteirinha está em casa, menino.

– Mas tem que estar no bolso. Se eu estou contrariando o regulamento me diga. O regulamento diz que...

– Diz – concordou o homem –, mas o regulamento...

– Moreira, vamos embora – solicitou mais uma vez a esposa.

– Eu vou entrar. E não me chateia mais, Sofia. Um homem que é quase fundador do clube ter que exibir a carteira. Está certo isso?

– Se estiver errado, a culpa não é minha, é dos estatutos, que são claros...

– Eu quero que os estatutos se danem! – ladrou o homem, que não mais se continha.

Escutou-se um ruído de descarga.

Segundos após voltava o porteiro enfiando o cinto num dos passadores. Bateu a mão no ombro do rapaz num agradecimento surdo e abriu um sorriso para o casal.

– Como é, Dr. Moreira? Não vai entrar um pouco pra pegar o fim do baile?

O homem de smoking e a mulher de longo entreolharam-se, fitando em seguida o rapaz que, sorrindo, cuidava de acender um cigarrinho.

– Quem é você? – perguntou ao porteiro.

– Sou o porteiro – falou o porteiro.

– E esse cara, quem é? – indagou ao porteiro.

– Um sócio, apenas – informou o porteiro, o que provocou indignação no rapaz.

– Sócio, não. Eu ia passando aqui, comecei a levar um papo com ele (apontou o porteiro), ele me pediu pra ficar no lugar dele enquanto ele ia ao banheiro, aí eu fiquei.

E, enquanto se afastava com os pés arrastando-se pela calçada, ainda mandou uma frase pior do que o caso criado.

– Inclusive, eu sou Flamengo... doutor!

E seguiu na direção do Iate Clube, assobiando um trecho de ópera. *I Pagliacci*, parece.

16 de julho de 1972

Jô Soares

RIO DE JANEIRO (RJ), 1938
SÃO PAULO (SP), 2022

Adoro estória de detetive

JÔ SOARES

SEMPRE gostei muito de romances policiais e conheço vários autores do gênero, tanto franceses, como ingleses e americanos. Acho que foi o escritor americano que melhor criou o tipo moderno do detetive particular, tão bem realizado depois pelo cinema. É um tipo de literatura que criou uma sofisticação toda própria, com heróis que tomam uísque como café da manhã, conquistam todas as mulheres e têm clientes muito importantes. Há um "jeito" de se escrever romance policial americano. Toda uma série de clichês tão prontinhos, que eu me pergunto (e eu mesmo me respondo) por que é que nenhum escritor brasileiro ainda não aproveitou a trilha para lançar com força este estilo. Acho que seria tão fácil! Basta adaptar os clichês e tudo fica pronto. Já que tudo fica pronto, por que não tentar escrever o primeiro capítulo?

Título: Meu nome é Magalhães

1º CAPITULO — O ESTRANHO FREGUES DO INVESTIGADOR PARTICULAR MAGALHÃES.

NA SUA bela cobertura em São Cristóvão, em cima do armazém do Vasconcelos, Magalhães acordou com as batidas na porta. Era o telefone. Ou melhor, era Vasconcelos avisando que tinha um telefonema para ele lá embaixo no armazém. De um salto, Magalhães pulou da cama e se estatelou no chão. Ainda não se habituara a dormir no beliche de cima. Zé Ferreira, seu companheiro de quarto, já tinha se levantado e ido trabalhar. Os bancários não podem ter os mesmos horários luxuosos dos investigadores particulares.

Magalhães abriu sua fina cigarreira de plástico com o escudo do Madureira e fumou o seu primeiro "Beverly" do dia. Deu uma longa tragada. Não tinha pressa em ir atender o telefone de recados, lá embaixo, no armazém de Vasconcelos. Mesmo porque não tinha roupa.

Não chegara ainda da tinturaria da Marlene, ali em frente, o seu belo conjunto azul-marrom. Calça azul listada, sobrada de um terno e paletó marrom liso, sobrado de outro. Foi até o banheiro e abriu o armarinho de espelho, em cima da pia, que lhe servia de bar. Serviu-se de uma boa dose de **cachy** (Magalhães nunca usava a palavra cachaça por inteiro. Não achava bem.) e fez rapidamente a barba pela décima quinta vez com a mesma gilete. "Um dia desses vou ter que roubar outra gilete do apontador do Zé Ferreira", pensou consigo mesmo.

NESSE instante, a porta começou a abrir-se lentamente. Rápido como um raio, utilizando todos os seus reflexos, Magalhães pegou seu inseparável "papo amarelo" de cano serrado e mergulhou para debaixo da cama. Era dona Marlene, da tinturaria, que vinha entrando trazendo a sua roupa. Pendurou-a no armário e saiu com a mesma presteza que chegara. O mergulho de Magalhães não tinha sido inútil, nem a intuição que o fez pegar o "papo amarelo". Se ele jogou-se embaixo da cama com a arma, não foi para proteger-se de algum inimigo, e sim porque estava sem roupa e o "papo amarelo" pertencia ao marido de dona Marlene, que nem sabia que Magalhães serrara o cano da arma para facilitar o seu transporte.

EM DOIS minu... tava vestido. ... lho grande do arma... imagem que viu: ca... cruzando na nuca, as... sos chapados da cami... de ônibus do seu irm... escondidos pelo palet... fina de algodão preto... as manchas de café. Ma... tou as caspas do omb... gesto firme, acendeu o... "Beverly" e desceu em... telefone.

"Alô? Alô? Investig... cular Magalhães falando. ... ligaram. Tem certeza que... mim?" — perguntou Magalh... pre atento.

"Era sim. Uma voz r... mulher" — respondeu Vasc...

"Estranho" — pensou ... lhães, e pediu uma média c... noinha enquanto meditava p... é que uma mulher de voz ... quisera falar com ele e desliga... porque ele tinha demorado ... hora para atender.

AGUARDEM NA PRÓXIMA SE... NA O SEGUNDO CAPITULO: ... MARIOLA ENVENENADA".

A Acrópole que eu vi

MARISA RAJA GABAGLIA

Pois é. Cheguei saltitante em Atenas, feliz da vida. É sempre bom a gente viajar. Mas não podia passar pela minha cabeça que eu ia encontrar problemas de apito e de telefone. Enfim, a Acrópole está lá mesmo e a gente precisa ir vê-la. Com todos os americanos festivos que Deus (ou os deuses?) lhes deu.

Hotel Grand Bretagne. Atenas. Mil novecentos e setenta e dois. No telefone, pendurada, eu.

Há uma hora tento me fazer entender em todos os idiomas pela velhota da mesa telefônica, a fim de que ela faça uma ligação para Paris, mais especificamente, para a "**LATIN, Agence de Notices**". Como não sabia o número, estava tentando através do endereço. Nada. Era o caos total e ela não conseguia entender nem o "A".

Comecei a soletrar a frase por inteiro. Ficamos nisso mais uma meia hora, depois da qual eu consegui que ela compreendesse apenas o seguinte: "**LATIN-AGENCE DE NOTICES**". Nervosa, me mandou desligar, e aguardar a chamada.

Abro uma revista. Toca o telefone.

— **Monsieur Fourrú?**

Delicadamente digo, no meu melhor francês, que sou mulher e não conheço nenhum Monsieur Fourrú.

Mal desligo, o negro telefone chama de novo.

— **Mademoiselle?** Onde está su maman?

Já meio impaciente explico que minha mãe descansa no Brasil, mais precisamente no São João Batista, há dez anos.

A inteligente telefonista pareceu não entender, porque continuou insistindo para que eu chamasse minha falecida mãe no quarto ao lado, para atender a uma ligação de Buenos Aires. Não satisfeita, ligou minutos depois para dizer que **AGENCE DE NOTICES** não constava na lista telefônica francesa.

Latas de conserva garrafas de Coca-Cola, camisas coloridas e tentativas de enfocar chapéus floridos são a constante da Acrópole de hoje

Meio irritada, resolvi cancelar a ligação e ir conhecer a Acrópole.

Preparei então o espírito para as ruínas históricas e em chegando ao local deparei com um verdadeiro festival de chicletes, coca-colas e turistas festivos, com placas sonoras nos ouvidos, assimilando o saber de guias históricas. Carrocinhas de sorvete, **souvenirs** e postais entupiam a entrada onde, um americano tentava enquadrar, no foco da sua Rolley, a esposa, as frutas do chapéu dela, as oliveiras do local e mais a Acrópole. Pelas escadarias milenárias, outros turistas vermelhos de sol descansam devorando **hot dogs**.

Já meio decepcionada com esse clima tão sem charme histórico, me preparo para escalar os degraus célebres quando estremeço de susto com um apito estridente que atravessou a Acrópole. Era um guarda que descobrira, junto ao monumento das Três Virgens, um casal de namorados num colóquio nada familiar.

Sempre a apitar, ele restabeleceu a ordem como qualquer guarda de trânsito. Desencantada, me preparei para regressar quando, na minha frente, se encontraram duas velhotas; uma do Texas, outra do Alabama. Foi uma festa. Espocaram **flashs** e a saída ficou impedida por mais meia hora.

Definitivamente deslumbrada com o **feeling** histórico que reveste a Acrópole grega, dei por encerrada a visita. Estou entrando no meu quarto quando toca o maldito telefone.

— **Monsieur Fourrú?** Onde está sua maman?

INGLATERRA
A. F. Wiles

Não é por ganância que eu quero um au... to de mesada; é apenas um genuíno e ... desejo de aumentar meu padrão de v...

Eu não posso me... meus garotos está...

ITÁLIA
Danilo

Humorista, ator, romancista, cronista, diretor, produtor, músico, pintor, apresentador de televisão, Jô Soares estudou nos colégios São Bento, no Rio de Janeiro, São José de Petrópolis e foi interno na Suíça, formação intelectual que sempre lhe rendeu destaque no meio artístico. Com a derrocada dos negócios do pai, o rapaz que desejava ser diplomata foi trabalhar com o que mais sabia fazer desde criança: humor. Muito jovem fez pequenas aparições em comédias, até ganhar um papel em 1959 em *O homem do Sputnik*, chanchada da Atlântida dirigida por Carlos Manga. Atuou no teatro, como ator e diretor, em peças de Ariano Suassuna, Ionesco, Nélson Rodrigues, Shakespeare, Juca de Oliveira. Entretanto, seus grandes sucessos vieram com os espetáculos de humor, como *Viva o gordo e abaixo o regime* (1978) e *Um gordoidão no país da inflação* (1980). No início dos anos de 1970, estreou na TV Globo, em participação no *Faça humor, não faça guerra*, e depois no comando do próprio programa, *Viva o Gordo*, exibido até 1987. Na literatura, começou como cronista, publicando, em 1983, *O astronauta sem regime*, seguido de outros volumes com crônicas de humor, política e futebol. Seus primeiros romances foram *O xangô de Baker Street* (1995) e *O homem que matou Getúlio Vargas* (1998), com grande sucesso. Jô Soares esteve à frente do programa de entrevistas de maior prestígio da televisão brasileira, o *Programa do Jô*, exibido na TV Globo entre 2000 e 2016. Em 1972, estreou, no mesmo dia que Chico Anísio, no GLOBO, onde permaneceu até 1975 com textos em que sobressaem a sua verve humorística e a paixão pelas histórias policiais.

ADORO HISTÓRIA DE DETETIVE

Sempre gostei muito de romances policiais e conheço vários autores do gênero, tanto franceses, como ingleses e americanos. Acho que foi o escritor americano que melhor criou o tipo moderno do detetive particular, tão bem realizado depois pelo cinema. É um tipo de literatura que criou uma sofisticação toda própria, com heróis que tomam uísque como café da manhã, conquistam as mulheres e têm clientes muito importantes. Há um "jeito" de se escrever romance policial americano. Toda série de clichês tão prontinhos, que eu me pergunto (e eu mesmo me respondo) por que é que nenhum escritor brasileiro ainda não aproveitou a trilha para lançar com força este estilo. Acho que seria tão fácil! Basta adaptar os clichês e tudo fica pronto. Já que tudo fica pronto, por que não tentar escrever o primeiro capítulo?

Título: Meu nome é Magalhães

1º CAPÍTULO – O ESTRANHO FREGUÊS DO INVESTIGADOR PARTICULAR MAGALHÃES

Na sua bela cobertura em São Cristóvão, em cima do armazém do Vasconcelos, Magalhães acordou com as batidas na porta. Era o telefone. Ou melhor, era Vasconcelos avisando que tinha um telefonema para ele lá embaixo no armazém. De um salto, Magalhães pulou da cama e se estatelou no chão. Ainda não se habituara a dormir no beliche de cima. Zé Ferreira, seu companheiro de quarto, já tinha se levantado e ido trabalhar. Os bancários não podem ter os mesmos horários luxuosos dos investigadores particulares.

Magalhães abriu sua fina cigarreira de plástico com o escudo do Madureira e fumou o seu primeiro *Beverly* do dia. Deu uma longa tragada. Não tinha pressa em ir atender o telefone de recados, lá embaixo, no armazém de Vasconcelos. Mesmo porque não tinha roupa.

Não chegara ainda da tinturaria da Marlene, ali em frente, o seu belo conjunto azul-marrom. Calça azul listrada, sobrada de um terno e paletó marrom liso, sobrado de outro. Foi até o banheiro e abriu o armarinho de espelho, em cima da pia, que lhe servia de bar. Serviu-se de uma boa dose de "cachy" (Magalhães nunca usava a palavra cachaça por inteiro. Não achava bem.) e fez rapidamente a barba pela décima quinta vez com a mesma gilete. "Um dia desses vou ter que roubar outra gilete do apontador do Zé Ferreira", pensou consigo mesmo.

Nesse instante, a porta começou a abrir-se lentamente. Rápido como um raio, utilizando todos os seus reflexos, Magalhães pegou seu inseparável "papo amarelo" de cano serrado e mergulhou para debaixo da cama. Era dona Marlene, da tinturaria, que vinha entrando trazendo a sua roupa. Pendurou-a no armário e saiu com a mesma presteza que chegara. O mergulho de Magalhães não tinha sido inútil, nem a intuição que o fez pegar o "papo amarelo". Se ele jogou-se embaixo da cama com a arma, não foi para proteger-se de algum inimigo, e sim porque estava sem roupa e o "papo amarelo" pertencia ao marido de dona Marlene, que nem sabia que Magalhães serrara o cano da arma para facilitar o seu transporte.

Em dois minutos Magalhães estava vestido. Olhou-se no espelho grande do armário e gostou da imagem que viu: cabelo impecável cruzando na nuca, as palas e os bolsos chapados da camisa de motorista de ônibus do seu irmão totalmente escondidos pelo paletó e a gravata fina de algodão preto não mostrava as manchas de café. Magalhães afastou as caspas do ombro com um gesto firme, acendeu o seu segundo *Beverly* e desceu em direção ao telefone.

"Alô? Alô? Investigador particular Magalhães falando. Alô? Desligaram. Tem certeza de que era pra mim?" – perguntou Magalhães, sempre atento.

"Era sim. Uma voz rouca de mulher" – respondeu Vasconcelos.

"Estranho" – pensou Magalhães, e pediu uma média com canoinha enquanto meditava por que é que uma mulher de voz rouca quisera falar com ele e desligara só porque ele tinha demorado meia hora para atender.

AGUARDEM NA PRÓXIMA SEMANA O SEGUNDO CAPÍTULO: "A MARIOLA ENVENENADA."

16 de julho de 1972

DA DIFÍCIL ARTE DE REDIGIR UM TELEGRAMA

Uma coisa é incontestável: a linguagem telegráfica só surgiu depois do telegrama. Nunca ninguém escreveu uma carta assim: "Viagem boa. Nós bem. Tempo maravilha. Beijos fulano." O "Beijos-fulano" numa palavra só é um expediente para economizar no telegrama. Não. Quando as pessoas só escreviam cartas e não havia crise de papel, o negócio era escrever laudas e laudas. Quanto mais páginas tinha uma carta, mais bonita era. Inventaram até o P.S., que é uma maneira de se escrever uma carta depois da carta.

Depois, veio Morse, com seus traços e pontos e todo mundo teve que se virar para escrever mais coisas em menos palavras. Fica aqui uma pergunta: o que será que Morse inventou primeiro? O telégrafo ou o código morse? Das duas uma; ou ele inventou a telegrafia e depois quebrou a cabeça até achar um alfabeto que se prestasse para sinalizar palavras ou então criou um dia o código, assim de brincadeira e depois ficou pensando: "Como é que eu posso transformar isto aqui num troço útil?" E aí bolou o telégrafo.

Seja como for, com ele surgiu o estilo telegráfico, muito usado hoje em dia não só nos telegramas, mas também nos recados e até nos lembretes que às vezes nós deixamos para nós mesmos: "Dar banho no cachorro", "passar banco pegar dinheiro", "cancelar dentista" etc.

Os telegramas devem ser curtos, não só por causa do preço, mas também para poupar o telegrafista que fica o dia inteiro sentado, batendo monotonamente numa única tecla. Um telegrafista é como um pianista que só tocasse o samba de uma nota só a noite inteira. Além disso, o telegrama tem seus próprios códigos dentro do código Morse. Por exemplo: ponto é escrito ponto mesmo, por extenso, porque se o telegrafista em vez de escrever ponto, sinalizar apenas um ponto, estará escrevendo a letra "E". Viram como é simples? Quanto à vírgula, nem se fala. Ninguém manda vírgula por telegrama.

Resumindo: o estilo telegráfico deve ser sucinto, claro, rápido e preciso, qualquer que seja o motivo mandado. Há uma história famosa a respeito de uns parentes que tinham que comunicar por telegrama, a uma senhora que estava viajando, o falecimento de uma irmã. Reuniram-se em volta de uma mesa e toca a escrever. Primeiro foi o primo quem redigiu a nota. Depois de alguns minutos mostrou o resultado do seu trabalho: "INTERROMPA VIAGEM E VOLTE CORRENDO. TUA IRMÃ MORREU." Todos leram e um dos tios fez o seguinte comentário:

– Eu acho que não está bom. Afinal de contas, vocês sabem que ela é cardíaca, está viajando e um telegrama assim pode ser um choque.

Todos concordaram, inclusive outro primo afastado que era meio sovina e achou o telegrama muito longo:

– Depois, com o preço que se paga por palavra, isso não é mais um telegrama, é um *telegrana*.

Ninguém riu do infame trocadilho, mesmo porque, velório não é lugar para gargalhadas. Foi a vez de o cunhado tentar redigir uma forma mais amena que não assustasse a senhora em passeio. Sentou-se e escreveu: "INTERROMPA VIAGEM E VOLTE CORRENDO. SUA IRMÃ PASSANDO MUITO MAL." Novamente o telegrama não foi aprovado. Um irmão psicólogo observou:

– Não sejamos infantis. Se ela está viajando pela Europa e recebe esta notícia, não vai acreditar na história de "passando muito mal". Sobretudo com "volte correndo" no meio.

– Também concordo – falou o primo afastado sempre pensando no custo.

Então o genro aproximou-se:

– Acho que tenho a forma ideal. – Pegou no bloco e rabiscou rapidamente: "INTERROMPA VIAGEM E VOLTE DEVAGAR. TUA IRMÃ PASSANDO MAIS OU MENOS."

Todos examinaram atentamente o telegrama. A filha reclamou:

– Vocês acham que mamãe é boba? Se a gente escrever que a titia está passando mais ou menos e que ela pode voltar devagar, ela vai adivinhar que todas estas precauções são pelo fato de ela ser cardíaca e que na realidade a irmã dela morreu!

– Concordo plenamente – disse o facultativo da família que era também sobrinho da senhora em questão. Resolveu, como médico, escrever o telegrama: "PACIENTE FORA DE PERIGO. VOLTE ASSIM QUE PUDER. PACIENTE TUA IRMÃ."

De todas as fórmulas até então apresentadas esta foi a que causou mais revolta.

– Que troço imbecil – gritou o netinho que passava pela sala no momento em que a mensagem era lida. Puseram o menino para fora da sala, mas no íntimo a família concordava com ele.

– Não, isso não. Se a gente manda dizer que ela está fora de perigo, para que vamos pedir que ela interrompa a viagem? – argumentou o tio.

– Também acho – responderam todos num coro de aprovação. O filho mais velho resolveu tentar. Pensou bem, ponderou, sentou-se, molhou a ponta do lápis na língua e caprichou: "SE POSSÍVEL VOLTE. TUA IRMÃ SAUDOSA. PASSANDO QUASE MAL. POR FAVOR ACREDITE. CUIDADO CORAÇÃO. VENHA LOGO. SAUDADES SURPRESA."

– Realmente, esse bate todos os recordes! – disse uma nora professora. – Em primeiro lugar, não é "se possível", ela tem que voltar mesmo. Em segundo lugar, "saudosa" tem duplo sentido. Em terceiro lugar, ninguém passa "quase mal". Ou passa mal ou bem. "Quase mal" e "quase bem" é a mesma coisa. "Por favor acredite" é um insulto à família toda. Ninguém aqui é mentiroso. Depois, "cuidado coração" não fica claro. Como telegrama não tem vírgula, ela pode pensar que a gente está dizendo "cuidado, coração", já que a palavra coração também é usada como uma forma carinhosa de chamar os outros. Por exemplo: "oi coração, tudo bem?" E finalmente a palavra "surpresa" no telegrama chega a ser um requinte de crueldade. Qual é a surpresa que ela pode esperar?

– Ela pode pensar que a titia está esperando neném – falou um sobrinho.

– Aos noventa anos de idade?

Abandonaram a ideia rapidamente. Seguiu-se um longo período de silêncio em que a família andava de lá para cá, pensando numa solução. Pela primeira vez estavam se dando conta de que não era tão fácil assim mandar um telegrama. Serviu-se o costumeiro cafezinho, enquanto cada qual do seu lado procurava uma maneira de escrever para a senhora em viagem sem que isto tivesse consequências desastrosas. De repente o irmão psicólogo explodiu num grito eurekiano de descoberta:

– Achei!

Escreveu febrilmente no papel. O telegrama passou de mão em mão e foi finalmente aprovado por todo mundo. Seu texto dizia: "SIGA VIAGEM. DIVIRTA-SE. TUA IRMÃ ESTÁ ÓTIMA."

26 de outubro de 1975

Gustavo Corção

RIO DE JANEIRO (RJ), 1896
RIO DE JANEIRO (RJ), 1978

O relógio do gás

GUSTAVO CORÇÃO

DEVO TER PASSADO por ali mais de uma vez sem dar atenção ao relógio. A vida é assim feita. Uma série de desatenções, de desencontros e de lapsos. A gente passa pela mesma pessoa e pelo mesmo lugar sem que nada aconteça, até o dia em que graças a uma peculiar conjunção de astros, ou conjunção de coisas pequenas, que nisto são mais fecundos do que os astros, a pessoa ignorada ganha vulto de prodígio, ou a coisa esquecida se atravessa em nosso caminho a nos exprobar a ingratidão.

FOI O QUE ME ACONTECEU com o Relógio do Gás. Por uma série de circunstâncias que se prendem a uma operação que acabo de fazer e à sorte, ou melhor, ao risco que correu meu velho relógio de bolso, lembrei-me do Relógio do Gás e, de repente, recebi na cara um vento de infância. Lá estava ele, o mesmo, o invariável, o infalível, o indiscutível Relógio do Gás. Naquele tempo todo o Rio de Janeiro que trazia horas no bolso havia de acertar seus minutos individuais pelos que se proclamavam publicamente nos ponteiros dos quatro mostradores. Dizem os historiadores que a moda de relógio de bolso entrou no mundo em princípios do século XVI, por onde se vê, melhor do que por muita consideração filosófica, que aquele século inaugurava uma civilização individualista. A economia política que então se desenvolveu passou a girar em torno de bolsos, e até se poderia dizer que a filosofia de Kant, surgida na continuação dos tempos, era também uma filosofia de bolso. Os homens de nosso tempo, a acreditar no que dizem os estudiosos do assunto, se caracterizam pela inflação do indivíduo, que por sua vez se traduz na condição perdida de todos os valores físicos e metafísicos.

MAS O RELÓGIO DO GÁS de meus anos de menino trazia às nossas vidas individuais uma nota comunitária e medieval. Marcava o compasso das pernas e dos bondes. Marcava o despertar e o adormecer da cidade. Era um só relógio, uma só hora, um só tempo. Bandeira de congraçamento ou fanal de concórdia, como então se diria, a torre do gasômetro espargia a hora certa e ainda lhe acrescentava um preceito de Horácio, "Ex fumo dare lucem", que Machado já aproveitara, tirado dali mesmo, do gasômetro, em crônica de abril de 94. Bom relógio! Sincronizava os bolsos, acertava os encontros, deixando os desencontros ao encargo das consciências culpadas. Quando o bonde de burros passava por aquelas mesmas palmeiras que um dia vi tão decrépitas, os homens puxavam gravemente seus patacks. Digo "os homens" porque nesse tempo as senhoras não usavam relógio, o que em parte se explica pelo bizarro costume de ficar em casa, que tinham as senhoras daquele tempo. E em casa quem marcava o ritmo largo da vida familiar era o relógio de parede, o qual era acertado uma vez por semana, ritualmente, pelo marido que trazia no bolso a infalibilidade da torre. E quem acertava o relógio pelo Relógio era como se acertasse a consciência pelos mandamentos. Tinha sempre razão. Queixava-se alguém de nosso atraso num encontro? Puxávamos o relógio e dizíamos: — Está certo pelo Gás. E a discussão se encerrava com esse critério da suprema autoridade.

Ó TEMPOS CRITERIOSOS! Ó tempos afinados! Disse eu atrás que o Relógio do Gás dava a hora certa? Advirto agora que cometi um anacronismo, porque essa expressão, que põe ênfase na certeza da hora, surgiu mais tarde, quando surgiam muitas incertezas. O adjetivo supõe crítica e portanto dúvida. Se dissermos "hora certa pelo observatório astronômico", então maior será a dúvida, pois bem sabemos que a prolixidade de explicações é geralmente usada para encobrir as suspeitas. Naquele tempo nós não juráveamos pelo observatório. Dizíamos sim, sim, não, não. O Relógio do Gás dava a hora. Se estava ou não astronomicamente certa ninguém cuidava, porque o essencial da hora, como da música, é a afinação do conjunto e não a numérica exatidão. Ninguém marca um encontro na rua com o ponto vernal ou com os fusos. A hora não precisa pois, para a vida comum dos homens, ter o absoluto físico firmado nas órbitas. Basta-lhe o absoluto institucional das convenções, e a fidelidade a esse compromisso.

A IMENSA AUTORIDADE do Relógio do Gás tinha um fundamento simples: ninguém, jamais, o vira parado. Se isto acontecesse, se alguém, ao passar pelo Mangue, visse parado o Relógio do Gás, o assunto correria como um frêmito de subversão, e faria mais arruído pela Rua do Ouvidor do que a Proclamação da República. Comentar-se-ia a coisa, o fenômeno, como hoje se comenta a disputa de hegemonia política, ou se discute, na capital da República, a profissionalização do ensino ou as multinacionais.

OS OUTROS que o progresso nos trouxe, mais altos, mais modernos, mais elétricos ou eletronicamente controlados, já por mais de uma vez deram o espetáculo público da versatilidade, que para relógio é pecado sem remissão. O da Central já vi eu marcando "midi à quatorze heures". O Mesbla, se não me falha a memória, já vi só com o ponteiro grande, ou sem ponteiros. Não sei qual outro já vi sem mostrador, aberto, escancarado, e creio até que com homens dentro. E os que andam seria melhor que dançam, como na Gioconda. Ou que discutem. Há uma controvérsia horária. São duas e dez, diz o Standard. Duas e vinte, contesta o Mesbla. Estás atrasado, apressa-te, diz um. Mentira, tens tempo, insinua o outro. Vérité en deçà, erreur au delà du Rhin. E nós? Se as autoridades não crêem, como se arranjarão as consciências? Se as torres divergem, como concordarão os bolsos, ou os pulsos? Cada cabeça cada sentença, diz o mais melancólico dos adágios, que foi inventado para desencorajar definitivamente a troca de idéias que por sua natureza já é tão difícil.

O LEITOR É TESTEMUNHA de que não costumo aparecer nestas colunas com suspiros de saudades. Tenho andado como posso nos dias de nosso tempo, sem me voltar para trás e sem correr o risco de virar estátua de sal. Mas a lembrança que tive ontem do Relógio do Gás, o bom relógio de minha infância, fiel e humanista, que não parava e que citava Horácio, que aliás foi apagado por ímpia mão, o encontro e a conversa íntima que tive com ele deixaram-me triste. O que aquele relógio espalhava, além da hora fiel e do latim, era uma coisa importantíssima que desapareceu: era a Confiança.

Senado dá férias a servidores e desocupa o Palácio Monroe

Meningite mata quatro

Engenheiro, professor, cronista, romancista, Gustavo Corção foi um polêmico pensador católico, preocupado com questões sociais e doutrinárias relacionadas à religião que abraçou após um período de aproximação com o marxismo, nos anos de 1930. Órfão de pai, começou a trabalhar, ainda menino, ajudando na administração do Colégio Corção, de propriedade de sua mãe, no bairro da Tijuca. Em 1913, ingressou na Escola Politécnica, onde se formou em Engenharia, em 1920. A conversão ao catolicismo o levaria a escrever seu primeiro livro em 1944, *A descoberta do outro*, porém, a consagração como autor viria somente em 1950, com o romance *Lições de abismo*. Figura de destaque no meio católico, colaborou no Centro Dom Vital, ao lado de Alceu Amoroso Lima, com quem romperia por divergências em relação às inovações litúrgicas e modernização da Igreja trazidas pelo Concílio Vaticano II nos anos 1960. A partir de então, o escritor não pouparia personalidades da hierarquia católica, assumindo posições ultraconservadoras, que defenderia até o fim. De acentuada veia ensaística e influência machadiana, Gustavo Corção publicou no GLOBO de 1968 a 1978. As crônicas selecionadas enfatizam a sua vocação memorialística e preocupação com a velocidade do tempo no mundo moderno.

CADA VEZ MAIS DEPRESSA...

O leitor não acreditará totalmente, piamente, se eu lhe disser e lhe contar coisas da intensa e cruel capacidade de relembrar que possuo, a menos que também possua dentro de si, castigo igual e igual doçura. Ou até mais intensas. Ninguém crê com firme certeza em ninguém, porque a experiência da certeza é própria e personalíssima. E incomunicável como real e total certeza. Só Deus consegue plantar nas profundezas de nossa alma uma certeza d'Ele que por infusão se torna nossa. Nós outros não conseguimos vulnerar os corações alheios. Quando muito conseguimos uma cotovelada amistosa, um toque, um fugaz contato. E por isto, amado e afastado leitor, tudo o que lhe contar de minhas experiências próprias, por mais que capriche na escolha do adjetivo impropriamente chocante, por mais que me esmere nas conjunções e preposições, será sempre uma história contada e conseguintemente uma história de outro, e inevitavelmente uma história inventada. Se você é meu amigo não dirá que estou mentindo, mas vagamente pensará que estou poetando.

Ora, o poeta é um fingidor
Finge tão completamente
Que chega a fingir que é dor
A dor que deveras sente.

Aliás, independentemente do fingimento e da poesia, o simples fato cru de ser minha, a experiência pessoal de certeza não pode ser sua. Disse eu atrás que possuo, castigo e bálsamo, uma intensa capacidade de relembrar? Não me gabo de memória excelente para textos, datas e números de telefone. Para nomes próprios queixo-me dos mil embaraços em que minha má memória me enredou. Na verdade, a faculdade a que me refiro não é a de relembrar fatos, figuras, vozes, situações exteriormente vistos, e sim a de reviver tudo isto e de me lembrar de mim mesmo dentro de tais constelações. Talvez por isso prefira mil vezes a leitura ao cinema que me impõe brutalmente as figuras que eu mesmo quero evocar ou compor.

Tudo isto para dizer que meia hora atrás, deitado no sofá para um breve descanso, achei-me com quatro anos de idade, vivíssimo, concretíssimo, a admirar num número de *O Malho* a figura que simbolizava a passagem do ano 1900, na figura de um ancião curvado, para o novo ano de 1901 representado por um meninozinho como eu. Vagamente, parecia-mc incxata a figura e exagerado o símbolo. Não me ocorrem ponderações e reflexões, mas vivamente senti que me enganavam. Coisa que muitas vezes experimentei em relação ao transcendente mundo dos adultos.

Deste quadro dos quatro anos passei a outro, e assim deixei-me levar numa espécie de ubiquidade ao longo de quadros tornados vivos e vividos. Colhi muitos sentimentos que dariam talvez para um curioso diário. Mas entre esses, ganhou um realce um sentimento muito intensamente sentido: o de um processo de gradativo aumento de velocidade da vida. A sucessão dos anos acelerou-se tornando mais plausível a capa de *O Malho* naquela alvorada do século. Devo notar, entretanto, que essa gradativa aceleração foi muito lenta até certo dia. Na centena de quadros da infância e da adolescência que revivi em quarto de hora cheguei numa noite em que, com vinte anos, ou pouco mais, fui levado por um amigo a um cabaré. O amigo queria inserir o moço louro e caseiro no efêmero mas necessário (na opinião dele) mundo enquadrado com música, mulheres e vinho. Fomos a um cabaré. A música da moda era o foxtrot. Estávamos em guerra, creio que em 1915 ou 16. Eu nunca soube dançar e, ainda que soubesse, jamais teria coragem de tomar a iniciativa de entrar no torvelinho da sala. Pus-me como espectador. Nesse tempo eu já começava a viver largas oscilações na vertigem das comparações com os outros. Tive, como Raskolnikov, dias de Napoleão e dias de pulga. Naquela primeira noite de cabaré, fui pulga, e deixei-me estar no meu canto a olhar maravilhado o quadro de Toulouse Lautrec, que se movia diante de mim. De repente, na confusão, surgiu uma moça loura, de chapeuzinho arrogante, com algo de vermelho, pena ou flor, e um vestido cinzento que modelava um corpo elástico, fino e vigoroso, dando-lhe uma mistura de graça e de força de infinito encanto para meus pobres olhos de pulga. A saia descia até o meio da perna bonita e o sapato ou botina tinha, como o chapéu e o vestido cinzento, uma maravilhosa mistura de mulher e de soldado. O mundo feminino assumia a guerra e transfigurava-a em flor. E o ritmo do foxtrot trazia-me a mesma novidade. A moça dançou a noite inteira, com vários pares, e certamente sem saber que no fundo da sala um moço louro, isto é, uma pobre pulga incapaz de saltar, não conseguia desgrudar os olhos daquelas pernas bonitas que marcavam um novo compasso para a vida e para a história.

Não me engano: o mundo começou a girar mais depressa e daí por diante perdeu a medida da velocidade. Quando desliguei a máquina do tempo e achei-me no ferocíssimo hoje, cheio de inundações e aberrações, trazia uma certeza absoluta: o século vinte enlouqueceu nestes últimos dez anos. Não desconheço os estudos feitos em torno do tempo fisiológico e psicológico pelos quais seria ilusão de minha idade a aceleração do mundo. Mas essa aceleração levada até o delírio e o frenesi é tão grotesca e tão antinatural que não pode ser apenas ilusão de meus anos. É verdade objetiva.

Independente de mim. Não me consta que o ritmo do coração que é, ou devia ser o metrônomo da história, tenha mudado. Mudou, isto sim o uso insensato que o homem faz do mesmíssimo coração.

Se tivéssemos ficado naquele foxtrot que ainda na sua vivacidade guardava todas as dimensões do humano, estaríamos numa civilização vivaz, talvez cansativa, mas ainda humana. A velocidade desmediu-se e arrancou o homem de si mesmo. Estive longos minutos numa esquina vendo passar automóveis a 60, 80 e até 100 quilômetros. Com que furiosa pressa irão esses loucos a lugar nenhum? Improviso-me em futurólogo e faço este apelo aos governantes das nações: alarguem os hospícios ou então fechem-se os hospícios todos antes que eles, a maioria, nos metam nas camisas de força e fiquem cá fora mais velozes e mais furiosamente vazios.

6 de abril de 1974

O RELÓGIO DO GÁS

Devo ter passado por ali mais de uma vez sem dar atenção ao relógio. A vida é assim feita. Uma série de desatenções, de desencontros e de lapsos. A gente passa pela mesma pessoa e pelo mesmo lugar sem que nada aconteça, até o dia em que graças a uma peculiar conjunção de astros, ou conjunção de coisas pequenas, que nisto são mais fecundas do que os astros, a pessoa ignorada ganha vulto de prodígio, ou a coisa esquecida se atravessa em nosso caminho a nos exprobar a ingratidão.

Foi o que me aconteceu com o Relógio do Gás. Por uma série de circunstâncias que se prendem a uma operação que acabo de fazer e à sorte, ou melhor, ao risco que correu meu velho relógio de bolso, lembrei-me do Relógio do Gás e, de repente, recebi na cara um vento de infância. Lá estava ele, o mesmo, o invariável, o infalível, o indiscutível Relógio do Gás. Naquele tempo todo o Rio de Janeiro que trazia horas no bolso havia de acertar seus minutos individuais pelos que se proclamavam publicamente nos ponteiros dos quatro mostradores. Dizem os historiadores que a moda de relógio de bolso entrou no mundo em princípios do século XVI, por onde se vê, melhor do que por muita consideração filosófica, que aquele século inaugurava uma civilização individualista. A economia política que então se desenvolveu passou a girar em torno de bolsos, e até se poderia dizer que a filosofia de Kant, surgida na continuação dos tempos, era também uma filosofia de bolso. Os homens de nosso tempo, a acreditar no que dizem os estudiosos do assunto, se caracterizam pela inflação do indivíduo, que por sua vez se traduz na condição portátil de todos os valores físicos e metafísicos.

Mas o Relógio do Gás de meus anos de menino trazia às nossas vidas individuais uma nota comunitária e medieval. Marcava o compasso das pernas e dos bondes. Marcava o despertar e o adormecer da cidade. Era um só relógio, uma só hora, um só tempo. Bandeira de congraçamento ou fanal de concórdia, como então se diria, a torre do gasômetro espargia a hora certa e ainda lhe acrescentava um preceito de Horácio, *Ex fumo dare lucem*, que Machado já aproveitara, tirado dali mesmo, do gasômetro, em crônica de abril de 94. Bom relógio! Sincronizava os bolsos, acertava os encontros, deixando os desencontros ao encargo das consciências culpadas. Quando o bonde de burros passava por aquelas mesmas palmeiras que um dia vi tão decrépitas, os homens puxavam gravemente seus pateks. Digo "os homens" porque nesse tempo as senhoras não usavam relógio, o que em parte se explica pelo bizarro costume de ficar em casa, que tinham as senhoras daquele tempo. E em casa quem marcava o ritmo largo da vida familiar era o relógio de parede, o qual era acertado uma vez por semana, ritualmente, pelo marido que trazia no bolso a infalibilidade da torre. E quem acertava o relógio pelo Relógio era como se acertasse a consciência pelos mandamentos. Tinha sempre razão. Queixava-se alguém de nosso atraso num encontro? Puxávamos o relógio e dizíamos: "Está certo pelo Gás". E a discussão se encerrava com esse critério da suprema autoridade.

Ó tempos criteriosos! Ó tempos afinados! Disse eu atrás que o Relógio do Gás dava a hora certa? Advirto agora que cometi um anacronismo, porque essa expressão, que põe ênfase na certeza da hora, surgiu mais tarde, quando surgiam muitas incertezas. O adjetivo supõe crítica e, portanto, dúvida. Se dissermos "hora certa pelo observatório astronômico", então maior será a dúvida, pois bem sabemos que a prolixidade de explicações é geralmente usada para encobrir as suspeitas. Naquele tempo nós não jurávamos pelo observatório. Dizíamos sim, sim, não, não. O Relógio do Gás dava a hora. Se estava ou não astronomicamente certo ninguém cuidava, porque o essencial da hora, como da música, é a afinação do conjunto e não a numérica exatidão. Ninguém marca um encontro na rua com o ponto vernal ou com os fusos. A hora não precisa pois, para a vida comum dos homens, ter o absoluto físico firmado nas órbitas. Basta-lhe o absoluto institucional das convenções, e a fidelidade a esse compromisso.

A imensa autoridade do Relógio do Gás tinha um fundamento simples: ninguém, jamais, o vira parado. Se isto acontecesse, se alguém, ao passar pelo Mangue, visse parado o Relógio do Gás, o assunto correria como um frêmito de subversão, e faria mais arruído pela Rua do Ouvidor do que a Proclamação da República. Comentar-se-ia a coisa, o fenômeno, como hoje se comenta a disputa de hegemonia política, ou se discute, na capital da República, a profissionalização do ensino ou as multinacionais.

Os outros que o progresso nos trouxe, mais altos, mais modernos, mais elétricos ou eletronicamente controlados, já por mais de uma vez deram o espetáculo público da versatilidade, que para relógio é pecado sem remissão. O da Central já vi eu marcando "*midi à quatorze heures*". O Mesbla, se não me falha a memória, já vi só com o ponteiro grande, ou sem ponteiros. Não sei qual outro já vi sem mostrador, aberto, escancarado, e creio até que com homens dentro. E os que andam seria melhor que dançam, como na Gioconda. Ou que discute. Há uma controvérsia horária. São duas e dez, diz o Standard. Duas e vinte, contesta o Mesbla. Estás atrasado, apressa-te, diz um. Mentira, tens tempo, insinua o outro. *Verité en deçà, erreur au delà du Rhin*. E nós? Se as autoridades não creem, como se arranjarão as consciências? Se as torres divergem, como concordarão os bolsos, ou os pulsos? Cada cabeça cada sentença, diz o mais melancólico dos adágios, que foi inventado para desencorajar definitivamente a troca de ideias que por sua natureza já é tão difícil.

O leitor é testemunha de que não costumo aparecer nestas colunas com suspiros de saudades. Tenho andado como posso nos dias de nosso tempo, sem me voltar para trás e sem correr o risco de virar estátua de sal. Mas a lembrança que tive ontem do Relógio do Gás, o bom relógio de minha infância, fiel e humanista, que não parava e que citava Horácio, que aliás foi apagado por ímpia mão, o encontro e a conversa íntima que tive com ele deixaram-me triste. O que aquele relógio espalhava, além da hora fiel e do latim, era uma coisa importantíssima que desapareceu: era a Confiança.

14 de agosto de 1975

Artur da Távola

RIO DE JANEIRO (RJ), 1936
RIO DE JANEIRO (RJ), 2008

Nos planos de Braga, uma viagem

O seriado antes

Antes da conclusão de seu contrato com a TV Globo, que expira em maio próximo, Gilberto Braga apresentará um outro trabalho: um seriado com 20 episódios. Isso só acon...

Novela faz San...

Sandra Bréa anda tão atarefad... as gravações da novela "Ti-ti-ti"... foi obrigada a transferir par... de julho, a festa de comemor... cem apresentações do espet... vesso do avesso", protagor... ela. Sandra promete uma f...

...o xampu e os qua...

Xavo Maraghel

...a Mossa, vai ...ela, o Janjão ...a". Só que no estréia como ...ela", dirigido ...neça a ser ro...

...colas musicais ..., é o que será

ARTUR DA TÁVOLA

Você viu a filha do Carijó com vergonha dele?

Quando eu era pequeno a moda de usar barba pertencia ao passado. Raras pessoas a usavam. Meu pai era uma delas. Chamava-se, então, aquele corte, "barba à Nazareno". Mas era uma raridade e quem a usasse ficava marcado como uma pessoa inteiramente diferente das demais. O rosto do meu pai era doce, sofrido e bonito. Mas aquela barba: como sobrava!

Nunca me esqueço da vergonha que — *timidérrimo* — senti no colégio primário num dia em que ele foi me buscar. Eu não queria que ninguém me visse saindo com aquele barbudo. Ele percebeu — homem inteligente e sensível que era — e ficou triste comigo.

No dia seguinte eu disse para os colegas que aquele era o meu avô. Minha mãe, inocentemente contou essa história para meu pai na suposição de que ele acharia engenhosa a minha resposta e natural o meu encabulamento. Sei (isto é, soube muito depois) por ela que o velho Paulo ficou triste. Ele morreu muito cedo e nunca mais pudemos encontrar-nos senão nas meditações que faço, nas reconstruções mentais da sua lembrança, nos fluidos de amor, compreensão e saudade que lhe envio.

Perdoe, leitor, o início autobiográfico. Macaco, olha o teu rabo! Ainda ontem eu criticava tal expediente nos novelistas e eis-me enveredando por ele. Só que não é por amor à minha pobre biografia e sim para tipificar com uma **euxperiência**" (experiência do eu. O revisão, não corrija o "**euxperiência**"), algo que vi outro dia na televisão e me deixou muito comovido.

O leitor dirá se foi realmente uma cena comovedora ou se as lágrimas vieram aos meus olhos apenas por um mecanismo projetivo, uma culpa retardatária por ter sentido encabulamento pela figura barbada de meu pai.

Foi em "Espelho Mágico". Carijó pediu para declamar um soneto de Augusto do Anjos (maravilhosos, aliás). Gabriel (Daniel Filho), o diretor da novela, aproveitou um intervalo da gravação e o autorizou a dizer os versos. Fingiu gravar em tape.

Carijó trêmulo, puro, emocionado, artista até a medula, homem fiel ao que era e acreditava, a seu modo declamou o conhecido soneto do "escarra nesta boca que te beija".

Os demais artistas pararam em função da cena inusitada. Do ar de gozação inicial passaram para uma compreensão mais funda e fraterna da "cafonice" do Carijó. Ele os tocou pela limpeza do seu ser, pela sinceridade da sua entrega, pelo transporte da sua ternura humana. Não era cafonice. Era autenticidade.

E o que poderia ser chacota passou a ser amor. Aquele amor que nasce sempre que nos deparamos com a parte mais sincera, desprotegida e pura das pessoas. Todos os artistas compreenderam o Carijó e mesmo percebendo ser a arte dele de outro tempo e de outro meio, eles tiveram um instante de ternura.

Menos a filha. Desamor dela? Jamais. Ela teve o que os castelhanos chamam muito bem e em português desconheço melhor expressão "vergüenza ajena", ou seja aquela vergonha que sentimos empaticamente pela pessoa que está a nosso lado quando ela mesma não percebe ou quando ela se humilha ou dá uma rata qualquer. "Vergonha alheia".

A filha estava sem poder suportar a possibilidade de o pai transformar-se em ridículo, em motivo do riso. E tentou impedi-lo da cena patética. Os próprios colegas dela, demais atores, demoveram-na. Eles perceberam o delírio maravilhoso do Carijó. Ela não. Ela estava com vergonha do possível papelão do pai. Que existia. Mas era atenuado pela compreensão e pela sinceridade maravilhosa da entrega dele, da sua devoção à arte de representar.

Foi muito bonita, bem dirigida e bem interpretada. Lima Duarte, perfeito, denso, criativo, comovente como sempre. Djenane Machado soube passar a aflição humilhada que vivia, a taquicardia, a vergonha amorosa pelo "papelão" do pai.

Os demais atores fizeram aquele silêncio respeitoso de quem se depara com um ser humano integral, alguém que é o que é e como é, mesmo que isso seja muito pouco.

Ah, os momentos de vergonha que sentimos *junto, com*, ou de nossos pais ou avós! Ah essas fagulhas de egoísmo que todos temos quando ameaçados de ficar numa situação ridícula ou diferente! *Ah*, essas pequenas maldades, a minha com a barba de meu pai, a sua sei lá com o que, a dele idem.

Assim é a vida. E nós como pais, quantas vezes damos o abraço na hora errada, ou fazemos diante de nossos filhos o comentário que o humilha, diminui ou obriga a aceitar e engulir.

São abraços que as crianças prefeririam receber em outras horas. E aquela mão no ombro que o filho discretamente recusa porque está na rua e se encabula do gesto. E aquela bronca que não soubemos guardar. E a falta de graça do nosso assunto. E o tédio que lhe provocamos!

Ou é, depois que o tempo passa, a nossa mania de ficar fixado nos hábitos, gestos, idéias e maneiras de ser dos "nossos tempos". Até que um dia sei lá quando, um dia, eis-nos declamando versos, fazendo discursos ou expressando pontos de vista inteiramente fora do universo de interesse dos filhos. Aí ficamos sobrando e sobrando, talvez com razão, mas profundamente sós.

HILDEGARD ANGEL

IONÁ NÃO Q... SER VIST...

Escond... Ri...

TV

...reta, às 21h, não permitirá a ...morístico "Chico City" e do ...ak", com Telly Savalas

21:00 FUTEBOL — Transmissão direta do jogo Corintians x Ponte Preta.

23:15 FESTA DO CAMPEÃO

23:30 NINA — Novela. A cores. João Cláudio lê a notícia da missa de formatura da irmã e resolve que vai estar presente. Antonia está preocupada com o estado de Bruno. Antonio ...

24:00 PAINEL

HOJE NA T...

"Retrato falado", cartaz da "Te... mais um capítulo de "Paraíso m... anjo e o bispo", na sessão "Classe ... taques

ARTUR DA TÁVOLA

Os monstros no dia-a-dia de todos nós...

O clássico King Kong de 1933, hoje é comum e corrente nas telinhas da TV. Révi-o, agora, recentemente em emissora de São Paulo onde estive para gravar programa político.

As histórias que a mitologia, as lendas, crendices e os contos populares e de fadas fizeram chegar até nós sob a forma de símbolos, são, sempre, a expressão de situações e momentos de psique individual e coletiva.

O símbolo é a forma preferida pelo inconsciente para expressar conteúdos, ricos demais para serem verbalizados, por obscuro e de difícil elucidação. Símbolos há, que só milênios depois conseguem explicações ou interpretações aproximativas. Assim foi com o hoje chamado "complexo de Edipo": a tragédia grega sob a forma de símbolo já o inscrevera há milênios sem a necessidade da conceituação científica.

Na sociedade de massas do século XX, as histórias em quadrinhos, fotonovelas, folhetins, filmes, radiopeças, telepeças, teleteatro, radioteatro etc. formam a mitologia contemporânea cuja diferença consiste no efeito multiplicatório das tecnologias que a utilizam. O mais inocente folhetim, considerado arte menor e subproduto cultural pelos elitistas da cultura, pode conter a percepção profunda de algo em gestação no inconsciente dos povos ou de um ovo, verdade em formação e cristalização no seu consciente. A história reles pode estar antecipando acontecimentos nos símbolos que utiliza. Quem os souber (caso seja possível) interpretar, profeta será; alguém que transmite o já revelado e não percebido.

O King Kong original é de 1933. Desnecessário lembrar que alguns anos depois estourava uma guerra mundial, a partir da qual processos coletivos de matar foram desenvolvidos sem cessar até hoje. Será revelação, coincidência, sincronicidade? Ou mera cabriola da minha cuca? Poderia à época alguém captar no símbolo do King Kong ameaçador do alto de um arranha-céu norte-americano os propósitos então incubados no ascendente nazismo europeu?

No dicionário de símbolos de Cirlot, destaco do meio do verbete "Monstros" uma frase solta, de valor excepcional: **"A luta contra o monstro significa o combate para liberar a consciência aprisionada pelo inconsciente"**.

Quem somar os filmes recentemente surgidos com tubarões, terremotos, incêndios e agora o King Kong, em reprise (sem contar toda a saga de ciência-ficção onde mexer na célula gera monstros) vai ter clara demonstração de que a mitologia contemporânea está expressando a luta da consciência humana para se libertar do aprisionamento que sofreu do inconsciente após tê-lo reprimido tanto e durante séculos.

Os monstros são uma expressão do lado de sombras, trevas, impulsos primitivos, caóticos e cósmicos do inconsciente humano. Revelam impulsos brutais, guardados no fundo, matéria efervescente no lado sombrio do inconsciente humano. Tais impulsos vêm à tona através de formas indiretas (e sempre simbólicas) de aperfeiçoamento dos meios e modos de destruição presentes no mundo contemporâneo.

A analogia é fácil: se o King Kong solto em Nova York pode matar cem, duzentas, quinhentas, dez mil, cem mil, um milhão ou dez milhões de pessoas, qualquer acidente, incidente ou crime contemporâneo pode o mesmo! Um enguiço na água de um hotel nos Estados Unidos matou duzentos e tantos participantes de um Congresso há poucos anos; um avião que cai pode matar até quatrocentas pessoas; um incêndio em arranha-céu mais de mil; um remédio mal testado (vide a talidomida) invalida dezenas de milhares. Semana passada, na Itália, centenas morreram por um vazamento. E se se entrar pelo terreno das guerras, do terrorismo de qualquer matiz, lutas internas e fratricidas (quantas vezes alimentadas por fabricantes de armamentos), concluir-se-á que a falta de controle pelo homem comum dos processos econômicos, tecnológicos e científicos do seu tempo, está gerando a ameaça de muitos King Kongs em cada grande cidade do mundo e em qualquer país. O símbolo do filme é a expressão da ameaça. E a ameaça é decorrência da ainda precária transação do homem com o seu inconsciente.

O que a mitologia do homem contemporâneo tenta expressar com a busca de temas ligados aos monstros, ao inédito e ao terror é que a ameaça de destruição está nas ruas porque o homem só agora começa a entrar em relação com o mundo do seu inconsciente e começa a aceitar a internalização de impulsos de agressão e destruição, até aqui, inevitavelmente, projetados nos que escolheu para inimigos ou adversários.

Felizmente essa mesma mitologia dota o monstro de alguma forma de sentimento. Por causa de centelha de lucidez (representada no filme pelas formas embrionárias de afeto que ele demonstra pela moça a quem aprisiona e por quem se apaixona), o monstro afinal acaba vencido. Porém o é graças à sua submissão a um símbolo de fraqueza, beleza e doçura, um símbolo feminino. Tudo isso parece dizer-nos que justamente as chamadas virtudes típicas da "anima" (princípio feminino presente em todas as coisas) são as que trazem a chance da salvação. Tais virtudes (ou características) são as que derivam do amor, da tolerância, da fraqueza, da capacidade de amar e de procriar. Como a terra, que é o símbolo feminino básico. O mito do King Kong proclama, pois, que fora da "anima" não há salvação.

REDE GLOBO CANAL 4

06:40 TELECURSO 1º GRAU
06:50 TELECURSO 2º GRAU
07:00 BOM DIA, BRASIL
07:30 BOM DIA, BRASIL
08:00 TV MULHER
09:30 BALÃO MÁGICO
12:30 RJ TV
12:45 GLOBO ESPORTE
13:00 HOJE
13:30 VALE A PENA VER DE NOVO — Jogo da vida.
14:30 SESSÃO DA TARDE/FÉRIAS — Alaim e a princesa de Bagdá.
16:30 SESSÃO AVENTURA — O Incrível Hulk.
17:15 SÍTIO DO PICAPAU AMARELO — O enigma enigmático.
17:55 A GATA COMEU — Novela. Em cores — Jô consegue fazer com que os jornais divulguem o escândalo que ela provocou numa praça pública, em nome de Glaucia e usando uma peruca parecida com a da irmã. Horacio lê, fica furioso com Glaucia que consegue provar que não era ela. Jô confessa que fez tudo por causa da armadilha que Glaucia e Esther armaram contra Fabio em nome dela e Horacio fica furioso com as duas. Fabio encontra Jô e diz a ela que está chateado porque ela resolveu viajar. Jô continua firme, sem demonstrar que já o perdoou, para não perdê-lo; Tony pede Paula em casamento e ela aceita.
18:50 UM SONHO A MAIS — Novela. Em cores — Santana diz a Mosca e Edson que é preferível deixar as coisas como estão. Ele confessa ter explodido a bolha, mas diz que houve um mentor intelectual e não revela quem foi. Noronha diz a Mônica que Orlando já havia revelado a ele, há tempos atrás, quem era o verdadeiro pai dela. Mônica fica na dúvida, sem saber se acredita ou não nele. Anabela resolve ligar para Pedro Ernesto, como se estivesse viajando, o que faz Pedro ter nova crise de saudades e revolta. Edgard pergunta a Mônica se ela quer se casar com ele. Santana procura Noronha, ao Natural.
19:45 RJ TV
19:55 JORNAL NACIONAL
20:25 ROQUE SA...

Jonas Rezende fal... mental em crianç...

TVE CANAL 2

TV-EDUCATIVA

09:30 APERFEIÇOAMENTO DE PROFESSOR/QUALIFICAÇÃO PROFISSIONAL — "Educação para a saúde".
09:45 TELECURSO 1º GRAU — Artes.
10:00 TELECURSO 2º GRAU — OSPB.
10:15 ATENÇÃO, PROFESSOR! — "Falando em 1º Grau".
10:45 APRENDA INGLÊS COM MÚSICA — "The way we were".
11:15 DANÇAS DO MUNDO — "Argentina".
11:40 EM TORNO DO HOMEM — "Muwi, o super-herói".
12:00 TELECURSO 2º GRAU
12:15 TELECURSO 1º GRAU
12:30 OS MÉDICOS — "Rejuvenescimento facial".
13:30 SEM CENSURA — Discussão das principa... notícias dos jornais, com Te... Muniz.
16:30 APERFEIÇOAMENTO DE PROFESSOR/QUALIFICAÇÃ... PROFISSIONAL
16:45 TELEROMANCE — "Seu Quequé".
17:00 SÍTIO DO PICAPAU AMA... — "A volta do Anjinho".
18:00 FANTASIA — Programa infanto-juve... atrações variadas.
20:00 EU SOU O SHOW — "Benito di Paula: tra... um artista". Apre... Grande Otelo e Jalus...
20:30 AO VIVO LOCAL — Noticiário com Eliz... rão.

No "M... sobrev...

REDE MANCHETE CANAL 6

10:00 PROGRAMAÇÃO EDUCATIVA
10:30 CIRCO ALEGRE — Com os palhaços Carequinha e Rolinha.
12:00 MANCHETE ESPORTIVA — Apresentação: Márcio Guedes. Direção: Paulo Stein.
12:30 JORNAL DA MANCHETE
13:30 FM TV — Programa musical com apresentação de videoclips nacionais e internacionais. Apresentação: Marco Antônio
14:00 CLUBE DA CR... — Com Xuxa Me...
17:00 DE MULHER... — Apresentaçã...
18:35 ANTÔNIO M... — Novela.
19:35 TAMANHO... — "Eu não n... de Mauro...
20:05 MANCHET... — Comentá... Apresen... Stein.

por dentro da TV
HILDEGARD ANGEL

...ntos à vista

CANAL 7

16:00 JOE, O FUGITIVO — Filme. A cores.
16:30 BALANÇO — Com Olavio Ceschi Jr.
17:00 REINO SELVAGEM — Filme. A cores.
17:30 GUERRA, SOMBRA E ÁGUA FRESCA — Filme. A cores.
18:00 DESENHOS
18:30 AS NOIVAS CHEGAM — Filme. A cores.

CANAL 11

Advogado, crítico de comunicação, professor, radialista, contista, cronista, ensaísta e político, Paulo Alberto adotou o pseudônimo de Artur da Távola em homenagem ao rei Artur da Távola Redonda, ainda no jornal *Última Hora*, após seu retorno do exílio em 1968. Começou a escrever como cronista no GLOBO em 1972, na coluna "Artur da Távola", até 1987. Em sua última crônica no jornal, despediu-se dos leitores para retornar à vida parlamentar, quando engajou-se totalmente no processo de redemocratização do país. Foi eleito deputado federal em 1986 e participou da elaboração da "Constituição Cidadã" de 1988. Foi também deputado estadual e senador pelo Rio de Janeiro. Na vida pública, exerceu ainda as funções de Secretário de Culturas do município do Rio e presidente da Rádio Roquette-Pinto, período em que liderou a revitalização da emissora. Escreveu mais de vinte livros, entre biografias, ensaios e crônicas, como *Mevitevendo* (1977), *Alguém que já não fui* (1978), *40 anos de bossa nova* (1998). Apaixonado por música, foi apresentador do programa *Quem tem medo de música clássica?*, na TV Senado. Estudioso dos meios de comunicação de massa da era moderna, dizia-se um cronista que falava sobre televisão, e não um crítico de TV. Em estilo simples, direto e poético, suas crônicas trazem comentários sobre filmes e novelas mescladas às suas próprias memórias e compreensão do mundo.

VOCÊ VIU A FILHA DO CARIJÓ COM VERGONHA DELE?

Quando eu era pequeno a moda de usar barba pertencia ao passado. Raras pessoas a usavam. Meu pai era uma delas. Chamava-se, então, aquele corte, "barba à Nazareno". Mas era uma raridade, e quem a usasse ficava marcado como uma pessoa inteiramente diferente das demais. O rosto do meu pai era doce, sofrido e bonito. Mas aquela barba: como sobrava!

Nunca me esqueço da vergonha que – timidérrimo – senti no colégio primário num dia em que ele foi me buscar. Eu não queria que ninguém me visse saindo com aquele barbudo. Ele percebeu – homem inteligente e sensível que era – e ficou triste comigo.

No dia seguinte eu disse para os colegas que aquele era o meu avô. Minha mãe inocentemente contou essa história para meu pai na suposição de que ele acharia engenhosa a minha resposta e natural o meu encabulamento. Sei (isto é, soube muito depois) por ela que o velho Paulo ficou triste. Ele morreu muito cedo e nunca mais pudemos encontrar-nos senão nas meditações que faço, nas reconstruções mentais da sua lembrança, nos fluidos de amor, compreensão e saudade que lhe envio.

Perdoe, leitor, o início autobiográfico. Macaco, olha o teu rabo! Ainda ontem eu criticava tal expediente nos novelistas, e eis-me enveredando por ele. Só que não é por amor à minha pobre biografia e sim para tipificar com uma "euxperiência" (experiência do eu. Revisão, não corrija o "euxperiência"), algo que vi outro dia na televisão e me deixou muito comovido.

O leitor dirá se foi realmente uma cena comovedora ou se as lágrimas vieram aos meus olhos apenas por um mecanismo projetivo, uma culpa retardatária por ter sentido encabulamento pela figura barbada de meu pai.

Foi em *Espelho mágico*. Carijó pediu para declamar um soneto de Augusto do Anjos (maravilhosos, aliás). Gabriel (Daniel Filho), o diretor da novela, aproveitou um intervalo da gravação e o autorizou a dizer os versos. Fingiu gravar em tape.

Carijó trêmulo, puro, emocionado, artista até a medula, homem fiel ao que era e acreditava, a seu modo declamou o conhecido soneto do "escarra nesta boca que te beija".

Os demais artistas pararam em função da cena inusitada. Do ar de gozação inicial passaram para uma compreensão mais profunda e fraterna da "cafonice" do Carijó. Ele os tocou pela limpeza do seu ser, pela sinceridade da sua entrega, pelo transporte da sua ternura humana. Não era cafonice. Era autenticidade.

E o que poderia ser chacota passou a ser amor. Aquele amor que nasce sempre que nos deparamos com a parte mais sincera, desprotegida e pura das pessoas. Todos os artistas compreenderam o Carijó e, mesmo percebendo ser a arte dele de outro tempo e de outro meio, eles tiveram um instante de ternura.

Menos a filha. Desamor dela? Jamais. Ela teve o que os castelhanos chamam muito bem e em português desconheço melhor expressão "*vergüenza ajena*", ou seja, aquela vergonha que sentimos empaticamente pela pessoa que está ao nosso lado quando ela mesma não percebe ou quando ela se humilha ou dá uma rata qualquer. "Vergonha alheia."

A filha estava sem poder suportar a possibilidade de o pai transformar-se em ridículo, em motivo do riso. E tentou impedi-lo da cena patética. Os próprios colegas dela, demais atores, demoveram-na. Eles perceberam o delírio maravilhoso do Carijó. Ela não. Ela estava com vergonha do possível papelão do pai. Que existia. Mas era atenuado pela compreensão e pela sinceridade maravilhosa da entrega dele, da sua devoção à arte de representar.

Foi muito bonita, bem dirigida e bem interpretada. Lima Duarte, perfeito, denso, criativo, comovente como sempre. Djenane Machado soube passar a aflição humilhada que vivia, a taquicardia, a vergonha amorosa pelo "papelão" do pai.

Os demais atores fizeram aquele silêncio respeitoso de quem se depara com um ser humano integral, alguém que é o que é e como é, mesmo que isso seja muito pouco.

Ah, os momentos de vergonha que sentimos junto, com ou de nossos pais ou avós! Ah, essas fagulhas de egoísmo que todos temos quando ameaçados de ficar numa situação ridícula ou diferente! Ah, essas pequenas maldades, a minha com a barba de meu pai, a sua sei lá com o quê, a dele, idem.

Assim é a vida. E nós como pais, quantas vezes damos o abraço na hora errada, ou fazemos diante de nossos filhos o comentário que o humilha, diminui ou obriga a aceitar e engolir.

São abraços que as crianças preferiam receber em outras horas. E aquela mão no ombro que o filho discretamente recusa porque está na rua e se encabula do gesto. E aquela bronca que não soubemos guardar. E a falta de graça do nosso assunto. E o tédio que lhe provocamos!

Ou é, depois que o tempo passa, a nossa mania de ficar fixado nos hábitos, gestos, ideias e maneiras de ser dos "nossos tempos". Até que um dia sei lá quando, um dia, eis-nos declamando versos, fazendo discursos ou expressando pontos de vista inteiramente fora do universo de interesse dos filhos. Aí ficamos sobrando e sobrando, talvez com razão, mas profundamente sós.

13 de julho de 1977

OS MONSTROS NO DIA A DIA DE TODOS NÓS...

O clássico *King Kong*, de 1933, hoje é comum e corrente nas telinhas da TV. Revi-o, agora, recentemente em emissora de São Paulo onde estive para gravar programa político.

As histórias que a mitologia, as lendas, crendices e os contos populares de fadas fizeram chegar até nós sob a forma de símbolos, são, sempre, a expressão de situações e momentos de psique individual e coletiva.

O símbolo é a forma preferida pelo inconsciente para expressão de conteúdos ricos demais para serem verbalizados, por obscuro e de difícil elucidação. Símbolos há, que só milênios depois conseguem explicações ou interpretações aproximativas. Assim foi com o hoje chamado "complexo de Édipo": a tragédia grega sob a forma de símbolo já o inscrevera há milênios sem a necessidade da conceituação científica.

Na sociedade de massa do século XX, as histórias em quadrinhos, fotonovelas, folhetins, filmes, radiopeças, telepeças, teleteatro, radioteatro etc. formam a mitologia contemporânea cuja diferença consiste no efeito multiplicatório das tecnologias que a utilizam. O mais inocente folhetim, considerado arte menor e subproduto cultural pelos elitistas da cultura, pode conter a percepção profunda de algo em gestação no inconsciente dos povos ou de um ovo, verdade em formação e cristalização no seu consciente. A história reles pode estar antecipando acontecimentos nos símbolos que utiliza. Quem os souber (caso seja possível) interpretar, profeta será; alguém que transmite o já revelado e não percebido.

O King Kong original é de 1933. Desnecessário lembrar que alguns anos depois estourava uma guerra mundial, a partir da qual processos coletivos de matar foram desenvolvidos sem cessar até hoje. Será revelação, coincidência, sincronicidade? Ou mera cabriola da minha cuca? Poderia à época alguém captar no símbolo do King Kong ameaçador do alto de um arranha-céu norte-americano os propósitos então incubados no ascendente nazismo europeu?

No dicionário de símbolos de Cirlot, destaco do meio do verbete "Monstros" uma frase solta, de valor excepcional: "A luta contra o monstro significa o combate para liberar a consciência aprisionada pelo inconsciente."

Quem somar os filmes recentemente surgidos com tubarões, terremotos, incêndios e agora o King Kong, em reprise (sem contar toda a saga de ciência-ficção onde mexer na célula gera monstros), vai ter clara demonstração de que a mitologia contemporânea está expressando a luta da consciência humana para se libertar do aprisionamento que sofreu do inconsciente após tê-lo reprimido tanto e durante séculos.

Os monstros são uma expressão do lado de sombras, trevas, impulsos primitivos, caóticos e cósmicos do inconsciente humano. Revelam impulsos brutais, guardados no fundo, matéria efervescente no lado sombrio do inconsciente humano. Tais impulsos vêm à tona através de formas indiretas (e sempre simbólicas) de aperfeiçoamento dos meios e modos de destruição presentes no mundo contemporâneo.

A analogia é fácil: se o King Kong solto em Nova York pode matar cem, duzentas, quinhentas, 10 mil, 100 mil, 1 milhão ou 10 milhões de pessoas, qualquer acidente, incidente ou crime contemporâneo pode o mesmo! Um enguiço na água de um hotel nos Estados Unidos matou duzentos e tantos participantes de um Congresso há poucos anos; um avião que cai pode matar até quatrocentas pessoas; um incêndio em arranha-céu mais de mil; um remédio mal testado (vide a talidomida) invalida dezenas de milhares. Semana passada, na Itália, centenas morreram por um vazamento. E se se entrar pelo terreno das guerras, do terrorismo de qualquer matiz, lutas internas e fratricidas (quantas vezes alimentadas por fabricantes de armamentos), concluir-se-á que a falta de controle pelo homem comum dos processos econômicos, tecnológicos e científicos do seu tempo está gerando a ameaça de muitos King Kongs em cada grande cidade do mundo e em qualquer país. O símbolo do filme é a expressão da ameaça. E a ameaça é decorrência da ainda precária transação do homem com o seu inconsciente.

O que a mitologia do homem contemporâneo tenta expressar com a busca de temas ligados aos monstros, ao inédito e ao terror é que a ameaça de destruição está nas ruas porque o homem só agora começa a entrar em relação com o mundo do seu inconsciente e começa a aceitar a internalização de impulsos de agressão e destruição, até aqui, inevitavelmente, projetados nos que escolheu para inimigos ou adversários.

Felizmente, essa mesma mitologia dota o monstro de alguma forma de sentimento. Por causa de centelha de lucidez (representada no filme pelas formas embrionárias de afeto que ele demonstra pela moça a quem aprisiona e por quem se apaixona), o monstro afinal acaba vencido. Porém, o é graças à sua submissão a um símbolo de fraqueza, beleza e doçura, um símbolo feminino. Tudo isso parece dizer-nos que justamente as chamadas virtudes típicas da "anima" (princípio feminino presente em todas as coisas) são as que trazem a chance da salvação. Tais virtudes (ou características) são as que derivam do amor, da tolerância, da fraqueza, da capacidade de amar e de procriar. Como a terra, que é o símbolo feminino básico. O mito do King Kong proclama, pois, que fora da "anima" não há salvação.

23 de julho de 1985

Fernando Sabino

BELO HORIZONTE (MG), 1923
RIO DE JANEIRO (RJ), 2004

Domingo, 16/12/79 O GLOBO

DITO E FEITO

FERNANDO SABINO

NO FUNDO ele sentia ainda alguma esperança, tal era o péssimo conceito que fazia da natureza humana:

— Esse juiz deve ter lá o seu fraco.

— Não tem. Solteirão, reaça, Deus-Pátria-Família. Só pensa em cumprir a lei.

— De alguma coisa ele deve gostar — e coçava a cabeça, intrigado: — Não é possível que não tenha algum vício.

— Se tem, ninguém sabe. Não bebe, não fuma, não joga. E não aceita nem cumprimento. Já quis processar um advogado que lhe ofereceu um cigarro.

Estas eram as desanimadoras informações que conseguira colher: inabordável e incorruptível. O meritíssimo era uma parada! Mas havia de dar jeito nele.

Verdadeiro mestre da alta trampolinagem, não existia irregularidade que, como empreiteiro, não tivesse praticado, ao longo dos secretos meandros que levam à conquista das concorrências oficiais e à majoração dos lucros na execução dos serviços. Até o dia que aquele ministro do Tribunal de Contas, não tendo nada de melhor a fazer, resolveu esmiuçar lá umas continhas, e foi no que deu: ao tocar no fio de cabelo de um pequeno ilícito que deixara a cabecinha de fora, puxou uma fieira de picaretagens capaz de abalar seriamente a economia da nação. E o nosso trambiqueiro se viu de repente envolvido num inquérito que submeteria aos rigores da lei, com as suas desastrosas consequências, todas as malandragens que havia praticado até então.

A situação estava a exigir ação rápida e fulminante. O diabo é que tudo dependia daquele maldito juiz, em cujas mãos impolutas o processo fora cair.

Mas eis que seu informante acrescenta casualmente, como se fosse um dado apenas pitoresco:

— Dizem que ele gosta de colecionar lápis.

Saltou da cadeira:

— Como? Colecionar lápis?

Então essa era a mania do homem! Juiz também é gente, que diabo. Jamais imaginara que alguém pudesse dedicar-se a semelhante bobagem, colecionar lápis. Ainda se fosse lápis de cor, especial para desenhar — mas não: eram lápis pretos mesmo, destes comuns. Soube ainda que o meritíssimo, entre um processo e outro que levava para examinar em casa, ficava a distrair-se de noite com a sua coleção de lápis, comparando-os, alinhando-os em cima da mesa como um menino a brincar com soldadinhos de chumbo.

— Deixa ele comigo — concluiu, entusiasmado.

No mesmo dia pôs-se em campo para apurar tudo o que pudesse sobre lápis — sua fabricação, os diversos tipos existentes, as várias marcas nacionais e estrangeiras. Descobriu, com grande pasmo, que havia outros colecionadores além do juiz. Conhecido banqueiro se orgulhava, mesmo, de sua coleção, uma das melhores do mundo. Dirigindo-se a estes especialistas, pôs anúncios nos jornais: compro lápis de qualquer marca, qualidade ou procedência, pago bem. Não satisfeito, encomendou a correspondentes em vários países da Europa que lhe mandassem o que pudessem. Em pouco dispunha de uma variada coleção, de fazer inveja aos aficcionados do gênero.

Chegara enfim a hora do ataque. Meteu sua coleção de lápis numa pasta 007 e saiu com ela para a audiência que solicitara ao inexpugnável juiz. Este, do alto de sua incontrastável autoridade de magistrado, mal se dignou de ouvi-lo:

— O senhor sabe, eu tenho aí esse processo, e queria fazer a Vossa Excelência algumas ponderações...

— O senhor se dirija ao juízo na forma da lei.

— É que há no processo alguns aspectos a considerar...

— Só considero o que for de justiça.

— Eu sei, mas acontece que...

Enquanto falava, seus dedos brincavam nervosamente com o fecho da pasta repousada sobre os joelhos. Num movimento disfarçado fez com que a tampa se abrisse, e os lápis rolaram estrepitosamente pelo chão.

— Que é isso? — o juiz se ergueu, sobressaltado.

— Vossa Excelência queria desculpar... É uma coleção de lápis que uma velha tia me deixou de herança... Não sei o que fazer com ela, estou pensando em dar para algum orfanato ou escola pública. Só servem mesmo para meninos pobres...

— Meninos pobres? — e a essa altura o juiz já estava de quatro, catando lápis pela sala e até debaixo da mesa, examinando com olhos ávidos um e outro. O dono da coleção pôs-se a ajudá-lo, também de quatro:

— Se Vossa Excelência quiser, fique com eles, é um favor que me faz.

E acrescentou, como quem não quer nada, estendendo-lhe a pasta com os lápis já recolhidos: — Quer dizer que Vossa Excelência acha que o processo deve ser arquivado...

— Isto mesmo.

No mesmo dia o juiz assinou o despacho mandando arquivar o processo. A lápis.

***

ESMULAMBADO, barbudo, cabelos desgrenhados, seria o tipo acabado do mendigo, não fosse certo ar de dignidade que emana de seus movimentos. Vive rondando-a porta do botequim, ali na Rua Visconde de Pirajá. Outro dia tomou coragem e se dirigiu ao balcão:

— Uma cachaça, por favor.

— Paga primeiro — resm[...] gou o dono do botequim, c[...] maus modos.

Ele pensou um pouco, com[...] netrado, e ordenou:

— Está bem, suspende. [...] fica bem um sujeito da mi[...] categoria beber cachaça.

***

LIMITO-ME a transcr[...] o resto de um di[...] que ouvi entre [...] preta e o empregado de u[...] permercado em Ipanema:

— Há pessoas que pag[...] mal com o bem — dizia ela[...]

— A mão que afaga é a [...] ma que apedreja — resp[...] ele.

— É, mas nada como u[...] depois do outro — acres[...] ela.

— Esse é bom — con[...] ele: — E tem outro assi[...] diga desta água não beb[...]

— Não é sopa não?

— Não: é água mesmo[...]

— E tem aquele: cuid[...] caré, que a lagoa há de s[...]

— É isso aí.

— Pois então até logo[...]

— Até logo. Passe be[...]

E se despediram, sat[...]

PEDRO BLOCH

fo[...]iatria

planta[...] e flo[...]

DITO & FEITO

Domingo, 25/9/83 O GLOBO

jardim, pulou o muro do vizinho, desaparecendo. Ele quase morreu de susto.

Na manhã seguinte contou o que se passara para os velhinhos, que resolveram tomar precauções: mandaram instalar um trinco de segurança na porta, que ele devia fechar todas as noites, ao chegar.

E assim foi, durante algum tempo: chegava, e se os encontrava na sala, conversava um pouco; se não os encontrava, subia e ia dormir. Sempre com o cuidado de passar o trinco na porta.

ATÉ que certa noite... Bem, antes de sair ele parou um pouco na sala como sempre, conversou com os velhinhos, disse que ia ao cinema e voltaria cedo, estava meio cansado. Na rua, desistiu do cinema, ficou andando por aí, encontrou uns amigos — era mais de meia-noite quando tomou rumo de casa.

[...] da varanda ficaria acesa até que ele chegasse.

— Devem ter esquecido — pensou, tateando no escuro.

Procurou abrir a porta, não conseguiu: estava trancada por dentro.

Estranhou aquilo: os velhinhos tinham corrido o trinco sem que ele chegasse. Não teve outro jeito senão tocar a campainha até acordá-los.

Ouviu afinal ruídos no interior da casa, chinelos se arrastando pela escada, uma luz se acendeu lá dentro:

— Quem é? — perguntou o velho.

— Sou eu.

— Eu quem?

Falou seu nome bem alto, para que o velho não tivesse dúvidas, acrescentando:

— O senhor se esqueceu e correu o trinco, apagou a luz antes que eu chegasse.

— Quem é? — repetiu o velho, como se não tivesse ouvido.

Tornou a dar seu nome:

— Sou eu, o senhor não está reconhecendo a minha voz?

O velho insistia, cada vez mais nervoso:

— Quem é o senhor? Que deseja?

Mais uma vez deu seu [...] já desesperado, que diabo seria aquilo? O velho tinha ficado maluco?

— Sou eu mesmo! Aquele rapaz que mora aí! Pode abrir sem susto!

A luz da varanda se acendeu. A vigia da porta se abriu furtivamente e os olhinhos desconfiados do velho o examinaram dos pés à cabeça.

— É você mesmo! — exclamou, cheio de assombro.

Abriu finalmente a porta e deu-lhe passagem:

— Por onde você saiu? — foi a primeira coisa que perguntou, olhando-o como se visse um fantasma.

— Pela porta — estran[...] ele: — Por onde havia de se[...]

A mulher já vinha tam[...] descendo a escada, toda [...] da, se embrulhando num [...] de-chambre:

— Que foi que houve? [...] que ele saiu?

— Disse que foi pel[...] explicou o marido. [...] porta estava tranca[...] tro? Não posso ent[...]

Ele é que não en[...]

— O senhor po[...] o que está acont[...]

Então o velho[...]

cios, ela me havia dito, imagino que negócios ele fazia, tinha ido a São Paulo a negócios. O apartamento não passava mesmo de um quarto com banheiro e quitinete, nem janela tinha, só uma varandinha de dois palmos, se tanto.

— Ouvi a porta de entrada se abrindo e a voz dela perguntando espantada, mas na maior das calmas: Ué, você não foi? Uma voz de homem resmungou qualquer coisa sobre o mau tempo. Uma voz grossa, de meter medo, imaginei que devia ser um sujeito enorme. E ao fechar a porta, ele acendeu a luz.

— Eu estava perdido: a veneziana deixava passar riscas de luz, zebrando meu corpo nu de cima a baixo. Eu me sentia como se estivesse em exibição numa jaula. Espremido atrás da porta, mal conseguia respirar. Não era só o medo que me arrepiava a pele: era a humilhação de ser apanhado de calça na mão.

— Dali eu enxergava uma boa parte do quarto. Daí a impressão de estar sendo visto da cabeça aos pés. Mas não estava: eu podia ver por entre [...] réguas da veneziana, m[...] me tapavam o co[...] brindo isso, [...] um pouco [...] no di[...]

DITO E FEITO

FERNANDO SABINO

OUTRO dia eu falava na estranha sensação que é a de encontrar, ao vivo, essa figura cuja existência escapa à nossa imaginação, pelo menos no momento em que escrevemos: um leitor.

Há o que diz apenas que nos lê de vez em quando — a este não sabemos se é o caso de agradecer, pois o fato de afirmar que lê não quer dizer que goste. Outros, todavia, vão além, desfechando por amabilidade um elogio qualquer a queima-roupa. Neste caso, é melhor tomar cuidado, pois uma resposta de evasiva e delicada modéstia, bondade sua, não é tanto assim, são seus belos olhos, pode botar em brios o juízo crítico do leitor, levando-o a valorizar sua opinião, num rasgo de inesperada franqueza:

— Realmente, tem certas coisas suas que não gosto. Algumas ultimamente, até que bem fraquinhas. Você já foi melhor.

Para o leitor antigo, em geral já fomos melhores. Farto de ouvir dizer que suas crônicas de outro tempo é que eram boas, Rubem Braga um dia consolou-se fleugmaticamente com a idéia de que talvez aquele cansado leitor é que tenha piorado.

Mas há os que são mais explícitos ao formular a sua apreciação — ou depreciação. Ainda me lembro de um dia em que Millôr Fernandes e eu fomos apresentados a um casal paulista na casa de um amigo. Depois de rápida troca de cumprimentos, os dois se concentraram em Millôr, dizendo-se admiradores seus. Ele agradeceu com uma resposta bem humorada, como é de seus feitio, gentil e engraçado. Mas o homem não achou graça:

— Bem, não pense que sou desses que gostam de tudo sem restrições. Aquela sua peça, por exemplo, "Do Tamanho de um defunto": é das melhores coisas suas. Mas para mim tem um defeito grave: o tema não dava para três atos. Quando muito daria uma peça de um ato.

O autor da peça, concordou, o homem se deu por satisfeito, e a conversa tomou outro rumo. Mais tarde, já na rua, ele se lembrou e comentou[...] migo, rindo:

— Você vê [...] dava [...]

QUEM tem casa e uma esposa para cuidar dessa casa, está sujeito a se submeter numa bela manhã de domingo, à leitura em voz alta de um anúncio sobre o célebre americano que se retira, deixando tudo para trás:

— Vamos dar uma espiada, meu bem? Só espiar. Esses americanos são meio malucos, vendem tudo quase de graça.

Há maridos que se deixam levar nessa conversa, que jeito? E lá se vão para comprar dos americanos meio malucos objetos de grande utilidade, como: projetor de "slides", espremedor de laranja, tacos de golfe, cafeteira elétrica, geladeira portátil, copos de plástico, carrinho de criança. Alguns objetos parecem usados e gastos, outros estranhamente novos: aquelas cadeiras para varanda, de alumínio e tiras de náilon, por exemplo, são sempre as mesmas, recém-saídas da fábrica.

Conheço um que comprou um velocípede, embora seu filho mais moço já tenha 15 anos — para o futuro neto, talvez, era tão barato! E bem andou, desde que por pouco não comprou em lugar dele um par de luvas de boxe. Outro saiu com uma balança de banheiro, para verificar, já em casa, que era graduada em libras e não em quilos — o que, de resto, não importava, pois a barriga o impedia de enxergar seu mostrador.

E assim por diante: uma senhora acaba comprando um secador de cabelo que funciona em diferentes voltagens; outra se apaixona por uma engenhoca de sacubir as banhas, terrível instrumento de tortura para emagrecer; outra ainda arrasta consigo uma complicada aparelhagem com luz infra-vermelha para tomar banho de sol dentro de casa. E um pobre marido, a instâncias da mulher, acaba levando a máquina de aparar grama, para quando tiverem um síti[...] — moram em apartamento

[...] de solteiro a

O chá de panela é originário dos EUA. Conforme a tradição, deve ser oferecido por uma irmã casada da noiva, por uma cunhada ou por sua melhor amiga. Cabe à organizadora preparar a lista de convidados de acordo com as indicações da noiva, telefonando em seguida para cada pessoa apresentando sugestões de presentes. Pode-se também distribuir cópias da lista entre as participantes da reunião.

[...] numa grande panela para que a noiva, pelo tato, tente advinhar o que é. Essa é uma das brincadeiras da reunião e à medida em que a noiva vai errando vai pagando uma prenda escolhida pela pessoa que ofereceu o presente.

O lanche pode ser oferecido pela dona de casa ou organizado com a contribuição de cada amiga que leva um prato de doces ou salgadinhos com a respectiva receita para a noiva. O chá de panela começa cedo. Geralmente às 17 horas. As amigas devem estar reunidas e os presentes escondidos antes da chegada da noiva.

Quando a noiva tiver muitas relações em grupos diferentes seja da Faculdade, da praia ou de infância, poderá dividir os chás de homenagem variando os motivos.

Assim um [...] nela, outro [...] jetos de toi[...] de beleza (c[...] estojos de m[...]

• O chá de pa[...] panela, eis u[...]

Romancista, cronista, contista, editor, Fernando Sabino fez sua estreia no rádio e em revistas ainda adolescente, colaborando com contos, artigos e crônicas. Em 1941, publicou seu primeiro livro, *Os grilos não cantam mais*, mudando-se para o Rio de Janeiro em 1944, onde se formou em Direito. Transferiu-se para Nova York em 1946 e trabalhou no Escritório Comercial do Brasil e no Consulado brasileiro. Passou a publicar suas crônicas em jornais cariocas a partir de 1949, exercendo uma intensa atividade literária em diversos periódicos nas décadas seguintes. Autor de vasta bibliografia, *O encontro marcado*, de 1956, foi um dos seus grandes sucessos. Com Rubem Braga e Walter Acosta fundou a Editora do Autor em 1960 e, no mesmo ano, lançou *O homem nu*, adaptado para o cinema. Em 1967, também em sociedade com Braga, criou a Editora Sabiá. Entre 1964 e 1966, foi adido cultural da Embaixada brasileira em Londres. Fernando Sabino integra a turma de intelectuais mineiros, considerada a amizade mais produtiva da literatura brasileira e formada por Hélio Pellegrino, Paulo Mendes Campos e Otto Lara Resende. Grupo definido por Carlos Drummond de Andrade, que o conheceu em 1943 ainda em Belo Horizonte, como "[...] quatro cavaleiros, não sei se da Távola Redonda ou do Apocalipse, pois de tudo [...] tinham um pouco, em mistura de sonho, desbragamento, fúria, ingenuidade, amor, pureza". Fernando Sabino assinou no GLOBO a coluna de crônicas "Dito e feito" de 1977 a 1988, que narram imbróglios do cotidiano com lirismo e humor, inspiradas em fatos reais e alimentadas pela imaginação.

E TUDO VAI INDO...

E tudo vai indo muito bem, até que, de súbito, sem que se saiba por que, arma-se o complô da máquina contra o homem. Esta onde escrevo, elétrica, começa a emitir sons esquisitos, a bolinha de tipos se recusa a correr sobre o papel, a tábua de espaços dispara como uma metralhadora, a folha sai aos pulos do rolo e é atirada longe. Paro um instante para acender o cigarro e o isqueiro emite uma chama de um palmo, por pouco não chamuscando o meu nariz. O telefone já dá sinal de ocupado antes que eu disque o número desejado. Lá no quarto o despertador elétrico aciona fora de hora o rádio a todo volume. A televisão, em vez de som ou imagem, começa a emitir um cheiro esquisito de queimado. A essa altura, as roelas, os pinos, molas, fios e parafusos da engrenagem maldita que nos envolve concertam o ataque final a ser desencadeado: em pouco a geladeira poderá estar quente, fazendo água sobre os alimentos; o aspirador poderá estar expelindo pó em vez de aspirá-lo; o aquecedor poderá explodir na minha cara em vez de esquentar o meu banho; e o ar-condicionado começará a soltar fumaça em vez de ar frio e a vitrola a soltar faíscas em vez de música. De senhor da máquina e seus mistérios, o homem passa insensivelmente a seu escravo.

Tinha razão o casal de velhos que, no "cartoon" de uma revista americana, fazia uma imensa fogueira de máquinas em frente à sua casa: geladeira, rádio, televisão, aspirador, enceradeira, torradeira, batedor de bolo, e toda essa parafernália com que vamos diariamente aumentando o nosso inferno cotidiano. E ante o pasmo dos vizinhos, explicavam, sorridentes:

Resolvemos simplificar nossa vida.

"Dito e feito", 7 de maio de 1978

NO FUNDO ELE SENTIA...

No fundo, ele sentia ainda alguma esperança, tal era o péssimo conceito que fazia da natureza humana:

– Esse juiz deve ter lá o seu fraco.

– Não tem. Solteirão, reaça, Deus-Pátria-Família. Só pensa em cumprir a lei.

– De alguma coisa ele deve gostar – e coçava a cabeça, intrigado. – Não é possível que não tenha algum vício.

– Se tem, ninguém sabe. Não bebe, não fuma, não joga. E não aceita nem cumprimento. Já quis processar um advogado que lhe ofereceu um cigarro.

Estas eram as desanimadoras informações que conseguira colher: inabordável e incorruptível. O meritíssimo era uma parada! Mas havia de dar jeito nele.

Verdadeiro mestre da alta trampolinagem, não existia irregularidade que, como empreiteiro, não tivesse praticado, ao longo dos secretos meandros que levam à conquista das concorrências oficiais e à majoração dos lucros na execução dos serviços. Até o dia que aquele ministro do Tribunal de Contas, não tendo nada de melhor a fazer, resolveu esmiuçar lá umas continhas, e foi no que deu: ao tocar no fio de cabelo de um pequeno ilícito que deixara a cabecinha de fora, puxou uma fieira de picaretagens capaz de abalar seriamente a economia da nação. E o nosso trambiqueiro se viu de repente envolvido num inquérito que submeteria aos rigores da lei, com suas desastrosas consequências, todas as malandragens que havia praticado até então.

A situação estava a exigir ação rápida e fulminante. O diabo é que tudo dependia daquele maldito juiz, em cujas mãos impolutas o processo fora cair.

Mais eis que seu informante acrescenta casualmente, como se fosse um dado apenas pitoresco:

– Dizem que ele gosta de colecionar lápis.

Saltou da cadeira:

– Como? Colecionar lápis?

Então essa era a mania do homem! Juiz também é gente, que diabo. Jamais imaginara que alguém pudesse dedicar-se a semelhante bobagem, colecionar lápis. Ainda se fosse lápis de cor, especial para desenhar – mas não: eram lápis pretos mesmo, destes comuns. Soube ainda que o meritíssimo, entre um processo e outro que levava para examinar em casa, ficava a distrair-se de noite com sua coleção de lápis, comparando-os, alinhando-os em cima da mesa como um menino a brincar com soldadinhos de chumbo.

– Deixa ele comigo – concluiu, entusiasmado.

No mesmo dia pôs-se em campo para apurar tudo o que pudesse sobre lápis – sua fabricação, os diversos tipos existentes, as várias marcas nacionais e estrangeiras. Descobriu, com grande pasmo, que havia outros colecionadores além do juiz. Conhecido banqueiro se orgulhava, mesmo, de sua coleção, uma das melhores do mundo. Dirigindo-se a estes especialistas, pôs anúncios nos jornais: compro lápis de qualquer marca, qualidade ou procedência, pago bem. Não satisfeito, encomendou a correspondentes em vários países da Europa que lhe mandassem o que pudessem. Em pouco dispunha de uma variada coleção, de fazer inveja aos aficionados do gênero.

Chegara, enfim, a hora do ataque. Meteu sua coleção de lápis numa pasta 007 e saiu com ela para a audiência que solicitara ao inexpugnável juiz. Este, do alto de sua incontrastável autoridade de magistrado, mal se dignou de ouvi-lo:

– O senhor sabe, eu tenho aí esse processo, e queria fazer a Vossa Excelência algumas ponderações...

– O senhor se dirija ao juízo na forma da lei.

– É que há no processo alguns aspectos a considerar...

– Só considero o que for de justiça.

– Eu sei, mas acontece que...

Enquanto falava, seus dedos brincavam nervosamente com o fecho da pasta repousada sobre os joelhos. Num movimento disfarçado fez com que a tampa se abrisse, e os lápis rolaram estrepitosamente pelo chão.

– Que é isso? – o juiz se ergueu, sobressaltado.

– Vossa Excelência queira desculpar... É uma coleção de lápis que uma velha tia me deixou de herança... Não sei o que fazer com ela, estou pensando em dar para algum orfanato ou escola pública. Só servem mesmo para meninos pobres...

– Meninos pobres? – e a essa altura o juiz já estava de quatro, catando lápis pela sala e até debaixo da mesa, examinando com olhos ávidos um e outro. O dono da coleção pôs-se a ajudá-lo, também de quatro:

– Se Vossa Excelência, quiser, fique com eles, é um favor que me faz.

E acrescentou, como quem não quer nada, estendendo-lhe a pasta com os lápis já recolhidos: – Quer dizer que Vossa Excelência acha que o processo deve ser arquivado...

– Isto mesmo.

No mesmo dia o juiz assinou o despacho mandando arquivar o processo. A lápis.

***

Esmulambado, barbudo, cabelos desgrenhados, seria o tipo acabado do mendigo, não fosse certo ar de dignidade que emana de seus movimentos. Vive rondando a porta do botequim, ali na Rua Visconde de Pirajá. Outro dia tomou coragem e se dirigiu ao balcão:

– Uma cachaça, por favor.

– Paga primeiro – resmungou o dono do botequim, com maus modos.

Ele pensou um pouco, compenetrado, e ordenou:

– Está bem, suspende. Não fica bem um sujeito da minha categoria beber cachaça.

Limito-me a transcrever o resto de um diálogo que ouvi entre uma mulher e o empregado de um supermercado em Ipanema:

– Há pessoas que pagam o mal com o bem – dizia ela.

– A mão que afaga é a mesma que apedreja – respondeu ele.

– É, mas nada como um dia depois do outro – acrescentou ela.

– Esse é bom – concordou ele. – E tem outro assim: não diga desta água não beberei.

– Não é sopa não?

– Não: é água mesmo.

– E tem aquele: cuidado, jacaré, que a lagoa há de secar.

– É isso aí.

– Pois então até logo.

– Até logo. Passe bem.

E se despediram, satisfeitos.

"Dito e feito", 16 de dezembro de 1979

POUCO TEMPO DEPOIS...

Pouco tempo depois de se mudar para o Rio, ele alugou um quarto na casa de um casal de italianos em Ipanema. Passou a viver ali como se estivesse na sua própria casa. Os velhos eram boníssimos e o estimavam como a um filho. Podia usar o telefone, a geladeira, ouvir rádio. Tinha todo o conforto, embora seu quarto, no segundo andar, fosse modesto: uma cama, um armário, uma mesa, duas cadeiras.

Quando ia para casa mais cedo, costumava encontrar os dois velhinhos na sala, ele lendo jornal, ela tricotando. Às vezes ficava conversando um pouco com eles. Não raro ela se levantava e ia à cozinha para passar um café. Se chegava mais tarde e a casa estava às escuras, abria a porta da rua com sua própria chave, subia a escada com cuidado para não incomodá-los.

Uma noite, ao pisar na varanda – a casa tinha uma varanda escura, cheia de trepadeiras – deu com um vulto junto à porta. Antes que tivesse qualquer reação, o homem se voltou e, ao vê-lo, de um salto ganhou o jardim, pulou o muro do vizinho, desaparecendo. Ele quase morreu de susto.

Na manhã seguinte contou o que se passara para os velhinhos, que resolveram tomar precauções: mandaram instalar um trinco de segurança na porta, que ele devia fechar todas as noites, ao chegar.

E assim foi, durante algum tempo: chegava, e se os encontrava na sala, conversava um pouco; se não os encontrava, subia e ia dormir. Sempre com o cuidado de passar o trinco na porta.

Até que certa noite... Bem, antes de sair ele parou um pouco na sala como sempre, conversou com os velhinhos, disse que ia ao cinema e voltaria cedo, estava meio cansado. Na rua, desistiu do cinema, ficou andando por aí, encontrou uns amigos – era mais de meia-noite quando tomou rumo de casa.

Ao chegar, teve um pressentimento, inquietante, sentiu que alguma coisa de anormal acontecera. A luz da varanda estava apagada. Havia combinado com o casal, desde o encontro com o intruso, que a luz da varanda ficaria acesa até que ele chegasse.

– Devem ter esquecido – pensou, tateando no escuro.

Procurou abrir a porta, não conseguiu: estava trancada por dentro.

Estranhou aquilo: os velhinhos tinham corrido o trinco sem que ele chegasse. Não teve outro jeito senão tocar a campainha até acordá-los.

Ouviu afinal ruídos no interior da casa, chinelos se arrastando pela escada, uma luz se acendeu lá dentro:

– Quem é? – perguntou o velho.

– Sou eu.

– Eu quem?

Falou seu nome bem alto para que o velho não tivesse dúvidas, acrescentando:

– O senhor se esqueceu e correu o trinco, apagou a luz antes que eu chegasse.

– Quem é? – repetiu o velho, como se não tivesse ouvido.

Tornou a dar seu nome:

– Sou eu, o senhor não está reconhecendo a minha voz?

O velho insistia, cada vez mais nervoso:

– Quem é o senhor? Que deseja?

Mais uma vez deu seu nome, já desesperado, que diabo seria aquilo? O velho tinha ficado maluco?

– Sou eu mesmo! Aquele rapaz que mora aí! Pode abrir sem susto!

A luz da varanda se acendeu. A vigia da porta se abriu furtivamente e olhinhos desconfiados do velho o examinaram dos pés à cabeça.

– É você mesmo! – exclamou, cheio de assombro.

Abriu finalmente a porta e deu-lhe passagem:

– Por onde você saiu? – Foi a primeira coisa que perguntou, olhando-o como se visse um fantasma.

– Pela porta – estranhou ele: – Por onde havia de ser?

A mulher já vinha também descendo a escada, toda afobada, se embrulhando num robe de chambre:

– Que foi que houve? Como é que ele saiu?

– Disse que foi pela porta – explicou o marido. – Como? Se a porta estava trancada por dentro? Não posso entender.

Ele é que não entendia:

– O senhor pode me explicar o que está acontecendo?

Então o velho lhe fez a espantosa revelação: ele já havia chegado.

– Mas como? Se estou chegando agora!

A mulher confirmou, a olhá-lo, assombrada:

– Chegou por volta de dez e meia, disse que tinha ido ao cinema, que estava com sono, ia dormir.

– Você mesmo fechou o trinco e apagou a luz da varanda antes de subir – o velho ajuntou. – Para nós você está lá no quarto.

– Lá no quarto como? Olha eu aqui!

Sentiu o corpo gelar e começou a tremer: alguém mais tinha chegado em seu lugar e estava lá no quarto, à sua espera.

– Alguém mais, não: você mesmo – insistiam os velhos.

– Conversou conosco como sempre, disse boa-noite e foi dormir.

Procurou conter sua perturbação:

– Pois então vamos lá em cima ver se eu estou lá – desafiou.

– Pois então vamos – concordou o velho, olhando-o com desconfiança.

Suas pernas se recusavam, teve de fazer grande esforço para subir a escada em companhia do casal. E se ao abrir a porta do quarto desse com alguém a esperá-lo? Alguém como ele, também chamado Otto Lara Resende – alguém com sua voz e seu corpo, alguém que fosse ele próprio a esperá-lo para o encontro definitivo? Se houvesse alguém no quarto, fosse quem fosse, ele cairia fulminado de susto no mesmo instante.

No quarto não havia ninguém.

O caso não ficou esclarecido, nem pelos velhos, nem por ele. Era inconcebível que os dois tivessem tido uma alucinação ao mesmo tempo. E muito menos que ele tivesse chegado duas vezes. Também não lhe parecia tratar-se de simples mentira ou brincadeira de mau gosto: não eram disso.

No dia seguinte não tocaram no assunto, mas desde então passaram a tratá-lo de maneira diferente, com certa reserva, depois com franca suspeição. Perturbados na sua paz, acabaram lhe pedindo delicadamente que se mudasse, iam precisar do quarto.

Mudou-se, e nunca mais os viu.

"Dito e feito", 6 de fevereiro de 1983

EU JÁ TINHA VISTO...

Eu já tinha visto aquela mulher por aí. Sabia que era casada, de modo que tomava certo cuidado. Um dia sentei ao lado dela no ônibus, puxei conversa, ela topou. Acabamos numa confeitaria da cidade, dali não passou: não quis ir comigo a lugar nenhum, dizendo você está maluco? Nem mesmo o telefone ela me deu. Mas me pediu o meu, prometendo me telefonar um dia desses.

– Pois não é que me telefonou mesmo? Quando me disse que estava falando de casa, me ocorreu logo perguntar pelo marido. Viajou, disse ela: Foi hoje para São Paulo. E acrescentou, toda faceira: Por que você não vem me visitar?

– Eu não gosto de jogar no campo adversário, prefiro terreno neutro. Mas ela já tinha vindo com aquela conversa de que não entraria num motel nem morta, de modo que resolvi aceitar o convite. E lá fui eu para o apartamento dela, numa transversal de Copacabana, nem vou dizer o nome da rua que você acaba botando numa crônica e me entregando.

– Só digo que era um prédio imenso, com centenas de conjugados. Aquilo já me deixou um pouco frio, pensei que ela morasse melhor. Ainda mais o marido sendo homem de negócios, ela havia dito, imagino que negócios ele fazia, tinha ido a São Paulo a negócios. O apartamento não passava mesmo de um quarto com banheiro e quitinete, nem janela tinha, só uma varandinha de dois palmos, se tanto.

– Não havia outra coisa a fazer ali, de modo que não perdi tempo: em dez minutos já estávamos na cama, debaixo das cobertas, que era uma noite fria. Ela fez questão de deixar a televisão ligada, dizendo que assim é que gostava, ficava mais excitante. Deviam ser umas nove horas, por aí.

– Quando estávamos no melhor da festa, ouvi um ruído na porta, e era simplesmente o ruído de uma chave entrando na fechadura. No que ela soprou no meu ouvido as palavras fatais, meu marido! Eu já pulava das cobertas como um cabrito, arrebanhava minhas roupas em cima da cadeira, chutava os sapatos para debaixo da cama e me precipitava para a tal varandinha. Nem pensar em saltar dali, estávamos no sétimo andar! Mal havia espaço para as duas portas duplas de veneziana dobradas de cada lado, uma parte sobre a outra. Foi atrás de uma delas que me refugiei, segurando calça, camisa, cueca, tudo embolado contra o peito.

– Ouvi a porta de entrada se abrindo e a voz dela perguntando espantada, mas na maior das calmas: Ué, você não foi? Uma voz de homem resmungou qualquer coisa sobre o mau tempo. Uma voz grossa, de meter medo, imaginei que devia ser um sujeito enorme. E ao fechar a porta, ele acendeu a luz.

– Eu estava perdido: a veneziana deixava passar riscas de luz, zebrando meu corpo nu de cima a baixo. Eu me sentia como se estivesse em exibição numa jaula. Espremido atrás da porta, mal conseguia respirar. Não era só o medo que me arrepiava a pele: era a humilhação de ser apanhado de calça na mão.

– Dali eu enxergava uma boa parte do quarto. Daí a impressão de estar sendo visto da cabeça aos pés. Mas não estava: eu podia ver por entre as réguas da veneziana, mas elas me tapavam o corpo. Descobrindo isso, consegui respirar um pouco, apesar da cãibra no diafragma.

– Ouvi que ele se sentava na cama com um suspiro de cansaço, dizendo: o avião das seis só saiu às sete. Não tinha teto em São Paulo. Quando já estávamos quase chegando fechou de novo, tivemos de voltar. Ela bocejou toda lânguida e falou que ficou vendo televisão, deu sono, já estava quase dormindo quando ele chegou.

– Nunca vi mulher como aquela, em matéria de dissimulação. Era como se nada estivesse acontecendo e eu nem existisse ali atrás da porta: para ela, eu podia muito bem já ter saído voando pela varanda, evaporado no ar. Ainda disse, num tom de criança: Que bom você ter voltado, bem, eu já estava com saudade...

– Pude ver perfeitamente o vulto dele, quando passou em frente à varanda, em direção ao banheiro. Ruído de água caindo. Se fechasse a porta, eu me arriscaria a vestir pelo menos a cueca. Não fechou. Ela é que conseguiu vestir a camisola, pude ver quando apareceu no meu ângulo de visão, sem nem olhar para o meu lado. Ele perguntou lá de dentro: Você jantou? Comi qualquer coisa, ela respondeu: Tem comida aí na geladeira, você quer? Se quiser, esquento para você. Como era dedicada, carinhosa! E eu ali entalado atrás da porta. A descarga lá no banheiro. Depois o homem voltando para o quarto e de repente, o susto da minha vida! Veio reto para o meu lado.

– Debruçou-se na amurada da varanda, acendeu um cigarro. Eu agora podia vê-lo a menos de um metro de mim. Não era tão grande como eu tinha imaginado, mas o suficiente para me deixar gelado de medo. Além do frio que estava sentindo, que já não era brincadeira. Ela veio buscá-lo pela mão com uma vozinha doce: Vem, amor. E ele foi. Atirou o cigarro longe e foi com ela para a cama.

– Eu acompanhava com o ouvido tudo o que faziam, mas confesso que não estava muito interessado: na posição em que me achava, só apreciei mesmo o fato de apagarem a luz. A luz e a televisão – pelo visto, com ele não tinha graça. Apesar do escuro, minha situação continuava crítica: fazia um frio desgraçado, meu corpo estava gelado, eu não aguentaria ficar ali a noite toda. E quando clareasse?

– Os dois, afinal, se aquietaram. Algum tempo mais se passou até que ele começasse a roncar. Ela então fez psiu! Psiu! Bem baixinho e eu vi que era comigo. Me mexi um pouco para esquentar o corpo que estava completamente endurecido, com cuidado infinito enfiei a cueca e a calça e, camisa na mão, ousei me esgueirar dali para o interior do quarto. Pude ver o vulto dela semi-erguido na cama, acompanhando os meus passos. Avancei com cautela até a porta, temendo tropeçar em alguma coisa.

– Descobri, tateando, a fechadura, mas meus dedos duros de frio não conseguiam rodar a chave sem fazer ruído. Entrei em pânico quando vi que tinha também um trinco de segurança, acabei conseguindo abrir a porta de qualquer maneira e ganhei o corredor, deixando-a escancarada. Ouvi atrás de mim que ele acordava com o barulho perguntando: Que foi isso? Que foi isso? E ela respondendo: Um ladrão.

– Reconheço que ela não tinha opção diante do estardalhaço que eu fiz para abrir a porta, mas com isso ele pulou da cama gritando: Pega ladrão! Pega ladrão! Minha sorte é que desta vez ele é que estava nu. Consegui fugir despencando pela escada abaixo e saindo pela garagem, enquanto vestia a camisa. Meus sapatos é que ficaram lá, debaixo da cama. Mais tarde ela simplesmente jogou na lixeira, segundo me contou. Meus lindos mocassins italianos.

– Porque no dia seguinte ela me contou o resto: o marido se vestiu às pressas e saiu acordando o prédio inteiro a gritar pega ladrão! Até lá embaixo, na rua. Juntou gente para pegar o ladrão, e agora escuta o melhor: pegaram. No meio da confusão toda, pegaram o ladrão. Levaram para a polícia e lá ele confessou tudo.

"Dito e feito", 25 de setembro de 1983

Maria Julieta Drummond de Andrade

BELO HORIZONTE (MG), 1928
RIO DE JANEIRO (RJ), 1987

Espécie de felicidade

MARIA JULIETA DRUMMOND DE ANDRADE

FOTO DE LUIZ MAURICIO

Buenos Aires (Via Varig) - Ao chegar em casa para o almoço, encontrei um recado singular: uma leitora brasileira telefonara, de passagem por aqui, pedindo que eu mandasse tirar um gato de uma árvore, na rua Honduras, em frente ao número 3805. Pensei tratar-se de uma confusão da empregada nova, que não entendera a mensagem, ou de um trote. Se fosse verdade, bem que daria uma crônica...

À noite, de volta do trabalho, outro telefonema: era Neide, da Tijuca, que viera visitar um amigo argentino e regressava na madrugada seguinte para o Rio. Notara, há três dias, a presença de um gato na cima da árvore plantada diante da casa em que se hospedava, e não sabia como ajudá-lo, pois o bichinho, que miava desconsoladamente, parecia temeroso de pular. Acu… veterinário do bairro, … a chamar os … inharam …

Queria viajar tranqüila, na convicção de que eu acharia uma solução para o caso.

Senti-me comovida e perplexa, e fui dormir consciente da responsabilidade que, a partir daquele momento, caíra sobre mim. De manhã, parti depressa para o lugar indicado, na parte mais serena e modesta de Palermo. Encontrei sem dificuldade a árvore altíssima (e infelizmente anônima para mim), mas não vi nenhum gato; apenas uma tábua comprida, unindo a varanda de um terceiro andar vizinho aos galhos medianos. Imaginei que, com aquele estratagema simples e eficaz, alguém pudera salvar o animal, e suspirei com alívio e uma ponta de decepção. Quando já me preparava para chamar um táxi, de volta, ouvi que me chamavam: era a moradora do terceiro andar, que desceu logo depois, seguida pelo marido.

— A senhora deve estar procurando a gata, não é? Ela está lá em cima, bem na ponta daqueles galhos, coitadinha. Daqui de baixo … cinzenta, mas é atigrada, e … prenhe. … entre as … imóvel, … s e chora … muito. Não quer descer de jeito nenhum, nós já pusemos escadas, a tábua, tentamos tudo. Ainda ontem telefonei para a ATC, pensando que o pessoal do programa "Semanário Insólito" podia se interessar pelo assunto, mas eles me chamaram de maluca, dizendo que televisão não tem nada que ver com animais.

— E eu fui à Sociedade Felina Argentina — comentou baixinho o marido, que a escutava com admiração.

— Ora, Pepe, como é que você queria que uma organização de gente rica, que só cuida de gatos de raça, se preocupasse com essa pobrezinha?

O marido se encolheu, humilde, e aproveitei para fazer algumas perguntas. Assim, fiquei sabendo que d. Matilde morava ali há muitos anos, que criara o filho único e agora tinha dois netinhos, mas, como não gostava da nora, pouco via as crianças e preenchia suas horas de ócio distribuindo entranhas e ossos entre os felinos da redondeza. Dava de comer a uns vinte.

— Agora tenho mais essa ali.

— E como é que a senhora consegue alimentá-la?

— Amarro pedacinhos de fígado num barbante e jogo lá da varanda. Não está vendo a quantidade de barbantes pendurada dos galhos?

— E eu jogo saquinhos plásticos, cheios de leite — completou o marido.

— Ora, Pepe, a gata mete a unha, fura o saco e o leite escorre todo.

— Mas lambe um pouquinho. Se não, já tinha morrido de sede.

— Você não entende nada disso, Pepe. Como eu ia dizendo, a gata não quer mesmo descer. O problema vai ser na hora de parir.

Dona Matilde tinha que preparar os nhoques do almoço. Despedi-me dela e do marido e fiquei por ali, atenta ao animal. Assobiei, tratei de miar, gritei algumas palavras de ternura. Depois de um tempo, ele me respondeu, baixinho. Continuei miando. O bichano se levantou, curvou o dorso, como espreguiçando-se, e com muito cuidado, muito lentamente, começou a descer. Eu o olhava com emoção, sem deixar de dirigir-lhe sons meigos. O gato (ou gata) desceu dois galhos mais. Calculei qu… chegando até a tábua, … com o coração trepidan… já, vivo, o amor que me … para sempre. Miando … se com delicadeza, ele … vemente.

Nisso aproximou-se … um menino, puxando … que parou e fez xi… raízes. O gato deteve… mente, crispado. Qua… ro se foi, voltei a ins… chamá-lo em voz al… hesitante, depois c… ele retomou a des… motocicleta, passa… e fez subir, quase … lho primitivo, de … veu mais. Assobio… livos ternos — nad…

Ao cabo de dez … decidi retirar-me…

— Miau, miau … de longe, a mo… cuidei que me d… deste que estou … Da árvore pos… petáculo do mu… e divertido; r… estou a salvo. … motocicletas … perseguir-me … descobri, na … de felicidade…

Tartarugas no jardim

MARIA JULIETA DRUMMOND DE ANDRADE

Buenos Aires (Via Varig) — Você acaba de sair — há menos de cinco minutos — e de repente o quarto ficou tão enorme, que resolvi te escrever. Claro que você nunca receberá esta carta, e … mesma ainda não decidi se vou rasgá-… Pode ser até que a ponha numa gaveta, … da mesinha de cabeceira, mas do armário, entre as combinações e camisolas … renda que não uso e insisto em conser… Daqui a meses, dois anos, num dia de … geral, eu talvez a encontre e releia, … fique comovida e pense longamente … você, talvez chore com certa afetação … do espelho, recordando o maior … da minha vida. Depois não sei se vol… a escondê-la entre a roupa e os sa… ou se a picarei duramente em peda… regulares, antes de atirá-la na lixei… um secreto prazer. Depende — ain… cedo para qualquer previsão. O ideal … descobri-la, sorrir e continuar arru… as gavetas. Coisas que acontecem, … infelizmente: só o tempo é capaz de … situações semelhantes. Em todo … ora te escrevo, sem nenhuma in… definida.

… or outra: tenho uma intenção … dizer que você deixa sempre este … al, cada vez que abre a porta do … nto e chama o elevador. Também … rdade que, junto com a ausência … chível, aparece em mim uma zo… alegria, mas de paz, de envol… nidade. À medida que o elevador … ficando menos desamparada, … dona de mim mesma, das mi… do dia inteiro que é preciso … m você. Como é bom não estar … — e que espinhoso!

… a que, se lesse esta pseudocar… entenderia nada e exclamaria … em tom irônico e inseguro: … mania de complicar tudo!" — … o sempre, enganado. Sou ab… simples, Zeca, embora não … com que você compreenda o … não gosto de você, profunda… ela tão clara, tão igual à que … pessoas sente, e tão im… aceita. Amor e desamor … perfeitos, mas quase nin… isso conscientemente, e … continuar valorizando as … fingindo que existem la… o eterno não é apenas … ventamos para disfarçar … nevolente?) fugacidade … é que você, tão incons… ragem de fugir ao con… imental e afirmar esta … ora? Todos nós — você … ltidão — somos assim: … recisamos um do outro, … ueremos estar juntos … você não vê? Já esgo…

Mas estou me perdendo em considerações inúteis. O fato é que você saiu agorinha mesmo (tenho vontade de, como os franceses, dizer *partiu*) e já estou te escrevendo esta carta, digamos anônima. A falta que você me faz, neste momento, é maior do que toda a que me fez desde que te conheci. Por que é então que, ao chegar na esquina, você não se lembra de repente que deixou aqui a carteira, as chaves, a pasta — e volta, toma de novo o elevador, sobe o aparece no quarto subitamente, dizendo com mau humor: — "Que cabeça a minha, esqueci meus documentos na cômoda"? — Eu interromperia a não-carta, pularia em teus braços como um cachorrinho surpreendido e te cobriria de beijos tão afobados, que você, ignorando minha comoção, reclamaria meio sem jeito: — "Que é isso, você enlouqueceu?" —. Sem poder explicar, eu acabaria irritada e ficaria esperando que você saísse (*partisse*) imediatamente. A incomunicação, como é cruel, meu Juca...

Se tudo isso acontecesse (e ainda bem que não acontecerá), eu talvez criasse coragem para te contar um episódio antigo que, por um obscuro pudor, nunca fui capaz de revelar. Assim: durante uma das nossas primeiras separações (são tantas, hoje, que desisti de enumerá-las), um dia tomei um ônibus, sem rumo, e desci num bairro distante, cheio de casas grandes e senhoriais. Garoava. Caminhei vários quarteirões, sem saber por que ou para que, pensando em você com alívio e angústia. Afinal a manhã clareou e tive a impressão de que tudo se tornara viçoso e trepidante de vida. Foi aí que parei diante de um jardim: abrigado por uns arbustos gotejantes, um casal de tartarugas se amava — ele em pezinho, atrás dela, movendo o pescoço de maneira aflita, soltando uns grunhidos ásperos e ansiosos. A tartaruga permanecia passiva, muito quieta, expectante, com a cabecinha fixa. Eu já havia admirado duas hienas, no Jardim Zoológico, se preparando selvagemente para a união, mas nunca, nem de longe, imaginara o amor entre os quelônios. Concluí, sedutora, que os homens e as mulheres pouco são ao lado das tartarugas apaixonadas. Entrei num restaurante qualquer, almocei sozinha e sonhadora, fui a um cinema (o filme era tão insignificante, que já nem tenho idéia de que tratava). A tardinha passei de novo em frente ao mesmo jardim. Custei a descobrir uma das tartarugas (o macho? a fêmea?), atrás de uma árvore. A outra desaparecera. Compreendi, então, o que agora trato confusamente de explicar a mim e a você e que não sei exprimir em palavras mais exatas.

Adeus, João, grande e querido de norte a sul. Hoje, agora, às 8:37, te amo com-ple-ta-men-te; daqui a pouco, não sei. Até hoje à noite, até nunca. Se você desaparecesse...

…agens existem e estão…

O pardal

MARIA JULIETA DRUMMOND DE ANDRADE

Buenos Aires (Via Varig) — Os ônibus daqui são acanhados, estreitos e não primam pelo conforto, … podem sentar-se vin… passageiros e ficar … menos outro tanto, … pela frente, onde o … bado e de mau hu… faz o troco, entre… s e responde às con… e o percurso e para… deixar de guiar e … e do trânsito indisci… r meio de manobras … agressivas. A saída … embora muitas pes… midas e impossibili… brir caminho dentro … repleto, acabem … esmo pela frente, o … ta a confusão geral. … no meio de um tu… que, no penúltimo … zembro, tentando … nos fundos de um … nha 59, um velho … junto à porta de … pequena forma … ndo-se entre os pés dos passageiros. Reparando melhor, comprovou que se tratava de um bichinho e, com curiosidade e aflição, cutucou o rapaz que se achava ao seu lado. Este o encarou, prestes a irritar-se, mas perdeu o ar desafiante quando o outro, com um gesto de cabeça, mostrou-lhe o animalzinho; empurrou de leve os que o rodeavam, agachou-se rapidamente, apanhou a coisa viva e mostrou-a ao velho, na concha da mão: era um passarinho, aparentemente ferido.

Ambos o contemplaram em silêncio, perplexos diante daquela presença alada, que surgira ao entardecer num ônibus cheio de gente voltando, suada, para casa. O velho soltou o encosto do assento em que estivera a Polaqo e passou devagar os dedos pelas plumas escuras e foscas: é um pardal — concluiu, ainda sem entender como é que uma figurinha tão absurda podia ter aparecido ali, de repente.

O rapaz mantinha a mesma expressão estática, como se não atinasse a tomar uma decisão. Ninguém, ao redor, percebera nada, tensos e exaustos como se achavam todos, querendo apenas chegar ao próprio destino e livrar-se da vizinhança incômida. Só ele e o velho, no meio do montão, tinham conhecimento do que estava acontecendo: sentiram-se, portanto, cúmplices ou irmãos, ligados profundamente por aquela espécie de milagre sem alegria, que se dava em plena cidade, em lugar e momento tão inadequados para situações semelhantes. O pardal continuava movendo-se com dificuldade na mão do rapaz, enquanto o velho acariciava a medo, com a ponta do indicador, a cabecinha pegajosa e frágil.

Os dois homens, cada um à sua maneira, estavam convencidos de que aquele passarinho era uma forma de esperança. Para o rapaz, talvez significasse a concretização de muitos sonhos: o ano que se anunciava seria menos duro que o que estava findando, ele entraria, afinal, para a faculdade, conseguiria um emprego, e Marcela, a namorada ruiva, voltaria para os seus beijos. Só que o triste estado do pardal toldava-lhe esse arco-íris de ilusões: estava, sim, segurando um mínimo ser vivo, no ônibus abarrotado, mas era um pássaro incompleto, que perdera sua condição essencial, pois não podia voar.

O velho também cismava, apalpando a ave com doçura: seu cotidiano banal, os momentos dolorosos que suportara, a falta de filhos e de dinheiro, a mulher reclamando sempre, o apartamento de fundos, comprado com tamanho sacrifício e no qual o sol não entrava nunca, o ócio de aposentado — tudo isso ia desfilando por sua memória de maneira acelerada e difusa. Ao mesmo tempo era como se o pardal, fremindo devagar sob a ponta dos seus dedos, o recompensasse de tanta mediocridade, da vida inteira …

Es… velho… segre… quand… mente… abriu, … empurr… ram e … alheia à…

— Já … los fundo…

Flor-de-açúcar

MARIA JULIETA DRUMMOND DE ANDRADE

… frer. Acostumada a ser bem querida, eu me sentia aflita. Depois que morreram continuei sem compreender, com pena daquela maldade absurda que com certeza não as deixava em paz no outro mundo. Aí decidi pedir que me mandassem algum sinal de que tudo tinha acabado e de que estavam sossegadas.

— E mandaram?

— Todas. Nenhuma falhou.

Acordaram os que cochilavam; alguns sorriram, vagamente incrédulos; outros encararam a senhora, vagamente incômodos. Perguntei:

— Que espécie de sinal?

— De vários tipos. Alguns foram tão íntimos, que prefiro não comentar; outros, mais simples. Posso contar um.

Estávamos todos atentos e seguíamos as palavras da velha senhora, que falava devagar, sem tropeços, com um léxico perfeito e … graça de 20 anos: … trabalhava durante o dia como massagista e quatro vezes por semana cantava na Confeitaria Ideal, que naquela época apresentava uma espécie de *show*, à saída da última sessão dos cinemas. Não tinha tempo para nada. Por intermédio de um amigo alemão aluguei um apartamento jeitoso, num *petit-hotel* de três andares da rua Ayacucho. A dona havia dividido cada andar em dois, e a mim tocou a parte dos fundos do segundo. Pus a menina numa escola maternal e consegui que a mulher do porteiro fosse todas as tardes ficar com ela e preparar o jantar. Elsie era educadíssima, não chorava nunca e se acostumou a dormir sozinha, sem medo, até eu voltar de madrugada.

— O apartamento era escuro, mas na área de serviço havia uma janelinha bonita que dava para o pátio do térreo. Sempre adorei plantas, só que não sobrava dinheiro para nenhum luxo. Um dia ganhei uma flor-de-açúcar, que era uma glória.

Todos os presentes, menos eu, … era uma flor-de-… crescer bastante e dá umas florezinhas rosadas, delicadíssimas. (Recorri mais tarde ao mestre Aurélio, que consigna flores de nomes preciosos: d'água, da cachoeira, da esperança, da noite, de amor, da paixão, das pedras, da redenção, de gelo, coral, de sangue, de pérolas, do céu, do norte... Tudo tão belo, que fiquei cismado no mistério dessas pétalas e dessas palavras densas de sugestões. Só a flor-de-açúcar não apareceu. Não importa. A velha senhora tinha ar honesto. Se ganhou uma, deve ser verdade. De resto, eu já disse, todos conheciam a planta.)

— Pus o vaso na janela, mas passei um arame em volta, para evitar que algum ventinho o derrubasse no pátio ou em cima da menina. O apartamento ganhou vida nova. Até a pequena ria e contava mais e passava horas olhando as florzinhas cor de rosa. Comecei a achar que tudo ia melhorar e que aquele vaso tinha nos trazido sorte.

— Foi aí que a proprietária deu para implicar comigo. Ela queria o apartamento para o filho, que ia se casar, e não sabia como me man… … tempo as leis de aluguel não eram como as de hoje... Eu pagava direitinho, não incomodava ninguém, não fazia barulho, nunca tinha visitas: era impossível arranjar um pretexto para me desalojar. Ela quase não me cumprimentava, mas eu fingia não ver, e ia tocando.

— Um dia cheguei em casa exausta, depois de atender várias freguesas, e encontrei Elsie chorando alto: o vaso tinha caído da janela e se espatifado no pátio. Não entendi nada: e o arame? A mulher do porteiro então me explicou, morta de medo, que a proprietária tinha entrado lá em casa e desamarrado o arame. Depois subiu ao terceiro andar e jogou um travesseiro sobre a janela: o vaso, naturalmente, foi atirado longe. Fiquei horrorizada, mas jurei à porteira que não a delataria. Pus Elsie no colo e fiquei esperando. Quando a dona chegou, furiosa, gritando que eu tinha que sair imediatamente do apartamento, pois por minha causa alguém poderia ter morrido no térreo, eu não disse nada. Só olhei com um jeito tão esquisito, que ela encabulou e foi-se embora sem dizer mais nada.

— Algu… me casei … rar numa … San Isid… dois ou tr… cia em o… de vez e… e ficava … sem me… de-açúc… alegria … teza, c… feito u… go, se… sentia … Uma … disse … "Por … me m… nhor… reito…

Cronista, tradutora, professora, Maria Julieta carrega um sobrenome de peso: foi filha única de Carlos Drummond de Andrade. Tornou-se cronista por acaso, a partir de um convite para escrever sobre seu pai em comemoração aos 75 anos do poeta, em 1977. A crônica "Meu pai" despertou a atenção para o seu talento de escritora. Aos seis anos, mudou-se com a família para o Rio de Janeiro, onde o pai assumira a chefia de gabinete do ministro Gustavo Capanema. Aos dezessete, lançou a novela *A busca*, com prefácio de Aníbal Machado. Formou-se em Línguas Neolatinas pela PUC-RJ. Em 1949, passou a viver na Argentina, onde, por trinta anos, desenvolveu um trabalho de divulgação da literatura brasileira. Lecionou na Universidade de Buenos Aires e dirigiu, de 1976 a 1983, o Centro de Estudos Brasileiros, espaço dedicado ao ensino da língua portuguesa e a diversas atividades culturais relacionadas ao Brasil. Foi tradutora do livro *Nova antologia pessoal*, de Jorge Luis Borges, com quem estabeleceu uma longa amizade, e verteu para o espanhol obras de teatro de Maria Clara Machado. Escreveu entre 1977 e 1987 no GLOBO, onde publicou a famosa entrevista com seu pai, registrada informalmente na casa do poeta em Copacabana, em 1984. Suas crônicas foram reunidas em três antologias: *Um buquê de alcachofras* (1980), *O valor da vida* (1981) e *Gatos e pombos* (1986). Nos textos do GLOBO, Maria Julieta, em seu estilo marcado pela delicadeza de sentimentos, trata do que mais a encantava: os bichos, os amigos e a natureza.

FLOR-DE-AÇÚCAR

Palavra puxa palavra, crônica puxa crônica – e o Guia Turístico que espere.

No sábado passado escrevi sobre os meus mortos. No dia seguinte fui a um churrasco *criollo* (e admiravelmente bem temperado) em casa de uns amigos austríacos que depois de três anos de América aprenderam a dourar a carne com mais perícia do que muitos argentinos. Entre o vinho, chouriços, morcela e bifes excelentíssimos, a conversa flutuou sem rumo e sem preocupação. Finalmente alguém falou sobre os mortos. Era uma tarde luminosa e quente, tudo convocava à sonolência. Só uma senhora vienense, de 80 anos confessados, embora aparentando menos de 70, de pele estirada e olhos muito azuis, continuava insone e cheia de vida. Num castelhano fluido, que o acento germânico tornava mais saboroso, comentou:

– Tive cinco maridos e uma infinidade de amigos. Muito poucas pessoas não gostaram de mim, e nunca entendi por quê. O pior é que elas me perseguiam, me faziam sofrer. Acostumada a ser bem querida, eu me sentia aflita. Depois que morreram continuei sem compreender, com pena daquela maldade absurda que com certeza não as deixava em paz no outro mundo. Aí decidi pedir que me mandassem algum sinal de que tudo tinha acabado e de que estavam sossegadas.

– E mandaram?

– Todas. Nenhuma falhou.

Acordaram os que cochilavam: alguns sorriram, vagamente incrédulos; outros encararam a senhora, vagamente incômodos. Perguntei:

– Que espécie de sinal?

– De vários tipos. Alguns foram tão íntimos, que prefiro não comentar; outros, mais simples. Posso contar um.

Estávamos todos atentos e seguíamos as palavras da velha senhora, que falava devagar, sem tropeços, com um léxico perfeito e uma graça de 20 anos:

– Eu tinha chegado havia pouco da Europa e estava separada do meu terceiro marido, com uma filha pequenina. Quase sem dinheiro, trabalhava durante o dia como massagista e quatro vezes por semana cantava na Confeitaria Ideal, que naquela época apresentava uma espécie de show, à saída da última sessão dos cinemas. Não tinha tempo para nada. Por intermédio de um amigo alemão, aluguei um apartamento jeitoso, num *petit-hotel* de três andares da Rua Ayacucho. A dona havia dividido cada andar em dois, e a mim tocou a parte dos fundos do segundo. Pus a menina numa escola maternal e consegui que a mulher do porteiro fosse todas as tardes ficar com ela e preparar o jantar. Elsie era educadíssima, não chorava nunca e se acostumou a dormir sozinha, sem medo, até eu voltar de madrugada.

– O apartamento era escuro, mas na área de serviço havia uma janelinha bonita que dava para o pátio do térreo. Sempre adorei plantas, só que não sobrava dinheiro para nenhum luxo. Um dia ganhei uma flor-de-açúcar, que era uma glória.

Todos os presentes, menos eu, sabiam o que era uma flor-de-açúcar. Explicaram-me que se tratava de uma planta rara, que pode crescer bastante e dá umas florezinhas rosadas, delicadíssimas. (Recorri mais tarde ao mestre Aurélio, que consigna flores de nomes preciosos: d'água, da cachoeira, da esperança, da noite, de amor, da paixão, das pedras, da redenção, de gelo, coral, de sangue, de pérolas, do céu, do norte... Tudo tão belo, que fiquei cismada no mistério dessas pétalas e dessas palavras densas de sugestões. Só a flor-de-açúcar não apareceu. Não importa. A velha senhora tinha ar honesto. Se ganhou uma, deve ser verdade. De resto, eu já disse, todos conheciam a planta.)

– Pus o vaso na janela, mas passei um arame em volta, para evitar que algum ventinho o derrubasse no pátio ou em cima da menina. O apartamento ganhou vida nova. Até a pequena ria e contava mais e passava horas olhando as florzinhas cor-de-rosa. Comecei a achar que tudo ia melhorar e que aquele vaso tinha nos trazido sorte.

– Foi aí que a proprietária deu para implicar comigo. Ela queria o apartamento para o filho, que ia se casar, e não sabia como me mandar embora. Naquele tempo as leis de aluguel não eram como as de hoje... Eu pagava direitinho, não incomodava ninguém, não fazia barulho, nunca tinha visitas: era impossível arranjar um pretexto para me desalojar. Ela quase não me cumprimentava, mas eu fingia não ver, e ia tocando.

– Um dia cheguei em casa exausta, depois de atender várias freguesas, e encontrei Elsie chorando alto: o vaso tinha caído da janela e se espatifado no pátio. Não entendi nada: e o arame? A mulher do porteiro então me explicou, morta de medo, que a proprietária tinha entrado lá em casa e desamarrado o arame. Depois subiu ao terceiro andar e jogou um travesseiro sobre a janela: o vaso, naturalmente, foi atirado longe. Fiquei horrorizada, mas jurei à porteira que não a delataria. Pus Elsie no colo e fiquei esperando. Quando a dona chegou, furiosa, gritando que eu tinha que sair imediatamente do apartamento, pois por minha causa alguém poderia ter morrido no térreo, eu não disse nada. Só olhei com um jeito tão esquisito, que ela encabulou e foi-se embora sem dizer mais nada.

– Alguns meses mais tarde eu me casei pela quarta vez e fui morar numa casinha com jardim, em San Isidro. A tal mulher morreu dois ou três anos depois. Tudo parecia em ordem em minha vida, mas de vez em quando eu perdia o sono e ficava pensando naquela história, sem me conformar. Afinal, a flor-de-açúcar tinha sido a minha única alegria durante os tempos de tristeza, como é que alguém podia ter feito uma crueldade dessas comigo, sem mais nem menos? Eu não sentia raiva, queria é entender. Uma tarde entrei numa igreja e disse dentro de mim mesma: – "Por favor, me dê uma explicação, me mande algum sinal, senão a senhora não vai poder descansar direito."

– Na semana seguinte, a menina, que já estava grandinha, veio me receber radiante: – "Mamãe, quem é que te deu essa outra flor-de-açúcar?" – Pensei que ela estava brincando, mas quando cheguei ao jardim, vi, ao lado das begônias, uma flor-de-açúcar enorme, linda, linda, toda cheia de botões. Ninguém a tinha plantado.

– Ficou lá até eu me divorciar.

10 de novembro de 1979

TARTARUGAS NO JARDIM

Você acaba de sair – há menos de cinco minutos – e de repente o quarto ficou tão enorme, que resolvi te escrever. Claro que você nunca receberá esta carta, e eu mesma ainda não decidi se vou rasgá-la. Pode ser até que a ponha numa gaveta, não da mesinha de cabeceira, mas do armário, entre as combinações e camisolas de renda que não uso e insisto em conservar. Daqui a meses, dois anos, num dia de faxina geral, eu talvez a encontre e releia, talvez fique comovida e pense longamente em você, talvez chore com certa afetação diante do espelho, recordando o maior amor da minha vida. Depois não sei se voltarei a escondê-la entre a roupa e os sachês, ou se a picarei duramente em pedacinhos regulares, antes de atirá-la na lixeira com um secreto prazer. Depende – ainda é cedo para qualquer previsão. O ideal seria descobri-la, sorrir e continuar arrumando as gavetas. Coisas que acontecem, feliz e infelizmente: só o tempo é capaz de resolver situações semelhantes. Em todo caso, agora te escrevo, sem nenhuma intenção definida.

Ou por outra: tenho uma intenção. Quero te dizer que você deixa sempre este vazio total, cada vez que abre a porta do apartamento e chama o elevador. Também é verdade que, junto com a ausência não preenchível, aparece em mim uma zona, não de alegria, mas de paz, de envolvente serenidade. À medida que o elevador desce, vou ficando menos desamparada, mais forte, dona de mim mesma, das minhas horas, do dia inteiro que é preciso percorrer sem você. Como é bom não estar ao seu lado – e que espinhoso!

Estou certa que, se lesse esta pseudocarta, você não entenderia nada e exclamaria mais uma vez, em tom irônico e inseguro: "Mas que mania de complicar tudo!". E estaria, como sempre, enganado. Sou absolutamente simples, Zeca, embora não consiga fazer com que você compreenda o óbvio: gosto e não gosto de você, profundamente. Evidência tão clara, tão igual à que a maioria das pessoas sente, e tão impossível de ser aceita. Amor e desamor são sinônimos perfeitos, mas quase ninguém admite isso conscientemente, e todos preferem continuar valorizando as próprias emoções, fingindo que existem laços perenes, que o eterno não é apenas uma ficção que inventamos para disfarçar a (intolerável? benevolente?) fugacidade das coisas. Como é que você, tão inconstante, não tem coragem de fugir ao convencionalismo sentimental e afirmar esta realidade consoladora. Todos nós – você e eu, diluídos na multidão – somos assim: precisamos e não precisamos um do outro, queremos e não queremos estar juntos. Uma sorte, Chico – você não vê? Já esgotamos o nosso tempo.

Mas estou me perdendo em considerações inúteis. O fato é que você saiu agorinha mesmo (tenho vontade de, como os franceses, dizer partiu) e já estou te escrevendo esta carta, digamos anônima. A falta que você me faz, neste momento, é maior do que toda a que me fez desde que te conheci. Por que é então que, ao chegar na esquina, você não se lembra de repente que deixou aqui a carteira, as chaves, a pasta – e volta, toma de novo o elevador, sobe e aparece no quarto subitamente, dizendo com mau humor: "Que cabeça a minha, esqueci meus documentos na cômoda"? Eu interromperia a não-carta, pularia em teus braços como um cachorrinho surpreendido e te cobriria de beijos tão afobados, que você, ignorando minha comoção, reclamaria meio sem jeito: "Que é isso, você enlouqueceu?". Sem poder explicar, eu acabaria irritada e ficaria esperando que você saísse (*partisse*) imediatamente. A incomunicação, como é cruel, meu Juca...

Se tudo isso acontecesse (e ainda bem que não acontecerá), eu talvez criasse coragem para te contar um episódio antigo que, por um obscuro pudor, nunca fui capaz de revelar. Assim: durante uma das nossas primeiras separações (são tantas, hoje, que desisti de enumerá-las), um dia tomei um ônibus, sem rumo, e desci num bairro distante, cheio de casas grandes e senhoriais. Garoava. Caminhei vários quarteirões sem saber por que ou para quê, pensando em você com alívio e angústia. Afinal a manhã clareou e tive a impressão de que tudo se tornara viçoso trepidante de vida. Foi aí que parei diante de um jardim: abrigado por uns arbustos gotejantes, um casal de tartarugas se amava – ele em pezinho, atrás dela, movendo o pescoço de maneira aflita, soltando uns grunhidos ásperos e ansiosos. A tartaruga permanecia passiva, muito quieta, expectante, com a cabecinha fixa. Eu já havia admirado duas hienas, no Jardim Zoológico, se preparando selvagemente para a união, mas nunca, nem de longe, imaginara o amor entre os quelônios. Concluí, seduzida, que os homens e mulheres pouco são ao lado das tartarugas apaixonadas. Entrei em um restaurante qualquer, almocei sozinha e sonhadora, fui a um cinema (o filme era tão insignificante, que já nem tenho ideia do que se tratava). À tardinha passei de novo em frente ao mesmo jardim. Custei a descobrir uma das tartarugas (o macho? A fêmea?), atrás de uma árvore. A outra desaparecera. Compreendi, então, o que agora trato confusamente de explicar a mim e a você e que não sei exprimir em palavras mais exatas.

Adeus, João, grande e querido de norte a sul. Hoje, agora, às 8:37, te amo com-ple-ta-men-te; daqui a pouco, não sei. Até hoje à noite, até nunca. Se você desaparecesse...

24 de maio de 1980

O PARDAL

Os ônibus daqui são acanhados, estreitos e não primam pelo conforto, pois neles podem sentar-se vinte e cinco passageiros e ficar de pé pelo menos outro tanto. Entra-se, afobado e de mau humor, cobra, faz o troco, entrega os talões e responde às consultas sobre o percurso e paradas – sem deixar de guiar e defender-se do trânsito indisciplinado, por meio de manobras e palavras agressivas. A saída é por trás, embora muitas pessoas, espremidas e impossibilitadas de abrir caminho dentro do veículo repleto, acabem descendo mesmo pela frente, o que aumenta a confusão geral.

Pois foi no meio de um tumulto assim que, no penúltimo dia de dezembro, tentando equilibrar-se nos fundos de um ônibus da linha 59, um velho viu no chão, junto à porta de saída, uma pequena forma parda, mexendo-se entre os pés dos passageiros. Reparando melhor, comprovou que se tratava de um bichinho e, com curiosidade e aflição, cutucou o rapaz que se achava ao seu lado. Este o encarou, prestes a irritar-se, mas perdeu o ar desafiante quando o outro, com um gesto de cabeça, mostrou-lhe o animalzinho: empurrou de leve os que o rodeavam, agachou-se rapidamente, apanhou a coisa viva e mostrou-a ao velho, na concha da mão: era um passarinho, aparentemente ferido.

Ambos o contemplaram em silêncio, perplexos diante daquela presença alada, que surgira ao entardecer num ônibus cheio de gente voltando, suada, para casa. O velho soltou o encosto do assento em que estivera apoiado e passou devagar os dedos pelas plumas escuras e foscas: é um pardal – concluiu, ainda sem entender como é que uma figurinha tão absurda podia ter aparecido ali de repente.

O rapaz mantinha a mesma expressão estática, como se não atinasse a tomar uma decisão. Ninguém, ao redor, percebia nada, tensos e exaustos como se achavam todos, querendo apenas chegar ao próprio destino e livrar-se da vizinhança incômoda. Só ele e o velho, no meio do montão, tinham conhecimento do que estava acontecendo: sentiram-se, por tanto, cúmplices ou irmãos, ligados profundamente por aquela espécie de milagre sem alegria, que se dava em plena cidade, em lugar e momento tão inadequados para situações semelhantes. O pardal continuava movendo-se com dificuldade na mão do rapaz, enquanto o velho acariciava a medo, com a ponta do indicador, a cabecinha pegajosa e frágil.

Os dois homens, cada um à sua maneira, estava convencidos de que aquele passarinho era uma forma de esperança. Para o rapaz, talvez significasse a concretização de muitos sonhos: o ano que se anunciava seria menos duro que o que estava findando, ele entraria, afinal, para a faculdade, conseguiria um emprego, e Marcela, a namorada ruiva, voltaria para os seus beijos. Só que o triste estado do pardal toldava-lhe esse arco-íris de ilusões: estava, sim, segurando um mínimo ser vivo, no ônibus abarrotado, mas era um pássaro incompleto, que perdera sua condição essencial, pois não podia voar.

O velho também cismava, apalpando a ave com doçura: seu cotidiano banal, os momentos dolorosos que suportara, a falta de filhos e de dinheiro, a mulher reclamando sempre, o apartamento de fundos, comprado com tamanho sacrifício e no qual o sol não entrava nunca, o ócio de aposentado – tudo isso desfilando por sua memória de maneira acelerada e difusa. Ao mesmo tempo era como se o pardal, fremindo devagar sob a ponta dos seus dedos, o recompensasse de tanta mediocridade, da vida inteira sem brilho e sem paixão. Lembrou-se de como era fino o perfil de Amélia, quando ficaram noivos, e teve saudades do olhar sem rugas, da pela nacarada, do corpinho jeitoso daquela moça de quarenta anos atrás. Descobriu que, no fundo de si mesmo, não deixara de amar a menina silenciosa que devia estar escondida em algum canto da mulher gorda e nervosa de hoje. Distinguia emoções contraditórias em sua alma e não duvidou que o responsável por toda essa tenra nostalgia fosse o pardal doente, que não trinava nem voava.

Estavam nisso, o rapaz e o velho, unidos e separados pelos segredos que compartiam, quando o ônibus freou bruscamente e a porta automática se abriu. Alguns passageiros se empurravam, outros discutiam e a maioria permaneceu alheia à confusão.

– Já disse que a saída é pelos fundos! Está proibido saltar pela frente! – berrou o chofer.

O rapaz resolveu descer também, para deixar o bicho debaixo de alguma árvore; não tinha dinheiro para levá-lo a um veterinário e, de resto, dada a lastimosa condição do pássaro, tal providência teria sido inútil. Foi nesse momento exato que o pardal levantou voo e, ziguezagueante como um raio, saiu em direção à porta de entrada. Pelo caminho foi esbarrando no ombro dos passageiros, de maneira tão veloz que, apesar de todos terem girado a cabeça ao sentir o toque ligeiro, ninguém conseguiu vê-lo.

Só o velho e o rapaz acompanharam a cena até o instante em que o passarinho, desobedecendo às ordens do chofer, saiu pela frente do ônibus. Cruzaram, então, um olhar especial e, sempre calados, se puseram a observar como os passageiros e o motorista começaram, sem mais nem menos, a sorrir uns para os outros.

2 de janeiro de 1982

ESPÉCIE DE FELICIDADE

Ao chegar em casa para o almoço, encontrei um recado singular: uma leitora brasileira telefonara, de passagem por aqui, pedindo que eu mandasse tirar um gato de uma árvore, na Rua Honduras, em frente ao número 3805. Pensei tratar-se de uma confusão da empregada nova, que não entendera a mensagem, ou de um trote. Se fosse verdade, bem que daria uma crônica...

À noite, de volta do trabalho, outro telefonema: era Neide, da Tijuca, que viera visitar um amigo argentino e regressava na madrugada seguinte para o Rio. Notara, há três dias, a presença de um gato na cima da árvore plantada diante da casa em que se hospedava, e não sabia como ajudá-lo, pois o bichinho, que miava desconsoladamente, parecia temeroso de pular. Acudira a um veterinário do bairro, que a aconselhou a chamar os bombeiros, estes a encaminharam à Sociedade Protetora dos Animais, cujo telefone não atendia. Aí lembrara-se de mim e das crônicas em que costumo proclamar meu encantamento pelos felinos; estivera até no meu escritório, mas já era tarde e eu acabara de sair. Queria viajar tranquila, na convicção de que eu acharia uma solução para o caso.

Senti-me comovida e perplexa, e fui dormir consciente da responsabilidade que, a partir daquele momento, caíra sobre mim. De manhã, parti depressa para o lugar indelicado, na parte mais serena e modesta de Palermo. Encontrei sem dificuldade a árvore altíssima (e infelizmente anônima para mim), mas não vi nenhum gato: apenas uma tábua comprida, unindo a varanda de um terceiro andar vizinho aos galhos medianos. Imaginei que, com aquele estratagema simples e eficaz, alguém pudera salvar o animal, e suspirei com alívio e uma ponta de decepção. Quando já me preparava para chamar um táxi, de volta, ouvi que me chamavam: era a moradora do terceiro andar, que desceu logo depois, seguida pelo marido.

– A senhora deve estar procurando a gata, não é? Ela está lá em cima, bem na ponta daqueles galhos, coitadinha. Daqui de baixo parece cinzenta, mas é atigrada, e acho que está prenhe.

Distingui com esforço, entre as folhas, um pequeno vulto imóvel, escolhido num canto.

– Está ali há quinze dias e chora muito. Não quer descer de jeito nenhum, nós já pusemos escadas, a tábua, tentamos tudo. Ainda ontem telefonei para a ATC, pensando que o pessoal do programa "Semanário Insólito" podia se interessar pelo assunto, mas eles me chamaram de maluca, dizendo que televisão não tem nada que ver com animais.

– E eu fui à Sociedade Felina Argentina – comentou baixinho o marido, que a escutava com admiração.

– Ora, Pepe, como é que você queria que uma organização de gente rica, que só cuida de gatos de raça, se preocupasse com essa pobrezinha?

O marido se encolheu, humilde, e aproveitei para fazer algumas perguntas. Assim, fiquei sabendo que Dona Matilde morava ali havia muitos anos, que criara o filho único e agora tinha dois netinhos, mas, como não gostava da nora, pouco via as crianças e preenchia suas horas de ócio distribuindo entranhas e ossos entre os felinos da redondeza. Dava de comer a uns vinte.

– Agora tenho mais essa ali.

– E como é que a senhora consegue alimentá-la?

– Amarro pedacinhos de fígado num barbante e jogo lá da varanda. Não está vendo a quantidade de barbantes pendurada dos galhos?

– E eu jogo saquinhos plásticos, cheios de leite – completou o marido.

– Ora, Pepe, a gata mete a unha, fura o saco e o leite escorre todo.

– Mas lambe um pouquinho. Se não, já tinha morrido de sede.

– Você não entende nada disso, Pepe. Como eu ia dizendo, a gata não quer mesmo descer. O problema vai ser na hora de parir.

Dona Matilde tinha que preparar os nhoques do almoço. Despedi-me dela e do marido e fiquei por ali atenta ao animal. Assobiei, tratei de miar, gritei algumas palavras de ternura. Depois de um tempo, ele me respondeu, baixinho. Continuei miando. O bichano se levantou, curvou o dorso, como espreguiçando-se, e com muito cuidado, muito lentamente, começou a descer. Eu olhava com emoção, sem deixar de dirigir-lhe sons meigos. O gato (ou gata) desceu dois galhos mais. Calculei que acabaria chegando até a tábua, e animei-o, com o coração trepidante, sentindo já, vivo, o amor que me ataria a ele para sempre. Miando e movendo-se com delicadeza, ele descia, suavemente.

Nisso aproximou-se da árvore um menino, puxando um cachorro que parou e fez xixi numa das raízes. O gato deteve-se imediatamente, crispado. Quando o cachorro se foi, voltei a insistir, a miar, a chamá-lo em voz alta. A princípio hesitante, depois com segurança, ele retomou a descida, mas uma motocicleta passando o assustou e fez subir, quase correndo, ao galho primitivo, de onde não se moveu mais. Assobios, miados, vocativos ternos – nada a demoveu.

Ao cabo de dez minutos, vencida, decidi retirar-me.

– Miau, miau – fez então o gato, de longe, a modo de despedida, e cuidei que me dizia: – Não entendeste que estou aqui porque quero? Da árvore posso contemplar o espetáculo do mundo, que é múltiplo e divertido; recebo fígado e leite: estou a salvo. Aí em baixo há cães, motocicletas e homens dispostos a perseguir-me. Não percebes que descobri, na altura, uma espécie de felicidade?

11 de setembro de 1982

João Ubaldo Ribeiro

ITAPARICA (BA), 1941
RIO DE JANEIRO (RJ), 2014

O dia em que meu primo e eu fomos ao fo

João Ubaldo Ribeiro

Quando eu tinha 15 anos, menino era muito mais besta do que hoje em dia. Havia rituais de gelar o sangue nas veias, tais como vestir paletó e gravata, acompanhar a irmã a uma festinha, bancar o macho e tirar uma moça para dançar, ainda por cima traçando com maestria os passos do bolero e puxando um papo sofisticado com a partenaire. Claro que tudo isso estava muitíssimo além de minha capacidade (quando eu ia sozinho pela calçada do Porto da Barra e havia um grupo de moças sentadas na balaustrada, eu atravessava a rua e passava pelo outro lado, de medo delas). Eu só ia até a parte de levar minha irmã, porque meu pai obrigava e meu pai nunca foi assim uma pessoa fácil de contrariar. Havia histórias horripilantes de sujeitos ... a frangalhos, a verda...

Incrível, fantástico, extraordinário

João Ubaldo Ribeiro

Como todos sabem, aqui em Itaparica acontece de tudo. Em matérias sobrenaturais, por exemplo, acho difícil encontrar rincão feraz e exuberante. Todo itaparicano já viu pelo menos uma, não necessariamente ... Aliás, alma penada das que ficam ululando ... do cemitério ou assombrando por trás de jaqueiras velhas e encruzilhadas, fazendo coisas de arrepiar o espírito mais valente, dessas há nos poucas. A maior das nossas assombrações ...

tros eflúvios negativos. No pátio, temos a cágada Lili, que exerce funções semelhantes, acrescidas da responsabilidade de "chupar" as doenças da casa — pois é fato notório (Cuíúba ficou escandalizado quando descobriu que eu não sabia disso, achou que, se pudesse, dava um jeito de Dona Madalena cassar meu diploma do curso primário) que as doenças não fazem mal nenhum aos cágados, que assim podem chupá-las à vontade, que a doença quebra a cara. No setor de serviços, contamos com duas rezadeiras de absoluta confiança. No dia em que me ... ram pela primeira ... horror. Eu estan... que seque... ruda ...

que eu sou escritor tipo descarado?

— Você sabe que é. Eu não sou contra, eu até aprecio uma descaraçãozinha, tem seu lugar. Mas seu avô não, seu avô era um homem sério que não admitia essas coisas. Ele podia fazer, mas nunca que escrevia, isso nunca!

— Está certo, mas o que é que meu avô tem a ver com meu livro?

— De vez em quando me ... ra você: tanto estudo ... norância da vida ... na, sua profe...

— Cuíúba, eu não estou interessado nisso, eu já sei o que você vai dizer. Eu quero saber é dessa história de meu avô com meu livro.

— Mas é claro! Seu livro não se passa aqui em Itaparica?

— Se passa.

— Então? Seu a... escrevia sobre ...

paz? Um homem brabo de... les, cheio de opinião... casa você só esc... ele quiser. ...

O dia em que nós pegamos Papai Noel

João Ubaldo Ribeiro

Na nossa turma em Aracaju — uns 15 moleques de 9 a 10 anos de idade, no tempo em que menino era muito mais besta do que hoje —, quem sabia de tudo era Neném, cujo verdadeiro nome até hoje desconheço. Neném era chamado a esclarecer todas as dúvidas, inclusive em relação a mulheres, assunto proibidíssimo, que suscitava grandes controvérsias. Ninguém sabia nada a respeito de mulheres e muitos nem sabiam direito o que era uma mulher. As mulheres usavam saias, falavam fino, tinham direito a chorar e os homens mudavam de assunto ou tom de voz quando uma delas se aproximava — e pouco mais do que isto constava do nosso cabedal de informações, razão por que Neném assumiu grande importância em nosso grupo.

Neném sabia tudo de mulher, contou cada coisa de arrepiar os cabelos. Houve quem não acreditasse naquela sem-vergonhice toda: como é que era mesmo, seria possível uma desgraceira dessas? Quer dizer que aquela conversa de que achou a gente dentro da melancia, não sei o quê, aquela conversa... Pois isso e muito mais! — garantia Neném, ...

manifestou-se pela existência de Papai Noel. Ele mesmo já estivera pessoalmente com Papai Noel. Não falara nada porque, se alguém fala assim com Papai Noel na hora do ...

havia, machidão é o que não falta em Sergipe, não se fizesse ele de besta de achar que alguém ali não era macho do dedão do pé à raiz do cabelo. Mas era uma questão delicada, como era que se ia fazer para enganar os pais e conseguir escapulir de casa à noite? E quem tivesse sono? ...

Natal havia a Feirinha, montada numa praça, com roda-gigante, carrossel, barracas de jogos e tudo de bom que a gente podia imaginar, iluminada por gambiarras coloridas e enfeitada por todos os cantos. Sim, não era impossível que um bom macho conseguisse aproveitar a oportunidade gerada pela Feirinha e escapulir para ver Papai Noel no quintal de Zizinho. Só que não podia ser ...

mente. E, já pelas dez horas, o burburinho da Feirinha chegando de longe com a aragem de uma noite quieta, estávamos nós dispondo estrategicamente pelo quintal, sob as instruções de Neném. Alguns ficaram com medo de cobra (macho pode ter medo de cobra, não é contra as normas), outros se queixaram de frio, outros de sono, mas acabamos assentados em nossas posições.

Acredito que cochilei, porque não me lembro do começo do rebuliço. Alguém tinha visto um vulto esgueirar-se pela janela do quarto ...

Romancista, jornalista, tradutor, cronista, João Ubaldo Ribeiro começou sua vida literária ainda estudante, publicando trabalhos em diversas coletâneas, como *Reunião* e *Panorama do conto baiano*. Formado em Direito pela Universidade Federal da Bahia em 1962, jamais chegou a advogar. Escritor versátil, irônico e crítico, sua obra caracteriza-se pela busca incessante da identidade nacional e a universalidade do regional. Em 1971, lançou *Sargento Getúlio*, considerado um marco do moderno romance brasileiro, vertido para o inglês pelo próprio autor. João Ubaldo morou nos Estados Unidos, Portugal, Alemanha, voltando a fixar residência por alguns anos em Itaparica – local privilegiado de sua construção ficcional – e no Rio de Janeiro, no bairro do Leblon, cujos personagens e a boemia inspiraram várias de suas crônicas. Exerceu diversas atividades jornalísticas na imprensa brasileira. Alguns de seus livros foram adaptados para o cinema, televisão e teatro. Tomou posse na Academia Brasileira de Letras em 1994. João Ubaldo Ribeiro colaborou com o GLOBO de 1981 a 1987, e de 1993 a 2014. A epígrafe de seu romance mais famoso, *Viva o povo brasileiro* (1984), é ilustrativa do conjunto de sua obra: "O segredo da verdade é o seguinte: não existem fatos, só existem histórias." Suas crônicas no GLOBO ressaltam o veio irônico e a comicidade contagiante do escritor.

O DIA EM QUE NÓS PEGAMOS O PAPAI NOEL

Na nossa turma em Aracaju – uns 15 moleques de 9 a 10 anos de idade, no tempo em que menino era muito mais besta do que hoje –, quem sabia de tudo era Neném, cujo verdadeiro nome até hoje desconheço. Neném era chamado a esclarecer todas as dúvidas, inclusive em relação a mulheres, assunto proibidíssimo, que suscitava grandes controvérsias. Ninguém sabia nada a respeito de mulheres e muitos nem sabiam direito o que era uma mulher. As mulheres usavam saias, falavam fino, tinham direito a chorar, e os homens mudavam de assunto ou tom de voz quando uma delas se aproximava – e pouco mais do que isto constava do nosso cabedal de informações, razão por que Neném assumiu grande importância em nosso grupo.

Neném sabia tudo de mulher, contou cada coisa de arrepiar os cabelos. Houve quem não acreditasse naquela sem-vergonhice toda: como é que era mesmo, seria possível uma desgraceira dessas? Quer dizer que aquela conversa de que achou a gente dentro da melancia, não sei o quê, aquela conversa... Pois isso e muito mais! – garantia Neném, e aí tome novidade arrepiante em cima de novidade arrepiante. Um menino da turma, o Jackson (em Sergipe há muitos Jacksons, por causa de Jackson de Figueiredo, é a mesma coisa que Ruy na Bahia), ficou tão abalado com as revelações que foi ser padre.

Mas, antes de Jackson se assustar mais e entrar para o seminário, chegou o primeiro Natal em que o prestígio de Neném já estava amplamente consolidado e a questão das mulheres – tão criadora de tensões, incertezas e pecados por pensamentos, palavras e obras – foi substituída por debates em relação a Papai Noel. A ala mais sofisticada lançava amplas dúvidas quanto à existência de Papai Noel e o ceticismo já se alastrava galopantemente quando Neném, que tinha andado gripado e ficara uns dias preso em casa para ser supliciado com chás inacreditáveis, como faziam com todos nós, apareceu e, para surpresa geral, manifestou-se pela existência de Papai Noel. Ele mesmo já estivera pessoalmente com Papai Noel. Não falara nada porque, se alguém fala assim com Papai Noel na hora do presente, ele toma um susto e não bota o presente no sapato. Apenas abrira um olho cautelosamente, vira Papai Noel, com um sacão maior que um estubêiquer, tirando os presentes lá de dentro, foi até no ano em que ele ganhara a bicicleta, lembrava-se como se fosse hoje. Então Papai Noel existia, era fato provado.

Alguns se convenceram imediatamente, mas outros resistiram. Aquele negócio de Papai Noel era tão lorota quanto a história da melancia. Neném se aborreceu, não gostava de ter sua autoridade de fonte fidedigna contestada, propôs um desafio. Quem era macho de esperar Papai Noel na Véspera de Natal? Tinha que ser macho, porque era de noite, era escuro e era mais de meia-noite, Papai Noel só chega altas horas. Alguém era macho ali?

Ponderou-se que não, macho ali havia, machidão é o que não falta em Sergipe, não se fizesse ele de besta de achar que alguém ali não era macho do dedão do pé à raiz do cabelo. Mas era uma questão delicada, como era que se ia fazer para enganar os pais e conseguir escapulir de casa à noite? E quem tivesse sono? Havia alguns que tomavam um copo de leite às oito horas e caíam no sono 15 minutos depois, era natureza mesmo, que é que se ia fazer? Era muito fácil falar, mas resolver mesmo era difícil.

Neném não quis saber. Disse que macho que é macho vai lá e enfrenta esses problemas todos, senão não é macho. Macho era ele, que só não ia sozinho para o quintal de Zizinho apreciar a chegada de Papai Noel porque, sem companhia, não ia ter graça e infelizmente não havia ali um só macho para ir com ele. Por que ninguém aproveitava que a Feirinha de Natal funciona até tarde e os meninos têm mais liberdade de circular à noite?

Claro, a Feirinha de Natal! Todo Natal havia a Feirinha, montada numa praça, com roda-gigante, carrossel, barracas de jogos e tudo de bom que a gente podia imaginar, iluminada por gambiarras coloridas e enfeitada por todos os cantos. Sim, não era impossível que um bom macho conseguisse aproveitar a oportunidade gerada pela Feirinha e escapulir para ver Papai Noel no quintal de Zizinho. Só que não podia ser mais perto, por que tinha de ser no quintal de Zizinho? Elementar, na explicação meio entediada de Neném: Zizinho tinha mais de dez irmãos, era a primeira casa em que Papai Noel passaria, para descarregar logo metade do saco e se aliviar do peso. Além disso, o quintal era grande, cheio de árvores, dava perfeitamente para todo mundo se esconder, cada qual num canto para manter sob vigilância todas as entradas do casarão, menos a frente, é claro, porque Papai Noel nunca entra pela frente, qualquer um sabe disso.

Eu fui um dos machos, naturalmente. E, já pelas dez horas, o burburinho da feirinha chegando de longe com a aragem de uma noite quieta, estávamos nos dispondo estrategicamente pelo quintal, sob as instruções do Neném. Alguns ficaram com medo de cobra (macho pode ter medo de cobra, não é contra as normas), outros se queixaram de frio, outros de sono, mas acabamos assentados em nossas posições.

Acredito que cochilei, porque não me lembro do começo do rebuliço. Alguém tinha visto um vulto esgueirar-se pela janela do quarto da empregada, que ficava separado da casa, do outro lado do quintal. Era Papai Noel indo dar o presente de Laleca, a empregada, uma cabocla muito bonita e, segundo Neném, "da pontinha da orelha esquerda". No duro que era Papai Noel, já havia até descrições do chapéu, da barba, do riso, tudo mesmo. Como os soldados dos filmes de guerra que passavam no cinema do pai de Neném, fomos quase rastejando para debaixo da janela de Laleca. Estava fechada agora, Papai Noel certamente não queria testemunhas.

Mas como demorava esse Papai Noel! Claro que, nessas horas, o tempo não anda, escorre como uma lesma. Mas, mesmo assim, a demora estava demais.

– Estou ouvindo uns barulhinhos – cochichou Neném.

– Eu também.

– Eu também. E foi risada, ainda agora, foi risada?

– Psiu!

Silêncio entre nós, novos barulhinhos lá dentro.

– Quem é macho aí de perguntar se é Papai Noel que está aí? – perguntou Neném.

Eu fui macho de outra vez. Estava louco para apurar aquela história toda, queria saber se Papai Noel tinha trazido o que eu pedira e aí gritei junto às persianas:

– É Papai Noel que está aí?

Barulhos frenéticos lá dentro, vozes, confusão.

– É Papai Noel?

A barulheira aumentou e, antes que eu pudesse repetir a pergunta outra vez, a janela se abriu com estrépito e de dentro pulou um homem esbaforido, segurando uma camisa branca na mão direita, que imediatamente desabalou num carreirão e sumiu no escuro. Lá dentro, ajeitando o cabelo, Leleca fez uma cara sem graça e perguntou o que a gente estava fazendo ali.

– Era Papai Noel que estava com você?

– Era, era – respondeu ela.

Mas ninguém ficou muito convencido, até porque o homem que pulara tão depressa janela afora lembrava muito o pai de Zizinho. Que, por sinal, no dia seguinte, deu 5 mil réis a ele, disse que ficasse caladinho sobre o episódio e explicou ainda que o Papai Noel não existia, Papai Noel eram os pais, como ele, pai de Zizinho, que todo Natal ia de quarto em quarto, distribuindo presentes. De maneira que até hoje a coisa não está bem esclarecida, nós ficamos sem saber se bem era uma história de Papai Noel ou se bem era uma história de mulher daquelas de arrepiar os cabelos.

23 de dezembro de 1984

O DIA EM QUE MEU PRIMO E EU FOMOS AO FORRÓ

Quando eu tinha 15 anos, menino era muito mais besta do que hoje em dia. Havia rituais de gelar o sangue nas veias, tais como vestir paletó e gravata, acompanhar a irmã a uma festinha, bancar o macho e tirar uma moça para dançar, ainda por cima traçando com maestria os passos do bolero e puxando um papo sofisticado com a *partenaire*. Claro que tudo isso estava muitíssimo além de minha capacidade (quando eu ia sozinho pela calçada do Porto da Barra e havia um grupo de moças sentadas na balaustrada, eu atravessava a rua e passava pelo outro lado, de medo delas). Eu só ia até a parte de levar a minha irmã, porque meu pai obrigava e meu pai nunca foi assim uma pessoa fácil de contrariar. Havia histórias horripilantes de sujeitos reduzidos a frangalhos, por terem atravessado o salão garbosamente à vista de todos e terem sido rejeitados por todas as moças de uma mesa, inclusive a prima dentuça de Ipirá. Eu não me arriscava e, além de tudo, ou dançava laboriosamente o bolero ou conversava, as duas coisas ao mesmo tempo não dava pé, não sou essas inteligências todas.

Meu pai resolveu interferir nessa situação, que por sinal também afligia meu primo Luiz Eduardo, praticamente criado junto comigo. Entre comentários sobre métodos para fazer a barba engrossar e mentiras cavernosas a respeito de nossas pobres primas e mulheres fictícias "lá em Aracaju", nós éramos um festival de despeito e inveja dos caras que dançavam bolero, atravessam salões e namoravam as moças. Além de tudo, naquele tempo o sujeito tinha de ser bonito, com cara de artista de cinema americano, mas eu estava mais para o Wilson Grey com cabelo arrepiado e meu primo parecia o filhinho mais velho de Oliver Hardy. Enfim, era um desastre e meu pai, que sempre foi um homem de decisão, resolveu dar um basta.

– Na véspera de São Pedro – anunciou ele – vai ter um forró no sítio do Osório e vocês vão, e vão dançar!

Como, dançar? Dançar, nós? Muito mal conhecíamos a teoria dos passos do bolero, discutida à exaustão com os mais experientes, como vamos dançar baiões e xotes e cocos e valsas e polcas?

– Como tudo mais neste mundo – sentenciou o velho –, isto depende de preparação. Vamos nos preparar!

Entramos em clima de concentração. Luiz revelou muito mais talento do que eu, tendo bailado airosamente com todas as mulheres da casa logo às primeiras lições, era uma vocação nata, inibida apenas pela timidez. Quanto a mim, receio não poder dizer o mesmo. Meu pai decidiu que tanta burrice não era possível, e assumiu o comando direto da situação.

– Eu mesmo danço com você para lhe ensinar! – rugiu ele. – Luiz, bote aí um xote repinicado na eletrola!

Foi um treinamento duro, não só porque o velho não é o rei da paciência como porque não admitiu ser a dama.

– Faz-se de besta! – disse ele, assim que fomos iniciar a primeira contradança. – A dama é você!

Apesar dessa deficiência de base, acabei sendo declarado formado pela academia de dança de meu pai. Não fiquei assim um Travolta, mas consegui dançar com D. Abelina, nossa vizinha, um xaxado inteirinho sem pisar nos pés dela – até hoje ela se lembra de fato com emoção e alívio (nas duas primeiras tentativas, ela teve de desistir depois que eu chutei o tornozelo dela). Meu pai ficou satisfeitíssimo, fazia descrições antecipadas de nosso sucesso na festa como grandes pés de valsa, rodopiando com as moças pelo salão como Fred Astaire e Ginger Rogers. O detalhe de nosso problema, em relação a ir lá tirar a moça para dançar, foi levado à sua atenção, mas ele não se impressionou.

– É muito simples – explicou. – Eu entro na festa com vocês, vejo lá uma moça, mostro a vocês e vocês vão lá tirar.

– Ah, eu não vou – disse eu.

– Vai, sim, rapaz, é uma coisa simples. Inclusive porque, se você não for, eu peço a ela para lhe tirar. Eu vou lá e digo: "Boa noite, minha filha, eu tenho um filho frouxo que nem a necessidade – aquele dali, espie! – e então eu queria ver se você não me podia fazer o favor, pelo que lhe fico eternamente grato, de tirar ele para dançar e..."

– Chega, pai, precisa não, pai, eu mesmo vou tirar.

– Viu? Eu não disse que você ia?

Clima de grande nervosismo, desde a manhã do dia da festa. Meu pai resolveu fazer uma espécie de revisão final, e Luiz e eu passamos a manhã toda dançando, o regime do velho era duro. Chutei de novo o tornozelo de D. Abelina, mas só uma vez e de leve, acabei passando, embora raspando, pelo controle de qualidade. E, de tarde, quando achávamos que teríamos tempo de treinar tirar moças para dançar e de rezar bastante pela proteção de todos os santos, meu pai apareceu com outra novidade.

– A festa é caipira – declarou. – Isto quer dizer que vocês vão vestidos de caipira. Sua mãe já está providenciando.

Minha mãe – que família! – não só é uma excelente providenciadora como tem todas as prendas, de doceira a bordadeira. De maneira que o capricho na nossa caracterização foi grande e a criatividade da família desembestou. No começo, era só um chapeuzinho de palha desfiado nas abas, uma roupa velha, tênis velhos e um lenço no pescoço. Meu pai, contudo, criticou acerbamente essa primeira versão, achou uma pobreza. Aí foram aperfeiçoando; encurtaram a perna de uma das calças; fizeram um rombo num tênis; puseram diversos remendos na camisa e nas calças; me deram uma meia de cada cor, uma delas furada no mesmo lugar que o sapato; pintaram bigode e barba com cortiça queimada. E, finalmente, pintaram de preto, tanto a mim quanto em Luiz, um dente da frente.

Quando terminaram, Jararaca e Ratinho, junto de nós, apareceriam vestidos por um alfaiate londrino. Ficamos um pouco inseguros, mas todos nos garantiram como seríamos um sucesso, a alma da festa. E, depois, como nos sentiríamos, aparecendo de roupa comum, numa festa caipira em que todo mundo estaria fantasiado? Pensássemos na pândega, nas nossas colegas de escola e de turma que estariam lá também vestidinhas a caráter, pensássemos nas garotas da vizinhança, pensássemos nas nossas recém-adquiridas habilidades coreográficas, pensássemos no forró, a vida é uma beleza. Tendo furtivamente tomado uma dose de licor de jenipapo cada um, Luiz e eu chegamos animados à festa. O forró propriamente dito era numa espécie de sala de visitas enorme com várias portas. Saindo do carro do velho, víamos figuras dançantes lá dentro, muita animação já reinando. Descemos do carro, minha mãe nos inspecionou, declarou tudo em ordem. Marchamos para a casa. Por acaso, nessa hora, os músicos fizeram um intervalo, todo mundo parou de dançar. A maior parte dos presentes foi para uma mesa cheia de doces e bebidas, outros ficaram junto às janelas – o centro da sala, perto da entrada, inteiramente vazio. Era certamente para a nossa chegada triunfal. Lá estavam – ouvíamos as vozes – nossas colegas, as moças da vizinhança, nossos amigos. E de fato estavam. De olhos arregalados para nós, à nossa entrada de calça capenga, chapéu de palha, roupa remendada, sapato arrombado, barba de carvão e dente preto na frente. Isto porque absolutamente ninguém estava vestido de caipira, todo mundo – colegas, mocinhas da vizinhança etc. – estava de roupa comum. Eta mundo véio!

Meu pai se solidarizou. Compreendeu nossa necessidade de nos retirarmos imediatamente para o carro, autorizou mais um dedinho de licor de jenipapo, botou a culpa em minha mãe e deu uma nota dez para cada um. Posso ter saído lucrando, mas até hoje tenho certo trauma de festa caipira e não suporto cheiro de cortiça queimada.

30 de junho de 1985

INCRÍVEL, FANTÁSTICO, EXTRAORDINÁRIO

Como todos sabem, aqui em Itaparica acontece de tudo. Em matérias sobrenaturais, por exemplo, acho difícil encontrar terra tão feraz e exuberante. Todo itaparicano já viu pelo menos uma alma, não necessariamente penada. Aliás, alma penada mesmo, das que ficam ululando na porta do cemitério ou assombrando por trás de jaqueiras velhas nas encruzilhadas, fazendo cada careta de arrepiar o espinhaço do mais valente, dessas até que temos poucas. A maior parte das nossas assombrações é muito pacífica, familiar até. Cuiúba mesmo já viu o finado Cuiúba, pai dele (toda família é Cuiúba e saíram com a cara de um pássaro chamado cuiúba, não dos mais belos com que nos dadivou a Natureza), assim passando pela cozinha ou encostado na mesa da sala. Foi Cuiúba quem nos salvou, ou, aliás, salvou meu livro mais recente, através de seus conselhos sobre coisas do Além.

Eu tinha interrompido o livro algum tempo e, agora que me via sozinho em Itaparica, com todo o tempo do mundo para escrever, não saía mais nada. Começou a me dar uma porção de maluquices e cheguei a ter visões de um futuro de absoluta decadência, tornando-me um ébrio e rolando na sarjeta, incapaz de escrever mais uma palavra e mal recebido pelas pessoas de bem. Um dia, tomando umas cervejinhas com Cuiúba em comemoração da sua dentadura nova, confessei-lhe minha triste condição. Ao que ele replicou, com muita naturalidade, que já esperava por isso.

– Seu avô – disse ele – era um homem sério, só escrevia coisas sérias, coisas históricas, belas palavras, bonitas declamações e letras finas. Você é um escritor tipo descarado, que uma pessoa não pode ler numa escola o que você escreve.

– Que é isso, Cuiúba, como é que eu sou escritor tipo descarado?

– Você sabe que é. Eu não sou contra, eu até aprecio uma descaraçãozinha, tem seu lugar. Mas seu avô não, seu avô era um homem sério que não admitia essas coisas. Ele podia fazer, mas nunca que escrevia, isso nunca!

– Está certo, mas o que é que meu avô tem a ver com meu livro?

– De vez em quando me admira você: tanto estudo e tanta ignorância da vida. Dona Madalena, sua professora, sempre disse que...

– Não interessa o que Dona Madalena disse, você vive repetindo isso.

– Ela disse que você era uma grande capacidade, mas tinha muitos problemas na ideia. O estudo demais amolece a ideia. O estudo demais...

– Cuiúba, eu não estou interessado nisso, eu já sei o que você vai dizer. Eu quero saber é dessa história de meu avô com meu livro.

– Mas é claro! Seu livro não se passa aqui em Itaparica?

– Se passa.

– Então? Seu avô também escrevia sobre Itaparica, mas sobre coisas heroicas, coisas belas. Então você acha que ele ia concordar com as coisas que você escreve?

– É, talvez ele não gostasse muito. Mas ele já morreu.

– E a alma? Ele não tinha alma, não, é?

– A alma? Você acha?

– Acho não, tenho certeza! Você acha de escrever na casa dele, na mesma sala onde ele trabalhava, e pensa que ele não vai querer que você escreva do jeito que ele acha certo? Você não conhece seu avô, não, rapaz? Um homem brabo daqueles, cheio de opinião? Naquela casa você só escreve do jeito que ele quiser, duvido que ele desgrude de você.

– Quer dizer que...

– É, meu amigo, ali é na lei dele. Se você não arranjar outro lugar para escrever, ele não larga seu pé.

Fui para casa, sentei diante da máquina, tentei continuar, não saiu coisa nenhuma. Olhei por cima do ombro para ver se via meu avô, mas não via nada. Mas será que Cuiúba não tinha razão? Olhei para o canto onde o velho costumava ficar escrevendo em pé seus artigos e declamando tudo numa voz regulada que só ele entendia, cumprimentei-o e pedi-lhe, muito delicadamente, que me deixasse continuar o trabalho, eu tinha um contrato a cumprir, tinha responsabilidade, vivia daquilo, ele por favor não ficasse espiando meu trabalho que eu não conseguia trabalhar assim etc. etc. Não adiantou nada. Consultei-me com Cuiúba novamente. Ele riu.

– Só mesmo na sua cabeça querer discutir com alma. Alma é o bicho mais teimoso que existe e, se seu avô já era teimoso em vida, imagine agora. Não vai adiantar nada, rapaz, eu já lhe expliquei que só você procurando outro lugar para trabalhar.

Procurei o lugar, arranjei meu saudoso escritório da praça, o velho deixou de se meter no meu livro, consegui terminar tudo como havia planejado. Minha mulher, que não é baiana, ficou impressionadíssima e passou a se assessorar com as melhores fontes da ilha. Hoje, modéstia à parte, estamos cobertos por todos os lados. No jardim, temos dois pinhões roxos, necessários para afastar maus olhados e outros eflúvios negativos. No pátio, temos a cágada Lili, que exerce funções semelhantes, acrescidas da responsabilidade de "chupar" as doenças da casa – pois é fato notório (Cuiúba ficou escandalizado quando descobriu que eu não sabia disso, acho que, se pudesse, dava um jeito de Dona Madalena cassar meu diploma do curso primário) que as doenças não fazem mal nenhum aos cágados, que assim podem chupá-las à vontade, que a doença quebra a cara. No setor de serviços, contamos com duas rezadeiras de absoluta confiança. No dia em que me rezaram pela primeira vez, foi um horror. Eu estava tão carregado que sequei vários ramos de arruda e botei duas para bocejar e se arrepiar que foi um espanto. Coisa difícil mesmo, trabalho para vários dias de descarrego. Foram recomendados banhos de sal grosso, banhos de folhas e outras medidas complementares, seguidas à risca. Os meninos também foram rezados, a mulher idem e, finalmente, tomamos a última providência, que foi descarregar a casa toda. Muita produção, coisa completa mesmo, até com efeitos especiais provocados pela queima de montinhos de pólvora nas soleiras das portas – minha mulher exigiu absolutamente todos os serviços, o kit integral.

Deu certo, claro. Estamos ótimos e Cuiúba garantiu que a cobertura ficou perfeita. O que bons especialistas não conseguirem, ninguém consegue. Até meu avô melhorou de humor, apareceu outro dia na sala muito sorridente, disse que estava bastante satisfeito comigo, elogiou os bisnetos e declarou que leu meu livro.

– Ah, é mesmo? – sorri eu. – E gostou?

– Também não vamos exagerar – respondeu ele, dando um acenozinho de despedida e desvanecendo junto da porta da varanda.

20 de outubro de 1985

Otto Lara Resende

SÃO JOÃO DEL-REY (MG), 1922
RIO DE JANEIRO (RJ), 1992

OPINIÃO • 7

O passado é azul

"Façanha: ir sobrevivendo."
Carlos Nejar

OTTO LARA RESENDE

6 • O PAÍS

O que for soará

OTTO LARA RESENDE

"La realidad es siempre anacrónica."
Jorge Luis Borges

...fópagas
...nas e pas

As meninas Hortência e Rosa

Buenos Aires
5 dias

Domingo, 18 de junho de

O GLOBO

6 • O PAÍS

Os charutos e a calamidade

OTTO LARA RESENDE

"Machado de Assis até hoje é o mestre da crônica."
Carlos Drummond de Andrade

Jornalista, escritor, professor, cronista, Otto Lara Resende iniciou sua formação no Instituto Padre Machado, escola de tradição católica fundada pelo seu pai, Antônio Lara Resende, professor de português. Leitor voraz, desde muito cedo, interessou-se pelas obras de Machado de Assis, Dostoiévski, Paul Valéry e Louis Aragon. Em 1938, mudou-se com a família para Belo Horizonte e, em 1939, passou a colaborar com *O Diário*, jornal da Cúria Metropolitana, tornando-se, em seguida, editor do caderno literário do *Diário de Minas*. Ingressou, em 1940, no curso de Direito da Faculdade Federal de Minas Gerais, graduando-se em 1945, ano em que se transferiu para o Rio de Janeiro. Integrou o grupo de intelectuais mineiros, amigos de juventude de Belo Horizonte, formado por Fernando Sabino, Hélio Pellegrino e Paulo Mendes Campos, denominado por ele como "os cavaleiros de um íntimo apocalipse". Nélson Rodrigues foi, também, uma amizade próxima, fazendo de Otto Lara personagem de suas crônicas, chegando a incluí-lo no título de uma de suas peças: *Bonitinha mas ordinária ou Otto Lara Resende*. Publicou cinco livros de contos e um romance, entre os quais *O lado humano* (1952), *A boca do inferno* (1957) e *As pompas do mundo* (1975). Em 1957, foi adido cultural na Embaixada do Brasil em Bruxelas e, em Lisboa, de 1966 a 1977. Trabalhou na TV Globo como diretor e apresentador de programa de entrevistas, e como cronista e jornalista, atuou em diversos periódicos. Otto Lara Resende colaborou no GLOBO de 1977 a 1991, assinando coluna de crônicas e artigos. Foi eleito para a Academia Brasileira de Letras em 1979. Seus textos expressam um estilo refinado, de comentarista arguto e bem-humorado.

O QUE FOR SOARÁ

"La realidades siempre anacrónica."
JORGE LUIS BORGES

Afinal, cá estamos. Mais um ano ficou para trás, o que quer dizer que mais um ano abre à nossa frente. Tudo são agora expectativas. Ou potencialidades, à disposição de quem as quebra desabotoar e dar-lhes caminho para que sejam atos: realidade. Cada qual faz o seu próprio destino. Nada parece menos verdadeiro, neste século de certezas, inabaláveis certezas que vão mudando segundo as modas e os tempos. Tudo parece antes decidido pela fatalidade. O que está escrito.

O que se esconde no futuro seria assim uma linha traçada sem a nossa participação, e por isto mesmo insusceptível de ser modificada. O que nos cabe no máximo é o pensamento positivo. Ainda aqui, os decretos da Psicologia nos impõem escolhas e opções que nada têm com o livre-arbítrio. Joguete do inconsciente, o homem não sabe o que faz. Ou não sabe por que o faz. E só sabe porque faz, quando, feito, já não há condição de modificar o que faz.

Visto à luz desse fatalismo que não deixa espaço para a razão e a liberdade, ao mesmo tempo que nos impõe a tirania dos desejos, ainda os mais desconhecidos, os que não ousam murmurar o próprio nome, um novo ano não é muito mais do que uma simples convenção do calendário. Mas estamos presos também às convenções, como num jogo de que é impossível escapar. Na melhor das hipóteses, radicalizando, caímos na convenção do anticonvencionalismo.

Filosofança à parte, lá se foi mais uma etapa. Se a vida é uma corrida de obstáculos, em qualquer altura dessa corrida um ano a mais é sempre mais um título, para não dizer mais uma vitória. Mesmo que os obstáculos é que nos vençam. Diante do novo ano, é preciso fugir do fracasso. Evitar o desastre prévio que chega, ou é atraído, como um ato de fé. Cumpre não buscar a infelicidade, como a buscam tantos neuróticos, sem a ajuda das bruxas de Lady Macbeth.

Afinal, é possível dar a volta por cima do pessimismo. Os videntes podem ser cegos, surdos e mudos, como o defunto Elias. Sempre houve cassandras. Mas o pessimismo, como filosofia, é recente. Até a palavra foi inventada outro dia mesmo, por oposição ao otimismo. Otimista foi e é Pangloss. Um bom personagem não passa com o passar dos anos. Pelo contrário. Pangloss está mais vivo hoje do que em 1759.

De fato, o mestre de Candide está muito mais conhecido e divulgado. Se não fosse Voltaire, não existiria a palavra "otimismo", derivada de "ótimo" ou de "optimo", que era como se escrevia antes de o Estado meter o bedelho em tudo, até na ortografia. Convenhamos que "optimismo" com "p", e um "p" que soa, é bem mais convincente. Não há de ser por outra razão que um poeta da qualidade de Abgar Renault continua, soberano, a escrever segundo a etimologia a sua vasta cultura linguística.

Bem-vindo seja o poeta, porque são os poetas que nomeiam. São eles que dão nomes às coisas. Coisas sem nome não existem. São anteriores ao verbo. Não nos chega delas sequer uma vaga notícia, até que sejam batizadas e se transformam num objeto verbal. O otimismo só apareceu no século XVIII, graças à invenção vocabular de Voltaire. Por antinomia, uma vez nomeado o otimismo, apareceu o pessimismo.

No dicionário e no curso da vida, o pessimismo é assim muito recente. Mais do que uma atitude, ou resultado de uma reflexão, é quase sempre um cacoete. Pode-se eliminar o pessimismo, eliminando-se a palavra. Onde não há a palavra, é o nada. Não por isto, esperemos, vá alguém pedir um decreto secreto para pôr fim à onda pessimista que avassala o Brasil. Feitos de palavras, palavras gastas, vazias, os decretos não inventam nada. Nem inovam. Já há decretos demais. Talvez seja o caso de lhes reduzir o número.

Ou de esquecê-los. Sem a boa ajuda da memória, da memória que esquece, seria inviável encarar o futuro. Estamos vivos também porque esquecemos. Esquecer o que está mais próximo é mais fácil do que esquecer o que ficou lá longe, no início do tempo. Do tempo individual de cada um. Então não é difícil esquecer 1987 e até, se for preciso, esquecer mais uns poucos anos, quantos forem necessários, para abrir caminho à renovação, à confiança e, quiçá, à realidade: a 1988. Quem duvidar que pense, por exemplo, em 1968. 20 anos depois, está pior? Ou estará melhor? Pois então pessimistas e otimistas: felicidade. E seja o que Deus quiser.

3 de janeiro de 1988

OS CHARUTOS E A CALAMIDADE

"Machado de Assis até hoje é o mestre da crônica."
CARLOS DRUMMOND DE ANDRADE

Exatamente há cem anos, um cronista carioca abria a sua crônica na *Gazeta de Notícias* com a seguinte exclamação: "Quantas questões graves se debatem neste momento!" Entre as questões graves, o cronista selecionava três ou quatro que não podiam passar sem comentário. E com o mais fino *sense of humour,* mencionava o caso das galinhas de Santos e o caso das farinhas de Pernambuco. As duas eram questões mínimas – e, todavia, ponderosas, desde que consideradas do lado dos princípios, ou seja, da Economia, porque implicavam aumento de preços.

De relance, questões assim tão graves traziam à lembrança do cronista uma história contada num almanaque de 1843. A história é a do sujeito que, dando com um casebre a arder, e uma velha sentada e chorando, perguntou se a casinha era sua. "Não tenho mais nada, perdi tudo" – respondeu a velha. O homem lhe pediu então licença para acender o seu cigarro – e o acendeu na calamidade particular. Voltando ao problema do aumento do preço das galinhas, o cronista diz que aí rege a lei econômica, e contra esta não há quebrar a cabeça. Nem por isto, porém, deixam de aparecer sujeitos para acender dois ou três charutos na calamidade pública. "Em alguma parte se hão de acender os charutos" – escreve o cronista com uma ponta de sarcasmo, antes de passar ao problema da moeda. O que é dólar, há cem anos era a libra esterlina. A Inglaterra reinava imperial e soberana. Como o cronista não tinha nenhuma libra no bolso, não se sentia com o direito de opinar. Nem por isto deixava de dizer que um ideia se tinha metido na sua cabeça – "que não nos ficava mal possuir uma moeda nossa, em vez de dar curso obrigatório à libra".

Um amigo do cronista achava a ideia absurda. "Eu, porém – continuava o cronista –, teimo na ideia, por mais que me mostrem que daqui a pouco ou muito lá se pode ir embora o ouro, nacional ou não. Afinal, a Inglaterra tem sua libra, a França o seu franco, os Estados Unidos o seu dólar – por que não teríamos nós nossa moeda batizada? Em vez de designá-la por um número ideia – 20 mil réis –, por que não lhe poremos um nome – cruzeiro –, por exemplo? Cruzeiro não é pior que os outros, e tem a vantagem de ser nome e de ser nosso."

A citação é longa e podia ser mais longa, para mostrar, se ainda fosse preciso mostrar, quanto o cronista Machado de Assis continuava atual, exatamente cem anos depois dessa crônica sobre galinhas de Santos, as farinhas de Pernambuco e a moeda brasileira. Só em 1942, quase meio século depois, o mil-réis veio a ser substituído pelo cruzeiro. O cruzeiro, por sua vez, em 1965 virou cruzeiro novo e depois cruzado, em 1986, para agora, mais desmoralizado do que nunca, se transformar em cruzado novo, sonho de uma noite de verão e nosso atual pesadelo.

Se em 1889 existia um sujeito para acender o cigarro numa calamidade particular, hoje não faltam os que acendem dois, três e mais charutos na calamidade pública. Aí estão não as galinhas de Santos e as farinhas de Pernambuco, mas as Bolsas de São Paulo e do Rio para não me deixar mentir. E nem é preciso recorrer às Bolsas, quando a calamidade pública está por toda a parte e, no incêndio iminente da hiperinflação, são muitos os que acendem os seus deliciosos charutos. Nestes cem anos da República, o progresso do Brasil de fato tem sido espantoso, se o avaliamos pelo número e pela qualidade dos charutos que se vão acendendo e fumando à custa da calamidade pública.

No próximo dia 21, quarta-feira, faz 150 anos que nasceu no Rio, mais exatamente no Morro do Livramento, Joaquim Maria Machado de Assis. A mais completa figura de nossas letras, entre tantas qualidades que o distinguiram, teve também esta – de enxergar com nitidez o futuro. Pode-se até dizer que foi um futurólogo capaz de acertar mesmo quando brincava, ou sorria. Acertou, por exemplo, quando previu o advento do cruzeiro, como acertou quando anteviu o aterro da Baía de Guanabara, a construção da ponte Rio-Niterói e a mudança da capital para Brasília. Não duvido que tenhamos hoje muito mais razões de pessimismo do que há cem anos, em 1889, quatro ou cinco meses antes da Proclamação da República, data da aqui citada crônica de Machado de Assis. Provavelmente temos também mais razões de chorar do que a velhinha que via pegar fogo "o triste buraco em que morava".

Com uma pitada de *sense of humour,* virtude genuinamente machadiana, não nos faltarão também razões para rir, ou ao menos para sorrir. A quem nesta hora estiver cético e pessimista, tão pessimista e tão cético quanto foi, como dizem, o próprio Machado de Assis, me permitindo dar um conselho: leia já, sem demora, algumas páginas do cronista, do contista ou do romancista Machado de Assis. Duvido que esse leitor, não conclua comigo que uma nação que tem um gênio desse quilate tem o dever de ser uma grande nação. Saído do nada, autor de si mesmo, tendo vencido todos os obstáculos pessoais e sociais, físicos e psicológicos, Machado de Assis sozinho é a melhor garantia de que passam as galinhas de Santos e as farinhas de Pernambuco, o mil-réis e o cruzeiro passam, passam o cruzado e o cruzado novo, mas o

Brasil não passa. O Brasil resiste – e nada o desvia de seu destino de grandeza. Como resistente aos séculos esse verdadeiro milagre brasileiro que é Joaquim Machado de Assis. Desculpem a ênfase.

18 de junho de 1989

O PASSADO É AZUL

"Façanha: ir sobrevivendo"
CARLOS NEJAR

O banco não tinha aberto as portas e a fila se espichava pela calçada. Ninguém queria ser apanhado pela greve sem um dinheirinho no bolso. Quem vive no Rio hoje precisa ter uma paciência de Jó, me disse o cidadão que estava na minha frente. Pelas minhas costas, a fila continuava a crescer. Eu já estava disposto a ir embora quando uma senhora grampeou o meu olhar e segurou por aí a minha atenção. Seria descortês não dar ouvidos àquela velhinha de físico frágil e voz enérgica. Num minuto ela se transformou em porta-voz da indignação que se escondia debaixo de nossa geral resignação.

À medida que a irada velhinha concedeu licença para um aparte, cada um dos presentes contou como tem sido maltratado nesta cidade que até outro dia foi maravilhosa. Sim, senhor, maravilhosa! Os mais moços nem podem imaginar. Vivem como mártires neste cotidiano de dificuldades que vão da burocracia sádica à selvagem violência. Nada funciona. Em vão tentei abrir uma exceção para os Correios, o único serviço público que ainda não foi destruído. O telefone é uma vergonha. Foi literalmente desinventado. Os hospitais, nem se fala. E assim por diante.

O bate-papo ajuda a passar o tempo e distrai os que esperam. O desabafo alivia o espírito. Por isto é que o mau humor carioca assume às vezes um paradoxal tom bem-humorado. Está mais para risonho do que para azedo. Entre o protesto e a queixa, a conversa segue uma linha que descamba para a gozação. A velhinha que encontrei na fila do banco tem lá suas razões, mas não passa de uma saudosista.

O saudosismo vê o passado todo azul com bolinhas brancas. No presente, não há nada que preste. A verdade, porém, não é bem assim. Quem quiser saber como era o Rio de ontem, ou de anteontem, procure ler os seus cronistas. Nasça onde nascer, o sujeito chega aqui e vira carioca. Nem por isto perde o espírito crítico. A louvação da cidade nunca pretendeu tapar o sol com a peneira. Nem podia ser diferente. Até outro dia mesmo, a falta d'água era um drama diário. Se recuarmos mais uns poucos anos, vamos dar de cara com a febre amarela.

Manuel Bandeira teve de pedir em versos que recolhessem o lixo do seu prédio, em pleno centro da cidade. Filas e mais filas aparecem nas crônicas de Carlos Drummond de Andrade. Machado de Assis esperava morrer antes que aterrassem a baía de Guanabara. Hoje ninguém perde tempo em condenar o aterro do Flamengo, ou a duplicação da praia de Copacabana, que contribuíram para melhorar o trânsito e para embelezar a cidade. Mas há quem fale mal dos túneis e dos elevados. Vai ver, com razão.

Há problemas do tempo do cronista Machado de Assis, portanto do século passado, que continuam atuais. É o caso das enchentes do verão, cada vez mais catastróficas. O presente tem muitas mazelas, mas é preciso não idealizar o passado. Nem tanto ao mar, nem tanto à terra. Há mais de 30 anos, em plena quadra dos "anos dourados", o escritor e médico José Fernando Carneiro via o Rio de Janeiro com um olhar apocalíptico. Numa crônica de 1956, intitulada "A cidade que foi maravilhosa", dizia que o Rio estava se transformando numa das mais detestáveis capitais do Mundo. Um exagero, convenhamos.

Fernando Carneiro participava do horror machadiano aos aterros. Lembrava com indignação que, no Império, o deputado João da Mata Machado quis aterrar a Lagoa Rodrigo de Freitas e a chamou de "laboratório de miasmas". Outro mineiro, Gustavo Capanema, pensou em aterrar a Lagoa para ali construir a Cidade Universitária, Carneiro espumava de cólera. E escrevia: "Dá pena, corta o coração da gente, ver uma cidade assim tão mal aproveitada, tão mal usada, tão prostituída." E mudou-se para Porto Alegre, onde morreu.

16 de setembro de 1990

Mauro Rasi

BAURU (SP), 1949
RIO DE JANEIRO (RJ), 2003

O dia em que a Escócia parou!

ESCÓCIA — Edimburgo (ou Edimbrá, como eles pronunciam) é, definitivamente haunted (assombrada). Aqui reencontrei um pedaço do meu passado. Estava certo de que era italiano, francês, russo e, hum, brasileiro — porque nobody is perfect — mas jamais pensei que fosse, também, escocês. Edimburgo é uma cidade naturalmente encantada, porém alegre, jovem, colorida. Lembrou-me um pouco a Londres da época dos Beatles.

A COREOGRAFIA "TAM tam": uma das pe

O GLOBO

SEGUNDO CADERNO

Segunda-feira, 10 de setembro de 2001

MAURO RASI

O filho da mãe

Lembranças daquela que foi u... Giulietta Masina e Dercy Go...

Uma das cenas que mais me marcaram quando voltamos pra casa após o seu enterro. Papai subiu pro quarto, órfão, após um casamento de mais de 55 anos.

no reino dos olhos

...anhia capaz de dançar peças de Béjart, Kyli...

O GLOBO

SEGUNDO CADERNO

MAURO RASI

Em junho próximo, a república italiana comemora 50 anos. Após a queda do fascismo, até Visconti, o duca di Mondrone, votou SIM pela república, sempre com aquela lúcida tristeza do personagem de Burt Lancaster no seu belíssimo "Il gattopardo". Ele, como o príncipe de Salinas, sabia que é preciso que tudo mude para que tudo permaneça como está.

A Itália pra mim é o cinema. Totó, Peppino de Filippo, Ugo Tognazzi, Nino Manfredi, a Cardinale, a Mangano, a Masina... tantos!!! Se Garibaldi uniu a Itália, o cinema (italiano) me ligou indelevelmente a ela.

O GATO UNIFICADOR Davi Garibaldi Rasi em pose de batalha. O registro é do fotógrafo militar Guga M...

Viva Itália!!!

Uma declaração de amor ao cinema italiano época de Visconti, Anna Magnani e Sophia L...

Um raio f...

Roteirista, cronista, dramaturgo, Mauro Rasi estudou piano no Conservatório Musical Pio XII de Bauru e, aos treze anos, escreveu e dirigiu a peça *Duelo do caos morto*, assistida pelo diretor de teatro Antônio Abujamra, que o incentivou a continuar. Autor da moderna dramaturgia brasileira, as figuras femininas são marcantes em sua obra, inspiradas nas lembranças da infância e adolescência em Bauru, além de referências ao universo cinematográfico. Seu primeiro texto profissional, *A massagem*, em 1972, foi dirigido por Emílio Di Biasi e, dois anos depois, escreveu *Ladies na madrugada*, dirigida por Amir Haddad. Em 1975, mudou-se para o Rio de Janeiro e estreou *À direita do presidente* (1980), em parceria com Vicente Pereira. Na sequência, emplacou textos de besteirol, como *Pedra: a tragédia*. No final dos anos de 1980, com *A cerimônia do adeus* inaugurou a trilogia formada pela *A estrela do lar* e *Viagem a Forli*. Foi com *Pérola* (1995), grande homenagem à sua mãe, que Rasi alcançou o seu maior sucesso e a consagração definitiva como autor teatral. Na década de 1990, começou a se destacar também como cronista, com textos que misturavam ficção a fatos da vida real, simulando conversas com as tias e referências a filmes, livros e celebridades televisivas e da política. Em 2003, foi lançada a coletânea de crônicas *Eu, minhas tias, meus gatos e meu cachorro*, com prefácio de Miguel Falabella. Mauro Rasi escreveu no GLOBO de 1994 a 2003. Seus textos, de humor ácido e irreverente, espelham o universo autobiográfico do escritor e a paixão pelo cinema.

O DIA EM QUE A ESCÓCIA PAROU!

Escócia – Edimburgo (ou Edimbrá, como eles pronunciam) é, definitivamente *haunted* (assombrada). Aqui reencontrei um pedaço do meu passado. Estava certo de que era italiano, francês, russo e, hm, brasileiro – porque *nobody is perfect* –, mas jamais pensei que fosse, também, escocês. Edimburgo é uma cidade naturalmente encantada, porém alegre, jovem, colorida. Lembrou-me um pouco a Londres da época dos Beatles. Os escoceses são um povo ao mesmo tempo rude e doce – ou "sem frescura", como diz tia Victória. As pessoas, na rua, são comunicativas e gentis. É, realmente, um outro povo, diferente dos "ingleses". Falando nisso, entrei no cinema – estava passando *Coração valente*, de Mel Gibson, que conta a história romanceada de sir William Wallace (o Spartacus local) que se insurgiu contra os ingleses no século XII. Foi uma piração: as mesmas pessoas que estavam na tela (o filme foi rodado em Inverness) também estavam, ao mesmo tempo, sentadas ao meu lado, no cinema. Elas se assistiam – a si próprias – em silêncio respeitoso, eu diria até emocionadas e orgulhosas de sua tão decantada rebeldia. O exemplo mais próximo que temos disso, já que não somos reconhecidamente um país de heróis, é o nosso Tiradentes – se não sentíamos muito orgulho dele, deve ser porque o Mel Gibson ainda não o encarnou. Mas fiquei preocupado. Vai que essa gente resolva aproveitar a minha presença e se insurgir de novo, separar-se da Inglaterra! Sim, porque eu atraio as contestações. Não foi só pisar em Paris pra estourarem as greves?

Anyway... em Hollywood Palace (onde Maria Stuart morou), tia Victória andava pra lá e pra cá, com desinibição. "Ué, cadê aquela parede que estava aqui? Tiraram o tapete..." Corrigia o guia: "Não foi nada disso que aconteceu!" O guarda teve que adverti-la: "A senhora não pode ficar por aí, abrindo e fechando portas..." Ela suspirou, indignada: "Aqui não tinha essa escada!" Falei: "Tia, já faz mais de 400 anos! Tiveram que fazer algumas reformas..." É impressionante a promiscuidade arquitetônica dos palácios. Não havia privacidade. Para ir de um aposento a outro era obrigado a passar por todos os outros cômodos. "Por isso era aquela *intrigaiada* toda!", observou tia Victória, no tom de quem foi vítima (fatal) do ouvido sensível daquelas históricas paredes. Numa delas, aliás, destaca-se o retrato de uma das duquesas de York, uma tal de Mary de Modena, uma cara de vagabunda! Deve ser destino das duquesas de York...

Na Escócia, a majestade de minha tia desabrochou totalmente. Tanto que nos hospedamos num hotel de três – eu disse três! – estrelas!!! Se bem que o figurino, que nunca foi o forte das inglesas – principalmente das rainhas – continuou o mesmo; ou pior. Felizmente aposentou o casaquinho da Texaco descrito nos artigos anteriores, de modo que Davi (o pintor) poderia retratá-la, nesse momento de glória, vestindo uma saia-kilt escocesa, casaco de náilon de operário de construção civil e gorro de pele sintética, ou seja, um legítimo *blended* de Mary Poppins com Dersu Uzala. Mas, mesmo nesses trajes, estava soberba! O que prova que o ditado "quem é rei nunca perde a majestade" não é de todo falso. Lembrei-me da definição precisa de Roberto Barreira, quando a conheceu: "Ela é a verdadeira Deborah Kerr!" De fato, a original é a *fake*! Já titio é a cara do Leslie Howard, o marido da Olivia de Havilland em *...E o vento levou* – só que sem cabelo. Assim que atravessamos a "fronteira" (estava nevando), ela fez o carro parar no alto de uma colina de onde descortinava-se um cenário saído de *As brumas de Avalon*, e chorou. Era Maria Stuart, voltando.

Quebrei a solenidade comentando que Diana eclipsou Charles completamente. "Só dá ela na mídia; há uns 400 anos ele já teria mandado decapitá-la." Ela enxugou delicadamente os olhos e respondeu que Diana está muito bem orientada: "Viu só quem estava ao lado dela em Nova York? O Kissinger, uma das pessoas mais perigosas do mundo." E entrou no carro.

Em Inverness, também ficamos magnificamente instalados numa espécie de Hotel Glória *highlander*, naturalmente que com um pouquinho mais de idade e tradição. Só que ela já avisou que quando voltarmos ao continente vamos ter que baixar de nível, *what means* voltar às espeluncas onde temo reencontrar meu lado Jean Genet. Estamos novamente flutuando pelas rodovias da Grã-Bretanha em direção a Dublin, na Irlanda. Às vezes me sinto um neo *on the road* por ter trocado Jack Kerouac pela Margaret Thatcher. Tio Alberto continua me surpreendendo com seu espantoso desembaraço para dirigir pelas tortuosas estradinhas desse fim de mundo e descobrir lugares mágicos. Entram em tudo que é buraco e, o que é mais importante, saem! Felizes da vida. Às vezes complicam, deliberadamente, as coisas – "pra quebrar a monotonia". Por isso viemos cair em – eles não dizem *lake*, dizem Loch Ness. Coisa mais hitchcockiana... Tia Victória voltou-se para mim e perguntou: "Será que Nessie virá te cumprimentar?" Como nunca sei se ela está falando sério ou não (vai que o monstro apareça?) respondi: "Não sei, tia..." Ela então gritou: "Nessie! *Drop in!*" E foi se distanciando, chamando "Nessie!", até sumir na bruma, que nem em filme do Ed Wood. Fiquei com medo. Ela é tão leve, tão delicada... Será que virou *fog*? Que fiz para merecer uma tia dessas?

Mas cometi um erro básico: não se faz uma "viagem" dessas sozinho. Por mais que eu os ame... Tem horas que penso que vou enlouquecer, ficar que nem as freiras da *Suor Angélica*, da Bia Lessa, que subiam pelas paredes. Toda essa beleza, esse cenário, essa magia – especialmente hoje que a noite está tão fria e chove lá fora... – pede que nos lancemos aos jogos que tanto entretiveram nossos antepassados da Távola Redonda: Guenevere, Arthur e Lancelot – e eu não me refiro às *justas*. Afinal, não é esse espírito de *Camelot*? Fui reclamar da solidão, ela disse: "Por que você não conversa com as suas roupas, que você gosta tanto?" (Falou isso seriamente!) Em Glasgow perdemos a chave do carro, ela chamou: "Chave! Chave!" e a chave apareceu! Fiquei horrorizado. Pensei: se Diana fosse decapitada, titia podia, igualmente, ser queimada, como bruxa! O fato é que são limpos. Vivem em Alfa, onde a dor, os desejos, as doenças – *ça compris* depressão, ansiedade, angústia, inveja, rancor, intriga, medo, ódio – enfim, tudo que dá literatura está sob controle – total! (Eu diria até que tais sentimentos foram *apagados*). Já eu sou que nem o ex-fumante que deixou recentemente de fumar: quando vê cigarro... tem que segurar! Acho que é porque ainda não cresci. Estranho quando alguém me chama de "senhor"! – e isso infelizmente está ocorrendo cada vez mais frequentemente. Mesmo assim, olho pros lados, para confirmar se é comigo mesmo. Na minha cabeça ainda sou um adolescente, com "direito" a fazer arte. De modo que minha posição diante deles é que nem a do Diogo Vilela em *Ensina-me a viver*. Entre muitas lições importantes, estou também aprendendo a comer no McDonald's!

Passo grande parte da viagem calado. Os valores do show business, ou seja, do "meu mundo", tais como: quem está transando com quem, ou quem ganhou um teatro da Prefeitura, ou foi escalado para novela das seis, ou indicado pro prêmio Shell, não têm para eles a importância (em alguns casos, capital) que têm para mim. Entretanto, sempre que me veem preocupado com essas questões – inclusive com a questão principal: se estou ou não engordando, o que pra mim é um problema hamletiano – são de uma compreensão e solidariedade que eu jamais ofereci aos meus pais, quando, por exemplo, afirmavam que Bauru era o centro do universo. Só tem um porém: titia costuma não ouvir o que não quer. Quando (raramente) compra uma coisa *beeem* baratinha, e a vendedora lhe diz *35 pence, madam!*, ela simplesmente sorri – aquele sorriso que Deborah Kerr oferecia a Cary Grant em *Tarde demais para esquecer* e repete: *35 pence, madam!* – e ela continua sorrindo, como se estivesse esperando o troco. Antes que a vendedora engrosse, sou obrigado a intervir. Digo-lhe, no ouvido, escandindo bem as palavras: “Tem que pagar, tia.” Ela então suspira e faz cara de pesar.

Que alternativa, além de ficar assistindo? Tudo o que fazem, notadamente as coisas mais triviais, me parece fantástico. Toda manhã tio Alberto faz uma “farra” no *breakfast*. A “farra” consiste ou em passar manteiga no pão, ou em abrir um potinho de geleia... Eu fico só olhando, pensando besteira, porque o meu conceito de farra é igual ao do Tibério, do Calígua, da Messalina. Geleia, pra nós, só se for pra usar como o Marlon Brando usou a manteiga em *O último tango...* e mesmo assim, na veia. Deve ser por isso que estou exausto. Puxei da minha mãe: ela também ficava exausta quando viajava. Foi, uma vez, pras Filipinas e voltou tão exausta que teve que ir direto para Caldas Novas, em Goiás, pra descansar. É muita tensão (Eu disse “tensão”).

P.S.: Tanto reclamei da falta de animação que viemos parar em Blackpool, espécie de São Bernardo do Campo em pleno mar da Irlanda. É o contrário de Brigthon, no sul, que é burguesérrima. Assim que chegamos, havia uma festa no hotel. Tia Victória foi ver o que era e voltou, dois segundos após, enrolada em serpentinas, com um chapeuzinho e uma língua de sogra. Anunciou: "É uma festa do Labor Party!" Caímos no seio do PT inglês. Bem que eu tive a impressão de ter visto o Lula, a Marisa... olhe aquele ali, tia, não é Genoíno?

18 de dezembro de 1995

VIVA ITÁLIA!!!

Em junho próximo, a república italiana comemora 50 anos. Após a queda do fascismo, até Visconti, o duca di Mondrone, votou SIM pela república, sempre com aquela lúcida tristeza do personagem de Burt Lancaster no seu belíssimo *Il Gattopardo*. Ele, com o príncipe de Salinas, sabia que é preciso que tudo mude para que tudo permaneça como está.

A Itália pra mim é o cinema. Totó, Peppino de Filippo, Ugo Tognazzi, Nino Manfred, a Cardinale, a Mangano, a Masina... tantos!!! Se Garibaldi uniu a Itália, o cinema (italiano) me ligou indelevelmente a ela. E põe indelével nisso. Tenho uma cicatriz na perna que ganhei quando tentei entrar no cinema pelo basculante do banheiro (que dava pra rua) e assistir a *La dolce vita*, que era proibido. Hoje, é filme de sessão da tarde. Acabei no pronto-socorro levando ponto. Anos depois, quando finalmente consegui ver o filme, dormi.

A queda de Mussolini pra mim é *Roma, cidade aberta*, o clássico neorrealista do Rossellini. Alguém conseguirá esquecer a imagem de Anna Magnani gritando "Francesco! Francesco!!!", correndo atrás do caminhão de prisioneiros que levava o marido, até ser metralhada pelos nazistas?

A familiaridade – e a promiscuidade – que o cinema, na época, trazia para dentro da nossa casa era espantosa. Os atores eram íntimos da família. Eu conversava com Marcello Mastroianni, com Vitorio de Sicca, beijava Sophia Loren... Quando Rossellini trocou a Magnani pela Ingrid Bergman foi um escândalo familiar envolvendo entes queridíssimos, no caso, a Magnani no papel da esposa abandonada e a "outra", a linda e "fria" sueca. Ingrid Bergman. Foi a luta entre os sangues latino e escandinavo. E a viking ganhou. Eles se apaixonaram durante as filmagens de *Stromboloi*. Lá em casa a fofoca corria solta. Todos tomavam partido – pela Magnani, é óbvio. "Também, olha o que eles foram filmar: um vulcão que entra em erupção, na Sicíla! Mais quente, impossível." O papa excomungou-a! Ela não podia andar pelas ruas de Roma que era apedrejada. Pelo menos era o que minha mãe imaginava – e nos contava. E que servisse de aviso a todas as destruidoras de lares! Ela contava com tanta convicção que acreditava. E nós também. Eu já via ela toda cheia de hematomas, com band-aid, gaze... "Vagabuuuuuuunda." Praticamente foi expulsa do moralista Estados Unidos da época. Era tratada como prostituta. McCarthy imperava – e aquela bichona chantagista do FBI, o Hoover, também. Muito moralista, mesmo.

Na época, Anna declarou: "Comigo ele fazia filmes; com ela fará filhos!" O que não faz justiça ao talento da Ingrid, inclusive quando fez Isabella. E pensar que hoje em dia ninguém sabe quem é Anna Magnani... O nome Rossellini só é familiar por causa da Isabella. E mesmo assim, possivelmente, pelos que usam Lancôme... Muitos não acham que a Ingrid Bergman é a mãe do Ingmar? O cinema não é mais o mesmo. Nem o amor por ele.

Outro grande momento foi a introdução da palavra *putana* no meu imaginário fonético. Era uma palavra, um som e uma viagem! *Putana!!!* Principalmente saindo da boca de Katina Paxinú em *Rocco e seus irmãos*, do Visconti, investindo contra a *putana* Annie Girardot. Era a mãe coragem italiana defendendo os seus filhos. Aliás, ela era grega. O que dá na mesma. Com Visconti, tudo se torna universal. Quando ela gritava "*Putana!!!*" para Annie Girardort – a "Nadia" apaixonada pelo "Rocco" de Alain Delon – o palavrão nos remetia à mãe de Paris procrastinando contra Helena, a de Troia, naturalmente.

Mas pior era o Alain Delon. Eu odiava o Alain Delon! Queria que ele morresse! Era bonito demais! Era insuportável de se ver. Eu tinha uma inveeeeeeeja dele! Será que eu jamais seria como ele? Nem passando todos os cremes do mundo, dormindo de touca e com pregador de roupa pra afinar o nariz? Como toda boa família ítalo-brasileira, vivíamos em constante estado de emergência. Uma precipitação inexplicável naquele marasmo interiorano, naquela lentidão de *Vidas secas*, na qual não acontecia nada, a não ser um vira-lata latir, um abacate cair... Por que então vivíamos como se à beira do "Stromboli"? Deve ser a raça... Não é à toa que Mauro, em latim, quer dizer "mouro". No entanto, sinto-me tão universal. Sou judeu, árabe, escocês, francês (claro), neozelandês, irlandês, húngaro, peruano (nem tanto; estou mais para "Lawrence of Arabia" do que para Simón Bolívar). Não tenho vergonha de encher a boca e dizer: "No meu tempo era melhor. Muuuuuuuuito melhor!" E tudo isso ao som de Nino Rota.

Esse negócio de ficar inventando foto de gato tá dando muito trabalho. Mais trabalho do que escrever o artigo. Sim, porque é uma produção caseira, não tenho o Carlo Ponti – muito menos uma Cinecittá – atrás de mim. Essa foto, então, foi um desastre! Peguei um livro emprestado no Instituto Italiano de Cultura, pra ver como se vestia o Garibaldi e tinha lá, além do poncho, um chapeuzinho, um barrete, um casquete, eu sei lá o que é isso. Aí, eu fiquei pensando: como é que eu vou fazer isso? Como não sei costurar, resolvi colar com Superbonder. E acabei colando o casquete, o chapeuzinho, ou seja lá o que for, em cima da minha mesa de fórmica e madeira do Matias Marcier. Tô pingando água quente pra ver se sai. Me falaram que benzina tira. Mas se não sair, vai ficar aí, parecendo uma "instalação"... Moderníssima!

Superbonder é um perigo. Teve uma mulher em Bauru que foi colar um jarro e tá com ele até hoje na mão. Pior é que era um daqueles jarros de plástico, imitando chinês, com apliques dourados, da "dinastia Ming"... Os bombeiros falaram que só amputando a mão. Ela disse: "Então deixa que eu fico segurando. Pra sempre!" A família aproveitou pra pôr umas flores, umas jiboias... Inclusive tem pessoas, com menos condições, que fazem até plástica à base de Superbonder. É só esticar e colar a dobrinha que sobra. E finalmente, não teve o caso das "siamesas de Bauru" que no fim descobriram que era fraude? A mãe tinha colado as duas – com Superbonder – porque elas davam muito trabalho.

22 de abril de 1996

O FILHO DA MÃE

Às vezes sinto uma saudaaaaade de minha mãe. Mas penso nela com alegria, nunca com tristeza. Não combinaria com ela. Mamãe era um misto de Giulietta Masina com Dercy Gonçalves, coração e físico da primeira e a verve da segunda. Quem viu minha peça *Pérola* a conhece bem. Quer dizer, mais ou menos, porque o estoque das suas lembranças é inesgotável. Tinha tiradas dignas de uma Garrincha. Do Mané. Como da primeira vez que foi à Itália e visitou o Vaticano. Quando voltou, a gente perguntou:

– E aí, mãe, gostou do Vaticano?

Ela fez uma pausa (poucos sabiam usar tão bem uma pausa), criando aquele suspense como se fosse dar a derradeira e definitiva palavra sobre o assunto e disparou:

– Eu olhava aquelas coisas todas e só me perguntava: como é que eles fazem pra limpar isso tudo?!!

Ficamos perplexos. Tivemos até que fazer uma pausa para recobrar os sentidos. Nunca ninguém tinha pensado nisso. André Gide deve ter ficado arrasado na sepultura, ele que questionou tanta coisa no seu famoso *Subterrâneo do Vaticano*, foi preciso mamãe sair de Bauru pra levantar essa lebre?!! Pior que é verdade. Como é que eles fazem pra limpar aquilo tudo? Se é que limpam... Tem diarista no Vaticano?

Outro dia a saudade apertou quando li o Xexéo falando da mãe dele. Contava que as primeiras músicas que ouviu foram as que sua mãe gostava de cantar, e eram canções de fossa. As da minha também, só que com outro tom. Na boca de mamãe,

Maysa virava uma Eliana, a dos dedinhos. Cantava "Meu mundo caiu" como uma alegriiiiia! Parecia que era "Meu periquitinho verde".

– "MEU MUNDO CAIIIIIIIIU... Iáiá Iaiá... e me fez ficar assim... você conseguiu e agora diz que tem pena de mim" ...

Sabem aquela do "sai pra lá com seu sorriso que eu quero passar com a minha dor"...? Pois soava como "Eu vou pra Maracangalha, eu voooou..." Cantarolava até "O Ébrio", do Vicente Celestino, com uma felicidaaaaaade transbordante.

– "Tornei-me um éééébrio, na bebida busco esquecer"... Iaiá, Iaiá...

Era capaz de lavar o chão da cozinha cantarolando "Lama", do Lupicínio, lembrando As Frenéticas cantando *Dancing days*.

Mamãe adorava biritar. Com elegância. Jamais a vi bêbada. Sempre alegrinha. Adorava aperitivos, Campari, caipirinha, uma cervejinha, um uisquinho... pra abrir o apetite. E vinho, claro, somos descendentes de italianos, e vinho não pode faltar. Tanto que quando abro um champagne ponho uma *flute* ao lado do seu retrato. Uns dão pro santo, eu dou pra ela. Fica tudo em família. E de manhã o copo tá sempre sequinho... Afinal, mamãe não gostaria de velas.

Uma das cenas que mais me marcaram foi quando voltamos pra casa após o seu enterro. Papai subiu pro quarto, órfão, após um casamento de mais de 55 anos. Acabara de ser romper um elo fortíssimo de amor, renúncia, resignação, cumplicidade, solidariedade, enfim, todas essas coisas que hoje soam *démodé*.

Como ela havia tido um enfarte fulminante, sua presença ainda estava fisicamente visível pela casa toda. Havia xícara de café com a marca do seu batom, o romance (picante e devidamente encapado) que ela estava lendo, sua ventarola, um peignoir...

Enquanto papai descansava, eu e minha irmã aproveitamos para "limpar" a casa e poupá-lo desses últimos resquícios que poderiam aumentar a sua dor. Ao entrarmos na cozinha, no escuro, já esbarramos num carrinho de coquetel (havia vários). Minha irmã abaixou-se para pegar o que caiu e choramingou:

– Os pegadores de azeitona da mamãe... (O tom era como se ela estivesse se referindo a uma medalhinha de N.Sa. Aparecida. Só que não era). Enquanto eu lavava as coisas, minha irmã abriu o congelador e caiu num choro convulsivo. Perguntei:

– O que foi?

Ela se voltou segurando delicadamente alguma coisa nos braços como se protegesse um recém-nascido, e disse com a voz trêmula:

– A vodca... da mamãe!

Ficamos olhando para aquela garrafa de Stolichnaya geladinha e já pela metade, nos abraçamos e choramos juntos. Que cena! Dois irmãos amantíssimos olhando para uma garrafa de vodca e chorando. Nem na Rússia.

Em tempo: em casa havia dois bares. Um na cozinha e o outro perto da piscina (ela morreu sem construir o terceiro). Tudo girava em torno do bar e da piscina. Seus grandes momentos sempre se passavam por lá, era o seu palco. Na parede do bar havia uma plaquinha de madeira que eles haviam trazido de Araxá e que poderia ser o nosso brasão. Estava escrito: "Se o destino lhe der um limão... FAÇA UMA CAIPIRINHA!!!" Com um lema desses, é impossível não ser feliz.

Na primeira noite sem mamãe havia chovido e limpado o céu que agora estava estrelado, o ar estava impregnado daquele cheirinho de terra molhada e fazia calor como sempre. Fui para o quintal e acendi as luzes (naquela época se podia acender todas as luzes impunemente) e alguma coisa me empurrou em direção ao bar. Olhei para a parede e vi que a plaquinha, com o lema da família, presa somente por um lado, pois a correntinha havia se rompido. Fiquei emocionado, olhei pra piscina e vi o reflexo de uma estrela enorme na água. Aí compreendi que no momento em que a correntinha se rompeu, ela havia partido. E foi brilhar em outro lugar.

10 de setembro de 2001

Arnaldo Jabor

RIO DE JANEIRO (RJ), 1940
SÃO PAULO (SP), 2022

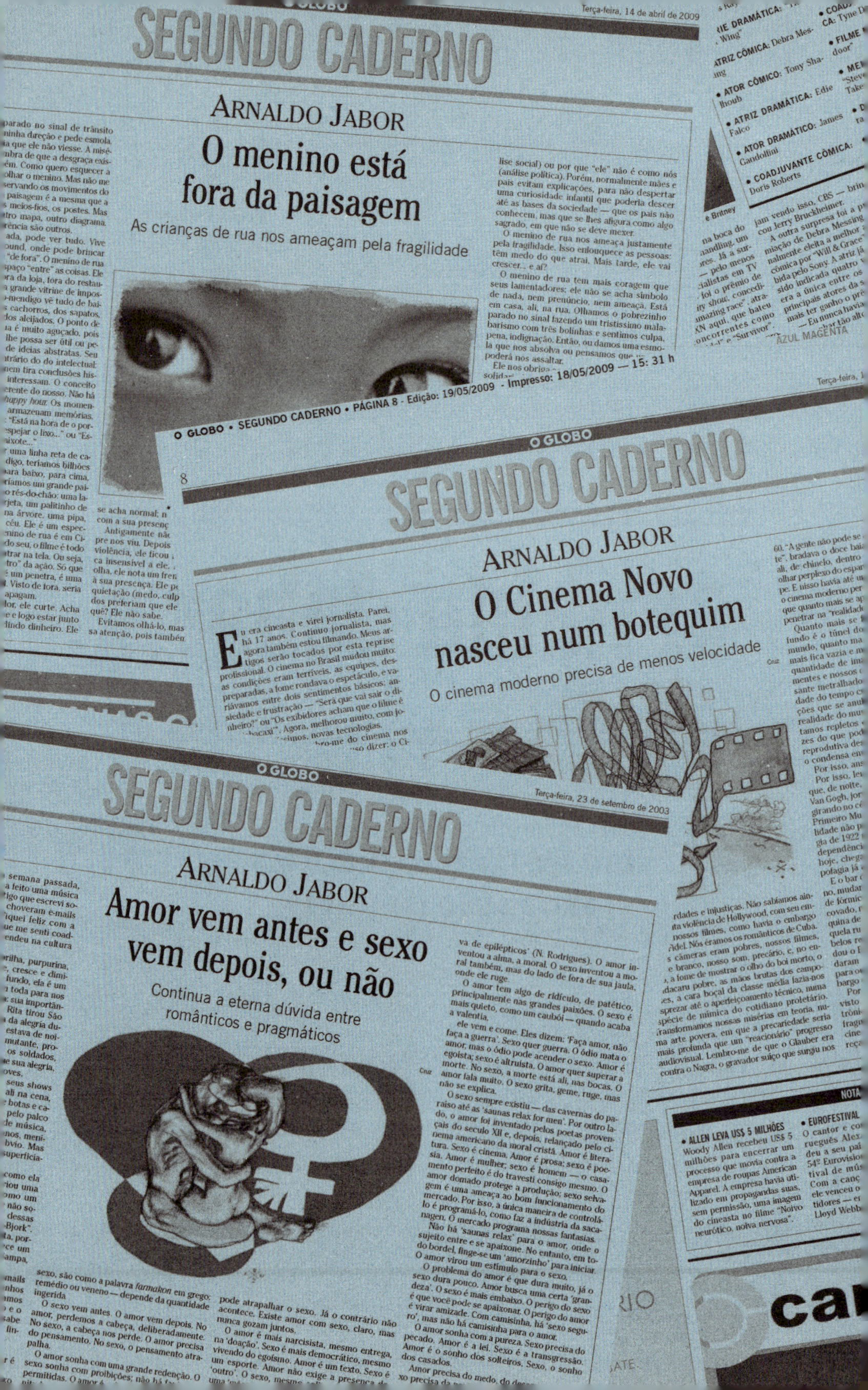

O GLOBO

SEGUNDO CADERNO

Terça-feira, 14 de abril de 2009

ARNALDO JABOR

O menino está fora da paisagem

As crianças de rua nos ameaçam pela fragilidade

O menino de rua nos ameaça justamente pela fragilidade. Isso enlouquece as pessoas: têm medo do que atrai. Mais tarde, ele vai crescer... e aí?

O menino de rua tem mais coragem que seus lamentadores: ele não se acha símbolo de nada, nem prenúncio, nem ameaça. Está em casa, ali, na rua.

O GLOBO • SEGUNDO CADERNO • PÁGINA 8 - Edição: 19/05/2009 - Impresso: 18/05/2009 — 15: 31 h

O GLOBO

SEGUNDO CADERNO

8

ARNALDO JABOR

O Cinema Novo nasceu num botequim

O cinema moderno precisa de menos velocidade

Eu era cineasta e virei jornalista. Parei, há 17 anos. Continuo jornalista, mas agora também estou filmando. Meus artigos serão tocados por esta reprise profissional. O cinema no Brasil mudou muito: as condições eram terríveis, as equipes, despreparadas, a fome rondava o espetáculo, e vivíamos entre dois sentimentos básicos: ansiedade e frustração — "Será que vai sair o dinheiro?" ou "Os exibidores acham que o filme é uma droga?". Agora, melhorou muito, com novas tecnologias.

O GLOBO

SEGUNDO CADERNO

Terça-feira, 23 de setembro de 2003

ARNALDO JABOR

Amor vem antes e sexo vem depois, ou não

Continua a eterna dúvida entre românticos e pragmáticos

O sexo vem antes. O amor vem depois. No amor, perdemos a cabeça, deliberadamente. No sexo, a cabeça nos perde.

O amor sonha com uma grande redenção. O sexo sonha com proibições.

O amor tem algo de ridículo, de patético, principalmente nas grandes paixões. O sexo é mais quieto, como um caubói — quando acaba a valentia, ele vem e come.

O sexo sempre existiu — das cavernas do paraíso até as 'saunas relax for men'. Por outro lado, o amor foi inventado pelos poetas provençais do século XII e, depois, relançado pelo cinema americano da moral cristã.

O amor sonha com a pureza. Sexo precisa do pecado. Amor é a lei. Sexo é a transgressão. Amor é o sonho dos solteiros. Sexo, o sonho dos casados.

ALLEN LEVA US$ 5 MILHÕES

Woody Allen recebeu US$ 5 milhões para encerrar um processo que movia contra a empresa de roupas American Apparel. A empresa havia utilizado em propagandas suas, sem permissão, uma imagem do cineasta no filme "Noivo neurótico, noiva nervosa".

Cineasta, cronista, dramaturgo, comentarista político, polemista, Arnaldo Jabor estudou Direito na PUC-RJ, onde participou ativamente do movimento estudantil, e depois como crítico de teatro e cinema do jornal *O Metropolitano*. Foi um dos expoentes da geração do Cinema Novo nos anos de 1960, ao lado de Glauber Rocha, Cacá Diegues, Leon Hirszman, Paulo César Saraceni e Joaquim Pedro de Andrade. Foi diretor de clássicos da filmografia brasileira, como *A opinião pública* (1967), *Toda nudez será castigada* (1973), adaptação de peça de Nélson Rodrigues, *Eu te amo* (1981), *Eu sei que vou te amar* (1986). Com atuação também no jornalismo televisivo, notabilizou-se como comentarista sagaz e performático, implacável com políticos e interessado nos destinos do país. Arnaldo Jabor assinou coluna no GLOBO entre 1996 e 2016. Seus textos foram reunidos em livros, entre os quais, *Amor é prosa, sexo é poesia* (2004), *Pornopolítica – paixões e taras na vida brasileira* (2006). Cinema e arte, realidade social e política são assuntos de suas crônicas, com destaque para amor e sexo, um de seus temas preferidos, que inspirou um grande sucesso de Rita Lee.

AMOR VEM ANTES E SEXO VEM DEPOIS, OU NÃO

Quando contei, na semana passada, que a Rita Lee tinha feito uma música com letra de um artigo que escrevi sobre "amor e sexo", choveram e-mails pedindo o texto. Fiquei feliz com a música (que é linda) e porque me senti coadjuvante dessa luz que ela acendeu na cultura brasileira.

Rita é um caso sério. Ela brilha, purpurina, avermelha, cintila, se traveste, cresce e diminui, incha e emagrece, mas, no fundo, ela é um caso sério. Ela faz essa visagem toda para nos fazer engolir uma dourada pílula: sua importância cultural e política no país. Rita tirou São Paulo da caretice, foi a guerreira da alegria durante a ditadura pois, em 1968, ela estava de noiva, florida, com caras e bocas, mutante, provando que, marchassem ou não os soldados, sua metamorfose continuaria e que sua alegria, alegria, era mesmo a prova dos noves.

Rita não é só para ser ouvida; seus shows são um comício. A liberdade fica ali na cena, de backvocal, enquanto a Pátria, de botas e cabelo punk, dança rock, seguindo-a pelo palco como um Pluft. Eu não entendo de música, mas vejo a Rita aprontando há 30 anos, menina teimosa, sozinha, atacando o óbvio. Mas seu protesto nunca foi chato, sua superficialidade é profunda.

Como Rita é original... ninguém é como ela no Brasil... Me lembro de quando ela criou uma marca no braço, sei lá, "ritalee", como um "chevrolet", "shell", pois ela sabe que não somos um "sujeito único", muito antes dessas pós-modernidades aí. Ela é uma "pré-Bjork". Ela nunca cantou de um só ponto de vista, porque Rita são várias; no palco, ela parece um conjunto. Rita é a mina das minas de Sampa, frágil e corajosa, do balacobaco.

Por isso, orgulhoso, atendendo aos e-mails que pedem explicação sobre esses estranhos tremores, gemidos e espumas que chamamos de amor-sexo, copidesquei o antigo texto e o republico, com petulante jeito de quem sabe das respostas – ai de mim, pobre pierrô fingindo de arlequim!...

Aí vai o flashback:

"Amor é propriedade. Sexo é posse. Amor é a lei; sexo é invasão.

O amor é uma construção do desejo. Sexo não depende de nosso desejo; nosso desejo é que é tomado por ele. Ninguém se masturba por amor. Ninguém sofre com tesão. Amor e sexo são como a palavra *farmakon* em grego: remédio ou veneno – depende da quantidade ingerida

O sexo vem antes. O amor vem depois. No amor, perdemos a cabeça, deliberadamente. No sexo, a cabeça nos perde. O amor precisa do pensamento. No sexo, o pensamento atrapalha.

O amor sonha com uma grande redenção. O sexo sonha com proibições; não há fantasias permitidas. O amor é o desejo de atingir a plenitude. Sexo é a vontade de se satisfazer com a finitude. O amor vive da impossibilidade – nunca é totalmente satisfatório. O sexo pode ser, dependendo da posição adotada. O amor pode atrapalhar o sexo. Já o contrário não acontece. Existe amor com sexo, claro, mas nunca gozam juntos.

O amor é mais narcisista, mesmo entrega, na 'doação'. Sexo é mais democrático, mesmo vivendo do egoísmo. Amor é um texto. Sexo é um esporte. Amor não exige a presença do 'outro'. O sexo, mesmo solitário, precisa de uma 'mãozinha'. Certos amores nem precisam de parceiro; florescem até na maior solidão e na saudade. Sexo, não – é mais realista. Nesse sentido, amor é uma busca de ilusão. Sexo é uma bruta vontade de verdade. O amor vem de dentro, o sexo vem de fora. O amor vem de nós. O sexo vem dos outros. 'O sexo é uma selva de epilépticos' (N. Rodrigues). O amor inventou a alma, a moral. O sexo inventou a moral também, mas do lado de fora de sua jaula, onde ele ruge.

O amor tem algo de ridículo, de patético, principalmente nas grandes paixões. O sexo é mais quieto, como um caubói – quando acaba a valentia, ele vem e come. Eles dizem: 'Faça amor, não faça a guerra.' Sexo quer guerra. O ódio mata amor, mas o ódio pode acender o sexo. Amor é egoísta; sexo é altruísta. O amor quer superar a morte. No sexo, a morte está ali, nas bocas. O amor fala muito. O sexo grita, geme, ruge, mas não se explica.

O sexo sempre existiu – das cavernas do paraíso até as 'saunas relax for men'. Por outro lado, o amor foi inventado pelos poetas provençais do século XII e, depois, relançado pelo cinema americano da moral cristã. Amor é literatura. Sexo é cinema. Amor é prosa; sexo é poesia. Amor é mulher; sexo é homem – o casamento perfeito é do travesti consigo mesmo. O amor domado protege a produção; sexo selvagem é uma ameaça ao bom funcionamento do mercado. Por isso, a única maneira de controlá-lo é programá-lo, como faz a indústria da sacanagem. O mercado programa nossas fantasias.

Não há 'saunas relax' para o amor, onde o sujeito entre e se apaixone. No entanto, em todo bordel, finge-se um 'amorzinho' para iniciar. O amor virou um estímulo para o sexo.

O problema do amor é que dura muito, já o sexo dura pouco. Amor busca uma certa 'grandeza'. O sexo é mais embaixo. O perigo do sexo é que você pode se apaixonar. O perigo do amor é virar amizade. Com camisinha, há 'sexo seguro', mas não há camisinha para o amor.

O amor sonha com a pureza. Sexo precisa do pecado. Amor é a lei. Sexo é a transgressão. Amor é o sonho dos solteiros. Sexo, o sonho dos casados.

Amor precisa do medo, do desassossego. Sexo precisa da novidade, da surpresa. O grande amor só se sente na perda. O grande sexo sente-se na tomada de poder. Amor é de direita. Sexo, de esquerda – ou não, dependendo do momento político. Atualmente, sexo é de direita. Nos anos 1960, era o contrário. Sexo era revolucionário e o amor era careta."

E, por aí, vamos. Sexo e amor tentam mesmo é nos fazer esquecer a morte. Ou não; sei lá... E-mails de quem souber para a redação.

23 de setembro de 2003

O MENINO ESTÁ FORA DA PAISAGEM

O menino parado no sinal de trânsito vem em minha direção e pede esmola. Eu preferia que ele não viesse. A miséria nos lembra de que a desgraça existe, e a morte também. Como quero esquecer a morte, prefiro não olhar o menino. Mas não me contenho e fico observando os movimentos do menino na rua. Sua paisagem é a mesma que a nossa: a esquina, os meios-fios, os postes. Mas ele se move em outro mapa, outro diagrama. Seus pontos de referência são outros.

Como não tem nada, pode ver tudo. Vive num grande playground, onde pode brincar com tudo, desde que "de fora". O menino de rua só pode brincar no espaço "entre" as coisas. Ele está fora do carro, fora da loja, fora do restaurante. A cidade é uma grande vitrine de impossibilidades. O menino-mendigo vê tudo de baixo. Está na altura dos cachorros, dos sapatos, das pernas expostas dos aleijados. O ponto de vista do menino de rua é muito aguçado, pois ele percebe tudo que lhe possa ser útil ou perigoso. Ele não gosta de ideias abstratas. Seu ponto de vista é o contrário do do intelectual: ele não vê o conjunto nem tira conclusões históricas – só detalhes interessam. O conceito de tempo para ele é diferente do nosso. Não há segunda-feira, colégio, happy hour. Os momentos não se somam, não armazenam memórias. Só coisas "importantes": "Está na hora de o português da lanchonete despejar o lixo..." ou "Estão dormindo no meu caixote..."

Se pudéssemos traçar uma linha reta de cada olhar do menino-mendigo, teríamos bilhões de linhas para o lado, para baixo, para cima, para dentro, para fora, teríamos um grande painel de imagens. E todas ao rés-do-chão: uma latinha, um riozinho na sarjeta, um palitinho de sorvete, um passarinho na árvore, uma pipa, um urubu circulando no céu. Ele é um espectador em 360 graus. O menino de rua é em Cinemascope. O mundo é todo seu, o filme é todo seu, só que não dá para entrar na tela. Ou seja, ele assiste a um filme "dentro" da ação. Só que não consta do elenco. Ele é um penetra, é uma espécie de turista marginal. Visto de fora, seria melhor apagá-lo. Às vezes apagam.

Se não sentir fome ou dor, ele curte. Acha natural sair do útero da mãe e logo estar junto aos canos de descarga pedindo dinheiro. Ele se acha normal; nós é que ficamos anormais com a sua presença.

Antigamente não o víamos, mas ele sempre nos viu. Depois que começou o medo da violência, ele ficou mais visível. Ninguém fica insensível a ele. Mesmo em quem não o olha, ele nota um fremir quase imperceptível à sua presença. Ele percebe que provoca inquietação (medo, culpa, desgosto, ódio). Todos preferiam que ele não estivesse ali. Por quê? Ele não sabe.

Evitamos olhá-lo, mas ele tenta atrair nossa atenção, pois também quer ser desejado. Mas os olhares que recebe são fugidios, nervosos, de esguelha.

Vejo que o menino se aproxima de um grupo de mulheres com sacolas de lojas. Ele avança lentamente dando passos largos e batendo com uma varinha no chão. Abre-se um vazio de luz por onde ele passa, entre as mulheres – mães e filhas. É uma maneira de pertencer, de existir naquela família ali, mesmo que "de fora", como uma curiosidade. Assim, ele entra na família, um anti-irmãozinho que chega. As mães não têm como explicar aos filhos quem ele é, "por que" eles não são como "ele" (análise social) ou por que "ele" não é como nós (análise política). Porém, normalmente mães e pais evitam explicações, para não despertar uma curiosidade infantil que poderia descer até as bases da sociedade – que os pais não conhecem, mas que se lhes afigura como algo sagrado, em que não se deve mexer.

O menino de rua nos ameaça justamente pela fragilidade. Isso enlouquece as pessoas: têm medo do que atrai. Mais tarde, ele vai crescer... e aí?

O menino de rua tem mais coragem que seus lamentadores: ele não se acha símbolo de nada, nem prenúncio, nem ameaça. Está em casa, ali, na rua. Olhamos o pobrezinho parado no sinal fazendo um tristíssimo malabarismo com três bolinhas e sentimos culpa, pena, indignação. Então, ou damos uma esmola que nos absolva ou pensamos que um dia poderá nos assaltar.

Ele nos obriga ao raríssimo sentimento da solidariedade, que vai contra todos os hábitos de nossa vida egoísta de hoje. E não podemos reclamar dele. É tão pequeno... O mendigo velho, tudo bem, "Bebeu, vai ver a culpa é dele, não soube se organizar, é vagabundo". Tudo bem. Mas o mendigo-menino não nos desculpa, porque ele não tem piedade de si mesmo.

Todas as nossas melhores recordações costumam ser da infância. Saudades da aurora da vida. O menino de rua estraga nossas memórias. Ele estraga a aurora de nossas vidas. Por isso, tentamos ignorá-lo ou o exterminamos. Antes, todos fingiam que ele não existia. Depois das campanhas da fome, surgiram olhares novos. Já sabemos que ele é um absurdo dentro da sociedade e que de alguma forma a culpa é nossa.

Ele tem ao menos uma utilidade: estragando nossa paisagem presente, pode melhorar nosso futuro. O menino de rua denuncia o ridículo do pensamento "genérico-crítico" – mostra-nos que uma crítica à injustiça tem de apontar soluções positivas. Ele nos ensina que a crítica e o lamento pelas contradições (como estou fazendo agora) só servem para nos "enobrecer" e "absolver". Para ele, nossos sentimentos não valem nada. E não valem mesmo. Mesmo não sabendo nada, ele sabe das coisas.

14 de abril de 2009

O CINEMA NOVO NASCEU NUM BOTEQUIM

Eu era cineasta e virei jornalista. Parei há 17 anos. Continuo jornalista, mas agora também estou filmando. Meus artigos serão tocados por esta reprise profissional. O cinema no Brasil mudou muito: as condições eram terríveis, as equipes, despreparadas, a fome rondava o espetáculo, e variávamos entre dois sentimentos básicos: ansiedade e frustração – "Será que vai sair o dinheiro?" ou "Os exibidores acham que o filme é um 'abacaxi'." Agora, melhorou muito, com jovens eficientíssimos, novas tecnologias.

Mesmo assim, lembro-me do cinema nos anos 1960, quando comecei. E ouso dizer: o Cinema Novo nasceu num botequim.

Isso mesmo. Lá no bar da Líder, na Rua Álvaro Ramos, em Botafogo, foram sonhadas dezenas de filmes. O bar da Líder não era um bar, era um botequim tímido e pobre em frente ao Laboratório Líder, onde revelávamos e copiávamos nossos filmes. Tinha dois garçonzinhos, um espanhol quase anão e um cearense cafuzo, que se esbugalhavam diante de nossas discussões infinitas sobre arte.

Hoje o bar (não vou lá há muito tempo) já virou uma "acrílica" lanchonete. Mas, desse tempo mágico, ficaram as lembranças: as moscas no bico dos açucareiros, as cadeirinhas de madeira, os tampos de mármore, os chopes, os sanduíches de pernil, os ovos cozidos cor-de-rosa, a linguiça frita, o cafezinho em pé. E era ali, no meio de insignificantes objetos brasileiros, era ali que traçávamos os planos para conquistar o mundo. Conspirávamos contra o "campo e contracampo", contra os *travellings* desnecessários, contra o *happy end*, contra a fórmula narrativa do cinema americano e, por uma estranha ilação, achávamos que, se a língua de nossos filmes fosse diferente da língua oficial, estaríamos contribuindo para a salvação política do país. Claro, nossa câmera era um fuzil que, em vez de mandar balas, recolhia imagens do país para "libertar" os espectadores. Achávamos que, mostrando a "realidade" brasileira, misteriosamente, contribuíamos para mudá-la. Não sabíamos ainda que, assim como existia um modo de produção oficial, havia também uma "realidade oficial" em cores e efeitos especiais que resistiria ao ataque guerrilheiro das metáforas pobres.

A estética da fome de Glauber transformava nossa fome em nossa riqueza. Por isso, nossos filmes eram metáforas deles mesmos; na sua precariedade morava um retrato do Brasil ao avesso, a boa e velha realidade óbvia, sem efeitos sofisticados. Daí, nossa incrível esperança naqueles anos utópicos, daí nosso desprezo por dinheiro, pela caretice e pelo sucesso burguês. Íamos aos festivais europeus como soldados, para xingar os críticos franceses, atacar o "velho mundo decadente", que, por sinal, se encantou conosco através dos "Cahiers du Cinéma" e do "Positif" e nos pôs nas nuvens, culpados diante de nossa fulgurante miséria.

Não sabíamos que seria tão renitente a resistência da língua oficial. Não sabíamos ainda da barreira que fariam contra esta cândida exposição de verdades e injustiças. Não sabíamos ainda da bruta violência de Hollywood, com seu embargo a nossos filmes, como havia o embargo contra Fidel. Nós éramos os românticos de Cuba. Nossas câmeras eram pobres, nossos filmes, preto e branco, nosso som, precário, e, no entanto, a fome de mostrar o olho do boi morto, o mandacaru pobre, as mãos brutas dos camponeses, a cara boçal da classe média fazia-nos desprezar até o aperfeiçoamento técnico, numa espécie de mímica do cotidiano proletário. Transformamos nossas misérias em teoria, numa arte povera, em que a precariedade seria mais profunda que um "reacionário" progresso audiovisual. Lembro-me de que o Glauber era contra o Nagra, o gravador suíço que surgiu nos 1960. "A gente não pode se alienar tecnologicamente", bradava o doce baiano no seu radicalismo, ali, de chinelo, dentro do bar da Líder, sob o olhar perplexo do espanholzinho que servia chope. E nisso havia até uma ingênua verdade, pois o cinema moderno perdeu a magia de antes, porque quanto mais se aperfeiçoam as maneiras de penetrar na "realidade" mais distante ela fica.

Quanto mais se fazem descobertas, mais fundo é o túnel do mistério; a máquina do mundo, quanto mais aberta, mais iluminada, mais fica vazia e misteriosa. Hoje, é imensa a quantidade de imagens que invadem nossas mentes e nossos olhos. O videoclipe, a incessante metralhadora da publicidade, a velocidade do tempo criou um excesso de informações que se anulam. Tanta é a exposição da realidade do mundo, que não vemos nada. Estamos repletos de imagens muito mais velozes do que podemos processar. A perfeição reprodutiva descreve bem o mundo, mas não o condensa em poesia.

Por isso, anseio por tempos mais lentos. Por isso, lembro-me tanto do bar da Líder, que, de noite, me parecia aquele barzinho do Van Gogh, jorrando luz, com estrelas enormes girando no céu de Botafogo. Com a invasão do Primeiro Mundo dos anos 1980 para cá, (a realidade não para), recauchutamos a antropofagia de 1922 para racionalizar nossa crescente dependência diante das linguagens globais e, hoje, chegamos a um ponto em que a antropofagia já nos deu indigestão.

E o bar da Líder foi mudando. Mudou de dono, mudaram as mesinhas de mármore para as de fórmica, mudou o balcão sujo para aço escovado, mudou o espanholzinho para uma máquina de fichinhas, a Líder mudou também daquela rua, sumiram os cineastas loucos, de cabelos revoltos e camisas de marinheiros. Mudou o Brasil, mudou o cinema, mudei eu, mudaram alguns cineastas da esquina da Líder para outra vida (também não sabíamos do embargo da morte). Assim éramos em 1967.

Por isso, tento fazer um filme que possa ser visto sem a pressa angustiada do rococó eletrônico que nos assola. Já que a vida está tão fragmentada e incessante do lado de fora dos cinemas, espero que uma vida mais clara apareça dentro da sala escura.

19 de maio de 2009

Artur Xexéo

RIO DE JANEIRO (RJ), 1951
RIO DE JANEIRO (RJ), 2021

Artur Xexeo

De volta à canícula

O email chegou de forma inesperada e foi direto ao ponto com perguntas objetivas: "Você foi à inauguração do Bob's em Copa? Foste no Cine Leme e na Furna da Onça? Frequentavas o Sereia do Leme?"

Percebo que, desde que passei a ocupar este espaço com lembranças do Rio antigo, comecei a ser visto como uma espécie de Matusalém do jornalismo. Em plena era do jornalismo na internet, às vezes acho que as pessoas pensam que fui contemporâneo de Gutenberg. Deixa eu esclarecer: não fui testemunha da chegada de Dom João VI à Praça XV, que, na época, aliás, se chamava Largo do Carmo; não estava na plateia quando Yolanda Pereira foi eleita Miss Universo; não acompanhei o relato do naufrágio do Titanic por meio de telegramas da internet. Não sou broto, é verdade. Mas revelo agora que de muita coisa que falo apenas ouvi falar. Não sou nostálgico ou saudosista. Sou apenas um colecionador de fatos, personagens e marcos culturais que ajudam a contar a História de uma cidade que eu amo.

E para que as perguntas que originaram este desabafo não fiquem sem resposta, volto a cada uma. Não fui à inauguração do Bob's em Copa. Para mim, o Bob's sempre esteve ali na Domingos Ferreira. Era o ponto de esticada preferido após a sessão das 4 no Rian. Era o lugar onde um sanduíche de queijo com banana seguido de um *hot fudge* tinha um sabor que, posteriormente, não foi igualado pe mais estrelado dos restaurantes franceses. Cine Leme? Nunca acreditei que ele realmente tivesse existido. Só entreguei os pon-

Artur Xexéo

"Além de rezar muito e fazer muito crochê, minha avó ouvia novelas de rádio — às dúzias — e lia fotonovelas — aos quilos. Nunca deixou de ser romântica"

Bacalhau à dona Cand

Domingo de Páscoa faz com que eu me lembre da minha avó. Não que ela estivesse sempre presente nos almoços tradicionais que marcavam esse dia lá em casa. É que, no meio de uma família que nunca ligou para religiões, minha avó era um corpo estranho: era catolicíssima. E o único integrante da família com quem ela conseguia se comunicar nessas questões era eu.

Carola, bom aluno de um colégio de padres, eu também levava o catolicismo a sério. E na Quaresma, o período que antecede a Páscoa, ela me telefonava toda semana. Queria saber se eu já tinha comungado. Era dever do católico comungar pelo menos uma vez por ano no período da Quaresma. Eu sempre cumpria essa obrigação em cima da hora. E toda semana tinha que dizer para minha avó que no próximo domingo comungaria sem falta. Na segunda-feira, lá estava ela cobrando outra vez. E eu adiando para o próximo domingo de novo.

O tempo passou, fui abandonando a prática do catolicismo, minha avó continuou carola, mas deixou de me vigiar. Só que eu nunca deixei de vigiá-la. Minha avó era uma figuraça.

Ela só tinha 41 anos quando perdeu um filho. Desde então, vestiu luto cerrado. A vida dela se resumia a um quarto, onde havia uma cadeira de balanço, uma imagem de Santo Antônio, um rádio, uma coleção de

Artur Xexéo

Sobre Cyd Charisse

Eu me apaixonei por Cyd Charisse quando assisti a "Cantando na chuva" pela primeira vez. Gostaria de começar a coluna deste domingo com esta frase. E, a partir daí, desenvolver minha paixão pela dançarina que morreu na semana passada e que tinha as pernas mais bonitas da história do cinema. Mas não posso. Não posso porque, pesquisando exatamente sobre Cyd Charisse para escrever esta coluna, descobri um texto meu de sete anos atrás em que dizia "não sou do tempo de Cyd Charisse".

A afirmação bombástica veio da necessidade de me explicar para um grupo de leitores revoltado com outra afirmação deste colunista sobre as pernas de Angie Dickinson. As dela, sim, seriam as mais bonitas do cinema. Foi o suficiente para uma enxurrada de emails reivindicarem o título para Cyd Charisse. E eu ter que me explicar com aquela afirmação infeliz e, para não perder a coerência, não poder dizer agora o quanto gostava de Cyd Charisse.

Cyd Charisse é uma estrela dos anos 50. Não vi no cinema a maioria de seus musicais de grande sucesso. Para mim, ela foi uma descoberta do videocassete. Mas não era uma anônima. Nos anos 60 e 70, vi muitos de seus trabalhos na televisão. Ela era figurinha fácil na escalação de "participações especiais" de seriados daquelas décadas. Já não

E dá-lhe Cyd Charisse em "Havaí 5.0", "O barco do amor", "A ilha da fantasia"... A Cyd Charisse mesmo, a das pernas, a da dança, a *partner* de Gene Kelly e Fred Astaire, esta só me foi apresentada quando os videoclubes começaram a substituir as reprises nos cinemas. "Cantando na chuva" foi o primeiro, é claro. E a participação dela neste filme é arrasadora. A trama do filme é interrompida para que Cyd entre em cena numa seqüência de sonho que faz parte de qualquer antologia da dança no cinema. Mas o meu filme com Cyd Charisse favorito é "Meias de seda". É uma refilmagem de "Ninotchka", o clássico com Greta Garbo. Não é fácil para qualquer atriz encarnar um personagem criado por Garbo. Pois Cyd Charisse tirou de letra. E ainda cantou e dançou, atividades que, até onde se sabe, Greta Garbo não dominava. E tem também "Brigadoom", o mais esquecido dos musicais, "A roda da fortuna", para muita gente o melhor musical de cinema...

Cyd voltou a interpretar uma personagem de Greta Garbo quando "Grand Hotel" foi transformado em musical da Broadway em 1991. Ela já não tinha a leveza do tempo dos filmes da Metro. Mas a elegância permanecia inabalada.

Outras dançarinas fizeram sucesso no cinema. Ginger Rogers... fala sério, Ginger Rogers sempre foi cafona. Ann Miller... esta era meio exagerada. Funcionava em filmes, mas seu estilo parecia mais adequado a picadeiros de circo. Cyd Charisse dançava na

Artur Xexéo

Cuidado com o Synteko

Jornalista, autor teatral, cronista, tradutor, filho de oficial do exército, Artur Xexéo passou a maior parte da sua infância e adolescência mudando de cidade em cidade, viajando pelo Brasil, entre São Paulo, capital e interior, Recife, Juiz de Fora e outras localidades, incluindo Washington, Estados Unidos, onde seu pai foi adido militar. Formado em Comunicação pela FACHA, no Rio de Janeiro, iniciou sua carreira em 1975, com atuação em diversos jornais e revistas. Desde criança encantado por cinema, tornou-se um atuante cineclubista nos anos 1980. Foi comentarista de rádio e televisão, e escreveu para o teatro peças de sucesso: *A garota do biquíni vermelho* (2011), dirigido por Marília Pêra, e *Nós sempre teremos Paris* (2012), com direção de Jacqueline Laurence. Em 2019, traduziu *A cor púrpura*, um musical baseado no famoso livro de Alice Walker, com direção de Tadeu Aguiar. Publicou, entre outras, as biografias de Janete Clair, em 1996, e de Hebe Camargo, em 2017. O amor pelo Rio, mais particularmente por Copacabana e pelo Bairro Peixoto, um cantinho com jeito de cidade do interior, estão presentes em grande parte de suas crônicas. Artur Xexéo levou essas três paixões para a sua coluna no GLOBO: o Rio, o cinema e Copacabana.

CUIDADO COM O SYNTEKO!

Tem gente que cresceu traumatizada com frases que ouvia em casa. "Engole o choro" é uma delas. "Só sai da mesa quando limpar o prato" é outra. E passou pela vida engolindo choros ou limpando pratos. O que se ouve na infância marca para sempre nosso comportamento no futuro. Graças a Deus escapei de ameaças como "já para o quarto" ou "alguém aqui é sócio da Light?". Mas sou perseguido, desde pequenininho, por uma frase aparentemente exótica: "Cuidado com o sinteco!"

Deixa eu explicar melhor: sou filho de oficial do Exército. Em outras palavras, enquanto estive na casa dos meus pais, nunca morei em lugar algum por mais de cinco anos. E cinco anos foi uma espécie de recorde. Na verdade, a gente passava dois ou três anos numa vila militar, e logo meu pai era transferido para outra. Isso significava, frequentemente, toda aquela trabalheira que uma mudança acarreta. Mobília nova – o tamanho da sala de visitas nova nunca era adequado ao tamanho do sofá da casa antiga. Faxina geral. Pintura nas paredes. E – toque final e de classe – sinteco no chão. Cresci cheirando sinteco. Mas não esse synteko fosco que andou na moda recentemente. Synteko lá em casa tinha que ter muito brilho. Era quase um espelho. Daquele tipo que, para não ser arranhado, só se a gente andasse de pantufas. A neurose de minha mãe não ia a tanto. Só soube o que eram pantufas quando me levaram para conhecer o Museu Imperial de Petrópolis. Lá em casa, mesmo com sinteco novo, era permitido andar de sapatos com sola. Mas, em compensação, ouvia-se o dia inteiro: "Cuidado com o synteko!" Não era medo de alguém escorregar. A ideia era tomar cuidado para não arranhar o synteko.

Durante um tempo, ficava proibido arrastar poltronas ou cadeiras. Era imprescindível ser delicado quando se abrisse o sofá-cama (ele sempre deslizava um pouquinho no chão). E nem pensar em brincar com carrinhos de pilha dentro de casa. Se qualquer dessas regras fosse quebrada, a advertência vinha na hora: "Cuidado com o synteko!"

Quando me afastava de casa, a situação não mudava. As férias no Rio eram sempre na casa de minha tia, que era obcecada por mudanças. Nunca passava dois verões no mesmo apartamento. Classe média, morando de aluguel, por que não aproveitar e mudar sempre de ambiente? Tracei Copacabana, do Leme ao Posto Seis, só nas férias de verão de minha infância. E sempre convivendo com faxina completa, paredes pintadas, sofá novo e... sinteco no chão. Quando chegava para as férias, reconhecia logo o cheiro. E, já na primeira noite, quando abria a dragoflex para preparar minha cama, ouvia a advertência familiar: "Cuidado com o synteko!"

Cresci, mas nunca deixei de tomar cuidado com o synteko. Mesmo em casas onde o sinteco não entrava de jeito nenhum. Passei a tomar cuidado com o sinteco em relação à vida, entende? E aqui, nesta revista tinindo de nova, onde foi feita uma faxina completa, pintaram as paredes e trocaram o sofá, olho para esse Xexéo brilhando aí em cima e ouço minha mãe gritar pela enésima vez: "Cuidado com o synteko!"

4 de março de 2007

SOBRE CYD CHARISSE

Eu me apaixonei por Cyd Charisse quando assisti a *Cantando na chuva* pela primeira vez. Gostaria de começar a coluna deste domingo com esta frase. E, a partir daí, desenvolver minha paixão pela dançarina que morreu na semana passada e que tinha as pernas mais bonitas da história do cinema. Mas não posso. Não posso porque, pesquisando exatamente sobre Cyd Charisse para escrever esta coluna, descobri um texto meu de sete anos atrás em que dizia "não sou do tempo de Cyd Charisse".

A afirmação bombástica veio da necessidade de me explicar para um grupo de leitores revoltado com outra afirmação deste colunista sobre as pernas de Angie Dickinson. As dela, sim, seriam as mais bonitas do cinema. Foi o suficiente para uma enxurrada de e-mails reivindicarem o título para Cyd Charisse. E eu ter que me explicar com aquela afirmação infeliz e, para não perder a coerência, não poder dizer agora o quanto gostava de Cyd Charisse.

Cyd Charisse é uma estrela dos anos 1950. Não vi no cinema a maioria de seus musicais de grande sucesso. Para mim, ela foi uma descoberta do videocassete. Mas não era uma anônima. Nos anos 1960 e 70, vi muitos de seus trabalhos na televisão. Ela era figurinha fácil na escalação de "participações especiais" de seriados daquelas décadas. Já não era um broto. Mas mantinha a elegância. E, ao lado de outros atores esquecidos por Hollywood, emprestava a sua classe para personagens suspeitos de assassinato ou em busca de um amor na maturidade.

E dá-lhe Cyd Charisse em *Havaí 5.0*, *O barco do amor*, *A ilha da fantasia*... A Cyd Charisse mesmo, a das pernas, a da dança, a *partner* de Gene Kelly e Fred Astaire, esta só me foi apresentada quando os videoclubes começaram a substituir as reprises nos cinemas. *Cantando na chuva* foi o primeiro, é claro. E a participação dela neste filme é arrasadora. A trama do filme é interrompida para que Cyd entre em cena numa sequência de sonho que faz parte de qualquer antologia da dança no cinema. Mas o meu filme com Cyd Charisse favorito é *Meias de seda*. É uma refilmagem de *Ninotchka*, o clássico com Greta Garbo. Não é fácil para qualquer atriz encarnar um personagem criado por Garbo. Pois Cyd Charisse tirou de letra. E ainda cantou e dançou, atividades que, até onde se sabe, Greta Garbo não dominava. E tem também *Brigadoom*, o mais esquecido dos musicais, *A roda da fortuna*, para muita gente o melhor musical de cinema.

Cyd voltou a interpretar uma personagem de Greta Garbo quando *Grand Hotel* foi transformado em musical da Broadway em 1991. Ela já não tinha a leveza do tempo dos filmes da Metro. Mas a elegância permanecia inabalada.

Outras dançarinas fizeram sucesso no cinema. Ginger Rogers... fala sério, Ginger Rogers sempre foi cafona. Ann Miller... esta era meio exagerada. Funcionava em filmes, mas seu estilo parecia mais adequado a picadeiros de circo. Cyd Charisse dançava na medida exata. E, depois de Angie Dickinson, tinha as pernas mais bonitas do cinema.

22 de junho de 2008

DE VOLTA À CANÍCULA

O e-mail chegou de forma inesperada e foi direto ao ponto com perguntas objetivas: "Você foi à inauguração do Bob's em Copa? Foste no Cine Leme e na Furna da Onça? Frequentavas o Sereia do Leme?"

Percebo que, desde que passei a ocupar este espaço com lembranças do Rio antigo, comecei a ser visto como uma espécie de Matusalém do jornalismo. Em plena era do jornalismo na internet, às vezes acho que as pessoas pensam que fui contemporâneo de Gutenberg. Deixa eu esclarecer: não fui testemunha da chegada de Dom João VI à Praça XV, que, na época, aliás, se chamava Largo do Carmo; não estava na plateia quando Yolanda Pereira foi eleita Miss Universo; não acompanhei o relato do naufrágio do *Titanic* por meio de telegramas da internet. Não sou broto, é verdade. Mas revelo agora que de muita coisa que falo apenas ouvi falar. Não sou nostálgico ou saudosista. Sou apenas um colecionador de fatos, personagens e marcos culturais que ajudam a contar a História de uma cidade que eu amo.

E para que as perguntas que originaram este desabafo não fiquem sem resposta, volto a cada uma. Não fui à inauguração do Bob's em Copa. Para mim, o Bob's sempre esteve ali na Domingos Ferreira. Era o ponto de esticada preferido após a sessão das 4 no Rian. Era o lugar onde um sanduíche de queijo com banana seguido de um *hot fudge* tinha um sabor que, posteriormente, não foi igualado pelo mais estrelado dos restaurantes franceses.

Cine Leme? Nunca acreditei que ele realmente tivesse existido. Só entreguei os pontos quando vi uma foto sua no livro de Alice

Gonzaga sobre as salas de cinema do Rio. O Leme tinha cadeiras de palhinha! De cinema, no bairro, só peguei o Cineclube Leme com sessões de clássicos em 16mm às 20h de domingo. Foi ali que vi, pela primeira vez, *A fonte da donzela*, *O Informante* de John Ford, *O bandido Giuliano*... Mas ele nunca vai fazer parte de um livro como o de Alice. A tela era um lençol estendido na parede, as cadeiras eram escolares e o ar-refrigerado... ah, alguém pode imaginar ar-refrigerado num local que era divido com as reuniões dos Alcoólicos Anônimos?

Furna da Onça? Mas o que é isso? Já que estamos falando do Leme, será que essa Furna da Onça tem algo a ver com o Beco da Fome? Desse eu me lembro bem. Frequentei pouco, mas me lembro. Era um lugar garantido para se encontrar um caldo verde nas madrugadas do Rio, depois que todos os restaurantes da cidade já tinham fechado. Da lista enviada por e-mail, o que conheci mesmo era o Sereia do Leme. Era ali que se tomava um chopinho... meu Deus, alguém ainda chama chope de chopinho? ...depois da praia e se comia uma casquinha de siri honestíssima depois das sessões do cineclube.

Não acho que aquele Rio do cineclube, do Bob's, do Beco da Fome e até mesmo da Furna da Onça fosse melhor que o de hoje. Nem pior. Só queria que ele não desaparecesse de vez. É por isso que volta e meia pareço nostálgico ou saudosista. Se bem que, no verão daqueles tempos, o calor era mais suportável.

24 de janeiro de 2010

BACALHAU À DONA CANDOCA

Domingo de Páscoa faz com que eu me lembre da minha avó. Não que ela estivesse sempre presente nos almoços tradicionais que marcavam esse dia lá em casa. É que, no meio de uma família que nunca ligou para religiões, minha avó era um corpo estranho: era catolicíssima. E o único integrante da família com quem ela conseguia se comunicar nessas questões era eu.

Carola, bom aluno de um colégio de padres, eu também levava o catolicismo a sério. E na Quaresma, o período que antecede a Páscoa, ela me telefonava toda semana. Queria saber se eu já tinha comungado. Era dever do católico comungar pelo menos uma vez por ano no período da Quaresma. Eu sempre cumpria essa obrigação em cima da hora. E toda semana tinha que dizer para minha avó que no próximo domingo comungaria sem falta. Na segunda-feira, lá estava ela cobrando outra vez. E eu adiando para o próximo domingo de novo.

O tempo passou, fui abandonando a prática do catolicismo, minha avó continuou carola, mas deixou de me vigiar. Só que eu nunca deixei de vigiá-la. Minha avó era uma figuraça.

Ela só tinha 41 anos quando perdeu um filho. Desde então, vestiu luto cerrado. A vida dela se resumia a um quarto, onde havia uma cadeira de balanço, uma imagem de Santo Antônio, um rádio, uma coleção de fotonovelas e agulhas e linhas de crochê à mão. Só saía dali para uma rodada semanal de pif-paf com as amigas e, de vez em quando, uma viagem para passar um tempo com uma filha desgarrada.

Na primeira vez que fui à Europa, ela me deu uma nota de dez cruzeiros (ou da moeda da época, não me lembro). "Se você passar por Pádua, vá na Igreja de Santo Antônio e deixa esse dinheirinho na caixa de esmolas."

Não planejava ir a Pádua. Mas fui à Itália. Em Roma, começou a me bater uma culpa... Em Florença, a culpa já não cabia dentro de mim. Não teve jeito. Larguei meu grupo de amigos, peguei um trem, fui a Pádua, saltei na estação, descobri que a igreja ficava a uma distância que dava para ir a pé, entrei na igreja, depositei os dez cruzeiros, comprei um terço, voltei para a estação, peguei um trem para Florença e dormi em paz. E ainda trouxe um presente inesquecível para minha avó.

Além de rezar muito e fazer muito crochê, minha avó ouvia novelas de rádio – às dúzias – e lia fotonovelas – aos quilos. Nunca deixou de ser romântica. Morreu com quase 90 anos, reclamando das novelas de TV (só gostava das novelas das seis) e do fim das fotonovelas. O nome dela era Cândida, mas todo mundo só a chamava de Candoca. O bacalhau de hoje lá em casa vai ser em homenagem à dona Candoca.

24 de abril de 2011

Aldir Blanc

RIO DE JANEIRO (RJ), 1946
RIO DE JANEIRO (RJ), 2020

O grande Ratinho

ALDIR BLANC

As palavras da hora são inserção social. Vamos fazer uma aqui — infelizmente, póstuma.

Morreu Alcino Correa, o Ratinho, um dos maiores compositores do Brasil. Urge colocá-lo no lugar que merece. Português de nascimento, Ratinho era o mais carioca de nossos compositores. Esse homem de vontade férrea, revoltado com a situação caótica do direito autoral, preconizada pelos proletas (em causa própria) das "janelas para o futuro", transformou sua casa na "Toca do Rato", onde fazia shows, sempre privilegiando os amigos. Na reta final da vida, voltou a estudar para formar-se em Direito e "poder contribuir". Ouvi estas palavras na minha casa quando gravava um depoimento sobre ele para um canal de TV da Terrinha. Também vi quando ele interrompia os papos comigo, tirava um pequeno gravador da bolsa, e cantarolava. Não tocava instrumento algum. Inspiradíssimo, vivia compondo na condução, na rua, nos momentos mais inesperados, melodias, letras, ideias para o futuro. Deixa dezenas de sucessos entre centenas de composições, divididas com parceiros do calibre de Monarco, Zeca Pagodinho, Wilson Moreira, Guilherme de Brito, Noca da Portela, Arlindo Cruz e tantos outros que não caberiam no artigo. Venceu sete vezes o concurso para samba-enredo da Caprichosos, todos antológicos. Artista de fina inteligência, interpretava, com seu jeito modesto, o cenário da música popular de forma lúcida e original, com a percepção aguda de um Nei Lopes ou de um Caetano Veloso. É preciso lembrar que samba faz parte da música brasileira e que não vive, como querem alguns, num gueto metidinho na hora da premiação fajuta. Havia um toque de ferocidade na modéstia de Ratinho. Ela agredia a pompa dos pretensiosos feito bofetada de mão aberta em cara de vagabundo. Eu tinha verdadeira adoração por essa mistura de simplicidade aparente e criatividade imbatível. Fico pensando se Ratinho não era um de nossos raros artistas dotados da tal "força estranha".

Eu gostaria de por um segundo acreditar que Ratinho encontrou as portas do céu abertas, cheirinho de rabada com agrião vindo lá de dentro, e ouviu de um São Pedro já meio triscado pelas caipirinhas:

— Luiz Carlos da Vila, Anescarzinho do Salgueiro, Guilherme de Brito, Candeia, a turma toda tá esperando na segunda nuvem à esquerda. Você deu um duro danado na vida, meu filho. Agora, entra e vai vadiar!

DOENÇA

O apoiador Felipe, do Vasco (também chamado de PF: Playground do Flamengo), declarou, em recente entrevista, que "ninguém respeita o Vasco". É verdade, Felipe. A começar por alguns atletas, membros da diretoria, da Comissão Técnica de Futebol (???) e do Conselho Esclerobenemérito. O que estamos vendo em campo é um tremendo vexame, que não pode mais ser atribuído a Eurico, o Miranda, e suas sandices. Dezenas de empates — no começo, chamado de "invencibilidade" —, pênaltis estúpidos, desorganização generalizada. O goleiro Fernando Praz na Terra aos Goleadores de Boa-Vontade, nos primeiros e nos últimos dez minutos de cada tempo, lembra o ator Ralph Fiennes, depois das queimaduras do filme "O paciente inglês", baseado

FALE COM O GLOBO

O GLOBO • OPINIÃO • PÁGINA 7 • Edição: 4/12/2011 • Impresso: 3/12/2011

Domingo, 4 de dezembro de 2011

ORGANIZAÇÕES GLOBO

Presidente: Roberto Irineu Marinho
Vice-Presidentes: João Roberto Marinho • José Roberto Marinho

O GLOBO

Primaveras, abusos e bares

ALDIR BLANC

Pessoas que desejam a democracia saíram às ruas para protestar. Trinta e três morreram, tamanha a violência da repressão. Foi na Síria, de Assad? Também. Mas o massacre a que me refiro aconteceu perto da mesma Praça Tahir, que desmubarakou o Egito e, com o valente apoio dos EUA, uma junta militar abocanhou o poder. Com a matança, o Gabinete Civil desmoronou. Os milicos estão lá, firmes. A Primavera já sentiu que trocou seis por meia dúzia, mais ou menos o que vai acontecer na Líbia: sigam as regras impostas pelo Império ou os caças e drones voltam, cirurgicamente, acertando batizados, casamentos e outras festividades com a precisão habitual. Há uma luz no fim do túnel de Cleópatra: os abusos sexuais estão "em debate" no Egito. Muitas das que sofreram os abusos não estão se debatendo mais. Foram mortas. O Caso de Warda chamou a atenção da mídia. Warda entrou num elevador, faltou luz e um homem, descrito como de cabelos negros curtos, olhos amendoados, musculoso, alto e bonitão, enfiou os dedos, sem as preliminares de praxe, dentro da calça de Warda.

— Pedi que ele parasse, mas ele me mandou calar a boca, ou tiraria *suas facas* (o grifo é meu).

Esses egípcios sempre nos surpreendem. Quando Warda temia que ele botasse de fora o... a... pois é, ele ameaçou mostrar as facas. No plural. E ainda cumprimentou educadamente o porteiro (bawab) ao sair. Alá-lá-ô! Pressionado por Hilária Clinton, o governo egípcio baixou algumas normas reguladoras para assédio em elevador: os machos do Nilo terão direito a esbofetear as assediadas, sem abuso de força. Uma vez agredidas, as mulheres deverão ajoelhar-se para uma rápida felação no molestador light, que não terá direito, sob pena de ver filmagens daquele casório de Keanu Reeves durante 3 meses. Também estão terminantemente proibidas, durante o mesmo período, rela-

VERISSIMO

Fada Boa contra Fa…

O jantar anual da associação dos correspondentes estrangeiros em Washington é uma oportunidade para políticos locais dizerem coisas que normalmente não diriam e rirem de si mesmos. Começando pelo presidente da República, que é sempre convidado a falar e sempre fala no tom autodepreciativo que se espera de um cara legal, gente como a gente. Num desses jantares mostraram um clip, especialmente gravado para a ocasião, do George Bush no gabinete da Presidência olhando dentro de gavetas, atrás das cortinas e embaixo dos móveis e dizendo: "Aquelas armas de destruição em massa têm que estar em algum lugar..." Seria mais engraçado se a invasão do Iraque ordenada por Bush, motivada pelas armas de destruição em massa que não estavam lá, já não tivesse matado alguns milhares de pessoas. No mesmo jantar, Bush fez outra piada simpática. Falou da elite econômica americana, dos milionários e dos arrogantes barões de Wall Street, "que vocês chamam de gatos gordos e insensíveis e eu chamo de... meu eleitorado". Risos. Palmas. O cinismo faz muito sucesso nos tais jantares.

Bush não decepcionou seu eleitorado. Foi fiel à tese de que deixando os gatos gordos se lambuzarem com concessões e privilégios, como cortes dos seus impostos e pouco controle dos seus excessos, algum benefício escorreria para a maioria. A famosa *trickle-down economics* da era Reagan ainda perdura, e Bush tornou o melado ainda mais doce para os ricos. Essa briga entre os republicanos e o Barack Obama sobre elevar ou não o teto para o endividamento americano e como fazer para diminuir o déficit nacional é — ou era, imagino que já tenha se resolvido, ou dado empate — entre o legado de Bush e a mínima

Esforço na segurança pública ajuda a dinamizar a economia local

O GLOBO • OPINIÃO • PÁGINA 7 • Edição: 31/07/2011

Domingo, 31 de julho de 2011

Compositor, letrista, escritor, médico, ensaísta, Aldir Blanc nasceu no bairro do Estácio, passou a infância e adolescência em Vila Isabel e a vida adulta na Muda, consagrando-se como cronista da Zona Norte carioca. Ingressou na Escola de Medicina e Cirurgia do Rio de Janeiro, em 1965, e fez parte do Movimento Artístico Universitário (MAU), onde conheceu João Bosco. Graduou-se em 1971, com especialização em psiquiatria, mas logo abandonou a profissão para se dedicar exclusivamente à carreira artística, em 1973. Com João Bosco, formou uma das parcerias mais inspiradas da música brasileira, responsável por clássicos como "O mestre-sala dos mares" – em homenagem a João Cândido, herói negro da Revolta da Chibata – e "O bêbado e a equilibrista", lançado por Elis Regina em 1979, canção transformada em hino informal das lutas pela anistia e pelo fim da ditadura. Compôs também com Guinga, Moacyr Luz, Cristóvão Bastos, Maurício Tapajós e Paulinho da Viola. Como cronista, lançou, entre outros, *Rua dos artistas e arredores* (1978), *Porta de tinturaria* (1981), *Vila Isabel – inventário da infância* (1996), *O gabinete do doutor Blanc* (2016), este sobre jazz e literatura, duas de suas paixões. O humor, o lirismo, a crítica social e política são características de sua obra, assim definida pelo jornalista Fausto Wolff: "Aldir tem o sentido trágico da vida de Nélson Rodrigues, o humor pícaro-carioca de Sérgio Porto, e o estilo seguro, o respeito pela palavra certa do grande Rubem Braga." Aldir Blanc colaborou no GLOBO de 2010 a 2018, com crônicas que falam das ruas, do bar da esquina, de pessoas comuns, da política e de seu cotidiano familiar.

O GRANDE RATINHO

As palavras da hora são inserção social. Vamos fazer uma aqui – infelizmente, póstuma.

Morreu Alcino Correa, o Ratinho, um dos maiores compositores do Brasil. Urge colocá-lo no lugar que merece. Português de nascimento, Ratinho era o mais carioca de nossos compositores. Esse homem de vontade férrea, revoltado com a situação caótica do direito autoral, preconizada pelos profetas (em causa própria) das "janelas para o futuro", transformou sua casa na "Toca do Rato", onde fazia shows, sempre privilegiando os amigos. Na reta final da vida, voltou a estudar para formar-se em Direito e "poder contribuir". Ouvi estas palavras na minha casa quando gravava um depoimento sobre ele para um canal de TV da Terrinha. Também vi quando ele interrompia os papos comigo, tirava um pequeno gravador da bolsa e cantarolava. Não tocava instrumento algum. Inspiradíssimo, vivia compondo na condução, na rua, nos momentos mais inesperados, melodias, letras, ideias para o futuro. Deixa dezenas de sucessos entre centenas de composições, divididas com parceiros do calibre de Monarco, Zeca Pagodinho, Wilson Moreira, Guilherme de Brito, Noca da Portela, Arlindo Cruz e tantos outros que não caberiam no artigo. Venceu sete vezes o concurso para samba-enredo da Caprichosos, todos antológicos. Artista de fina inteligência, interpretava, com seu jeito modesto, o cenário da música popular de forma lúcida e original, com a percepção aguda de um Nci Lopes ou de um Caetano Veloso. É preciso lembrar que samba faz parte da música brasileira e que não vive, como querem alguns, num gueto metidinho na hora da premiação fajuta. Havia um toque de ferocidade na modéstia de Ratinho. Ela agredia a pompa dos pretensiosos feito bofetada de mão aberta em cara de vagabundo. Eu tinha verdadeira adoração por essa mistura de simplicidade aparente e criatividade imbatível. Fico pensando se Ratinho não era um de nossos raros artistas dotados da tal "força estranha".

Eu gostaria de, por um segundo, acreditar que Ratinho encontrou as portas do céu abertas, cheirinho de rabada com agrião vindo lá de dentro, e ouviu de um São Pedro já meio triscado pelas caipirinhas:

– Luiz Carlos da Vila, Anescarzinho do Salgueiro, Guilherme de Brito, Candeia, a turma toda tá esperando na segunda nuvem à esquerda. Você deu um duro danado na vida, meu filho. Agora, entra e vai vadiar!

14 de novembro de 2010

O VOO DA SUPERVÓ

Confesso que a palavra *férias* provoca em mim emoções contraditórias. Sonho com a bagunça dos netos aqui em casa – até eles me avisarem que vão viajar e meu corpo ser percorrido por arrepios do couro cabeludo à base do... do... do cóccix. Julho foi mês especialmente traiçoeiro: minha mulher e a neta Joana me golpearam com a absurda notícia de que pegariam nada menos que – pasmem! – um avião para Florianópolis. De nada valeram meus ponderados argumentos de que não conseguia respirar quando imaginava dois entes queridos num tubo de metal vagabundo a sei lá quantos mil metros de altitude, vagando no espaço, em pleno inverno! Uma adolescente ainda não ser responsável quanto às graves questões que envolvem aeroportos, atentados, lixo espacial, asteroides, súbita invasão de alienígenas, hiperturbulências, a tal monstruosa tempestade de raios, tripulação de porre, vá lá. Mas contar com a cumplicidade de uma avó, por favor, menos, menos! E todo mundo sabe que Floripa está quase ao lado do polêmico Triângulo das Bermudas! As crianças precisam de limite, renomados psicólogos estão repetindo isso, são os mais velhos que introjetam neles noções mínimas de agir com bom-senso, como alimentação sadia, horários regulares de estudo, nada de acalentar projetos estapafúrdios como sair voando feito Harry Potter. Aí estão o Ícaro, minhas pipas, Amélia Earhart, o Dirigível LZ 129 Hindenburg, Tojo – ou foi o Yamamoto? –, tantos exemplos recentíssimos que a gente se confunde.

Quando a sinistra viagem tornou-se fato consumado, procurei desabafar com um telefonema para a neta Cecília, que me ouviu durante uns bons 40 minutos. Não sei bem o que ela respondeu.

Cecília tem 5 meses, e nem mesmo um dos três maiores pediatras do mundo, o Dr. Roberto Aires (coloquei três para não ser acusado de passional), conseguiria traduzir aqueles dááááá-uhuhuhuh-êêêêêê, que ouvi como consolo. Peguei meu Caderno de Resoluções e anotei, em letras góticas: não ligar para Florianópolis nem que a vaca tome xarope de acebrofilina! Satisfeito com a maturidade dessa decisão, fui beber um cálice, um só, de conhaque. Faço 65 anos em setembro, já está na hora de crescer, quebrar dependências afetivas, curtir a natural solidão de um cronista da terceira idade. Aí, contei, todo suado, o tempo de voo, ingeri várias Originais e créu! Assim que o pássaro nefando pousou, liguei para Florianópolis. Caixa postal. Elas fazem isso para me torturar, exploram o elo frágil e sentimental da cadeia. Fui à forra, ora se fui, e chamei a Condessa Smirnoff em meu auxílio. Duas horas depois, soube que a Avó Voadora saíra do demônio alado direto para o hospital, com suspeita de apendicite aguda. GULP! Abraçado a meu fiel labrador Batuque, começamos os dois a uivar. Ainda hoje, vizinhos gozadores garantem que só eu uivei e pus a culpa no cachorro que assobiava um tango argentino. A maldade dessa gente é uma arte, como bem cantou Mestre Ataulfo, num momento de trégua às pastoras...

Só não surtei geral porque as duas aventureiras estavam com a Raquel, que é médica, e seu marido, o Gustavo, um jovem dinâmico e ágil, que faz o herói de Missão Impossível parecer lerdo. Quando voltaram, dias depois, eu havia, com esforço e denodo, dado a volta por cima: os amigos do neto Pedro, Pablo e Michel, colocavam Pedialite em minha boca por meio de um engenhoso tubo, só levemente temperado com toques da Condessa, enquanto o simpático Paulo tentava tirar minha pressão, e outros jovens de semblantes preocupados passavam panos em – pra que mentir? –

alguns vômitos de origem nervosa que maculavam o sinteco, provavelmente coisa do Batuque, cães são muito sensíveis à ausência da fêmea alfa...

Assim que as duas inconsequentes viajantes entraram em casa, abracei-as, e fingi chorar convulsivamente. Quando quero, posso representar para Francisco Cuoco nenhum botar defeito.

31 de julho de 2011

O BAR DOS SONHOS

Meu amigo Fefê, filho do grande Isaac (várias vezes detentor do galardão "Mãe do Ano"), está no ramo de bares. Fechava as contas do Portão Vermelho com a mulher Lina, quando uma ideia genial o deixou paralisado.

Deu uma golada na Boazinha para se refazer e explicou o plano:

– Lina, vamos ficar ricos. Vou abrir outro bar.

– Você está maluco?

– Não. Vai se chamar Ao Bar e Não Bebi.

– ???

– Imagine aquele sujeito que sai domingo de manhã para comprar frango de padaria e volta na segunda, só com uma asa estragada. O pau come, com meu novo bar, essas crises conjugais acabarão.

– Fê, devo chamar o médico?

– Centenas de biriteiros voltarão para o lar triscados. A patroa: "Onde você esteve?" O cara: "Fui Ao Bar e Não Bebi." Ora, vai ser chamado de mentiroso, pulha, canalha, alcoólatra, até a prova definitiva: "Você jura pela vida de nossos filhos?" E o bebum, solene: "Juro pela vida de nossos filhos, e pode botar a de mamãe nisso, que fui Ao Bar e Não Bebi."

Querido Fê, os atletas do copo agradecem!

4 de dezembro de 2011

Danuza Leão

ITAGUAÇU (ES), 1933
RIO DE JANEIRO (RJ), 2022

...s horas
...botando a vida em
..., papo vem, ela me
... quais os grandes
...os da minha vida. Achava
... eu ter viajado muito, visto
... coisas, conhecido tanta
... para contar. Diante de
... logo um branco; não me lembrei
...sunto.
...a, pensei; quais foram mesmo meus
...ueles nos quais não penso, mas que
...eu coração? Foi rápido e eles voltaram
...essem acabado de acontecer. Não
...a sequência, mas tudo bem, aprendi que a
...s não altera o produto, e a memória é
...cinante. Como é que coisas banais podem ser
...a ponto de eu me lembrar delas séculos depois?
...s: há anos inventei de passar uns dias em
...epois de me instalar no hotel, saí para dar uma
... fim de tarde, a cidade estava tranquila, andei um
... quando vi estava na frente de um mar lindo. Não era
... havia umas pedras entre a calçada e o mar, e uma
...aquinha bem tosca vendia coisas. Cheguei perto, o rapaz
... perguntou se eu queria uma agulha. Disse que sim, sem
...em saber o que era — um peixinho comprido e gostoso,
... ele fritou na hora —, pedi uma cerveja, sentei num
...ho e fiquei olhando o mar. Não
...uído, o dono da barraca fez
... puxar conversa e eu
...lha frita e
... Não sei

gela... volta na Pia... inventei de pegar... Rialto, pelo Gran C... com o vento bate... tão emocionada... viagem (curta,... mundo podia...

Mais uma... conforto er... desses de f... couro no... a viagem... subiram... calor,... de vi... Agr...

DANUZA LEÃO
revistaela@oglobo.com.br

UMA TIA

Uma tia. Só que não estou falando de uma tia qualquer; estou falando daquela tia de antigamente, que nem sei se ainda existe.

Ela era assim: magrinha, já nasceu com cerca de 75 anos e com os ombros curvados; era tão discreta que nunca ficava doente — e se ficava não dizia (para não dar despesa); por ser a mais velha de uma escadinha de 12 ou 13 irmãos, ficou combinado que nunca se casaria. Naquele tempo era assim: o destino da mais velha era ajudar a criar os mais novos e cuidar da mãe na velhice.

Como não tinha renda de qualquer natureza, depois que a mãe morreu passou a morar ora com uma irmã, ora com outra, fazendo a única coisa que sabia: ajudar. Um parente estava no hospital? Lá ia ela. Alguém da família teve um bebê? Lá estava ela, firme, dormindo num colchonete para que a mãe pudesse dormir. Se se apegava à criança, ninguém estava interessado. Depois de cumprida a missão, voltava para casa e não se falava mais nisso.

Mães fazem tudo pelos filhos — e até fazem —, mas essas tias são diferentes. Talvez por não terem nunca perdido tempo pensando em ho...ens, canalizam seus sentimentos para as sobrinhas e têm se... ...redileta. No caso, era eu.

Por mim ela fazi... ...ndo me dava um presente: uns dois... ...elo tempo, que eu adorava —... não chegou ao c... se tocou no ass... flores de cora... direitas. Ess... sempre mu... que usava... quando... — um... trazid... muit... E... ter...

o quarto em penumbra, ela se sentava numa cadeira... total e só se levantava — isso várias vezes por dia —... as costas da mão na testa, para ver como estava a feb... falando bem baixinho. Uma mãe faz isso? Faz, mas c... febre baixa, aproveita para dar um pulinho ao cabel... estar linda no jantar da noite. Com essa tia, é diferen... pode contar com ela para rigorosamente tudo, e ess... pede nada em troca. Nem mesmo agradecimento.

É doloroso, mas faz parte da vida não dar val... que temos certeza de que nos amam. Quantos... fiquei lendo e relendo os jornais, sem chamá-la... fora, coisa de que ela teria gostado tanto (semp... os pratos mais baratos, claro)? Quantas vezes... para ela uma caixinha com três sabonetes ou... de lavanda que nem precisava ser francesa? P...

O tempo passou, ela morreu, e eu — que nã... porque tinha o trabalho, os filhos, o dia a dia, a... que não podia perder — nem sofri tanto assim...

As reações às vezes são lentas; uns quatro... depois, tive uma cólica renal, e no meio da d... dela. Dela, que teria ficado sentada no chão... passando a mão pelos meus cabelos, só de ca... eu tomava aqueles longos banhos quentes p... a dor; dela, que fazia a bainha de meu vestid... antes da festa, se fosse preciso; dela, a únic... e contava episódios de minha infância que... que gostava de mim como nunca, jamais,... ...em gostará, e que eu só soube depois. De... ...um sufoco sempre terminava d... Nossa Senhora vai te aj... ...ou acreditar e... ...gosta...

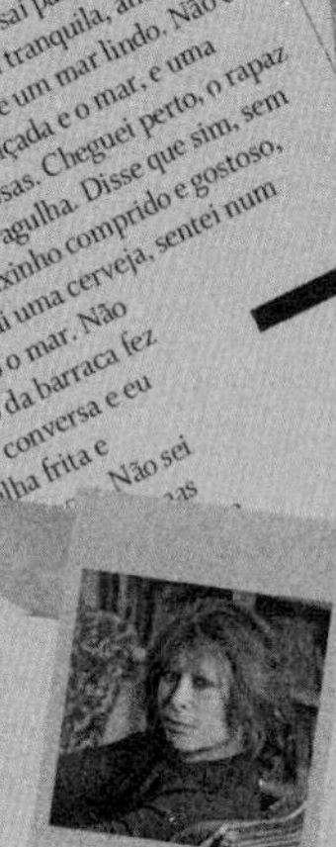

DANUZA LEÃO
revistaela@oglobo.com.br

...EMBRO, MAS NÃO E...

...n desses dias encontrei uma
...iga e ficamos horas
...versando, botando a vida em
... Papo vai, papo vem, ela me
...guntou quais os grandes
...mentos da minha vida. Achava
...or eu ter viajado muito, visto
...s coisas, conhecido tanta
...ara contar. Diante de
...o um branco; não me lembrei
...i; quais foram mesmo meus
...quais não penso, mas que
... Foi rápido e eles voltaram
...o de acontecer. Não
...s tudo bem, aprendi que a
...duto, e a memória é
...e coisas banais podem ser
...rar delas séculos depois?
...assar uns dias em
...tel, saí para dar uma
...a tranquila, andei um
... um mar lindo. Não era
...da e o mar, e uma
...Cheguei perto, o rapaz
... Disse que sim, sem
...mprido e gostoso,
...eja, sentei num

Outra: fui passar uns dias... estava só, que é como gosto d... ...ajar, para ir com amigos, pois cada um qu... só gosto de fazer o que quero. Era in... gelada e vazia, um paraíso; depois d... volta na Piazza di San Marco, que e... inventei de pegar uma daquelas lan... Rialto, pelo Gran Canale. Me instal... com o vento batendo forte e gelad... tão emocionada com tamanha bel... viagem (curta, tipo 20 minutos),... mundo podia acabar naquela hora...

Mais uma: num ônibus, indo c... conforto era precário, e sentado... desses de filme: muito modesto,... couro nos pés, mãos grossas, nã... a viagem. Houve um momento... subiram uns garotos vendendo... calor, peguei logo uma. Quand... de viagem não deixou. Insisti,... Agradeci e tentei uma convers... estava indo. Para Serra Talhad... disse. Lembrei que era a cidad... isso mesmo. Lembro esse epi... pessoas importantes que co... nunca um gesto de delicade...

Essas — e muitas outras... lembrar, não consigo esque...

QUAIS FORAM M...
GRANDES MOM...
NOS QUAIS NÃO...
MAS QUE ESTÃ...
NO MEU CO...

CRÔNICA

DANUZA LEÃO
revistaela@oglobo.com.br

FIM DE CASO

É fácil saber quando se está apaixonada. Os olhos brilham, os cabelos ficam mais bonitos, a pele respira e a alegria de viver é tão grande que dá vontade de andar pela rua sorrindo e contando o que está acontecendo a quem passa.

Tudo é motivo para viver gloriosamente cada momento do dia: se o trânsito na ida para o trabalho está ruim, ótimo — mais tempo para pensar nele; se chove, ótimo — que bom vai ser namorar à noite com o barulho da água caindo; se faz sol, ótimo — que maravilha vai ser ir à praia no fim de semana; se a gripe te pega, ótimo — como vai ser bom ficar deitada com ele ao lado paparicando e fazendo todas as vontades. Enfim, para os apaixonados, a vida é sempre linda, e a única coisa a fazer, quando não se está junto, é arranjar uma amiga paciente para falar, o dia inteiro, do que se está sentindo.

Os apaixonados precisam contar tudo que acontece, o que pensaram, o que imaginaram, o que temeram — ou você já ouviu falar de uma paixão serena e silenciosa?

É fácil saber quando se está apaixonada. Não dá para se concentrar em nada, a não ser nos próprios sentimentos — e nos dele, claro. Nada mais interessa, e só quem entende verdadeiramente um apaixonado é outro apaixonado. Pense um pouco nas vezes em que você caiu de quatro por alguém. É, o amor não se confunde com nada; ele cega, e lucidez e amor não nasceram para conviver. Difícil mesmo é reconhecer os sintomas do fim de uma paixão.

Um sábado você acorda meio assim, com um enorme desejo de paz e silêncio — para ser sincera, de ficar sozinha. Não, não é aquela vontade desesperada de que ele saia porta afora, imagina; você go... dele, e muito, não tem na... se naquela...

amor está acabando, claro. E... uma paixão não acaba assim... ela começa a acabar, coisa que...

O fim das coisas é sempre tris... amor muito se luta: ou porque u... porque foi preciso enfrentar um o... eram pequenos e complicados, etc... simples, sobretudo quando se passo... vidas. Mas esse amor pelo qual tanto... por nada, sem motivo? Não devia e é...

Quando isso começa a acontecer, q... quando ela, na hora de dormir, diz que... cinco vezes passa, mas na oitava até o m... grilado. Nada de grave, apenas uma pequ...

Ou se conversa ou se espera que passe,... começa a acabar não há solução possível, e... fazer é tentar que ele morra sem muita dor... que isso existe. É duro: afinal, a relação com... a gente amou, a quem fez juras de amor, com... por quem chegou não só a deixar de fumar co... mesmo time de futebol, pode acabar assim sem...

Os fins de semana são um bom termômetr... nossos sentimentos. Se as tardes de domingo e... mais longas e antes de escurecer você já está pe... da vida, que a segunda já está chegando, atençã... Atenção e não tente se enganar pensando que... é porque segunda é dia de retomar a vida, a vi... Aliás, o que é mesmo a vida rea...

OS AP...

Colunista, cronista, escritora, mudou-se com a família aos dez anos para o Rio de Janeiro, onde tornou-se modelo profissional ainda na adolescência e primeira brasileira a desfilar fora do país. Irmã da cantora Nara Leão, testemunhou os primeiros acordes da bossa nova no apartamento de seus pais na Avenida Atlântica, em Copacabana. Também acompanhou, ao lado do seu primeiro marido, Samuel Wainer, dono do jornal getulista *Última Hora*, acontecimentos que mudaram a história do Brasil. Participou do Cinema Novo, ao atuar em *Terra em transe*, de Glauber Rocha, de 1967. Foi uma das maiores promoters da noite da zona sul carioca entre os anos de 1970 e 1980. De tantas e múltiplas atividades, Danuza ficou conhecida do grande público como autora consagrada de best-sellers, entre os quais, *Na sala com Danuza* (1992), um manual de etiqueta, *Quase tudo* (2005), sua autobiografia, e *Danuza Leão fazendo as malas* (2008), histórias e dicas de viagem. Referência de moda e estilo, no GLOBO assinou uma coluna de crônicas na revista *Ela*, de 2017 a 2019. Com rara sensibilidade feminina, seus textos falam da mulher independente, apaixonada, atenta ao comportamento e fatos do cotidiano, em que a mestra da etiqueta nos ensina que chique mesmo é ser gentil.

NÃO LEMBRO, MAS NÃO ESQUEÇO

Num desses dias encontrei uma amiga e ficamos horas conversando, botando a vida em dia. Papo vai, papo vem, ela me perguntou quais os grandes momentos da minha vida. Achava que por eu ter viajado muito, visto tantas coisas, conhecido tanta gente, teria histórias incríveis para contar. Diante de perguntas como essa me dá logo um branco; não me lembrei de nada, e mudamos de assunto.

Quando fiquei sozinha, pensei; quais foram mesmo meus grandes momentos, aqueles nos quais não penso, mas que estão guardados no meu coração? Foi rápido e eles voltaram inteiros, como se tivessem acabado de acontecer. Não consegui lembrar a sequência, mas tudo bem, aprendi que a ordem dos fatores não altera o produto, e a memória é misteriosa e fascinante. Como é que coisas banais podem ser importantes, a ponto de eu me lembrar delas séculos depois?

Uma delas: há anos inventei de passar uns dias em Olinda. Depois de me instalar no hotel, saí para dar uma volta. Era fim de tarde, a cidade estava tranquila, andei um pouco e quando vi estava na frente de um mar lindo. Não era praia, havia umas pedras entre a calçada e o mar, e uma barraquinha bem tosca vendia coisas. Cheguei perto, o rapaz me perguntou se eu queria uma agulha. Disse que sim, sem nem saber o que era – um peixinho comprido e gostoso, que ele fritou na hora –, pedi uma cerveja, sentei num banquinho e fiquei olhando o mar. Não havia um só ruído, o dono da barraca fez a gentileza de não puxar conversa e eu fiquei ali, comendo agulha frita e tomando cerveja até escurecer. Não sei no que pensei enquanto estava lá, mas foram coisas muito fortes. Tão fortes que não penso nelas, mas não consigo esquecer.

Outra: fui passar uns dias em Veneza, cidade que adoro, e estava só, que é como gosto de viajar. Não tenho paciência para ir com amigos, pois cada um quer fazer uma coisa e eu só gosto de fazer o que quero. Era inverno, Veneza estava gelada e vazia, um paraíso; depois de jantar, fui dar uma volta na Piazza di San Marco, que estava deserta, e aí inventei de pegar uma daquelas lanchas/ônibus para ir até Rialto, pelo Gran Canale. Me instalei na frente do barco, com o vento batendo forte e gelado na minha cara, e fiquei tão emocionada com tamanha beleza, que fui até o fim da viagem (curta, tipo 20 minutos), morta de frio; por mim o mundo podia acabar naquela hora que eu morreria feliz.

Mais uma: num ônibus, indo de Recife para Maceió. O conforto era precário, e sentado ao meu lado um nordestino desses de filme: muito modesto, pobre mesmo, sandália de couro nos pés, mãos grossas, não me dirigiu palavra durante a viagem. Houve um momento em que o ônibus parou e subiram uns garotos vendendo uma bebida cor-de-rosa. Fazia calor, peguei logo uma. Quando fui pagar, meu companheiro de viagem não deixou. Insisti, insisti, mas não consegui. Agradeci e tentei uma conversa, perguntei para onde ele estava indo. Para Serra Talhada, ele respondeu, e mais não disse. Lembrei que era a cidade de Lampião, e ficou tudo por isso mesmo. Lembro esse episódio porque, com tantas pessoas importantes que conheci, ricos, nobres, riquíssimos, nunca um gesto de delicadeza me marcou tanto.

Essas – e muitas outras – são coisas que, mesmo sem lembrar, não consigo esquecer.

25 de fevereiro de 2018

UMA TIA

Uma tia. Só que não estou falando de uma tia qualquer; estou falando daquela tia de antigamente, que nem sei se ainda existe. Ela era assim: magrinha, já nasceu com cerca de 75 anos e com os ombros curvados; era tão discreta que nunca ficava doente – e se ficava não dizia (para não dar despesa); por ser a mais velha de uma escadinha de 12 ou 13 irmãos, ficou combinado que nunca se casaria. Naquele tempo era assim: o destino da mais velha era ajudar a criar os mais novos e cuidar da mãe na velhice.

Como não tinha renda de qualquer natureza, depois que a mãe morreu passou a morar ora com uma irmã, ora com outra, fazendo a única coisa que sabia: ajudar. Um parente estava no hospital? Lá ia ela. Alguém da família teve um bebê? Lá estava ela, firme, dormindo num colchonete para que a mãe pudesse dormir. Se se apegava à criança, ninguém estava interessado. Depois de cumprida a missão, voltava para casa e não se falava mais nisso.

Mães fazem tudo pelos filhos – e até fazem –, mas essas tias são diferentes. Talvez por não terem nunca perdido tempo pensando em homens, canalizam seus sentimentos para as sobrinhas e têm sempre uma predileta. No caso, era eu.

Por mim ela fazia tudo e de vez em quando me dava um presente: uns dois palmos de renda amarelecida pelo tempo, que eu adorava – restos do enxoval de um vago noivado que não chegou ao casamento. O noivo desapareceu, nunca mais se tocou no assunto e as pulseiras e broches de ouro com flores de coral foram devolvidas, como faziam as moças direitas. Essa tia não possuía um só bem material, mas era sempre muito cheirosa; cheirava a água de colônia, que usava pouco, para economizar. E quando dei a ela – que já beirava os 90 – um casaquinho rosa de tricô, banal, trazido de Paris, ela só usava em ocasiões muito especiais, para não gastar.

Em qualquer idade, ficar doente e ter uma tia dessas é uma bênção. Com o quarto em penumbra, ela se sentava numa cadeira em silêncio total e só se levantava – isso várias vezes por dia – para botar as costas da mão na testa, para ver como estava a febre. E isso, falando bem baixinho. Uma mãe faz isso? Faz, mas quando a febre baixa, aproveita para dar um pulinho ao cabeleireiro para estar linda no jantar da noite. Com essa tia, é diferente; você pode contar com ela para rigorosamente tudo, e esse amor não pede nada em troca. Nem mesmo agradecimento.

É doloroso, mas faz parte da vida não dar valor às pessoas que temos certeza de que nos amam. Quantos domingos eu fiquei lendo e relendo os jornais, sem chamá-la para almoçar fora, coisa de que ela teria gostado tanto (sempre pedindo os pratos mais baratos, claro)? Quantas vezes deixei de levar para ela uma caixinha com três sabonetes ou um frasco de lavanda que nem precisava ser francesa? Pois é.

O tempo passou, ela morreu, e eu – que não a via muito porque tinha o trabalho, os filhos, o dia a dia, a maldita ginástica que não podia perder – nem sofri tanto assim. Passou.

As reações às vezes são lentas; uns quatro ou cinco anos depois, tive uma cólica renal, e no meio da dor lembrei-me dela. Dela, que teria ficado sentada no chão do banheiro, passando a mão pelos meus cabelos, só de carinho, enquanto eu tomava aqueles longos banhos quentes para melhorar a dor; dela, que fazia a bainha de meu vestido cinco minutos antes da festa, se fosse preciso; dela, a única que lembrava e contava episódios de minha infância que só ela sabia. Dela, que gostava de mim como nunca, jamais, ninguém gostou nem gostará, e que eu só soube depois. Dela que quando me via em algum sufoco sempre terminava dizendo "vou rezar muito por você e Nossa Senhora vai te ajudar" – sem tentar me convencer a ir à missa ou acreditar em Deus.

E eu, que nunca disse o quanto gostava dela.

11 de novembro de 2018

FIM DE CASO

É fácil saber quando se está apaixonada. Os olhos brilham, os cabelos ficam mais bonitos, a pele respira e a alegria de viver é tão grande que dá vontade de andar pela rua sorrindo e contando o que está acontecendo a quem passa.

Tudo é motivo para viver gloriosamente cada momento do dia: se o trânsito na ida para o trabalho está ruim, ótimo – mais tempo para pensar nele; se chove, ótimo – que bom vai ser namorar à noite com o barulho da água caindo; se faz sol, ótimo – que maravilha vai ser ir à praia no fim de semana; se a gripe te pega, ótimo – como vai ser bom ficar deitada com ele ao lado paparicando e fazendo todas as vontades. Enfim, para os apaixonados, a vida é sempre linda, e a única coisa a fazer, quando não se está junto, é arranjar uma amiga paciente para falar, o dia inteiro, do que se está sentindo.

Os apaixonados precisam contar tudo que acontece, o que pensaram, o que imaginaram, o que temeram – ou você já ouviu falar de uma paixão serena e silenciosa?

É fácil saber quando se está apaixonada. Não dá para se concentrar em nada, a não ser nos próprios sentimentos – e nos dele, claro. Nada mais interessa, e só quem entende verdadeiramente um apaixonado é outro apaixonado. Pense um pouco nas vezes em que você caiu de quatro por alguém.

É, o amor não se confunde com nada; ele cega, e lucidez e amor não nasceram para conviver. Difícil mesmo é reconhecer os sintomas do fim de uma paixão.

Um sábado você acorda meio assim, com um enorme desejo de paz e silêncio – para ser sincera, de ficar sozinha. Não, não é aquela vontade desesperada de que ele saia porta afora, imagina; você gosta dele, e muito, não tem nada a ver. Mas se naquela noite tivesse jogo da seleção, seria o ouro sobre o azul.

Ninguém vai achar que por isso o amor está acabando, claro. É só uma bobagem, até porque uma paixão não acaba assim. Só que é assim mesmo que ela começa a acabar, coisa que ninguém gosta de reconhecer.

O fim das coisas é sempre triste, e para viver um grande amor muito se luta: ou porque um dos dois não era livre, ou porque foi preciso enfrentar um ou uma ex, ou porque os filhos eram pequenos e complicados etc. etc. As coisas nunca são simples, sobretudo quando se passou dos 30 e já se viveu várias vidas. Mas esse amor pelo qual tanto se lutou pode acabar assim, por nada, sem motivo? Não devia e é injusto – só que pode.

Quando isso começa a acontecer, qualquer marido acredita quando ela, na hora de dormir, diz que está cansada. Por duas, cinco vezes passa, mas na oitava até o mais distraído vai ficar grilado. Nada de grave, apenas uma pequena crise? Talvez.

Ou se conversa ou se espera que passe, mas quando o amor começa a acabar não há solução possível, e o mais que se pode fazer é tentar que ele morra sem muita dor – há quem diga que isso existe. É duro: afinal, a relação com um homem que a gente amou, a quem fez juras de amor, com quem sonhou, por quem chegou não só a deixar de fumar como a torcer pelo mesmo time de futebol, pode acabar assim sem motivo?

Os fins de semana são um bom termômetro para avaliar nossos sentimentos. Se as tardes de domingo estão cada vez mais longas e antes de escurecer você já está pensando, feliz da vida, que a segunda já está chegando, atenção.

Atenção e não tente se enganar pensando que essa alegria é porque segunda é dia de retomar a vida, a vida real. Aliás, o que é mesmo a vida real?

23 de junho de 2019

NANANANA

Fernanda Young

NITERÓI (RJ), 1970

PARAISÓPOLIS (MG), 2019

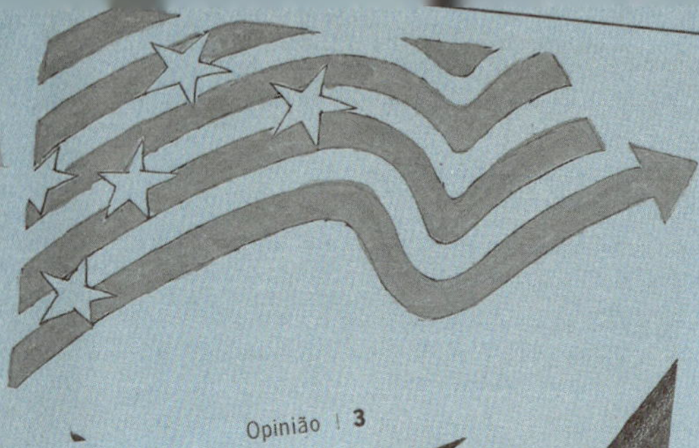

FERNANDA YOUNG

oglobo.globo.com/opiniao
editoria.artigos@oglobo.com.br

O dito pelo não dito

Algo não recomendável a qualquer escritor: dissertar sobre a falta do que dizer. Ideia manjada, para contornar o terrível mal-estar que é a completa impossibilidade de um assunto. Creio que somente um autor conseguiu se safar dessa cilada, com uma cruel e assertiva metáfora — F. Scott Fitzgerald escreveu que, diante de tal ausência, sentia-se um pirex rachado, espaçoso e inútil, que não servia para nada, além de guardar um resto de comida na geladeira. Tentando algo parecido, que possa revelar a minha sensação, neste instante, diria que sou um pote de margarina, sem tampa, guardando uma sobra de farofa velha.

Para mim, faltam dois dias para as eleições, e este texto será publicado um dia depois. Então, caro leitor, do que falar? Do hoje, quando escrevo, ou do hoje, quando você lê? Pior, com que tom falar sobre seja lá o que for? Faço a engraçada e proponho um tema fútil, tipo essa mania louca de tatuarem as sobrancelhas? Opto por usar a liberdade, que aqui me ofereceram, e publico um poema? Confesso as imensas dúvidas sobre deixar os meus cabelos grisalhos? Ouso propor que imaginem, em cada detalhe, a minha cara de vazio absoluto?

O que sinto, mesmo, é uma estranha ausência de oxigênio, como se o ar estivesse impregnado de éter. Penso que não há uma pessoa, com o mínimo de bom senso, que não passe esses dias a temer. Receios são o que não faltam, neste mundo incrivelmente sem sentido em que vivemos: retrocessos democráticos, agressões gratuitas, soluções desastrosas.

Se, numa física quântica torta, tento falar como se já fosse segunda, acredito que você deve estar lendo esta crônica de ressaca. Por tanto comemorar, ou tanto sofrer, com a quebra de expectativas. Ou talvez já pelo porre que será o suspense até o segundo turno.

O que dizer sobre um terremoto, momentos antes que ele aconteça? Como o piloto pode ser sincero, no alto-falante, com os passageiros de um avião, diante de um pouso forçado? O que o padre poderia falar aos noivos, no altar, sobre o dia do divórcio?

A cabeça trincada, como um pirex caído, mostra-se sem utilidade.

FERNANDA YOUNG

oglobo.globo.com/opiniao
editoria.artigos@oglobo.com.br

O desejo da mulher

Trinta anos após o mais profundo estudo sobre os desejos humanos, Freud se questionava: "Afinal, o que querem as mulheres?". Os homens sabem nada sobre as mulheres, isso é certo. Mesmo porque a mulher é esperta o bastante para esconder o que faz dela diferente.

Revelar para quê? Colocar tudo em jogo? Dar o ouro ao bandido? Com tantos homens escritores, imaginem o quanto custa, para uma escritora, guardar um segredo como esse.

As mulheres sabem o que os homens querem. Simples eles são, muito simples. E como opções de um harém lotado, nas quais as transformaram, mulheres sabem também tudo sobre as outras — e são muitos e muitos quereres.

Mas caso fosse necessário escolher um desejo, que todas pudessem partilhar, creio que seria: descansar. Todas, estamos cansadas. Porque cansa a arte de dissimular tensões, ser adestrada a sair-se bem em tantas camadas de obrigações e contingências, das mais simples cólicas mensais, aos mais absurdos abusos diários. Cansadas da luta pela beleza, da disputa por uma voz, de tudo ser tão delicado e

...alalmente
...a de Fernández e Kirch...
...nia em chamas — a notícia, oriunda...
...gens do Inpe, fez seu caminho até as
...etes dos veículos de imprensa do mun-
...nto com a negativa original de Bolsona-
...ue a classificou como fake news, demitiu
...nensageiro e deflagrou uma onda de
...ressões gratuitas contra as nações contribu-
...ntes do Fundo Amazônia. Agora, depois das
...nvectivas sobre as florestas alemãs e as balei-
...as norueguesas, o 00 reconheceu a amplitude
do incêndio, mas apontou um irresponsável
dedo acusador às ONGs.

Pária ambiental. O percurso até essa condição exigiu meros sete meses, pontilhados por exposições de ignorância de Ricardo Salles, o ministro do Desmatamento, sobre as mudanças climáticas, e pela explicitação de suas "soluções capitalistas" de abertura

...ticame...
conhece o tema...
ONG, concluind...
berba: "Não tem...
sado Brasil. Som...
...or, substituível...
Logo mais, o...
se dia, os sem...
atalhos de Ra...
pre propens...
por alguma...
dever, sen...
sória do n...
ler de fat...
mento e...
doutrin...
místico...

do. Agora, o Brasil se vê massacrado por esse resto do mundo e nossa decepção começa por saber que, afinal de contas, nem ao menos somos mesmo o pulmão do mundo.

Sempre fomos objeto de uma narração hipócrita, começando pela colonização suspeita de desterrados da metrópole que implantaram, num espaço sem lei, o mais cruel regime autoritário de submissão dos povos originais e de escravização de povos trazidos de longe. Foi assim que criamos a civilização da preguiça e da crueldade contra quem tentasse perturbá-la. O Brasil se formou política, social, cultural e eticament... partir dela, com um rigor de quatro sécu... que não poderia desaparecer com uma... ples canetada de Isabel.

Antes da princesa, Pedro II tento... dar um caráter nacional promovend... rante seu longo reinado, uma ideia... sil em que os brasileiros acabar... acreditar. Para nossas elites, pa... ser o país da cordialidade, da frate... do sorriso solar em qualquer ci... cia. Mas continuamos a ser uma... organizada com rigor hierárq... qualquer pobre, índio, pret... nunca poderia ser dono de se... berdade, entre nós, sempre... ...ivo para apanhar da polícia... ...ca fomos gentis e co... ...iajantes queri...

...es pegam fogo com as quei-
...amazônia. Não é só que o in-
...esta nos faz temer pelo futuro
...sil e do mundo, como é natural
...ça. Mas a fumaça, que nos faz
...ão cedo, talvez nos torne incapa-
...onhecer o desmantelamento pro-
...nação que tentamos elaborar, ao
...ria recente.
...conceituais que nos so-
...que nos ajudava
...a que tal-
...ossa

FERNANDA YOUNG

oglobo.globo.com/opiniao
editoria.artigos@oglobo.com.br

Bando de cafonas

A Amazônia em chamas, a censura voltando, a economia estagnada, e a pessoa quer falar de quê? Dos cafonas. Do império da cafonice que nos domina. Não exatamente nas roupas que vestimos ou nas músicas que escutamos — a pessoa quer falar do mau gosto existencial. Do que há de cafona na vulgaridade das palavras, na deselegância pública, na ignorância por opção, na mentira como tática, no atraso das ideias.

O cafona fala alto e se orgulha de ser grosseiro e sem compostura. Acha que pode tudo e esfrega sua tosquice na cara dos outros. Não há ética que caiba a ele. Enganar é ok. Agredir é ok. Gentileza, educação, delicadeza, para um convicto e ruidoso cafona, é tudo coisa de maricas.

O cafona manda cimentar o quintal e ladrilhar o jardim. Quer todo mundo igual, cantando o hino. Gosta de frases de efeito e piadas de bicha. Chuta o cachorro, chicoteia o cavalo e mata passarinho. Despreza a ciência, porque ninguém pode ser mais sabido que ele. É rude na língua e flatulento por todos os seus orifícios. Recorre à religião para ser hipócrita e à brutalidade para ser respeitado.

A cafonice detesta a arte, pois não quer ter que entender nada. Odeia o diferente, pois não tem um pingo de originalidade em suas veias. Segura de si, acha que a psicologia não tem necessidade e que desculpa nã... pede. Fala...

...obra, estimados em
...es e muro não passam
...cenação teatral xenó-
...te Suprema avalizar a
...te anulado o poder do
...e Orçamento nacional.
...arco Erdogan, passando
...os governantes populis-
...eonacionalista avançam
...mo pela subordinação dos
...ribunais ao arbítrio do Exe-
...uma nação de enraizadas

...são de Ortega. O que é
...ostalgia da "nossa" dita-
...solidariedade aos acua-
...-americanos do presen-
...onseguirá empunhar a
...cracia contra o autorita-
...ta sem romper, nitida-
...igos de fé autoritários do

...ula é um valioso passapor-
...ambição consiste, apenas,
...egundo turno. O lulismo,
...ajoritário. A rejeição ao lu-
...ada na experiência históri-
...preconceito. Já a rejeição a
...raízes em material um tan-
...do por valores, princípios e
...do. Para triunfar, Haddad
...a face que, até hoje, ocultou
...ra — e esforçar-se em provar
...ue uma é diferente da outra.

...udo mais oportunidades, com
...ça concreta de mobilidade soci-
...rtir de 2012, o povo começou a
...o que nada acontecia como seus
...presentantes anunciavam, e nin-
...rava explicar as razões dos suces-
...sos. Enquanto seus líderes eram
...competência, o

toritários abrirem os braços, que os oportunistas se projetavam em seus colos.

Sempre que alguma revolução, de direita ou de esquerda, ganha a guerra e se instala no poder, depois das alegres comemorações solidárias acontecem sempre noites de terror, com fuzilamentos e guilhotinas indiscrimi... nadas. Não acho que isso possa acontecer... é o caso. Mas antes que cheguem...

...as terras indígenas e unidades de conser-
...ação à sanha de garimpeiros, mineradores
...nomadeireiros. "Se plantamos em área des-
...matada, eles não compram"...

Escritora, cronista, redatora, roteirista e atriz, artista multimídia com atuação em jornal, televisão, teatro, internet. Autora de séries que inovaram a televisão brasileira, com seu humor ácido, irônico, anárquico, refratário a qualquer espécie de clichês, Fernanda começou no time de redatores da adaptação de *Comédia da vida privada*, de Luis Fernando Veríssimo, exibida pela TV Globo nos anos 1990. Essa experiência pavimentou um caminho de grandes sucessos, dos quais o maior foi *Os normais*, série de humor criada em parceria com Alexandre Machado, exibida entre 2001 e 2003. Escreveu para o GLOBO uma coluna de crônicas entre 2018 e 2019. Corajosa e provocativa, a escritora narra fatos triviais do cotidiano de forma divertida e original, com sua crítica política e indignada. Ao falar de si, trata de questões do ser humano, em particular dos conflitos da mulher do século XXI, do amor nos tempos da internet e da falta de empatia entre as pessoas. Em sua última crônica, "Esse bando de cafonas", Fernanda Young alerta: "Só o bom gosto pode salvar este país."

O DITO PELO NÃO DITO

Algo não recomendável a qualquer escritor: dissertar sobre a falta do que dizer. Ideia manjada, para contornar o terrível mal-estar que é a completa impossibilidade de um assunto. Creio que somente um autor conseguiu se safar dessa cilada, com uma cruel e assertiva metáfora – F. Scott Fitzgerald escreveu que, diante de tal ausência, sentia-se um pirex rachado, espaçoso e inútil, que não servia para nada, além de guardar um resto de comida na geladeira. Tentando algo parecido, que possa revelar a minha sensação, neste instante, diria que sou um pote de margarina, sem tampa, guardando uma sobra de farofa velha.

Para mim, faltam dois dias para as eleições, e este texto será publicado um dia depois. Então, caro leitor, do que falar? Do hoje, quando escrevo, ou do hoje, quando você lê? Pior, com que tom falar sobre seja lá o que for? Faço a engraçada e proponho um tema fútil, tipo essa mania louca de tatuarem as sobrancelhas? Opto por usar a liberdade, que aqui me ofereceram, e publico um poema? Confesso as imensas dúvidas sobre deixar os meus cabelos grisalhos? Ouso propor que imaginem, em cada detalhe, a minha cara de vazio absoluto?

O que sinto, mesmo, é uma estranha ausência de oxigênio, como se o ar estivesse impregnado de éter. Penso que não há uma pessoa, com o mínimo de bom senso, que não passe esses dias a temer. Receios são o que não faltam, neste mundo incrivelmente sem sentido em que vivemos: retrocessos democráticos, agressões gratuitas, soluções desastrosas.

Se, numa física quântica torta, tento falar como se já fosse segunda, acredito que você deve estar lendo esta crônica de ressaca. Por tanto comemorar, ou tanto sofrer, com a quebra de expectativas. Ou talvez já pelo porre que será o suspense até o segundo turno.

O que dizer sobre um terremoto, momentos antes que ele aconteça? Como o piloto pode ser sincero, no alto-falante, com os passageiros de um avião, diante de um pouso forçado? O que o padre poderia falar aos noivos, no altar, sobre o dia do divórcio?

A cabeça trincada, como um pirex caído, mostra-se sem utilidade.

8 de outubro de 2018

O DESEJO DA MULHER

Trinta anos após o mais profundo estudo sobre os desejos humanos, Freud se questionava: "Afinal, o que querem as mulheres?" Os homens sabem nada sobre as mulheres, isso é certo. Mesmo porque a mulher é esperta o bastante para esconder o que faz dela diferente.

Revelar para quê? Colocar tudo em jogo? Dar o ouro ao bandido? Com tantos homens escritores, imaginem o quanto custa, para uma escritora, guardar um segredo como esse.

As mulheres sabem o que os homens querem. Simples eles são, muito simples. E como opções de um harém lotado, nas quais as transformaram, mulheres sabem também tudo sobre as outras – e são muitos e muitos quereres.

Mas caso fosse necessário escolher um desejo, que todas pudessem partilhar, creio que seria: descansar. Todas, estamos cansadas. Porque cansa a arte de dissimular tensões, ser adestrada a sair-se bem em tantas camadas de obrigações e contingências, das mais simples cólicas mensais, aos mais absurdos abusos diários. Cansadas da luta pela beleza, da disputa por uma voz, de tudo ser tão delicado e importante.

Cuidar das crianças, cuidar da casa, ser econômica. Saber que seus sonhos, muitos deles, por fim, serão sabotados pelo tempo. E elas terão de fingir que alguma sabedoria foi adquirida, em troca da juventude, para fazer a ansiedade virar paz de espírito.

A mulher quer descansar, mas o que ela sente não é cansaço, é raiva. Por ter sido tão tonta em gastar a vida atrás de sutilezas. Quando poderia ser menos carente e exigir logo algo grande, como não precisar fazer nada, por exemplo. Que ideia louca da mulher, que, num movimento de conquistas, cisma que precisa trabalhar. E lá vai ela, munida de sua teimosia e disciplina, por dez, 20, 30 anos, até poder dizer: agora sou ouvida. Agora sou independente.

Mas ela foi entendida? Ela contou as suas cicatrizes, debochou de suas falhas, fez declarações de amor, atingiu os que amava. Mas alguém a entendeu? Não.

A mulher, sobretudo essa aqui, quer dormir por 11 horas seguidas. Quer um descanso, porque pensou demais, e em assuntos de sobra.

25 de fevereiro de 2019

BANDO DE CAFONAS

A Amazônia em chamas, a censura voltando, a economia estagnada, e a pessoa quer falar de quê? Dos cafonas. Do império da cafonice que nos domina. Não exatamente nas roupas que vestimos ou nas músicas que escutamos – a pessoa quer falar do mau gosto existencial. Do que há de cafona na vulgaridade das palavras, na deselegância pública, na ignorância por opção, na mentira como tática, no atraso das ideias.

O cafona fala alto e se orgulha de ser grosseiro e sem compostura. Acha que pode tudo e esfrega sua tosquice na cara dos outros. Não há ética que caiba a ele. Enganar é ok. Agredir é ok. Gentileza, educação, delicadeza, para um convicto e ruidoso cafona, é tudo coisa de maricas.

O cafona manda cimentar o quintal e ladrilhar o jardim. Quer todo mundo igual, cantando o hino. Gosta de frases de efeito e piadas de bicha. Chuta o cachorro, chicoteia o cavalo e mata passarinho. Despreza a ciência, porque ninguém pode ser mais sabido que ele. É rude na língua e flatulento por todos os seus orifícios. Recorre à religião para ser hipócrita e à brutalidade para ser respeitado.

A cafonice detesta a arte, pois não quer ter que entender nada. Odeia o diferente, pois não tem um pingo de originalidade em suas veias. Segura de si, acha que a psicologia não tem necessidade e que desculpa não se pede. Fala o que pensa, principalmente quando não pensa. Fura filas, canta pneus e passa sermões. A cafonice não tem vergonha na cara.

O cafona quer ser autoridade, para poder dar carteiradas. Quer vencer, para ver o outro perder. Quer ser convidado, para cuspir no prato. Quer bajular o poderoso e debochar do necessitado. Quer andar armado. Quer tirar vantagem em tudo. Unidos, os cafonas fazem passeatas de apoio e protestos a favor. Atacam como hienas e se escondem como ratos.

Existe algo mais brega do que um rico roubando? Algo mais chique do que um pobre honesto? É sobre isso que a pessoa quer falar, apesar de tudo que está acontecendo. Porque só o bom gosto pode salvar este país.

26 de agosto de 2019

Deus é
brasileiro

Cacá Diegues

MACEIÓ (AL), 1940

RIO DE JANEIRO (RJ), 2025

DIEGUES

segundocaderno@oglobo.com.br

O ANTI-HERÓI DA NAÇÃO

O planeta nasceu há cerca de 4,5 bilhões de anos, resultado de poderosa explosão de uma estrela gigantesca que por essa época vagava sem direção pelo que ficaria conhecido, pelos observadores contemporâneos, como Via Láctea. Fomos então convocados a conhecer melhor as leis que faziam funcionar o Universo, assim como descobrir novos meios de fazer as vidas nele e dele mais aceitáveis.

Mas isso só aconteceria muito depois, quando o novo planeta já teria um nome, Terra, dado por seus próprios habitantes.

Não se sabia direito o que ele queria de nós, o que nos estava reservado no futuro do planeta. Mas começamos a desvendar certas partes do mistério quando percebemos que os desejos dos criadores do Universo eram diretamente ligados a nosso provável comportamento final nessa operação.

Agora que núcleos tinham sido liminados por suposta incorreção com a natureza do projeto, éramos fortalecidos graças a nosso domínio natural sobre a língua e à capacidade de lidar com sua pou-

PASSO DERMOS NTE NO

Segundo Caderno

CONTINUAÇÃO DA CAPA

ENTRE C… REAL E C… EMOCION…

Esbanjando alegria. CeeLo Green durante sua apresentação no Rock in Rio de 2022: "O

CeeLo e Danger Mouse já prometeram algumas vezes que o terceiro — e último, frisa ele na entrevista ao GLOBO — disco do Gnarls Barkley seria lançado "em breve". É mais ou menos isso, explica o sujeito que "foi criado pelos vinis de soul nos anos 1970 e 1980": "Aquele pessoal, eles foram meus pais, né?"

Cadê o terceiro disco do Gnarls Barkley?

Cara, o disco só não saiu ainda por conta de nossas agendas. Ainda precisamos colocar os detalhes finais. Danger Mouse…

Do quê?

Dos rótulos. Nós dois piraríamos de felicidade se identificássemos de bate-pronto algo como um "Crazy, parte dois" nas faixas que trabalhamos. Mas, ao mesmo tempo, no segundo em que confesso isso para você, já me parece meio ridículo…

Por quê?

Porque isso é provavelmente impossível. E não queremos alimentar expectativas pouco realistas. Não h…

Enqua… lançar… "Lode…

É u… dente, … tapes d… te de ge… "Ô, Cee… conseg… gente, c… as celeb… do hip-h… me anim… gui sepa… *ples* que … hábil e es… fei…

DIEGUES

segundocaderno@oglobo.com.br

CRIAÇÃO DE UM CINEMA NACIONAL

O cinema brasileiro de qualidade nunca se impôs no próprio país, a não ser no final do século XX, durante o curto período em que os filmes eram feitos pela geração do Cinema Novo, produzidos e distribuídos pela Embrafilme, a empresa do Estado então comandada por Roberto Farias, um cineasta daquela geração.

O Cinema Novo cria uma "linguagem nova para dar expressão a um realismo crítico da situação nacional e à revelação de uma poesia até agora escondida. Essa síntese é a nova arte cinematográfica brasileira, manifestação do mesmo idealismo combativo que hoje se insurge contra a infame opressão estrangeira e contra o apoio a essa opressão dentro do país", como escreveu Otto Maria Carpeaux na época.

É difícil dizer quando isso começou, mas podemos lembrar de filmes que se impuseram com qualidade, além de valor cultural, histórico ou político, como foi o caso de "Assalto ao trem pagador", realizado pelo mesmo Farias anos antes de ele se tornar uma "estrela" de nosso cinema, com a participação na produção de gente como Glauber Rocha e Luiz Carlos Barreto.

Mesmo antes do "Assalto" tínhamos em nossa produção filmes como "Rio, 40 graus", de Nelson Pereira dos Santos, ou, mais antigo ainda, o famoso "Ganga Bruta" de 1933, dirigido pelo mítico Humberto Mauro. Isso tudo era o nosso cinema nacional, representava um cinema nacional cujas características já tinham sido exploradas por outros filmes mundo afora.

Na verdade, minha geração não queria mais falar de um Brasil que nós conhecíamos através de uma cultura formal (poesia, música e

DE RO… ESQU…

Álbum de família. De cima para baixo, CeeLo c… Shedonna, na Igreja Batista… Ruby, central em sua criaçã… quando ouvia os vinis de O… de casa, com 1 ano, ao lad… aos 3 anos; os amigos Big … Khujo e T-Mo, do Goodie M…

…CÁ DIEGUES

…docaderno@oglobo.com.br

…AS MESMAS PALAVRAS PODEM DIZER OUTRA COISA

Só aos 6 ou 7 anos de idade deixei Maceió de vez. Fui acompanhar meu pai no Rio de Janeiro, onde acabara de ser nomeado diretor do Instituto Brasileiro de Geografia e Estatística (o IBGE recém-criado), que tinha em seus quadros tantos companheiros seus da juventude.

No fim do século XIX Alagoas tinha sido incorporada a Pernambuco tendo se tornado o sul da Capitania mais poderosa e rica do país, aquele vasto território que os holandeses não controlavam mais. O movimento histórico tinha sido simultâneo às manobras dos políticos e senhores portugueses, o pessoal da Corte carioca que precisava se livrar da influência bastava para seguir administrando do seu jeito as reservas de cana-de-açúcar.

Meu avô, por parte de mãe, se chamava José Fontes. Tenho seu nome contido no meu. Mas nós só nos referíamos a ele como Papai Fontes. Ele sempre aparecia para nos contar as histórias da família, o que teria acontecido com os Fontes ao longo do tempo.

Pelo que me lembro e pelo que me contavam, Papai Fontes era um homem rico e bem-sucedido. Tendo começado a vida como plantador de cana, acabou por se transferir a outras atividades que exercia de Maceió. E tudo era muito claro pelos resultados que ia obtendo.

Lembro-me do dia em que anunciou a negociação de um seu terreno para que ali fosse construído o Estádio Rei Pelé, um dos úl-

CONTINUAÇÃO DA CAPA

'ESTOU SAINDO DE CENA DO JEITO QUE QUERO'

FOTOS DE DIVULGAÇÃO/ADRIANO DORIA

No palco. "Depois dessa última entrevista, acabou. E acabou porque hoje é muito bom não fazer nada", diz Marília

Theodoro Cochrane odeia fazer uma única parte de "A última entrevista de Marília Gabriela". É a que trata da invenção de que o casamento de sua mãe com o ator Reynaldo Gianecchini era de fachada e, geralmente abordado em seguida no palco, ele questiona a capacidade profissional da jornalista por sua fatídica entrevista com Madonna.

— É um saco fazer, mas são momentos em que as pessoas enlouquecem. E a ideia é que eu seja, ali, especialmente cruel — conta.

Ele é. E funciona. Os temas surgem quando o ator sorteia perguntas escritas pelo público para a última entrevista de Gabi imediatamente antes de o espetáculo começar. É batata. Elas sempre estão no globo de onde ele retira as questões.

Sobre Gianecchini, a mentira dava conta de que Theo era modelo em Paris, dependente químico e que teria sido salvo pelo ator com quem acabaria tendo um caso secreto. No palco, Gabi responde que estava muito ocupada à época sendo feliz com o futuro galã da Globo para se abalar com maledicências. Na plateia, olhos arregalados, ouvidos limpos e nenhum pio.

ESTRELISMO DE MADONNA

A entrevistadora luta, incansável, mas em vão, para arrancar algo consistente de uma *rainha do pop* monossilábica e visivelmente desinteressada. Fãs da diva chiaram à época com o que diagnosticaram ser falta de preparo da brasileira.

— Ali é onde mais me afasto de quem sou. Não concordo com nada do que é dito no palco. Era fã número um da Madonna, e quando minha mãe a entrevistou foi a realização de um sonho meu de adolescente. Mas quando vi, passei a odiá-la. Foi de um estrelismo, de uma falta de educação. Quando a vejo, vem na minha…

…pacabana, no Rio, para o maior público de sua carreira. Naturalmente, Gabi não viu o show pela TV.

— Mas também não vejo mais nada, só leio muito e viro as noites maratonando séries. Madonna foi muito cruel comigo. Lembro que saí do restaurante e sentia que andava por Manhattan carregando uma bola de ferro, dessas de prisão — conta.

A jornalista se recorda como se fosse hoje da *entourage* que acompanhava Madonna. E que a cada pergunta ela olhava para a claque, de forma debochada.

— Tenho a impressão que, …

…profissão. Todo mundo que bota a cara assim precisa encarar que uma hora será substituída. A vida é assim. E ponto — diz Gabi.

SEM QUEIXAS

Envelhecimento e fim também são protagonistas de "A última entrevista de Marília Gabriela". A jornalista repete a frase "envelhecer é uma merda" tanto quanto, justiça seja feita, "eu quero me divertir". Entrevista de improviso um voluntário da plateia, mas faz o espetáculo com o texto na mão ("Já não consigo decorar mais nada"), assim como Theo ("Ponha a culpa na Covid").

Cineasta, jornalista, cronista, filho do cientista social Manuel Diegues Júnior, Cacá Diegues mudou-se aos seis anos para o Rio de Janeiro. Estudou Direito na PUC-RJ e lá começou suas atividades de cineasta amador. Foi atuante no movimento estudantil e no cineclubismo e fez parte da geração do Cinema Novo. Cacá que levou tantas vezes o carnaval para o cinema, teve sua vida e obra contadas por escolas de samba, entre as quais Inocentes de Belford Roxo, com "Cacá Diegues, retratos de um Brasil em cena", em 2016. Desfilou na Beija-Flor em 2024, no enredo sobre Maceió. Sua obra é marcada por filmes memoráveis, entre os quais, *Ganga Zumba* (1964), *Quando o carnaval chegar* (1972), *Joanna Francesa* (1973), *Bye Bye Brasil* (1980), *Quilombo* (1984), *Tieta do Agreste* (1996), *Deus é brasileiro* (2002). *Xica da Silva* (1976) foi o seu maior sucesso popular e, em reação às críticas à exuberante alegria do filme, criou a expressão "patrulhas ideológicas", definida por Cacá como tentativa de se tentar reduzir "a criatividade do artista a uma linha ideológica precisa". Em 2010, produziu o filme *5x Favela: agora por nós mesmos*, primeiro longa-metragem brasileiro totalmente concebido e realizado por jovens moradores de favelas. Sua contribuição ao cinema nacional também se estende ao cancioneiro popular. A trilha sonora de suas realizações contou com a parceria de nomes como Jorge Ben Jor, Carlos Lyra, Chico Buarque e Caetano Veloso. Com filmes premiados em grandes festivais internacionais, a busca da brasilidade é uma constante em sua filmografia e produção literária. Autor de *Vida de cinema* (2014), *Todo domingo* (2017), entre outros livros, foi eleito para a Academia Brasileira de Letras em 2018. Cacá Diegues colaborou no GLOBO entre 2010 e 2025, deixando a sua marca de polemista e pensador da cultura brasileira.

CRIAÇÃO DE UM CINEMA NACIONAL

O cinema brasileiro de qualidade nunca se impôs no próprio país, a não ser no final do século XX, durante o curto período em que os filmes eram feitos pela geração do Cinema Novo, produzidos e distribuídos pela Embrafilme, a empresa do Estado então comandada por Roberto Farias, um cineasta daquela geração.

O Cinema Novo criou uma "linguagem nova para dar expressão a um realismo crítico da situação nacional e à revelação de uma poesia até agora escondida. Essa síntese é a nova arte cinematográfica brasileira, manifestação do mesmo idealismo combativo que hoje se insurge contra a infame opressão estrangeira e contra o apoio a essa opressão dentro do país", como escreveu Otto Maria Carpeaux na época.

É difícil dizer quando isso começou, mas podemos lembrar de filmes que se impuseram com qualidade, além de valor cultural, histórico ou político, como foi o caso de *O assalto ao trem pagador*, realizado pelo mesmo Farias anos antes de ele se tornar uma "estrela" de nosso cinema, com a participação na produção de gente como Glauber Rocha e Luiz Carlos Barreto.

Mesmo antes do *Assalto*, tínhamos em nossa produção filmes como *Rio, 40 graus*, de Nelson Pereira dos Santos, ou, mais antigo ainda, o famoso *Ganga Bruta* de 1933, dirigido pelo mítico Humberto Mauro. Isso tudo era o nosso cinema nacional, representava um cinema nacional cujas características já tinham sido exploradas por outros filmes mundo afora.

Na verdade, minha geração não queria mais falar de um Brasil que nós conhecíamos através de uma cultura formal (poesia, música e audiovisual, sobretudo), mas tentar abrir o horizonte para falar de um Brasil que ninguém conhecia, iniciando um papo com o pobre do espectador, trocando ideias com ele que estava absolutamente prisioneiro de uma visão sobre nós estabelecida por filmes e realizadores que não tinham nada a ver conosco.

Em vez de falar de um país mitológico, de um povo que muito provavelmente jamais existiu, tínhamos resolvido falar de nossa decepção com tudo o que o Brasil já tinha representado para nós.

Num certo sentido, passávamos a crer mais nesse herói cotidiano do que no herói acima de todas as coisas, como eu vinha tratando, por exemplo, o Zumbi de Palmares, modelo do heroísmo popular que eu, mesmo sem ter muita consciência disso, estava tentando demonstrar nas histórias que tinha contado até ali, nos filmes que havia feito para revelar a capacidade que nós tínhamos de sermos aqueles cavaleiros que mudavam nossa história.

Eu tinha que me contentar com a observação do que se passava e de como se comportam nossos heróis de verdade no seio dessa sociedade que existia de fato, com todos os defeitos deles no coração dessa engrenagem social que denunciava nosso fracasso como povo.

Quanto a mim, estava muito mais próximo de um debate com as favelas e com os eventuais heróis de momentos dolorosos vividos nelas, do que de heróis que se tornam heróis por nada. Era isso o que eu pretendia botar nos filmes que ia fazer a partir dali: minha contribuição ao que se passava tinha que conter uma espécie de alvorada com um sol mais poderoso, porque afinal de contas era o único que tínhamos ao alcance de nossas mãos cinematográficas.

E isso só seria possível se conseguíssemos completar o outro lado da figura bendita que havia de nos conceder esse direito. Só poderíamos inventar e assegurar esse momento do nosso cinema se fôssemos capazes de construir um novo cinema para o Brasil. Só teríamos capacidade para isso se houvesse um retorno à ideia capaz de consagrar uma economia nacional em que coubesse o cinema.

Os filmes estavam ficando cada vez melhores, era preciso construir então a economia nacional que os iria expandir. E essa economia, como hoje, não poderia existir sem uma participação decisiva do Estado.

14 de janeiro de 2024

O ANTI-HERÓI DA NAÇÃO

O planeta nasceu há cerca de 4,5 bilhões de anos, resultado de poderosa explosão de uma estrela gigantesca que por essa época vagava sem direção pelo que ficaria conhecido, pelos observadores contemporâneos, como Via Láctea. Fomos então convocados a conhecer melhor as leis que faziam funcionar o Universo, assim como descobrir novos meios de fazer as vidas nele e dele mais aceitáveis.

Mas isso só aconteceria muito depois, quando o novo planeta já teria um nome, Terra, dado por seus próprios habitantes.

Não se sabia direito o que ele queria de nós, o que nos estava reservado no futuro do planeta. Mas começamos a desvendar certas partes do mistério quando percebemos que os desejos dos criadores do Universo eram diretamente ligados a nosso provável comportamento final nessa operação.

Agora que núcleos tinham sido eliminados por suposta incorreção com a natureza do projeto, éramos fortalecidos graças a nosso domínio natural sobre a língua e à capacidade de lidar com sua pouca extensão de alternativas. A tecnologia podia ser até uma solução, mas nada se comparava à riqueza original de resultados mais naturais; e esses resultados só seriam alcançáveis e alcançados se fôssemos capazes de entender tudo sem precisarmos nos socorrer de inteligência artificial, de algoritmos misteriosos, de *techs* e seus rumos esquisitos diante da elevação pragmática de qual é mesmo o destino e/ou papel de nossas dúvidas neste extenso Universo povoado só por elas.

Esse é um trabalho que acaba sendo coletivo. Cada passo que dermos adiante no lugar de quem não conseguiu se livrar do peso e das amarras de sua cultura, de quem não conseguiu topar a nova experiência, de quem não conseguiu pensar de maneira diferente dos que estão à sua volta, será sempre um passo corajoso e decisivo em direção a essas descobertas.

O planeta já contou com pensadores do passado que pareciam dispostos a desvendar tudo isso. Como já contou com gerações de seres que também se prepararam para esse papel, como os dinossauros que foram extintos há 66 milhões de anos por um objeto vindo do céu.

E desse modo chegaremos ao fim, dessa vez sem mortos nem feridos, de uma análise de nosso destino no exato momento em que ele expõe o que precisamos conhecer. Mesmo que de tantas maneiras diferentes, invocando o direito de sermos felizes, até o modestíssimo desejo de acertarmos quando não temos mais saída alguma.

9 de junho de 2024

AS MESMAS PALAVRAS PODEM DIZER OUTRA COISA

Só aos 6 ou 7 anos de idade deixei Maceió de vez. Fui acompanhar meu pai no Rio de Janeiro, onde acabara de ser nomeado diretor do Instituto Brasileiro de Geografia e Estatística (o IBGE recém-criado), que tinha em seus quadros tantos companheiros seus da juventude.

No fim do século XIX, Alagoas tinha sido incorporada a Pernambuco, tendo se tornado o sul da Capitania mais poderosa e rica do país, aquele vasto território que os holandeses não controlavam mais. O movimento histórico tinha sido simultâneo às manobras dos políticos e senhores portugueses, o pessoal da Corte carioca que precisava se livrar da influência bastava para seguir administrando do seu jeito as reservas de cana-de-açúcar.

Meu avô, por parte de mãe, se chamava José Fontes. Tenho seu nome contido no meu. Mas nós só nos referíamos a ele como Papai Fontes. Ele sempre aparecia para nos contar as histórias da família, o que teria acontecido com os Fontes ao longo do tempo.

Pelo que me lembro e pelo que me contavam, Papai Fontes era um homem rico e bem-sucedido. Tendo começado a vida como plantador de cana, acabou por se transferir a outras atividades que exercia de Maceió. E tudo era muito claro pelos resultados que ia obtendo. Lembro-me do dia em que anunciou a negociação de um seu terreno para que ali fosse construído o Estádio Rei Pelé, um dos últimos templos do futebol na região. O Rei Pelé está lá até hoje, servindo aos clássicos entre o CRB e o CSA.

Depois da separação de minha avó, o prestígio de Papai Fontes junto à família caiu muito. Trágico e conformado, estava convencido de que merecia a desgraça. Confesso que não sei e ninguém conseguiu me explicar direito por que um homem com seus recursos iria falir de modo tão radical por causa de um desastre como aquele que seus barcos haviam sofrido. Num portinho relativamente inseguro como o de Maceió, não devia ser tão raro assim aquele tipo de desastre.

Só posso imaginar que o desastre fora apenas o coroamento de um movimento difícil em sua vida. Com Zaira e Creusinha muito bem casadas, nos braços de Manelito e Ulisses, além dos rapazes Thomas Edson e Byron Fontes com seus destinos encaminhados, só posso imaginar que Papai Fontes tenha sofrido alguma grave frustração em outro plano de sua história. E este só podia ser o de Baby, ou Noêmia, sua antiga esposa, minha avó, agora separada dele.

Baby havia voltado para os braços de sua família em Camaragibe e proibido os seus de qualquer contato com José Fontes. Ela certamente não queria misturar as coisas, preferia manter sua sagrada tradição longe do modernoso ex-marido. E como estávamos todos proibidos de vê-lo, minha mãe não tinha outro jeito que não o de negociar cada visita de Papai Fontes. Praticamente ganhei todas essas disputas com meus irmãos, acabava acompanhando nossa mãe nesses encontros e depois ajudava a compor as consequências deles.

Graças a isso acabei juntando farto material sobre essa história e o pessoal envolvido nela. Na verdade, pretendia escrever um romance de cartas, com cada um dos personagens escrevendo e dando notícias desconhecidas sobre o que tinha acontecido.

Foi quando conheci Jeanne Moreau em Paris e ela me disse que queria muito fazer um filme no Brasil. Não sei se Jeanne percebeu a lorota, mas disse a ela que estava justamente escrevendo um roteiro que tinha tudo a ver com o que estava me dizendo. Fui para casa, perto do centro da Sorbonne, e escrevi o roteiro de *Joanna Francesa*, cuja primeira versão acabei finalizando no próximo fim de semana, todo inspirado nas histórias que ouvi de Papai Fontes.

30 de junho de 2024

Texto fixado conforme as regras do Acordo Ortográfico da Língua Portuguesa (Decreto Legislativo nº 54, de 1995).

Editora responsável: Amanda Orlando
Editor-assistente: Renan Castro Aguiar
Pesquisa: Luciana Barbio Medeiros e Paulo Luiz Carneiro
Acervo: Centro de Documentação e Informação da Editora Globo
Concepção de projeto: Maria Amélia Mello
Perfis biográficos: Cláudia Mesquita
Revisão: Vanessa Raposo
Caricaturas: Paulo Cavalcante
Capa, projeto gráfico e diagramação: Renata Zucchini

1ª edição, 2025

Este livro, composto na fonte Baskerville URW, Press Style e VFC Besson e foi impresso em papel Pólen Bold 90g/m² na Leograf, São Paulo, junho de 2025.

CIP-BRASIL. CATALOGAÇÃO NA PUBLICAÇÃO
SINDICATO NACIONAL DOS EDITORES DE LIVROS, RJ

S452

Um século em cem crônicas : cronistas que fizeram história no Globo / seleção e organização Maria Amélia Mello, com a colaboração de Cláudia Mesquita ; ilustrações Paulo Cavalcante. - 1. ed. - Rio de Janeiro : Globo Livros, 2025.

448 p.

ISBN 978-65-5830-232-2

1. O Globo (Jornal). 2. Crônicas brasileiras. 3. Cronistas brasileiros. I. Mello, Maria Amélia, 1952-. II. Mesquita, Cláudia, 1959-. III. Cavalcante, Paulo.

CDD: B869.8
25-98721.0 CDU: 82-94(81)

Direitos de edição em língua portuguesa para o Brasil
adquiridos por Editora Globo S. A.
Rua Marquês de Pombal, 25 — 20230-240 — Rio de Janeiro — RJ
www.globolivros.com.br